戦場で書く

火野葦平と従軍作家たち

渡辺 考
Ko Watanabe

NHK出版

戦場で書く

火野葦平と従軍作家たち

装幀　仁川範子
カバー装画　松尾たいこ
地図製作　アトリエ・プラン
編集協力　酒井正樹　高松寛子
本文ＤＴＰ　ＮＯＡＨ

目次

第四章　「大東亜」のなかで　175

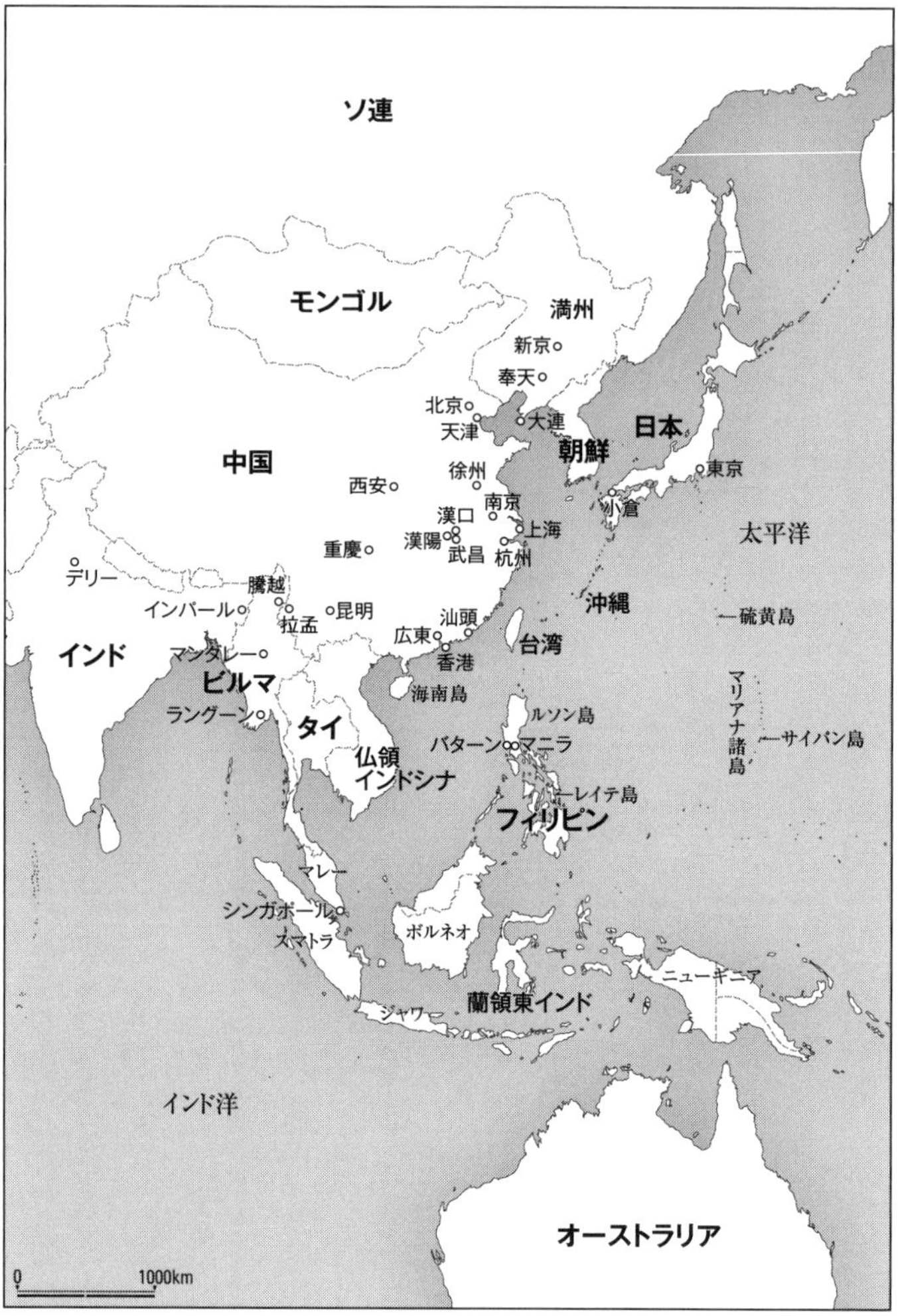

本書関連地図（太平洋戦争当時）

プロローグ　ふたつの戦場

戦後一五年目の自死

一九六〇（昭和三五）年、一月二四日。福岡県若松市（現・北九州市若松区）は、寒冷前線の通過により、雪模様だった。午前一〇時。玉井史太郎は、かじかむ手をさすりながら、自宅から三〇〇メートルほど離れた叔父政雄の家に小走りで向かっていた。

真っ白になった頭の中で、現実に起きてしまったことは到底受け入れることができるものではなかった。自宅の二階では、父の体はすでに冷たくなっていた。

「親父が死んどうと。はよ、きてくれんね」

叔父にそう言ったあとの記憶は消えてしまっている。

死因は心臓発作とされた。まだ五三歳という若さだった。

前夜にも友人や知り合いを自宅に招いて、うまそうに河豚とビールを楽しんでいたというから、あまりにも突然の死だった。

父の名は玉井勝則。ペンネームを火野葦平という。数度にわたって映画化された『花と龍』の原作者で、戦後混乱期の北九州のヤクザ闘争を描いた『新遊侠伝』は、『ダイナマイトどんどん』と改題され、岡本喜八監督、菅原文太主演で大ヒットした。他にも『女侠一代』など、人気作家として世に問うた作品は、枚挙に遑《いとま》がない。原作が映画化された作品は、二六作にものぼる。
葬式もすませた後、火野の三男・史太郎は、父愛用の文机の片隅にあった「ヘルスメモ」と書かれたノートを兄二人から見せられた。そこには、こんな言葉が綴られていた。

死にます。
芥川龍之介とはちがふかも
知れないが、或る漠然とした
不安のために。
すみません。
おゆるし下さい。
さやうなら。

昭和三十五年一月二十三日夜。十一時
あしへい。

父は、自ら命を絶ったのだった。「ヘルスメモ」をつけるほどだったので、数年前から健康状態は思わしくはなかった。しかし、周囲の目には、自死するほどの苦しみを抱えていたとは映っていない。
父はなぜ死を選んだのか、史太郎は、いまも問い直し続けている。父が亡くなった部屋で、往年のポートレートを見ながら、ぽつりとひとりごちた。
「やはり、戦争の責任を父が感じていたことは間違いありませんね」

はじめて、作家・火野葦平が脚光を浴びたのは、いまから七〇年以上前の日中戦争の最中のことだ。『糞尿譚』で芥川賞を受賞したのである。当時、火野は陸軍伍長として、中国・杭州の前線にあった。芥川賞作家ということに目をつけた陸軍は、火野を説得し、報道班に引き抜いた。火野は、その期待にこたえ、戦場で書く。

一九三八（昭和一三）年に発行された『麦と兵隊』は、銃後の日本で大ベストセラーとなり、火野の戦争作家としての地位は揺るぎないものとなった。以降、太平洋戦争が終わるまで七年間にわたり、戦場、とりわけそこで戦う兵士をテーマにした作品を発表し続けた。

しかし、敗戦後の日本で火野の評価は一転する。国民的な作家として賞賛されていた火野はたちまち「戦犯」呼ばわりされるようになり、多くの人々から批判を浴びた。その中には、戦時中に火野が愛してやまなかった日本軍の元兵士たちもいた。

敗戦から一五年後の一九六〇年の元旦に火野があとがきを脱稿し、遺作となったのが、原稿用紙およそ一〇〇〇枚におよぶ大作『革命前後』である。敗戦直後の混乱期、エゴに走る様々な人間模様と、戦時中に戦争小説を書いたことで世の中から責め立てられる一作家の苦悩を描いた。

それからおよそ三週間後、火野は自ら死を選び取った。

二〇冊の従軍手帳

私は二〇〇三年から四年間、福岡に住んでいたのだが、火野は故郷が生んだ大作家であった。それでいて、セピアに変じた白黒写真の作家、過去の作家でもあった。

火野が戦場で従軍手帳を綴り続けていたことを私が知ったのは、福岡から東京に戻って五年以上経った二〇一三年初めのことだった。そして、その現物があることを、近現代史が専門の日本女子大学の成田龍一教授のもとを訪ねたときに教えてもらった。

二〇冊に及ぶ従軍手帳は、北九州市の市立文学館にあった。日中戦争の前線で火野は、補給がない中、泥だらけになりながらも行軍する自身や兵の様子を綴り、太平洋戦争初期には大東亜共栄圏の思想に傾斜する言葉を記し、末期の戦場では、兵士の苦しみとともに無謀な指揮を続ける幹部を批判する言葉を手帳に殴り書きした。

同時に、手帳の端々に刻まれていたのは、庶民への温かい眼差しが感じられる言葉の数々だった。さらに文学館には火野が戦場から家族や友人に宛てた手紙も残されていた。そこには一人の息子として、親として、兄弟として、友人として、心のこもった言葉が綴られていた。

実際に、手帳や手紙の中の火野直筆の言葉を読んでいくと、火野葦平という存在が急速に身近に感じてくるような気がしてきた。血の通った言葉を噛みしめているうちに、古色蒼然としていた火野のイメージがくっきり鮮明になり、白黒のスチールだった軍服姿の火野が動き出し、混沌とした戦場の様子とともにカラームービーになっていくような錯覚に陥った。

手帳が書かれたのは、すべて、アジアの戦場においてであった。私は手元にある地図を広げ、火野がたどった足跡にピンをつけてみた。

まずは日中戦争の時代。上海、南京、杭州、徐州、広東、海南島。まさに日本軍が、泥沼にはまっていった戦いの軌跡そのものだった。

次に太平洋戦争の時代。フィリピンのマニラ、バターン半島、インドのインパール、中国の雲南。大東亜共栄圏確立に向けて突き進み、やがて敗走に転じた日本軍の歩みが重なり合う地域だった。

火野は日本が進出したアジアの戦争と、文字どおり道を共にして生きていたのである。

ピンをつけた地図を眺めて、私はあらためて驚嘆した。こんなにも広大な地域で、過酷な戦闘の中で生死の間を行き来しながら、火野は膨大な量の言葉を綴っていたのかと――。

そしてそれらの地域は、東シナ海、南シナ海を隔てて、火野の故郷である北九州と歪んだ曲線を描きながらも楕円状につらなるエリアでもあった。それは、火野がことあるごとに綴っていた「アジアをひとつの輪で」という言葉と重なるように思えてきた。火野が戦時中、「大東亜共栄圏」という言葉に夢を抱いたことを理解する上でのヒントがチラッとだけ見えた気がした。

火野は、どのような思いで、戦場で言葉を綴っていたのだろうか。私は、戦争の時代に、火野葦平という作家が抱えこんだ心の内を、探ってみることにした。

火野の手帳や手紙の写しを片手に、実際に中国やフィリピンの戦場も歩いてみた。

同時に、火野を筆頭とする人気作家たちが、当時の軍や国家の統制下、どのような言葉で戦争と向きあったのか、表現者と戦争の距離を探った。手帳を読み込むにあたって、助言を求めたのが、関西大学文学部の増田周子教授である。

さらに多くの専門家の助言を得ながら、国内外で取材を重ね、二〇一三年八月放送のＮＨＫスペシャル『従軍作家たちの戦争』と一二月放送のＥＴＶ特集『戦場で書く――火野葦平の戦争』に結実させることができた。

ふたつの戦場

二〇一四年八月、私は、番組に協力してもらった日本女子大学の成田龍一教授に再会した。その時、火野が戦っていたのは、「ふたつの戦場」なのではないかという成田さんが発した問いかけが、私の心に突き刺さった。

ひとつは、実際の戦場、そしてもうひとつは——

戦後日本社会だった。

ひとつ目の戦場を火野はくぐりぬけた。そしてふたつ目の戦場で火野は力尽き、果てた。成田教授は、言葉を連ねた。

「ふたつ目の戦場、つまり戦後の日本社会で、火野ははたして何を考えていたのでしょうかね」

私はあらためて火野の姿を頭で描いてみた。戦場での火野の軍服姿は、番組終了後も長いあいだ私の脳裏に深くこびり付いていた。その時も、私の頭の中で輪郭のはっきりした軍服姿の火野が突然動き出し、それが頭の中でムービーとして自動再生されるような状態であった。しかし、軍服を脱ぎ、戦後の混乱期に苦闘する姿は、はっきりとした像として焦点を結びつけることができない。

つまり、わからないことがまだ残されていたのだ。私は、成田さんの質問に虚を突かれたのだが、次の瞬間、自然とあることが頭に浮かんできた。それは素朴な問いでもあった。

火野は断筆してもよかったのに、何故書き続けたのか。

そして自らを死に追い込んでいった「或る漠然とした不安」の実体は何なのだろうか。

さらに成田さんは、火野が戦後もアジア各国をめぐっているが、そこに戦後の火野の心の内に迫る何か大きなものが横たわっているのではないか、と私に問いかけた。

再び私は地図を広げて、戦後の火野が歩いたアジアの地域にピンをつけてみた。インド、香港、広東、漢口、北京、北朝鮮。以前の地図と比べてみると、微妙な差こそあれ、重なり合う地域が多いことがわかる。それら地域と火野の故郷を結ぶと弓のような形になった。火野は自身がかつて戦い、そして言葉を紡いだ場所に、戦後あえて足を運んでいたのである。

たちまち新たな問いが湧いてきた。

なぜ火野は、自身の傷口に触れるようなアジアの旅を続けたのか。弓で結ばれたアジアが持つ意味は何なのか。戦時中の楕円のアジアとどのような連関があるのか。

私は、ふたつ目の戦場の実態を探ろうと考え、取材を再開した。そこで見えてきたものは――。


戦中と戦後という「ふたつの戦場」の実態に迫り、火野自身の葛藤を見つめていく。それが二つの番組を経て、さらに取材を重ねた本書のねらいである。

しかし、その作業は、戦争、そして戦場をまったく体験したことのない私が、平時に身を置いたまま、その時代の空気感をとらえようとする、無謀とも不遜ともいえる作業でもあった。実際、取材を進めていくと、どう想像してもきちんと焦点を結ばない事柄に多く遭遇し、大きな挫折をおぼえることがしばしばだった。そして、結果が出そろった現在から過去を裁断しようとしてしまう自身の想像力の欠損に愕然とすることもあった。しかし、それでも私たちが同じ道を進まぬためにも、火野が歩いた道のりをたどる必要があると、自身に言い聞かせながら筆を進めた。火野が身を以て体験した出来事は、今を生きる私たちにとっても他人事では決してないからである。

近代日本がもっとも揺れ動いた時空間の中で、火野はどう生きたのか。自分の意志ではコントロールし難い国家・戦争・社会・世間に、時に伴走し、時に正面からぶつかりながら、表現者として何を行い、何を行えなかったのか。その時空間の中で、火野の中の何が露呈され、砕かれたのか。そして、それでも最後まで火野の中に核として残ったものは何か。

本書では、火野葦平という一人の作家が戦中・戦後に歩んだ道のりから、言葉を武器とする文学者たちと国家や戦争、社会や世間との関係を見つめ直していく。

第一章

戦争作家、誕生

『杭州（1）』
［北九州市立文学館蔵］

一　二〇冊の従軍手帳

迷宮の手帳

北九州の中心都市小倉は、不思議なラビリンスだった。

駅を降りてしばらく歩くと、高級ブランドが入ったおしゃれなビルがあるかと思うと、すぐ脇にある角打ちでは、昼前だというのに赤い顔をした酔客がくだを巻いている。近未来的なデザインのオフィスビルがあると思うと、目と鼻の先の風俗街では客引きがあくびをしながらも、こちらにしきりに声がけをしてくる。ドブ川のような神獄川にせり出す旦過市場に一歩足を踏み入れると、総菜屋、精肉店、ホルモン専門店、鮮魚店、キムチ店などが肩を並べ合い、賑わいを見せている。私は、アジアの街角に迷い込んだような錯覚に陥った。

二〇一三年三月、火野をめぐる私の取材の第一歩は、この街から始まった。

地図を広げ、北九州にコンパスの軸を置き、円を描くと、プサンは鹿児島・広島と、ソウルは大阪と、上海は東京とほぼ等距離である。その地の利から北九州は古くから大陸、半島との交流が続いてきた場所だった。今も小倉の町中には、韓国や中国、そして東南アジアから来た人たちの姿があちこちで見られる。まさに、アジアと隣り合わせにある北九州。私の頭に浮かんだのは、坩堝《るつぼ》という言葉だった。

火野葦平は、旧制中学時代をこの街で過ごしている。こんな活気ある坩堝にもまれていた作家の人生の一端にこれから触れに行くのだと思うと、あらためて張り詰めたような気持ちになった。

旦過市場から西の方角に向かって紫川を渡ると、右手に小倉城の天守閣が見えてくる。火野が大戦末期に書いた小説『陸軍』では、ここを舞台に長州藩に対する小倉藩の戦いが印象的に描かれている。北九州市立文学館は、その小倉城のほど近くにあった。階下の一室で学芸員の中西由紀子さんが、袋の中から取りだしたのは、経年変色した手帳だった。慎重に、机一面に広げた養生用の真っ白な紙の上に、次々に並べていく。

この館には火野の三万点を超える資料が、寄託管理されている。まさに火野葦平を探る上での宝箱である。筆まめだった作家が残した細やかな書簡が来簡を含め一万六〇〇〇点あるのを筆頭に、少年時代から最晩年に至るまでの原稿、自筆資料などがある。写真好きだった火野が、戦地で撮り溜めたネガフィルム、創作のためのスクラップもある。それらは、文学館と「火野葦平資料の会」の作業のもと、整理が続けられているが、資料が膨大なため、すべて終わるのはまだ当分先になるという。

一七七点にのぼる自筆資料の中に、火野が戦場で綴った従軍手帳が含まれていた。本格的な革表紙のものから、簡易なものまで、その数、二〇冊。中西さんが机に並べてくれた手帳が、この日のターゲットだった。

心の記録

ぎこちなくその一冊を手にしてみる。ちょっと饐《す》えた匂いがただよい、火野の体温が一瞬だけだが、感じられたような気がした。

火野の手帳は、表紙に書かれたタイトルから中身が推測できるものが多い。杭州、広東作戦、海南島、汕頭作戦、比島、インパール。まるで日中戦争から太平洋戦争にかけての激戦のダイジェストのようである。数多くの作家たちが、戦場で文字を綴ったが、これほどの長い期間にわたって前線に立ち続けた作家は、火野以外いない。

日中戦争時に書かれた手帳は六冊になる。その中で最初期の手帳は、『杭州1』だ。茶色い革表紙に「杭州1」と左上に書かれ、その横に「十二年十二月 十三年四月」と記されていることから、上海攻略を目的に敵前上陸した一九三七（昭和一二）年一一月の杭州湾上陸作戦から一カ月後に書き始められ、翌年の四月まで書き続けられたものと推測される。見開きページに、「中華民国十六年、中華書局製」と印刷されており、火野が中国に入ってから得た手帳であることがわかる。タイトル通り、南京攻略戦のあとに駐留した杭州での出来事が主に書かれている。「花と兵隊 ノオト① 我が戦記」という文字が書かれた頁もあり、手帳が創作のための備忘録の役割も果たしていたことがわかる。

太平洋戦争に入ると、まず特筆すべきは「比島手帳」である。一九四二（昭和一七）年に九カ月にわたって火野が滞在したフィリピン（比島）で、火野は五冊に及ぶ手帳を綴っている。火野は現地で報道部員として宣伝宣撫活動を担ったが、その様子も赤裸々に記述されている。日米の攻防戦となったバターン戦にも従事し、アメリカ兵・フィリピン兵捕虜に対して行われた、いわゆる「死の行進」も目撃していたことがわかる。

一九四四（昭和一九）年四月から書き始められたのが、「インパール作戦」の手帳である。日本軍は連合国の補給路（援蔣ルート）を分断するために、ビルマ北部からインド東方のインパールまでの広大な地域の侵攻を試みたが、補給計画のない無謀な作戦によってインパールに到達する前に食糧・弾薬が尽き、五万以上の日本兵の命が奪われた。手帳には、フィリピンとは比べものにならない、あまりにも悲惨な戦場の様子、そして生と死のはざまにある兵の実態が記録されていた。その年の九月まで、六冊にのぼる従軍手帳を火野は、綴っている。

日中戦争、フィリピン戦、インパール作戦とともに、火野の従軍手帳は、走り書きされたメモが主体だが、時折、激戦の最中に感じた感情の推移など、火野の心中の奥深くが吐露された言葉の数々があり、その意味では、火野の「心の記録」にもなっている。同時に、大東亜共栄圏の理念に強い調子で賛同する、雄々しく、それでいて大政翼賛的な言葉も同居していた。

火野の従軍手帳を保存管理している北九州市立文学館の館長の今川英子さんは、次のように言う。

「日中戦争から太平洋戦争にかけて数多くの作家たちが戦場に向かい、そして言葉を綴っています。でも火野ほど兵隊の気持ちを汲んだ作家はいないのではないでしょうか。火野が綴った言葉の数々は、当時の日本人の気分、空気を代弁しているように感じます。いまの時代にもういちど見つめ直すべき価値のある言葉だと思います」

戦場での火野自身の「心の記録」と大東亜共栄圏の理念へ共鳴。いったい、どちらが本当の火野の言葉なのだろうか。あるいはどちらも本当の火野の言葉なのか。当時の時代状況も火野の心中も知らない貧弱な頭で想像してみても、ぼんやりとした像しか浮かんでこなかった。

私は、ある作家に手帳を見てもらおうと考えた。

作家が見た作家の手帳

浅田次郎さんは、二〇一一年六月から二〇一三年九月にかけて集英社から刊行されたシリーズ『戦争×文学』の編集委員を務め、四年がかりで日清日露の戦争の時代から現代に至るまでの「戦争文学」作品の編纂に取り組んだ。文学者の戦争との切り結びについての深い考察を続けてきた作家である。浅田さん自身、高校卒業後の一九七一年から一九七三年の二年間、陸上自衛官として勤務した経験を持つ。

北九州市立文学館の厚意で、浅田さんに火野の従軍手帳を実際に見てもらう機会が実現した。

初めて目の当たりにする手帳の数々を前に、浅田さんは、しばらくの間、声を発しない。慎重な手つきで、日中戦争時代に火野が綴った手帳を取りあげ、ページをめくる。細かくびっしりとつらなる火野の文章を目で追いながら、浅田さんは自身の自衛隊時代を重ね合わせる言葉を発した。

「読み書きの習慣のある人が軍隊に入ると、読むこと書くことをものすごく渇望する。僕自身もそうでした。自衛隊では日頃、字を書く習慣っていうのがないし、その必然性もほとんどないわけです。字が書きたくてたまらない。何か読みたくてたまらない。だから細かい字でびっしり書いてあるのを見ると、火野が戦場で字を書くことに渇望していたという感じがします。この気持ちはよくわかります。僕も昔、演習場の中にいたりすると、字を書きたくてしょうがなくて、通信帳の余白のところに、何でもいいから、わけのわからないことを書いていた記憶があります。自分の本質はそこにあるわけだから。火野もその渇望がもとになって、こういうたくさんの手帳を残したんじゃないですかね」

浅田さんは、二冊目の手帳『杭州2』に鉛筆で「注射のこと」と走り書きされた文言に反応した。

「これは小説に何か、生かそうとしたメモですね。「注射のこと」とか書いてあるけど、本人だけがわかればいいんです。気持ちがよくわかります。八〇年近く前でも、小説家は、作業として同じことをしてるというのは、ちょっと感動的でもありますね」

火野の従軍手帳のところどころに散見される創作メモ。『杭州1』にも、「玉子のこと」、「現地除隊のこと」、「慰問袋のこと」などと走り書きされ、さらに様々な名詞が書き殴られている。それだけだと、私には何のことなのか、さっぱりわからない。しかし、火野が記憶の起爆装置として、目前にあるもの、あるいは思いついたことを片っ端から書き留めていたことは、はっきりとわかる。

「小説というのは、やはり人間を描くものだし、とりわけ人間の苦悩を描くものだと思います。そうすると、戦争とか戦場っていうのは、人間の生活、人間の苦悩の究極の形が凝縮されているので、作家として書き留めておかなくては、という瞬間がたくさんあるんだと思います。妙な使命感だとか倫理感とかではなくてね。ここに書いてあることは、それが記録であれ、個人の日記であれ、一兵士のね、全くの真実ですからね。貴重です」

浅田さんは、そう言うと、再び手帳に目を落とした。

二　沖仲仕の家に生まれて

『花と龍』の世界の中で

高倉健、石原裕次郎、渡哲也、萬屋錦之介、藤田進……一九五〇年代終わりから七〇年代初頭にかけて、きら星の如き映画スターたちがこぞって演じた役がある。実に六回にわたって映画化され、二〇一四年一一月に亡くなった地元北九州出身の高倉健に至っては、二度もその役をつとめている。

東映、松竹、大映、大手映画会社が競って映画化した作品の主人公は、圧倒的なヒーローでもとんでもない悪者でもない、沖仲仕の玉井金五郎。彼を主人公にした作品が『花と龍』だ。明治の終わりから昭和の前半、石炭産業が花盛りの時代に、筑豊炭田から石炭が集まり、積み出し港として日本一の取扱量を誇った北九州若松が舞台である。

その地で、石炭荷役、つまり沖仲仕として、一時代を築いたのが玉井金五郎だ。愛媛松山で生まれた金五郎は小学校にも行くことができず、年若くして故郷を後にする。若松に腰を落ちつかせる前に門司港、戸畑港と仕事場を移り、裸一貫で若松の沖仲仕のとりまとめ役となり、「玉井組」を立ち上げた。『花と龍』は、両肩から腕にかけて龍の刺青を、左手の骨節には桃の実と葉の刺青を入れていた金五郎、そして妻の女仲仕のマンをめぐっての一代記である。この金五郎こそが、火野葦平の実の父親だ。『花と龍』は、火野が実際に体験した出来事と、伝え聞いた話を交え、父中心に描いた実話ベースの物語である。

作家・火野葦平が生まれ育ち、『花と龍』の舞台となった北九州若松を私がはじめて訪ねたのは、北九州市立文学館で火野の従軍手帳を目の当たりにした直後、二〇一三年三月のことだった。

前夜から降り続く雨はやまず、小倉のホテルを出たとき、軽く肌寒さを感じた。鹿児島本線を戸畑駅で降りて、五分ほど歩くと目の前には海が広がっていた。洞海湾である。渡船場で、戸畑と対岸の若松とをむすぶ北九州市営若戸渡船に乗り込む。午前十時。客は私ひとりだけだった。雨脚は強まっていたが、それでいて洞海湾は、おだやかで波一つない。完成当時は東洋一とうたわれた、全長二〇〇〇メートルの朱に塗られた若戸大橋が、こちらを睥睨《へいげい》するようにその威容を誇っている。

ディーゼルエンジンがかかり、第十八わかと丸は湾に波を起こし進み始めた。上海のバンドとは規模が違うものの、向かって行く岸際にはレトロな建物がぽつぽつと点在しており、大橋の真っ赤な巨大な橋脚と不思議なコントラストを織りなしている。潮の匂いとディーゼルの排気が入り混じり鼻腔《びこう》を刺戟《しげき》する。だんだんと大きくなってくるレトロな建物群を見ていると、自分がタイムトリップをしているような気分になった。わずか三分で、私は戸畑の対岸若松の地に上陸した。

湾沿いを歩くと、すぐに目に飛び込んで来たのは、茶色い煉瓦で覆われた三階建ての上野ビルである。ミシミシと軋む木の扉を開け、中に一歩足を踏み入れると、木の床に塗り込められたワックスの濃厚な匂いが漂い、幼き日々に通った小学校の木張りの廊下を想い起こさせた。中央部が吹き抜けになった築一〇〇年を超す建物はかつて三菱合資会社の事務所として使用されていたという。さらに湾沿いを歩くと、赤い煉瓦が鮮やかな旧古河鉱業若松ビル、栃木ビルなど、大正期につくられた建物が古の面影そのままに眼前にあった。石炭会館にいたっては明治期に造られたもので、若松バンドは、同じ北九州の門司港レトロ地区ほどの規模ではないが、先人の息吹が各所に漂っていた。一九五四（昭和二九）年に公開された藤田進主演の『花と龍』で金五郎と対立する友田組が若松港でちょっとした睨み合いをするシーンが描かれているが、その背後にレトロな建物群が映し出されている。この映画を最初に観たときには、あまりにも出来すぎでセットだと訝《いぶか》っていたが、若松を歩いてみると、なんということはない、それは実景そのままだった。

若松駅を通り過ぎ、西方へ五分ほど歩いていくと、石垣の壁に囲まれた大きな屋敷が見えてきた。北九州市の文化財に指定されている「河伯洞《かはくどう》」である。築七〇年を超す木造家屋に入ると、にこやかな笑みを浮かべた年老いた男性が迎えてくれた。

玉井史太郎さん、七六歳。火野の三男である。私を奥の座敷に誘うと、ゆったりとした北九州訛りでこちらの眼をじっと見ながら、語った。

「葦平の子どもが七人おったけれど、そのうちもう五人死んでしまいました。私と妹が残っておるだけなんですね」

「河伯洞」は、河童好きだった火野にちなんでつけられた名前だ。火野が暮らしていた時から、火野はこの家をそう呼んでいた。北九州市が、遺族から建物の寄付を受け、土地を購入し、修復工事を行い、一九九九（平成十一）年から史跡火野葦平旧居「河伯洞」として一般公開している。運営管理は、市が河伯洞管理運営委員会に委託、史太郎さんは、委員会の代表である。

「この座敷でいつも葦平は客人を招いて、宴席をひらいていました。それが楽しかったんでしょうね」

一五年前に、『河伯洞往来』という随筆で父の思い出を綴った史太郎さんは、いまも父の生涯と、背景にあった時代がどのようなものだったのか考え続けている。

「明治の末年頃に生まれて、大正デモクラシーという時期を学生で過ごし、そして昭和に入って、地元若松で労働運動に熱を上げ、そして戦争に入っていく。葦平の生涯を振り返ると、日本でも一番激動の時代だったんだなと、それを葦平は生き抜いてきたと思うんです」

私は、若松で火野が生まれ育った時代の残像を求め、その足跡を辿っていくことにした。

各地から集まった「ゴンゾウ」

火野葦平、本名玉井勝則は一九〇六（明治三九）年、父玉井金五郎、母マンの長男として若松に生まれた。日露戦争の勝利の余韻が残る北九州は、当時熱気に包まれていた。日清戦争後の特需にこたえるため、八幡に官営の製鉄所が造られたのは、五年前の一九〇一（明治三二）年である。近隣地区である戸畑には鋳物工場ができるなど関連産業の進出が相次ぎ、活気を呈していた。若松には、一八九一年に鉄道が開通し、筑豊から出た石炭の積み出し港として栄えていた。火野が生まれたのは、金五郎が荷役請負業玉井組を開業した年でもあった。

石炭産業最盛期の若松の様子がどのようなものだったのかを知りたく思い、渡船場近くにある若築建設の付属施設わかちく史料館を訪ねた。若築建設の母体は一八九〇年創業の若松築港会社だ。洞海湾の浚渫を手がけ、大型船の入港を可能にし、八幡製鉄をはじめとした大企業の操業を助けた会社である。

この史料館に保管されている一枚の写真に目が吸いよせられた。それは、明治三〇年代に撮られた若松駅周辺のパノラマ写真である。引き込み線は少なくとも三〇列ほどあり、そこに三〇両ほどに連結された貨車が停まっていた。往時には隣の藤ノ木駅まで引き込み線は延びていたという。現在、ＪＲ若松駅の横は、「久岐ノ浜ニュータウン」になっているが、高層マンションを含む広大なアパート群は、かつての引き込み線の跡地を利用して造られたものである。

パノラマ写真をよく見てみると、駅のすぐ横の海に筑豊から運び込まれた石炭を積載するための帆船、機帆船が無数停泊している。写真に写っているだけでおそらく数百艘は停泊している。そのことから「矢だに通さず」つまり矢を通さないほど密集していたといわれた。それらの小船から、沖の本船に石炭を積む。その作業を担ったのが、沖仲仕たちだった。最盛期には、若松だけで四〇〇〇人の沖仲仕が働き、年間で八三〇万トンの積み出しがあったという。

沖仲仕は、若松では「ゴンゾウ」あるいは「ゴンゾ」と呼ばれた。語源は「諸説あり」、だ。昔、布で編んだ草鞋《わらじ》のことを「ごんす」と言い、それを履いていたからという説や、「ごんぞう」という腕力の強い人気者の名前から出た説などがあり、はっきりしない。若松には、日本各地から「ゴンゾウ」たちが集まった。玉井組も同様の人員構成で、そこには当時植民地だった朝鮮の労働者も含まれていたという。

私は「ゴンゾウ」についてもう少し詳しく知りたいと思い、文芸評論家で火野の資料整理を進める「火野葦平資料の会」代表の坂口博さんのもとを訪ねた。さっそく坂口さんは、海沿いにある木造の小屋に案内してくれた。

「もともと若松の地元では、ゴンゾウという言葉に、親しみをこめていました。この小屋の中に、港湾荷役労働者は、作業道具をおいて、海に出て行って石炭荷役をしました。だからここは、ゴンゾウ小屋と呼ばれているんです」

火野はゴンゾウを「酒とバクチと女とに溺れる半博徒」で「一種のヤクザ」とし、「理性より感情がいつでも先に立っている」と言いながらも、彼らに愛情を注いでいた。ゴンゾウについてエッセー、小説でたびたび触れていることからも、火野にとってかなり重要な存在であることがわかる。

飲んだくれで喧嘩太郎の仲仕たちを統御してゆくことはけっして生やさしいことではなかったが、一面ではきわめて美しい人情が一筋の河のように貫き流れ、一切がこれに依ってわけもなく解決された。これらの人情は低俗といわれ、高級な精神ではないと蔑まれる。そのような人情の世界で私は生長してきた。私はこの荒くれ男たちが好きになった。

（「石炭の黒さについて」）

飲んだくれ、喧嘩太郎、低俗、荒くれ男。こんなゴンゾウを火野は好きだ、と書く。だが、沖仲仕と文学は、ちょっと想像だけでは直結しにくい。荒くれ男に囲まれて、彼らの人情の世界で成長した火野は、いったいどんな経緯で作家の道を歩むことになったのだろうか。

文学少年

「葦平の書いた日記がありますよ、持ってきましょう」

そう言って、史太郎さんが河伯洞の奥の部屋から持ってきたのが、Ａ４のプラスティック箱だった。中を開けると、二冊の日記が入っていた。一九二〇年と二二年、つまり火野が一四歳と一六歳のときに書いた日記である。よく見ると、ふたつとも形状が似通っており、タイトルは「新文章日記」となっていた。当時新潮社から発売されていた作家を志す若者をターゲットにした日記帳だった。武者小路実篤などの文豪、そして流行作家の面々の写真がところどころに附されている。彼らの作品の一部も例文として掲載され、文章修業の助けになるようになっていた。

「書くことが好きだったんですね」

そう史太郎さんが言うように、火野はそれぞれの日記に文字をびっしりと綴っていた。一番多いときには、一行に三列文字をつらねていた。拡大鏡を貸してもらったが、それでも判読できないほどの情報量である。クロス製の表紙で、経年により糊付けが剝がれかけている一四歳の時の日記は、こんな書き出しで始まる。

一月一日　一年ノ計ハ元旦ニアリ　零時を早一秒過ぎた

ユーモラスな感じもするが、後年戦場でもまさに流れていく一秒をも留めて文章にして残そうとした、火野の言葉への執着の原点のようなものも感じられた。多感な時期である。日記には、心を寄せる女の子への思いを繰り返し綴っていた。ある頁だけでも「静子の心の魔性」、「前途も希望も、成功も静子のため」「チャーミングな女のハート」「恋ローマンス（片思ひ、ああ泪が出る）」「美しい恋　そのものを慕ふ」。他愛ないメモのようにも見えるが、この時期しかない心の動き、機微を懸命に書き留めようとしていることがひしひしと伝わってくる。

史太郎さんが日記をめくりながら、「本はずいぶん読んでいたようです」と言うように、火野は手に入れ、濫読した著名や著者名を細かく記している。

ダヌンツィオ『死の勝利』、ツルゲーネフ『その前夜』、ドストエフスキー『カラマーゾフの兄弟』。日本の作家では、芥川龍之介、佐藤春夫、武者小路実篤などを、詩は北原白秋、萩原朔太郎などに傾倒していた。日夏耿之介の詩集を購入したことも、日記には書かれていた。

史太郎さんによれば、そもそも文学に対しての素地は、かなり早い段階から出来上がっていた、という。小学校低学年から読書に目覚めて、高学年にもなると、英雄豪傑の活躍が書かれた本を読みあさった。随分と早熟だったようで、この頃早くもイラストつきの自作の小説も書き上げている。成績優秀で家も資力があったため、一三歳で地元の名門小倉中学に進学するのだが、その年、父金五郎の郷里の愛媛松山に行ったことが決定的だったようだ。

松山は夏目漱石の『坊っちゃん』ゆかりの地である。ここに暮らす従兄弟の菅義則という文学青年の薦めで『坊っちゃん』、『吾輩は猫である』、『二百十日』などを読んで以来、火野は漱石などを耽読し、文学の道に進むことを決意する。中学三年の頃には、数人の仲間とともに『漁火』というガリ版刷りの雑誌を発刊、四年になると、東京に行って早稲田に進むことを決意する。火野は日記にこう記している。


理想としては、早稲田へ、文壇へ、世界文学史上へ

早稲田から文壇、そして世界文学史上へと、なんとも壮大だが、当の本人はいたって真剣だったようである。史太郎さんは語る。

「文学をやるためには早稲田だと、決めていたんですね。野人的な校風といいますかね、そういうことも気に入っていたようです。早稲田への思いは一筋縄ではなく、私たち子どもにまでも早稲田に行けっちゅうてたですね」

しかし、金五郎の猛反対に遭う。金五郎曰く、「仲仕に学問はいらん、中学でも上等すぎる」。しかし火野が泣くようにして哀願すると、受験を許可してもらえたという。

この頃、火野は、「女賊の怨霊」という短編をしたため、小倉市の『揺籃』という同人誌に投稿した。坂口さんが、「女賊の怨霊」の掲載号の写しを、一部わけてくれた。「女賊の怨霊」は、江戸時代を背景にした時代物である。知的障害を持った息子と老いた母親のもとに、美しい女賊が逃げ込み、そのまま彼女を匿うことになる。しかし、老母は、検非違使《けびいし》が立ち入りしたときに金に目がくらみ、女賊を受け渡してしまう。女に惚れていた息子はそのことを知り、母親を殺し、自らも命を絶つという筋だった。

検非違使という江戸期に存在しない制度が書かれるなど、時代考証は不十分で、救いはまったくない曇天のような風景が広がっているような内容だが、それでいて夢とうつつが錯綜し、幻想的な部分もある。中学生が書いたとは思えない巧みなこの作品を読み、芥川龍之介の時代物との共通性を感じずにはいられなかった。火野自身も「芥川龍之介の影響が歴然」とあったことを後に記している。

それにしても私自身の少年時代を思い返すことも野暮なほどの早熟さである。この作品を知った担任から火野は、「中学生の分際で、恋愛小説を書くとは何ごとか」と諭されたという。火野は文学だけではなく、スポーツにも打ち込んだ。史太郎さんは、戦後のエピソードを教えてくれた。

「私が小学校五年か六年生の頃かな、ＰＴＡの野球大会っていうのがあって、親父が出て、すごい弾丸ライナーのセンターオーバーのホームランを打ちました。それでその時の賞品を学校からもらったんやけど、こんな大きなカボチャ。これがホームラン賞ですって」

さらに余暇には、マンドリンをひいたりしていたというから、かなりマルチな才能である。一九二三年、金五郎の説得に成功した火野は、早稲田第一高等学院を受験、合格した。東京で待っていたのは文学三昧の生活だった。

上京、早稲田に入学

玉井勝則青年の文学にかける思いはいかほどのものだったのだろうか。それを実感したいと思っていたところ、若松駅前にある火野葦平資料館に、当時火野が記した原稿が残されていることがわかったので、さっそく足を運んだ。

「月光礼讃」、「ぬらくらもの」、そして「山の英雄」の三つの作品である。いずれも早稲田第一高等学院一年の時に書いたものだった。最初に手がけたのが奥深い山村の人々を描いた「月光礼讃」である。

火野は夏休みに母の郷里の広島に帰郷、そのときにこれを書き上げた。この年の九月一日には一〇万を超える死者・行方不明者を出した関東大震災が起こった。火野は被災はしていないのだが、学校が休校になり、若松に帰郷、そこで「ぬらくらもの」を執筆し、東京に戻ってから書いたのが「山の英雄」である。

「ぬらくらもの」を実際に見せてもらうことができた。一六歳にして書いた自叙伝である。あまり劣化が見えない上質の洋紙五〇〇枚を綴じたものだったが、装幀も火野自身が手がける凝りようだ。表紙右上に「思春期」、左上に「ぬらくらもの」と記されている。タイトルだけを見ると、自身のそれまでの歩みが、ぬらりくらりしたもの、と自嘲しているみたいでもあるが、自家製の装幀から私は、言葉の裏に潜む自己顕示欲にも近い火野の矜持のようなものを感じた。

それは、原稿にも表れている。中を開くと、手帳に見られた、何が何でも綴ってやろうという激しさはなく、万年筆で丁寧に自身の来歴が記されていた。こんな書き出しである。

ぬらくらものが生れた。しかし別に父や母はぬらくらものを産むつもりではなかったかも知れない。ただゆくゆくは総理大臣にでもしようと思っていた奴が、勝手にぬらくらものになってしまった計りである。

文学を志すなどということは、当時は疎まれる傾向にあったため、高額の教育費を払って東京まで出してくれた親に申し訳ないという気持ちから、自身を「ぬらくらもの」と言っているのだろう。ここでも自嘲気味であるが、心中はまったく別であることが強く伝わってくる。内容は学校での他愛ない出来事が縷々綴られたものだが、途中からは火野自身の若き恋愛物語が続いていた。シンプルな文体の所々に自身の心中がありのままに吐露されていて、興味深い。

「ぬらくらもの」の内容は、私が史太郎さんのところで見せてもらった日記の中身と酷似していた。火野が、自身の青春時代の日々の体験を綴った日記をベースにこの自叙伝を仕上げたことは明らかだった。身の回りの雑事はもちろんのこと、心に浮かんだ雑感も漏らさず記録する。そして、後日それらを創作の種として作品化する。火野の執筆スタイルはすでにこの時点で確立しつつあったのだ。

資料の整理にあたっている坂口さんが、高校生にしてすでに作家への道を自分で切り開こうとしていた火野の様子が伝わってくるエピソードを教えてくれた。

「火野は、自身の才能の売り出しにも積極的で、『月光礼讃』を新潮社支配人だった中根駒十郎に提出するが没にされています。童話を一〇編ほど書きためていたのですが、それも、金五郎に九〇〇円を出してもらい、童話集『首を売る店』として自費出版しています」

ともあれ、文学青年の玉井勝則は念願が叶い、早稲田第一高等学院を卒業するとそのままエスカレーター式に早稲田大学の文学部英文学科に進学した。満二〇歳のことである。入学するとすぐに、ロシア文学の翻訳者となる中山省三郎、寺崎浩ら同級生と同人雑誌『街』を創刊する。第三号からは中国戦線で顔を合わせることになる丹羽文雄も参加している。翌年には、詩誌『聖杯』も創刊。ほとんど大学には行かずに、佐藤春夫、エドガー・アラン・ポー、そしてイギリスの詩人アーネスト・ダウスンの詩に熱を上げた。自身が求めてやまなかった、まさに文学三昧の日々だった。

入隊体験とマルキシズム

文学の道を志し、金五郎を必死で説得して入学したにもかかわらず、火野は大学二年のときに、あることをきっかけに早稲田を去ることになる。軍隊への入隊である。

この頃日本では、男子は満二〇歳になると兵役の義務を負っていた。高学歴の学生に対しては幹部候補制度ができ、大学、高等学校、専門学校の卒業生、ないしは在学生がその有資格者だった。

火野も、徴兵検査を受けて甲種合格し、幹部候補生となった。一九二八（昭和三）年二月、大学二年の時に休学、故郷に戻った火野は一〇カ月の義務的兵役につくため、福岡歩兵二四連隊に入営した。

このとき、動いたのが父金五郎である。入学は許可したものの、息子が早稲田に通っているときも、自分の組を継いでもらいたいという強い気持ちを持っていた金五郎は、火野の入隊を機に、早稲田の籍を抜いてしまったのだ。

このことを知らずに、火野は兵役に励んでいた。兵役中も創作意欲は旺盛で、消灯後の寸暇を利用して小説や詩を執筆、下関の文芸誌に投稿していた。

この頃、火野が意識していた小説家は、自殺した芥川龍之介だった。芥川は、当時台頭していたマルクス主義とプロレタリア文学に大きな疑問を持っていて、それが死の遠因でもあったとされている。

大分日出生台《ひじゅうだい》での行軍演習中に、ちょうど芥川の一周忌が訪れたことを火野は自身の青春期の自伝ともいえる『青春の岐路』に書き記し、自身を投影した主人公辻昌介に、当時の心理を吐露させている。まず昌介は一年前を振り返り、「漠然と、文学とマルキシズムの間を振子のように揺れ動いていた」自身にとって、芥川の自決は「大きなショック」だったと告白する。そしてその自殺の原因は「ぼんやりした不安」であり、「身ぶるいするほどそらおそろし」かったと心中描写に踏み込んでいく。昌介自身も「ぼんやりした不安」の中にいると同時に、「ぼんやりした希望」の中にもいるとし、今、後者の方が、若さの特権において、比重を増しつつあると続けた。芥川という大きな鏡を前にした繊細な火野の心の襞が伝わってくる。三二年後、辞世の言葉として、芥川の名とともに「ぼんやりした不安」を再びノートに綴ることを本人はむろん予期はしていない。

謎につつまれた降格事件

火野は芥川同様、プロレタリア文学にはシンパシーを抱かなかったものの、マルキシズムには興味を抱いていたようだ。しかし、そのことがひとつの事件を引き起こした。火野の戦後回顧によると、所持品の検査のときに、同期生の企みでレーニンの『第三インターナショナルの歴史的地位』や『階級闘争論』の翻訳本が中隊長に見つかってしまったというのである。

坂口博さんが調べたところ、この「事件」に関しての火野の回顧には疑問点がいくつもあるという。まず、レーニンには『階級闘争論』と同一名の翻訳書はなく、坂口さんはロシアの労働運動家ロゾフスキーが記した『レーニン――階級闘争の大戦略家』（共生閣、一九二七年）だったのではと推察している。『第三インターナショナルの歴史的地位』も『レーニン――階級闘争の大戦略家』も、当時は合法出版物で、火野が福岡市内の新刊書店で買い求め、営内に持ち込んだものではないかと坂口さんは教えてくれた。

さらに火野は、「アカ」とみなされたものの、中隊長の好意によって憲兵隊には引き渡されずに済んだが、軍律により、除隊の際に軍曹から伍長に降格させられてしまったと綴っているが、そのあたりもおかしいと坂口さんは、考えている。

「合法出版物で取り締まられることはなかったはずです。だからこの件だけで「降格」なのかは疑問が残ります。幹部候補生は、最終試験に合格しないと「伍長」で除隊です。不合格の例は数多くなくとも、よくあるようです。火野の「兵籍簿」を見てみても、「処分」の記載はありません。ただし、数年前に福岡連隊事件という反軍闘争があったこともあり、こういった書物を持っていたことで要注意人物と見なされた可能性はあるでしょう」

「火野自身が必要以上に共産主義を意識していたと思われます。そのため疑心暗鬼に陥って、共産主義との関わり故に自身が降格させられたのではないかと疑ったのではないでしょうか」
除隊したものの、早稲田に戻ることができなくなった火野。足を向けたのは、故郷若松だった。

玉井組を継ぐ

選んだのは、玉井組の後継者となる道だった。火野の落胆ぶりは相当なものであっただろうが、父・金五郎はそのことを心から喜んだ。河伯洞で史太郎さんに見せてもらったアルバムに貼られていた一枚の集合写真が、そのことを如実に物語っている。ずらっと筋骨逞しい男たちがおおよそ七〇人、ひな壇のように並んでいる。みんな「玉井組」と書かれた法被《はっぴ》を羽織っている。玉井金五郎率いる玉井組の新年の記念写真だという。中央に髯をはやし、肩をそびやかしている男がいる。父・金五郎だ。横には、やはり法被姿なのだが、眼光鋭い細面の青年が座っている。火野である。金五郎は、まさに文字通り眦《まなじり》を下げ、目を細めている。満面の笑みの金五郎に対して、火野は少しも嬉しくなさそうな様子で、怒っているようにもみえる。

それでも、玉井組に入った火野は、大学時代の友人中山省三郎らに「文学廃業」を宣言したという。しかし、それは虚勢に過ぎなかったようだ。史太郎さんのアルバムには、ゴンゾウたちが食堂で飯を食べているときの一枚が残っているが、火野は闊達な男たちの中でひとり離れた席でうつむいて座っている。この写真からは、まだ火野の諦めきれない気持ちがにじみ出ているように感じられた。

玉井組での火野の役割は、「若親父」。つまり親分である金五郎の見習いだった。実際の荷役労働をせず、父の経営の手伝いをするかたわら、『若松港湾小史』をまとめるなど、自身の文才を生かす仕事も与えられた。その『若松港湾小史』が火野葦平資料館にあるのだが、石炭をめぐる世界状況の分析から日本、九州と移り、最後は地元若松、というように、マクロからミクロまで丁寧にその時点での社会環境が記述されている。データも満載で、ゴンゾウの賃金の推移ひとつとっても、細かい統計が列挙されており、火野の緻密で妥協しない性分がよく伝わってくる。私が感心していると、坂口さんが資料について説明をしてくれた。

「火野はけっしておおざっぱではありませんでした。数値とかも全部調査したんです。だから若松に限ったわけでなく石炭資料としても役に立つものです。こうして細かい根拠をもって、おかしいところを是正しようとしていたのです」

ゴンゾウが低い賃金で働かされていることに気づいた火野は、搾取される側の不条理を感じ取っていたに違いない。プロレタリア文学とは距離を置いていたものの、過酷な待遇の実態を知ったことによってふつふつと芽生えてきた怒りは、その後の活動に生かされることになる。

労働組合結成に尽力

当時若松では折しも、機械化導入により、経営の合理化が進められ、仲仕の数も、全盛期の三分の一にまで減じていた。火野は仲仕から、直接こんな言葉を聞いている。「これ以上、炭積機が出来たら仲仕はあがったりじゃ」

こうした状況を前にして火野は沖仲仕たちのために立ち上がる。一九三一（昭和六）年三月、火野は若松市内にある極楽寺で、労働組合「若松港沖仲仕労働組合」を結成し、その書記長となったのである。弱冠二五歳であった。

火野は組合を結成すると同時に三菱炭積機建設反対大会を開き、石炭商組合に対する抗議運動を開始する。坂口さんの話によると、石炭商組合は、三井・三菱・住友など大手と、地場大手の麻生・貝島・明治（安川）の「筑豊御三家」、さらに中小炭鉱の販売部門と石炭商で構成されていたという。つまり地元の権力者・大物たちの連合体である。

火野が労働運動に深くのめり込んでいった理由について、坂口さんは、こう教えてくれた。

「火野は、若松にいる人々が好きだったんでしょう。一番は、自分が幼いときから親しんできた玉井組の沖仲仕たち、ゴンゾウとその家族たちだったと思います。目の前の沖仲仕たちが困っていることに対して、自分は何ができるのか、そういう思いで彼は労働運動にかかわっていった」

この頃、火野は文学から足を洗った状態だったが、ゴンゾウの存在が、その後の火野の表現活動に与えたものは大きいと坂口さんは考えている。

「彼らとともに生きていく中で、そこから火野は、自分の文学も考えていくようになったに違いありません」

河伯洞にある別の写真では、玉井組の法被を着た火野が胸を張って、船縁に立っていた。火野は、すっかり恰幅がよくなり、表情には自信が溢れている。玉井組の「若親父」としての年月を経るうちに、火野の内面が変容したことを強く感じさせる一葉だった。

ゼネラルストライキ

労働組合結成からおよそ三カ月後の一九三一（昭和六）年六月一九日、組合員の士気を高めるために、火野が東京から招いたのが、プロレタリア芸術運動の流れにある東京左翼劇場である。演出は戦前戦後を通じて、劇作家、演出家、美術家、小説家などマルチな活躍を見せた村山知義で、徳永直原作の「太陽のない街」と新城信一郎作の「プロ裁判」を上演予定だった。しかし、火野たちを快く思わない地元の政治家で顔役でもある吉田磯吉配下の者たちが劇団員の仮宿舎を襲ったため、公演は中止、このことが火野の心に一気に闘争の火をつけたようだ。四日後、火野は石炭商業組合に所属する会社に対してストライキを指令し、仲仕失業救済資金要求闘争を開始する。

坂口さんによれば、『若松港湾小史』で調べたデータが火野の頭の中に入っていたことが、この闘争に役立ったという。むやみに賃金アップを要求するのではなく、きちんとデータを出したうえで理のある闘いができるからだ。

火野自身の表現を借りると、この闘争は「洞海湾はじまって以来のゼネラルストライキ」に盛り上がっていく。洞海湾の荷役作業が四日間にわたってマヒした。筑豊の炭鉱で働きながら作家として活動した上野英信がこのストライキを『熔鉱炉の火は消えたり』で有名な一九二〇年二月の八幡製鉄争議と並んで、北九州における歴史的な大闘争」（『天皇陛下萬歳』）と記しているように、この闘争は資本家サイドを狼狽させるには十分な効果があった。このとき劉寒吉は「数千人の港の貧しい仲仕達を率ひて寸歩も退却しなかつた」火野の姿を目の当たりにし、「不正と信ずるものの前に断乎として対立」する親友の姿勢に感動している（「霧の夜の七人」）。

六月二七日、組合側が転業資金六万円と争議費用六〇〇〇円を出すことを会社側に提案し、急転直下争議は解決したという。その後、火野は、文学仲間たちと北九州プロレタリア芸術連盟を結成し、雑誌『同志』も創刊、再び表現活動へと足をつっこんでいく。

メディア・イベント

火野主導のストライキから二カ月後の九月、中国東北部では、関東軍参謀らが満州占領を企て、奉天郊外柳条湖の南満州鉄道の線路を爆破した。関東軍司令官本庄繁は、これを中国軍の所為として総攻撃を命令した。満州事変の始まりである。この事変に対し、メディアは白熱、各新聞は、関東軍の戦果を一面で華々しく報じていく。日本放送協会のラジオは、連日、勇ましいニュースを流し、一気にリスナーを増やした。軍とメディアの蜜月関係ができあがっていったのは、まさにこの時期からと言われている。

文学者は、事変とどのような距離を持っていたのだろうか。大妻女子大学で近現代日本文学の研究を専門とする五味渕典嗣准教授によると、小林多喜二のように反戦の意志を記した書き手もいたが、基本的には、ほとんどの文学者が危機感を持って受け止めなかったという。

「翌年の第一次上海事変では「爆弾三勇士」がメディア・イベント化したこともあって、与謝野鉄幹が歌詞をつけたという話などもあります。たびたび中国大陸への出兵が繰り返されている中で、また、日露戦争以来の「満蒙は日本の生命線」という理解の中で、満州への出兵を新たな「戦争」の始まりと受け止めた文学者がどれだけいたか。私は、ほとんどいなかったのではないかと思っています」

爆弾三勇士とは、一九三二(昭和七)年一月に、上海の共同租界の周辺で日本海軍の陸戦隊が中国の第一九路軍と交戦を開始、二月には、日本が陸軍三個師団を派遣するほど戦闘に発展した第一次上海事変のとき、爆弾ごと敵陣へ突入し日本軍の進路を開いたとされる九州出身の江下武二、北川丞、作江伊之助の三兵士のことである。爆死した三人を新聞は勇士として美談に仕立てあげ、大々的に報道し、与謝野鉄幹の作詞による「爆弾三勇士の歌」や映画や演劇もつくられ、国民的な熱狂を呼び、一大イベントと化した。

逮捕と再始動

火野はこの第一次上海事変を目の当たりにしていた。このころ、上海の三井埠頭で働く苦力《クーリー》がストライキに突入し、日本の艦船が航行不能に陥った。玉井組を含む聯合組は、主に三井物産の仕事をしていたため、三井の応援という名目で上海に派遣された。若松の彼らが選ばれたのは、上海から、いちばん近い、まとまった仲仕集団だったこともあるようだ。一九三二年二月二日、玉井組は三井物産の船に石炭を積み込み、五二名の仲仕とともに洞海湾を出航する。火野もその一員として、上海で、およそ一ヵ月にわたって石炭荷役に従事する。このとき、仕事の合間に街中で見たのが第一次上海事変だった。

上海から帰国した火野は、二月の終わり非合法活動の疑いで特高の刑事に検挙され、若松警察署に留置される。北九州プロレタリア芸術連盟との関係が嫌疑に問われたのだった。一週間ほどで釈放されたものの、このときの経験が火野の中にある変化をもたらすこととなる。「前年のストライキのころから日本共産党とコミニズムとに疑惑を抱きはじめていた」火野は、「この検挙にあつてハッキリと転向を決意し」たという。だが、火野自身「転向」という言葉を使っているが、坂口さんによれば、それは火野の韜晦《とうかい》ではないかと言う。

「「転向」とは理念的なものです。葦平にはそういった思想的なものよりも、現場の労働者への共感、そうした感情が優先します。もちろん、長く獄中にいた同志たちへの負い目をこの時から感じています。きわめて広義には「転向」といって間違いではないにしても、葦平には適用しづらいものです」

この年の五月一五日、一部の海軍青年将校と陸軍士官学校の生徒たちが、首相官邸などを襲い、犬養毅首相を射殺した。いわゆる五・一五事件である。世の中が急速に右傾化していくこの時期、火野は地元北九州の仲間たちのサポートで作家活動を再始動させている。火野を支えたひとりが北九州でクリーニング店を営む傍ら画業に励んでいた星野順一という人物である。星野の長男・允伸さんの話によると、酒の席で、星野が火野を同人誌「とらんしつと」のメンバーに誘ったというのが、火野が再び文学の道に進むようになったきっかけになったようだ。

「とらんしつと」は作家の劉寒吉、岩下俊作らが創刊した詩誌だった。岩下の三男の八田昴さんの話によると、それまで主流だったプロレタリア詩と抽象的な詩ではなく、もっとロマンのある詩を書こうということで、岩下ら五人ほどでスタートしたという。火野と星野が加入し、詩の形式が叙事詩的に変化した。編集は劉寒吉が中心になって行い、表紙には福岡出身の画家青柳喜兵衛の絵を使った。

岩下俊作は『無法松の一生』原作の『富島松五郎伝』で注目され、後に直木賞候補になった作家である。当時の福岡には岩下のほかにも、『肉体の秋』で後に芥川賞候補となった矢野朗、三度にわたって直木賞候補となった原田種夫、そして芥川直木両候補となったことがある劉寒吉ら多士済済で、火野も彼らに大きな刺戟を受けている。坂口さんが教えてくれた。

「北九州には文学系の学校がないので学生の活動は目立たず、東京とは様相を異にしてますね。八幡の製鉄、そして小倉の工廠、そして門司の鉄道など幅広く近代産業が発達しており、流入人口の多さ、それによる混同《シャッフル》によって文化が発展したのです。文学活動も、労働者を中心にした人々によって、活発に展開されていました」

火野は、再び文学の道に突き進み、福岡の『九州文化』や『九州芸術』、そして久留米の『文学会議』など他の同人誌にも加わって叙事詩や短編を発表していく。

そして、書き始めた小説が『糞尿譚』だった。

主人公のモデルは、玉井組に出入りしていた実在の糞尿汲み取り業者だった。火野は若松市内で糞尿汲み取りに奔走する父の友人の藤田俊郎の日常に関心を抱き、直にその労苦を聞き出し、創作のアイディアを練りあげていった。火野は彼を焼酎好きの主人公の小森彦太郎に仕立て上げた。小森は発展家で、周囲から冷たい視線を浴びながらも実績を伸ばそうと奮闘するが、なかなかうまくいかない。しかし、市指定の汲み取り業者に選ばれたことを転機に事業は急激に発展するが、それも長続きせず、最後には阿部という狡猾な人物に事業を乗っ取られてしまう。失意の彦太郎が糞尿を捨てに行くと、集落の男たちから罵られ、土砂を浴びせられる。怒り心頭に発した小森は、柄杓で糞尿を男たちに撒き散らす。小森の心のなかでは、それまで己の非力さへの悔恨とともに、奇妙な恍惚感が湧きあがってくるのだった……。

ラストの場面が極めて印象的な作品だが、火野は故郷の庶民をひとりひとり丹念に描くことで物語全体を生き生きとしたものに作り上げることに成功している。石炭産業興隆の若松で、英雄豪傑ではなく、あえてスポットライトがあたりにくい立場の人々にズームインした火野の目線の低さも心に残る。兵役から戻って以降、玉井組の若親父として、あるいは労働組合の書記長として、貧しい人々のために文字通り身体を張ってきたことで培われてきた火野の庶民に対する優しさが感じられる名作である。『糞尿譚』は徹底した庶民賛歌であり、火野文学の原点だった。

アカガミキタ

一九三七（昭和一二）年七月七日深夜、北平（現・北京）の西南端から一〇キロ余に流れる永定河にかかる盧溝橋付近で、日中両軍の武力衝突が起こった。これを機として八年にわたる戦争に発展する。日中戦争である。中国軍がそれまで頑強に長期にわたって日本軍に抵抗したことがなかったこともあり、陸軍大臣杉山元は、天皇に対して一ヵ月で片付くと上奏した。

両国間に警戒と緊張が高まるなかで、七月下旬には北平付近で日本軍と中国軍の間で衝突事件が発生、これをきっかけに日本軍は七月二八日、華北で総攻撃を開始する。日本国内の世論も「暴支膺懲」（荒々しく道理にもとる中国を懲らしめるという意）の熱が高まっていったが、この段階では、まだ近衛首相および軍中央は戦場を華北にとどめる「不拡大方針」を打ち出していた。しかし、陸軍参謀本部の中堅将校や海軍軍令部の中の「中国に強硬な態度で臨むべき」と主張するグループ「拡大派」に徐々に翻弄されていく。

こうしたなか、八月九日、上海において海軍中尉と水兵一名が中国保安隊に射殺される事件が発生、一三日には海軍の陸戦隊と中国軍が交戦し、第二次上海事変が始まる。八月一五日、近衛内閣は「支那軍の暴戻を膺懲する」という「帝国声明」を発表、これを受けて海軍航空隊が南京を爆撃、陸軍参謀本部は二個師団からなる上海派遣軍の編成を命令した。こうして戦場は上海、南京などの華中へと一挙に拡大、全面戦争状態になっていく。九月はじめ、政府は「北支事変」から「支那事変」に名称を変更、「抗日支那の膺懲」のため、挙国一致による戦争遂行を呼びかけた。

日中戦争勃発から二カ月後、親戚の戦死者を弔うために松山に滞在していた火野のもとに、金五郎からの電報が届いた。

「アカガミキタ、一〇ヒニユウエイ、スグカエレ、チチ」

当時の火野は『糞尿譚』を書き上げるために慌ただしい日々を送っていた。小倉の部隊に入営する前夜にも書き終わっておらず、仲間が主催してくれた壮行会でも別室で書き続け、その場で脱稿した。火野は宴席に戻り、仲間たちに「日本一くさい小説を書いたぞ。これが置き土産じゃ。今、クライマックスを読んで聞かせる。みんな鼻をつまんで、よく聞け」とすこしおどけながら、主人公・小森の怒りが描かれた最後の十数行を朗読したという。

さあ、誰でも来い、負けるもんか、と、憤怒の形相ものすごく、彦太郎がさんさんと降り来る糞尿の中にすつと立ちはだかり、昂然と絶叫するさまは、ここに彦太郎はあたかも一匹の黄金の鬼と化したごとくであつた。折から、佐原山の松林の蔭に没しはじめた夕陽が、赤い光をま横からさしかけ、つつ立つてゐる彦太郎の姿は、燦然と光りかがやいた。

実際にその飛沫を浴びたらたまらないのだが、何とも映像的なシーンである。糞尿という本来は汚いとされるものが夕陽の中で小森とともに黄金色に輝いている様が、鮮やかに目に浮かんでくるようなラストである。もしかしたら、これから命を失う可能性もある未知の戦場に向かう火野は、この大団円を書きながら、自身を小森に見立て「誰でも来い、負けるもんか」と自らを鼓舞していたのかもしれない。

三　参戦

分隊長として向かった中国

足が泥濘にとられ、思うように進めない。それでもどうにか片足を抜こうとすると、もうひとつの足に重みが乗り、そちら側が奥深くめり込んでしまう。遠浅の海が続き、一歩足を踏み出すごとに、足にくくりつけた鉛が重みを増していくような気分になってくる。

二〇一三年六月、私が来たのは、中国・上海市から車で二時間ほどの杭州湾の北岸に位置する金山の海岸である。カメラマンの松宮がカメラを肩に背負い、火野が上陸したと思われる地点の海に入っていく姿を見ているうちに、私も歩いてみようと思い立った。

七六年前、火野はどのような思いで、この海を行軍したのか、追体験を試みた。行く先にあるのは、何が待ち構えているかわからない異国の地。しかも火野がこの海域に到達したときは夜明け前で、あたり一面まっくらで、発動艇のエンジン音だけが響いていたという。「跳び込め」という命令を受けたとき、周囲は濃い霧につつまれていた。

私達は水の上に跳び下りた。膝までづぶりと浸り、足がぬらぬらしたものにはまりこんだ。膝頭に刺さるやうに水の冷たさが滲みた。艫《とも》の方から跳び下りたのは腰まで海水に浸つた。誰か水の中にひつくり返つた。〔中略〕見渡しても水面ばかりで何にも見えない。陸地らしいものはない。

（『土と兵隊』）

火野が五〇メートルほど歩くと、だんだん浅くなり水はなくなったが、下はどろどろの泥砂だった。一足毎にぬめりこんでなかなかぬけない。かすかに海岸の堤防と思われるものが見えてきた。距離にして七〇〇メートルほど先だった。前方から軽機関銃の音が襲ってきた。それを合図に、豆を煎るような小銃の音がつづく。耳の傍を弾丸が通っていく。仲間の兵隊が倒れても、見返る余裕もなかった。さぞかし不安だったことだろう。

ぎらついた太陽が、まるであざ笑っているかのように感じられてきた。私は、中途半端なまねごとをしたことを後悔した。遠浅の泥砂は、火野の描写同様、確かに私の足下にあった。微生物や魚が死んだあとなのか、あたり一面、ヘドロの匂いがする。七〇〇メートルどころか、一〇メートルも進まないうちに汗だくになりギブアップ、岸辺へと戻った。

中国上陸までの火野の足どりを振り返ってみよう。赤紙を受け取った火野が、一九三七年九月一〇日、入営したのが地元小倉の部隊だった。所属は、第一八師団一一四連隊である。身分は幹部候補生の訓練で獲得した陸軍伍長。第二大隊の第七中隊の第一小隊の分隊長を任されることになった。

火野の従軍手帳でこの時期のことが記されているのが『杭州2』である。表紙に「従軍手帖」と印字された陸軍恤兵部から頒布された上質な手帳だ。その表題通り、杭州に到着した一九三七年の年末以降に書かれたものと思われるが、火野は初期の激戦と繰り返される行軍の日々の切実さを追憶し、それを忘却しないようにメモしていた。

手帳の中で「土と兵隊」と題された頁から数頁にわたっているのは、小倉の部隊が門司を出航してから南京に至るまでの自身の足どりの記述である。逆に手帳の後ろの方に「我が戦記」と頁中央に力強くタイトルが書き殴られ、その横には、「第一章　土と兵隊」「第二章　花と兵隊」「第三章　麦と兵隊」と記されていた。その頁からおよそ三〇頁にわたって箇条書きされたのは、おもに上陸直後の行軍でのメモである。

手帳以外にも同じ時期のことを火野自身が綴った手記はもう一つ残されている。火野が所属した第七中隊の清水吉之助大尉が、文才のある火野に「中隊戦史」をまとめるように命じていたのだ。『江南戦記』と呼ばれるもので、火野の研究を長年進めている関西大学の増田周子教授がそのオリジナルの貴重な写しを、一部わけてくれた。

日付から『杭州2』同様、杭州滞在時に書かれたものだとわかる。西洋紙二三枚に、上陸以来、杭州の守備隊に配備されるまでの五カ月の日常と作戦が細かい字でびっしりと綴られている。部隊から命じられた半ば公式記録のため、自身の心中などは記されていないが、初期の火野の戦場での実状を探るのにまたとない資料である。ちなみに、火野が日中戦争に参戦してから発表した第二作『土と兵隊』は、杭州湾上陸作戦から南京に向かう行軍時の体験を弟に対して出した手紙という形式の作品で、『杭州2』と『江南戦記』と重なり合う部分が多い。

さらにこの時期に書いたもので貴重なのは、火野が親しき人々に戦地から送った手紙類である。そこに火野は、『土と兵隊』に綴りきれなかった戦争の真相、そして自身の心中を赤裸々に記していた。以後、火野が「戦争作家」へと変容していく日中戦争下の初期の半年間を『杭州2』『江南戦記』、手紙に綴られた言葉を手がかりに探っていく。

中国への海路

火野が中国に上陸するまでの経緯を『杭州2』を頼りにたどってみよう。一九三七年一〇月九日、門司港から輸送船大平丸に乗り込んだ火野だったが、すぐに中国には向かわず、五島列島に上陸する。

十月十五日　五島福江湾にて　五島に泊つたことの不審

作戦の詳細を知らされていない火野にとって謎につつまれた停泊だったことがわかる。兵隊たちの間で噂や風説が飛び交い、自分たちがどこに行かされるのか、疑心暗鬼が広がっていたという。『杭州2』によると、火野の部隊は、ここに二週間あまり滞留し、上陸戦闘訓練をするなど準備にあたっている。火野が五島列島に上陸した日、日本軍は部隊の編制を行い、火野の所属する第一八師団は、熊本の第六師団と宇都宮の第一一四師団とともに柳川平助中将率いる第一〇軍（通称柳川兵団）に組み込まれた。

この柳川平助という人物が、その後の南京事件にいたる日本軍の戦いにおけるキーパーソンだと中国近現代史が専門の都留文科大学名誉教授・笠原十九司さんが教えてくれた。柳川は天皇中心主義の立場から急進的な国家改造を目指す陸軍皇道派の中心メンバーだった。一九三四（昭和九）年から第一師団長を務め、同師団は皇道派青年将校の最大の牙城となる。彼らと対立する統制派が主流を占める陸軍当局は、皇道派の盲動を押さえようとして、一九三五年一二月に柳川を台湾軍司令官に転出させ、第一師団の満州派兵を決定した。この措置に反発、危機感をもった皇道派の青年将校たちが「昭和維新」の決行を決断して引き起こしたのが、二・二六事件である。事件鎮圧後の「粛軍」によって柳川も予備役に編入されたが、上海戦で苦戦を強いられた参謀本部作戦課長の武藤章らが考えた杭州湾上陸作戦のために、一九三七年一〇月に召集され、第十軍司令官として現役に復帰したのである。

そんな柳川から火野たちに具体的な戦闘計画が伝えられたのは、一一月に入ってのことだった。上海付近の制圧である。この頃、上海で、日中間の戦闘が激化し「第二次上海事変」とも呼ばれる事態に発展していた。柳川兵団は、上海の中国軍を背後から攻撃するため、上海南方の杭州湾に向かうことになったのである。海軍第四艦隊の援護のもと、一六六隻の輸送船に分乗しての隠密作戦だった。一一月四日、火野は上官から「上陸後の注意」を受ける。おそらくそのときに命の保証はないといったことも言われたのか、『杭州2』には「手紙かけ」と綴られている。

おそらくこのメモがベースになったと思われるが、小説『土と兵隊』では、船に乗っている間、兵隊たちは「誰も日記をつけ、手紙を書いて」いたことが描かれている。そして火野の悲壮な覚悟が如実にあらわれている文言も『杭州2』にはあった。

遺言状のつもりでどんなにつかれてゐても日記をつける

上陸前夜にきこえてきたのは「決死隊の宴会のさわぎ」だった。敵地に上陸したら明日にも戦死するかもしれないという恐怖が火野を支配していた。

生まれて初めて兵隊として踏み込む戦場。火野は、その現実をいかにしても想像することができなかった。

杭州湾敵前上陸

柳川兵団が七万の兵力で上海近郊の杭州湾に到着したのは一一月五日の夜半過ぎである。前述したように、遠浅の海岸を兵隊たちは歩いて敵前上陸をこころみた。堤防にたどりついたときに白兵戦を覚悟していた火野だったが、すでに敵兵の姿はなかった。笠原さんが入手した中国側の資料によると、国民党軍は杭州湾上陸を知ってから部隊を急派したが、すでに手遅れだったという。

柳川兵団は、上陸に成功したものの、中国軍の攻撃により、「乗本」という兵が「戦死」したことが『杭州2』には書かれている。さらに、「戦友の屍を野菊で焼く」というメモが続く。このメモを頼りに書いたと思われるシーンが『土と兵隊』では次のように描かれている。

深く穴が掘られ、兵隊が走り廻つて集めて来た大きな樹枝で桟が渡され、その上に屍体を載せ枯枝や藁を積んだ。その上に兵隊は摘んで来た野菊を投げた。下も見えぬ位屍体は白と薄紫の菊の花によつて蔽われた。火が点じられた。

乗本は、火野の中隊での最初の死者だったようだ。

火野の上陸地点は「北沙」と記述されている。しかし、そのような名前の地域は存在せず、調べてみると金山市の一画の「北厙」であることがわかった。ちなみに「厙」は金山の方言で「沙」と同じ音で、火野たちが聞き間違えた可能性もあるようだ。

金山といっても、金が採掘できるわけではなく、さしたる特徴もない小都市に私の目には映った。それでもちょっとした歓楽街ではあるようで、カラオケ屋や高級クラブのようなものが散見できる。

町の中心部から車で一〇分ほどのところに杭州湾はあった。上海を支える地域のひとつとあって、石油化学コンビナートの大型のプラントが目に入った。近年は環境汚染、つまり公害が問題になっているようで、火力発電所などの稼働が抑えられているという。北厙界隈は、海水浴や魚介料理が名物なようで、観光客で賑わっていた。こののんびりとした海岸線から、七万もの日本兵が上陸してきたとはなかなか想像しにくかった。

火野は上陸に際し、「緊張に全員息をのんで」いたと『江南戦記』に綴っている。だが、もっと恐怖を味わったのは、中国側の住民たちだっただろう。顔こそ同じ東洋人であるものの、軍服を着た、言葉の通じない兵隊たちが一挙に村に押し寄せてきたとき、地元の人たちは、どんな感情を抱いたのか。

もしかしたら日本軍の上陸風景を見聞きしていた人が存命かもしれない。方々をリサーチしてみたところ、当時七歳の少年だった、姜解之さんという男性に話を聞くことができた。八三歳になる姜さんは、杭州湾を見つめながら、興奮したように語りはじめた。

「すごい霧の濃い朝でした。みんな逃げていました。すでに日本軍の脅威が、伝わっていたのです。だから怖くてみんな逃げたんです。でも年寄りは逃げられなくて、家にいました。」

私が日本軍上陸時の具体的状況を聞こうとすると、上海語の通訳者が訳し終わる前に姜さんは、怒ったように返答した。

「怖くて眺めるどころでなかったよ。でも飛行機の爆音や機銃音がすごかった。豚や牛や鶏や犬が鳴き騒ぎ、親は子供を呼び年寄りは孫を探して、そりゃもう大騒ぎでした」

姜さんによると、この日、国民党軍の守備隊はほとんどおらず、住民たちはどうしていいかわからない状態だったという。

「ある女性は子どもを連れていました。でも、その子どもが泣き出した。それではみんなの命が危ないからと、女性は服で子どもの口を押さえ窒息死させました」

太平洋戦末期の沖縄での壕と同様のことが、ここでも起きてしまっていたようだ。

「近くの池には、日本人に殺された人が中に投げ入れられた。だから殺人池と呼ばれたのです」

姜さんはなんとか逃げたが、村に帰ることができたのは一年後のことだったという。

姜さんに話を聞いている最中、姜さんと同じくらいの年嵩の老人たちが私たちの横を通り過ぎていった。ひょっとしたらあの老人たちも、姜さんと同じような経験をしているかもしれないとふと思った。

目の前の陽にきらめく海水浴場が、急によそよそしい場所に思えてならなくなった。

予定になかった南京進軍

陸軍は柳川兵団の杭州湾上陸作戦をメディアを利用して大々的に喧伝した。陸軍は、上海の市街などに、「日軍百万杭州北岸に上陸」と書いたアドバルーンをあげた。これを新聞がさらに喧伝していく。

見よ！　江南の低き雨雲に悠々と浮游するアドバルーンの文字を「日軍百万杭州北岸に上陸」とハッキリ読まれるではないか
（読売新聞　一九三七年一一月八日夕刊）

実際に上陸した将兵はむろん一〇〇万もおらず、いわば、はったりの発表である。しかし、柳川兵団の上陸は、国民党軍を率いる蔣介石に動揺を与えるのに十分なものだった。一九三七年一一月八日、中国軍の上海戦区の司令部は上海からの撤退を命令、蔣介石もそれを認めた。その二日後、日本の新聞各紙は「事変以来、八九日目の上海制圧」を報じた。こうして、いわゆる第二次上海事変は収束し、国民党軍は、撤退と潰走をはじめた。

杭州湾上陸作戦において参謀本部は、戦火拡大を恐れ、作戦地域を「概ね蘇州、嘉興を連ぬる以東とす」と、蘇州と嘉興を結ぶ制令線を指示し、上海戦で決着をつける作戦を明示していた。国民党の撤退によって、上海付近制圧を目的としていた柳川兵団は戦闘目標がなくなってしまったわけであるが、それでも火野たちは進軍した。目的地は、大本営が命じたラインを大きく踏み越えた場所、国民政府が拠点を置く首都南京である。

柳川兵団の動きは、中支那方面軍を率いる松井石根大将の意向が大きく反映したものだった。松井は、前々から南京さえ落とせば、国民政府は屈服するという持論を主張していた。中支那方面軍の参謀副長となっていた武藤章大佐も、松井同様、積極的に南京攻略を強弁した。

上陸以来、戦いらしい戦いをしておらず、戦果をあげようとはやっていた柳川兵団長・柳川平助は、松井と武藤の主張を受ける形で、一一月一八日、指揮下の各部隊に「南京に敵を追撃せよ」と命じ、東京の裁可を受ける前に、独断でこの線を越えて進軍した。もっとも参謀本部作戦部でも、部長の下村少将などが「南京を攻略すべし」と主張していた。大本営陸軍部から「中支那方面ハ海軍ト協同シテ敵国首都南京ヲ攻略スヘシ」という大陸令が出たのは一二月一日のことで、柳川らの命令無視の行動を追認する形となった。

戦場で文字を綴るということ

『杭州2』に、火野は自身が進軍した途上の地名を詳細に書いていた。松陰鎮、楓涇鎮、嘉善、嘉興、湖州、下泗安……。江南地域と呼ばれる揚子江中下流南側のデルタ地帯で、稲作が盛んな中国の穀倉地帯である。コーディネーターの侯新天さんによると、昔から中国では江南地方の農作物の収穫がよかったら、その年は良い年だとされてきたという。

七六年という年月が経っているものの、私は火野が行軍したときに見た光景を瞼《まぶた》に焼き付けたいと思い、上陸地点の金山から足を伸ばし、楓涇鎮から嘉善、そして嘉興に赴いた。
金山から車で一時間、窓の外に小船が行き交うクリーク（水路）と、中国様式の飛檐屋脊という独特の屋根が印象的な建物が並ぶ街路が見えてきた。楓涇鎮である。水郷として名高く、クリーク沿いに飲食店やお土産屋が建ち並び、平日というのにたくさんの人で賑わっていた。上海に暮らす人たちの人気スポットだという。街の中心地には戦跡らしきものは見あたらず、瓦屋根の古い中国建築がクリークに沿って建ち並ぶ様は、圧巻だった。風光明媚な場所で、七六年前にここで戦闘があったとは、思いがたい。だが、火野の『江南戦記』には、過酷な戦場の実態が綴られている。

　楓涇鎮停車場を右に見て進む。到るところに支那兵の屍骸が散乱してゐる。

近隣を車で少し流してみると、網の目のようなクリークが至る所にあることに気が付いた。進軍する火野は、江南地域特有のクリークに大いに悩まされた。中国軍は、クリークを利用し、柳川兵団に激しく抵抗したのだ。また、クリークは時として兵隊たちが生きるための術となった。火野は『杭州2』に、補給がない戦場の過酷さも綴っていた。

　屍骸はないかと見廻してからのむ、クリークの水

『江南戦記』にも同様のことが書かれている。「クリークの水は濁つてゐて汚いので初めは誰も飲む者は無かつたが、しまひには我慢が出来なくなつて」飲み出したのだという。当初は消毒液を入れて飲んだのだが、やがて、そんなことに構わなくなり、濁った水をそのまま飲むようになったという。このあ

たりのことは、ほぼ同様に『土と兵隊』にも綴られている。当然便所もない。『杭州２』に「壕を出て糞をする、人が見て居ろうがそんなこと云っておられぬ」とある。また、行軍の連続で体にそうとう負担がかかっていたのだろう、「足の豆がいたくて小便に出られず、ねながらする」という言葉もあった。

日中戦争中、日本軍は、多くの部隊が、毎日の食糧を現地の農村で奪っては食いつないでいた。『江南戦記』には次のような記述が残されている。

戦闘地域内で、兵隊の腹に入った豚と鶏とはおどろくべき数だろう。こんな調子では、戦争がすんだ時には支那には、豚も鶏も居らんやうになるぞ、と云って笑ったものだ。

むろん、中隊の記録でもあり、侵略行為に対する自省の言葉などは書かれてはいない。「笑」いながら火野は何を心に浮かべていたのか、気になった。見知らぬ土地で、周囲のことに神経をとがらせていたのか、「気が立ってゐる、わづかのことが癪にさわる」という記述も『杭州２』にあった。それでいて、「雉子のゐる江南の野」「西瓜畑のやうに見えるテツカブト」など、ささやかな事柄もメモしている。「部下のこと」というメモでは、「十四人が自分の号令によって死に入る。これは偉大なことである」と書かれている。かと思うと、「戦場に於ける思惟の倒錯、純粋客観の不可能」とカントか西田幾多郎の影響を思わせるような哲学的な言葉や、「えらいものも、えらくないものも、みんな戦場では同じになる」と自身に言い聞かせるような言葉も飛び出す。

これらの言葉の数々から、火野が戦場で不安に悩まされながらも、それでもある程度の冷静な観察眼を保ちつつ江南の地を進軍していたことが伝わってくる。死の恐怖は常につきまとっていたであろうが、火野は、限られた時間のなかでひたすら手帳に文字を綴っていた。

嘉善にて

私が次に向かったのは嘉善である。浙江省の北東部に位置し、火野が上陸した金山の西隣となる地域である。上海中心部から一時間ほどで行けることもあって、西塘など築千年を超える歴史建造物が残る場所には、数多くの日本人観光客も訪れるようになっているようだ。ここも各地にクリークが張り巡らされており、総面積の一四パーセントが水域となっている。

国民党軍が、このクリークの地形を利用しながら、立てこもったのが、鉄筋コンクリートで造られた防御陣地、トーチカである。火野の『江南戦記』にも繰り返し記述され、ここでの戦いがある種トーチカをめぐっての攻防戦だったことがわかる。

『土と兵隊』の重要な舞台にもなっているのが、嘉善の銭家浜という村だ。戦前に出された『土と兵隊』を読むと、この銭家浜で火野の中隊がひとつのトーチカを攻撃し、中国兵を三六名捕らえたことが書かれている。

(トーチカの中から) 次々に支那兵が出て来た。〔中略〕どれも日本人によく似ていた。彼等は手榴弾のためにやられたらしく、気息奄々としてゐるのや、真黒に顔が焦げたのや、顎が飛んで無くなつてゐるのや、左頬の千断れたのやが、次々に現はれた。

この場面は、『江南戦記』では次のように書かれている。

最も大きなトーチカの奪取に向つた玉井伍長は阪上上等兵中川上等兵等分隊の兵を率ひ、これに近づき、手榴弾を投擲し、躍りこんで四人を倒し、三十二名の正規兵を電話線にて数珠繋ぎにして引き上げて来た。

玉井伍長とは火野本人のことだ。つまり火野はこのとき、トーチカに近づき手榴弾を投擲した当事者だったのである。部隊の記録だから虚偽は許されないので、おそらく事実なのだろう。「四人を倒し」とあることから、火野は、トーチカの中にいた中国兵のうち、四人を殺傷していたことがわかる。しかし、『江南戦記』には、残りの三一名がどうなったかは書かれていない。後述に譲るが、戦前版の『土と兵隊』にも、とらえた捕虜たちをその後、どうしたかは書かれていない。このことに関する記述は『杭州2』にも見当たらない。

だが、山崎という少尉が「試切り」というタイトルの歌を作ったことが記されており、火野はその歌を手帳に写している。

山崎少尉作

試切り

トーチカにひそみ手向ふ兵あらば切りこむとわがかまへ近づく
生けどりし兵ら集せつつ面魂あわれなれども切ると定まりぬ
人切りし軍刀《カタナ》の血のり拭きつつわがまろびし骸見るにたえざり〔中略〕
恨めしき眼したれば目につきし生首《くび》も忘れつ戦ひの間は
血のりふきて見る軍刀の青き冴え切れ味云ひつ兵ら寄り来ぬ

山崎少尉は、火野の小隊の小隊長である。調べてみると、フルネームを山崎正人といい、歌人「山崎隆就」としても知られている人物だった。この歌から山崎がトーチカでとらえた無抵抗の捕虜を、試し切りして殺害したことがうかがえる。

メディアが挙ってはやし立てたものに、「百人斬り」があった。上海から南京に向かう道中で、上海派遣軍に所属する二人の少尉が、どちらがより多くの中国兵を自らの刀で殺傷するかを争ったものだ。新聞記事によると、最終的に二人とも一〇〇人以上を斬ったという。

戦争とは敵を殺すか、敵に殺されるかの勝負である。しかし、試し切りも百人斬りも蛮行以外の何ものでもない。私はかつて福岡県の筑前地域に暮らすガダルカナルの戦いで生き残った元兵士から話を聞いたときのことを思い出した。彼は、ガダルカナルに行く前に中国戦線で戦った経験があるのだが、そのとき、上官の命令で縛られた中国人を何人も日本刀で斬って殺害したという。相手は兵士ではなく一般人で「試し切りをすることで、度胸をつけろ」とやらされたのだという。

火野はそんな兵隊の悲しい性《さが》を詩にして、手帳に綴っている。

兵隊の曲

兵隊なれば、兵隊はかなしきかなや、
この春のひねもすを、いくさするすべにすごしつ。

この詩で注目したいのは、「いくさする」は後から書かれた言葉であることだ。火野がもともと書いていた言葉は、「人ころす」。それを塗りつぶし、「いくさする」に書き換えているのである。諧謔的な意味合いで意図的にやったのか、誰かが手帳を見たときに咎められないように書き換えたのか、火野の本意はわからぬままだ。

銭家浜村で私は、九六歳になる張大宝さんという老女に話を聞くことができた。火野たちがここを行軍していた当時一九歳だった彼女は、こう語った。

「日本軍が来る前に、国民党軍に、村人は強制的にトーチカ作りを手伝わされたよ」

張さんの物言いからは、日本軍だけでなく、中国の軍隊も同じように庶民にとっては歓迎しがたい存在だったことがわかる。戦を目的とした人々の行動原理は国を超えた共通性があることを感じた。張さんは、日本軍が、クリークから上陸すると、国民党軍の多くが逃げ出したことを目撃していた。トーチカの中には逃げ遅れた国民党軍の兵士の死体が重なりあっていたことも記憶している。「機関銃を持った日本兵から逃れるのに必死だった」と声を振り絞る張さんの悲痛な顔が脳裡に深く刻まれた。

兵士であった火野も当時、張さんのように苦しむ中国の庶民の姿を目の当たりにしていたはずである。そのとき、火野の胸中は、どのような思いが渦まいていたのだろうか。

手紙に綴られた「小さな言葉」

軍の公式記録である『江南戦記』はもちろんのこと、手帳である『杭州２』にも、この当時の火野の心中が理解できる記述はほとんどない。しかし、北九州市立文学館に残されている、火野が戦場から日本に宛てた書簡に手がかりがあった。とりわけ多いのが家族宛てのもので、約二〇通あるのだが、火野は、息子の闘志宛ての手紙で次のように書いている。

支那人はかわいそうだよ。せんそうのため、家はやかれてしまい、食べものはなく、このごろ、ま

いにち、とうちゃんたちのうちのまえに、かごをもって、たくさん支那人がやってくる

手帳や軍の記録からは窺い知れない、火野の中国の市民たちへの目線が知ることができて興味深い。

また、手紙の現物はないものの、西日本新聞の前身である福岡日日新聞の記事に、火野が戦場から親友の青柳喜兵衛に宛てた手紙が転載されていることがわかった。青柳は博多出身で、「とらんしっと」にも絵を寄せ、火野の第一詩集『山上軍艦』の表紙の画を描いた画家である。

西日本新聞記者の大矢和世さんに依頼したところ、その該当記事を送ってくれた。福岡日日新聞に火野のことを書いてほしいと原稿依頼を受けた青柳は、火野から届いた手紙を引用して原稿を書いていた。当時、青柳は、肺結核を得て、入院していたのだが、病床の友人に宛てて、火野は戦地からこんな手紙を送っていた。それは、戦場の実態を親友に伝えようとする内容であった。

長い戦争のため、土民は家を失ひ、食物を失ひ、なんとも悲惨な有様だ。籠を下げて残飯を貰ひに、毎日雲集する。小さい子供が来たりすると、こちらも豊富でない糧食をわけてやらずには居れなくなる。この様子では、餓死する者が必ず多いに違ひない。何度もくりかえすが、喜さんよ、戦争は実に〇〇〔引用者注：伏せ字〕だよ。

伏せ字になっているが、文脈上、そこに入る文字が、戦争の残酷さや愚かさなどを指し示した言葉であることは容易に想像できる。当時、兵士の手紙には厳しい検閲のチェックが入る習わしだった。火野自身がその検閲をする立場だったため、免れることができたと思われる。

しかし、このような戦意を鼓舞するのでもない、呟くような火野の心の声を反映した「小さな」言葉

は小説には綴られていない。後述することになるが、火野は実際の体験を通して感じたことを小説として表現するときに、言葉をかなり厳選している。それは、軍部による厳しい監視のシステムが表現の前に立ちふさがっていたからである。

支那人はかわいそうだよ……戦争は実に〇〇だよ……火野のため息にも似た「小さな」言葉は博多の親友や北九州若松に住む銃後の家族には確かに届いていた。また、青柳の原稿のおかげで福岡日日新聞購読者は読むことができた。だが、一般の日本人たちに届くことはなかった。

四　南京をめぐって

南京への道

「南京についたら、日本から来たテレビ局であることを言わないでください」

南京に向かうロケバスで、コーディネーターの候新天さんは、助手席から後部座席の我々の方に半身をよじりながら言った。

二〇一三年六月、このときの南京は日本のメディアの取材を問題なく受け入れてくれるような状況ではなかった。二〇一三年は、日中平和友好条約三五周年に当たる年だったが、一年前の九月に行われた日本政府による尖閣諸島の国有化宣言をきっかけに日中両国関係が非常に悪くなり、中国各地で反日デモが頻発、私たちが取材した時期も、まだぴりぴりとした緊張した空気が蔓延していた。とりわけ南京では、人々の反日感情は、他の都市と比べものにならないほど強いという。

南京市内に入ると、長々とつらなったぎざぎざのある城壁が目に入ってきた。初めて踏み入れた古都の情景に目を奪われたのと同時に、ここでかつて起きたことを思い合わせると、すれ違う人たちの目線が突き刺さってくるような気がしてならなかった。

時計の針を七八年前の一一月末に戻そう。当時、南京を目指して、火野の第一〇軍と上海派遣軍あわせた二〇万を超える日本軍が江南の地を進軍していた。どちらが早く「南京城一番乗り」を果たせるか。中支那方面軍司令部は、第一〇軍と上海派遣軍を挑発し、タイムレースを競わせていた。これを大手新聞があおって、「報道一番乗り」合戦を繰り広げていた。

火野の所属していた第一〇軍柳川兵団は、嘉善から嘉興に行き、さらには太湖の南側の湖州、長興をめぐっていく。『杭州2』には、こう記されている。

十一月三十日夜　湖州にて
いよいよ、明日出発、南京総攻ゲキを開始する

火野は後に、「私達は口では語らなかつたが、皆いちように、南京が我々の死場所であるとひそかに心に期していた。私たちはみな遺言の用意をした」（「南京」）と綴っているように、多くの兵隊にとって、南京入りは死を覚悟したものであったようだ。

国民党軍は南京郊外に四〇〇ともいわれるトーチカを築き、日本軍に備えていた。私は南京取材の途上、南京市江門区淳化鎮に行ってみた。コーディネーターの侯さんが、今でもトーチカが残されていると教えてくれたからだ。南京の中心から四〇キロほどのこの場所には、国民党軍の主力で、最強ともいわれていた、五一師の王耀武部隊が守りにつき、激戦が繰り広げられたという。

中国の他の都市と同様に、ここも都市開発の進展によって、あちこちで古い民家が壊されていた。新

幹線に形状がよく似た流線型の高速鉄道が走り、駅周辺には高層住宅が建ち並ぶ。南京のベッドタウンとして急ピッチに整備されているこの町の外れの小高い丘に、丈の長い雑草に隠れるようにトーチカが二基残されていた。どちらも小ぶりで数人が入るのが精一杯のサイズだった。火野はこの場所を通ってはいないが、こんな形で敵が待ち構える場所を突破する時は、不安で一杯だっただろうとその心中を思わず想像してしまう。

一九三七（昭和一二）年一二月一三日、火野たちが大平という街を出発したこの日に、いくつかの師団が先行して南京に到達、南京城を包囲攻撃し、各門から突入した結果、南京は陥落した。その中には火野の部隊と同じ第一〇軍に所属する第六師団も含まれており、その情報はすぐさま火野のもとにも届けられる。

既に南京は陥落したといふのである。将兵一同、腕を扼し、もう落ちたか、と甚だ残念至極の様子であつた。

（『江南戦記』）

タイムレースに敗れた火野の隊の落胆がにじみ出る。その後、火野たちの部隊は、「周囲の丘陵などに堅固に構築された」無数の「トーチカや散兵壕、鉄条網など」、さらに「支那兵の屍体が到るところに転がつてゐる」のを目の当たりにしながら進軍する。「屍体」の数は南京に近づいていくにつれ、増えていった。

火野は南京で何を見たのか

火野たちの部隊は、陥落翌日の一四日午後に中華門を通って南京に入城した。後に発表された小説

「南京」で、火野は、南京入城に際して「いいようもない感慨がこみあげて来た」と記している。いわゆる「南京事件」はこの時すでに起きているのだが、火野の目に映った街の様子はどうだったのだろうか。住民たちはどういう状況に置かれていたのか。『江南戦記』に、こう記されている。

高さ三十米の城壁は、見上げるやうに高く、無数の弾痕を印し、門上には雄渾なる筆を以て書かれた「仁」の一字の下に、「誓復国仇」の四字がある。破壊された跡、城壁の裾に並ぶ焼け残りの民屋、折り重なり、累々と堆積してゐる支那兵の屍骸、〔中略〕異様な臭気、燻つてゐる硝煙、などは、物語るごとく、激戦の様を示してゐる。
市中は見るも無惨な廃墟と化して居る。街路の到る所に、防塞が築かれ、……住民の姿は見えない
（『江南戦記』）

火野は「住民の姿は見えない」と綴っているが、実際はどうだったのだろうか。私は陥落前後の南京の実態を知るため、『南京事件』などの著書がある前出の笠原十九司さんに話を聞いてみた。
「日本軍は、戦闘員とみなした成年男子を中心にして捕縛、長江沿いや畑地に連行し集団殺害したので、ほとんどの住民は城内の西北部に設置された国際安全区内に避難しています。さらに老人、病人、女性、子どもなどかなり多くの市民が、家に残ってひっそりと隠れていたのですが、命にかかわる危険があるので、往来に出ることはありません。したがって、火野が中華門から入って目撃した市街の様子は「住民の姿は見えない」というそのとおりだったと思います。
しかし、国際安全区を除いて南京城内全域で実施された残敵掃討作戦において、一軒一軒虱潰しに押し入った民家に隠れていた女性を発見した場合、レイプにおよぶことも多々あったと言います。ただ、

「南京事件の現場」にいても、南京城内は東京の山の手線の内側に等しい広さなので、火野が目撃した場所は、ごくごく一部であり、虐殺現場を目撃していないこともあり得ます」

ターニングポイントは、南京陥落の六日前の一九三七年一二月七日だった。この日、蔣介石は南京を脱出するのだが、南京陥落が目前と考えた中支那方面軍司令部が同じ日に下達したのが「南京城攻略要領」「南京入城後における処置」「南京城の攻略および入城に関する注意事項」である。笠原さんは、これらがきちんと実行されていれば、「南京事件」は防げたかもしれない、と語った。

「陥落後の南京の城内には、一部の軍紀厳正な選抜部隊だけを入れることが明記されていました。これを徹底させていれば、南京事件は起こらなかったはずです」

「南京城の攻略および入城に関する注意事項」には、「皇軍」が「外国の首都に入城」するのは「有史いらいの盛事」で世界がひとしく注目する大事件だから「正々堂々、将来の模範たるべき心組をもって各部隊の乱入、友軍の相撃、不法行為など絶対に無からしむを要す」「掠奪行為をなし、また不注意といえども火を失するものは、厳罰に処す」などとある。

しかし、南京が実際に陥落すると、敗残兵となった中国兵の多くが生き延びようとして軍服を脱ぎ捨て、民間人のなりをした、いわゆる便衣兵が多く現われた。こうしたこともあり、南京城を陥落させた直後、第一〇軍の柳川平助は、自軍（別称・丁集団）にこう下令した。

丁集団命令
丁集団は南京城内の敵を殲滅せんとす〔中略〕あらゆる手段をつくして敵を殲滅すべし、これがため要すれば城内を焼却し、特に敗敵の欺瞞行為に乗せられざるを要す前述した「注意事項」に反した命令である。他にも、上海派遣軍第九師団歩兵第六旅団長の秋山義兊《よしみつ》少将が「青壮年はすべて敗残兵または便衣兵と見なし、すべてこれを逮捕監禁すべし」と指示するなど、以後、兵士かどうか見極めがつかない一般人も巻き添えになる事件に発展してしまう。火野の手帳や『江南戦記』には、そのあたりに言及した言葉はない。

日本国内ではメディアがこの南京陥落を喧伝し、報道合戦を繰り広げた。東京では陥落翌日に、四〇万人の大提灯行列が行われた。この時のフィルムが残されているのだが、まるで盆の祭りに興じる市民の映像と見間違えるような活況が伝わってくる。一二月一七日、南京では南京入城式が挙行され、火野も参列した。『江南戦記』には、勇ましい「大きな言葉」が並んでいる。

歴史に燦として光芒を放つ、南京入城式が挙行された。この日、天は隈なく、晴れわたつて、早朝より、爽快なる爆音を立てて、我が飛行機は、無数の荒鷲のごとく、大空を飛翔した。〔中略〕馬蹄の音も爽かに、方面軍司令官松井大将閣下を先頭とする綺羅星のごとき将領が進んで来られる。〔中略〕荘厳なる閲兵が行はれる。皇軍将兵の顔には、深い感動と敬虔の心とが満ち溢れ、惻々として胸に迫るものがあつた。

柳川の下令に笠原さんの話もあわせて考えると、南京入りしてからの数日で、街路に住民こそ見なかったかもしれないが、火野自身、生々しい現場を目の当たりにしていた可能性はあるだろう。しかし当時、南京報道には厳しい規制がかけられており、その負の実態を国民が知ることになるのは戦後になってからのことになる。

しかし、火野はここでも、親しき友への手紙の中で、南京での自身の心情を吐露していた。大学時代からの親友の中山省三郎に、火野は「戦争の惨烈さは、想像を超え、筆舌に尽すことが出来ない」「南京に来たかつたが、その頃、考え憧れた南京の香いも、味も、今の南京のどの一隅にもない。南京は屍の山に包まれ、爆撃に崩壊し、全く廃墟と化している」と綴っていた。

戦争の惨烈さについて、真情を吐露したかなり赤裸々な告白だが、うまく検閲を免れて中山のもとに届けられた。時を同じくして、父・金五郎にも衝撃的な手紙を出しているが、このことは後で触れることにする。いずれにしても、そこで行われていたであろう日本軍の行為について、これ以上火野が書き残したものは見つかっていない。

触れてはいけない禁忌。しかし、あるひとりの作家がこの南京作戦を題材に一篇の小説を綴ろうとしていた。

伏せ字だらけの小説

第一回芥川賞作家石川達三は、雑誌『中央公論』の派遣で一九三八年一月八日に上海に入り、その三日後には南京に到着している。戦場を自らの目で見つめることは、石川にとっての切願だった。


戦争ルポルタージュにも野心が出るし、新しい人間性を発見する機会も多くなる。何と云つても戦争は人間の魂の素晴しい燃焼で、文学の対象として野心を感ぜざるを得ない。

（読売新聞　一九三七年九月一八日　夕刊）


戦争を題材に、新たな文学の世界を切り拓こうという作家としての魂胆がはっきりと浮かび上がる。

石川は南京に一週間ほど滞在し、京都で編成された第一六師団の部隊の将兵たちに接近し、聞き取り調査を実施した。彼らは、南京戦の中心になった部隊のひとつだった。

石川が、微細に取材したのは、南京における戦闘ではなく、兵士たちの日常だった。それはまさに「新しい人間性を発見する機会」だった。帰国後、わずか一一日ほどで書き上げたのが『生きてゐる兵隊』である。石川は、テキストは想像の記録であると断わりながら、第一六師団の兵隊たちの話をもとに中国の民間人に危害を加える日本兵の姿を描いた。

この小説は、一九三八年二月下旬発売の『中央公論』に掲載されることになっていた。そのオリジナルの掲載誌を見せてもらえることになり、私は東京・京橋にある中央公論新社におもむいた。コンプライアンス担当の岩崎稔さんが、『中央公論』一九三八年三月号を書庫から取りだしてくれた。創作欄に一〇五頁にわたって掲載された、『生きてゐる兵隊』の頁を開くと、目に飛び込んできたのは、文字よりも点の多さだった。

岩崎さんが、最も伏せ字が多い箇所を開いてくれた。

突然彼等は・・・・・・・・この抵抗する・・・・・・・・・・・・・・・・

「・・・」の部分は伏せ字なのだが、あまりにも伏せ字だらけで、これでは何が言いたいのか、ほとんどわからず、想像するしかない。だが、それも、きわめて困難だ。石川が描いたあまりにもきわどい暴力描写などに対し、当時の中央公論の担当編集者であった雨宮庸蔵が、事前に内務省の検閲を意識した結果、伏せ字だらけになってしまったのである。

兵のありよう

石川は南京に行く前に、折からの言論統制の動きを意識してはいた。前述した読売新聞に「首を賭してかからなければならない時代も来つつある」と書き、「目下伏字との戦いだ。〔中略〕世はいまやあげて伏字時代であるのだ」と言い切っている。

とはいうものの、ここまで激しく字が伏せられることになるとは、当の石川も予期していなかったに相違ない。先述の伏せ字の文章は、兵士たちが、銃を隠し持った若い中国人女性をスパイ容疑で捕まえる場面である。一九九九年に出版された中公文庫版では、伏せ字部分を復刻させ、その箇所に傍線を附してあり、当時どこが伏字とされたのが一目瞭然でわかりやすい。石川はこの箇所を実際には、こう綴っていた。

突然彼等は狂暴な慾情を感じた。この抵抗する女をできるだけ苛めてみたい野性の衝動を感じた。おぞましい事態が想像される文章に導かれるように、シーンは展開した。

彼は物も言わずに右手の短剣を力限りに女の乳房の下に突きたてた。白い肉体はほとんどはね上がるようにがくりと動いた。彼女は短剣に両手ですがりつき呻き苦しんだ。恰度標本にするためにピンで押えつけた蟷螂のようにもがき苦しみながら、やがて動かなくなって死んだ。

さらに、読むことが辛くなってくるような情景が何カ所にもわたって描写されていた。

「どけイ」一人の兵は老婆を突きとばして水牛の手綱をとった。「じたばたすると命にかかわるぜ」〔中略〕
兵たちは良い気持であった。無限の富がこの大陸にある、そしてそれは取るがままだ。このあたりの住民たちの所有権と私有財産とは、野生の果物の様に兵隊の欲するがままに開放されはじめたのである。〔中略〕
まるで気が狂ったような甲高い叫びをあげながら平尾は銃剣をもって女の胸のあたりを三たび突き貫いた。他の兵も各々短剣をもって頭といわず腹といわず突きまくった。ほとんど十秒と女は生きては居なかった。彼女は平たい一枚の蒲団のようになってくたくたと暗い土の上に横たわり、興奮した兵のほてった顔に生々しい血の臭いがむっと温く流れてきた。

石川はどういう狙いで『生きてゐる兵隊』を書いたのだろうか。石川の長男で、上智大学名誉教授の石川旺《さかえ》さんのもとを訪ねた。石川の姿を間近に見続けた旺さんは、大学でメディア論を教えながら、父・達三の取材メモや記録に目を通してきた。

「戦場で兵士が、どういう行動をするのか。それを描きたかったということだと思うんです。ひじょうに日常生活と違う行動に兵士は入っていってしまうわけですから、そこでの兵隊のありようを描きたかった。おそらくそれがあの題名にも、つながっているんだと思います」

実際に石川は戦後に『生きてゐる兵隊』を書いた意図を、「戦争という巨大な騒乱の中で個人がどんな姿で生きているか、どのような影響を受けながら生きているか、その個人を追及しようとした」（『石川達三作品集』「月報9」）と記述している。

『生きてゐる兵隊』は、発売間際におびただしい数の伏せ字が入り、最終章はほぼ全部切られた。中央公論新社の岩崎さんは、その時の状況を次のように語った。

「当時の軍部の方におもんぱかった形になっておりますが、だいぶ慌ててやったという事で、何種類か伏せ字が違うものがあるということも聞いています。それがまた軍部の疑念を招き、当局を騙すための目くらましと解釈されたという話もあります」

結局、『生きてゐる兵隊』を掲載した『中央公論』は発売前日、発禁になった。

内務省の目

当時『生きてゐる兵隊』に目を光らせていたのは、内務省である。大妻女子大学の五味渕典嗣准教授は、『生きてゐる兵隊』は、非常に多くの余波をもたらしてしまいました」と言いながら、ある史料を私に見せてくれた。内務省警保局が作成した「出版警察報」第一一一号（一九三八年二月分）。「出版警察報」は、特高警察の取締りの強化と検閲システムの拡大・拡充が行われた昭和初年代に創刊された内務省の内部資料である。そこには「殆ど全頁に渉り誇張的筆致を以て我が将兵が自棄的嗜虐的に敵の戦闘員、非戦闘員に対し恣《ほしいまま》に殺戮を加える場面を記載し著しく残忍なる感を深からしめ」とあり、『生きてゐる兵隊』がいかに彼等にとって問題作だったかが書かれている。

五味渕さんによれば、『生きてゐる兵隊』に内務省が深く踏み込んできたのは、書かれている内容もさることながら、『中央公論』という媒体の影響も強くあったという。

『中央公論』は戦前の日本の非常に重要なメディアで、大正期には吉野作造のようなリベラリズムの拠点であり、左翼的な言説も多く掲げられた、いわゆるオピニオン誌にあたります。当時は、『中央公論』のような雑誌は、アジア、特に上海に流通していました。実際に国民党の政権の側も、『中央公論』のことはよく知っていたはずです。そのようなメディアに載ってしまったことが、まさに問題を大きくしてしまったわけです」

「出版警察報」はさらにこう続く。

また南方戦線における我が軍は略奪主義を方針としておるがごとく、不利なる事項を暴露的に取り扱ひ、我が兵が支那非戦闘員に対し、妄《みだ》りに危害を加へて、略奪する状況、性欲のために支那婦女に暴力をふるう場面、兵の多くは戦意喪失し、内地帰還を渇望し〔中略〕状況、兵の自暴自棄的動作、ならびに心情を描写記述し、もつて、厳粛なる皇軍の規律に疑惑の念を抱かしめた。

内務省が、この作品に露骨な不快感と、警戒感を示している様子が手に取るように伝わってくる。五味渕さんはこう続けた。

「この記述から分かるのは、当時の陸軍が恐らく最も隠したかったことの一端がこの作品に書かれてしまっていたということです。それはひとつには捕虜の扱い、そして非戦闘員、とりわけ女性に対する暴行であったり、強姦を思わせる記述であったりということです」

当局から睨まれた石川達三には、この後、厳しい処分が待ち受けていた。

石川と対照的だったのが火野葦平である。この事件とほぼ時期を同じくして、火野のもとにビッグニュースが飛び込んだのだ。

五　戦場のサプライズ

戦場に届いたビッグニュース

まばゆいライトの中、無数のフラッシュライトが焚きつけられる。光の向かう先には、華奢な女性がカメラマンや記者たちのリクエストにこたえようと緊張した笑顔を浮かべている。会場に設けられたブースでは、インターネットの実況中継が、この様子を瞬時に伝えていた。

ひとりの作家が一気に、スターダムを登り詰めていく、そんな一夜の出来事だった。二〇一三年七月一七日、第一四九回芥川龍之介賞（通称芥川賞）が発表され、藤野香織さんの作品『爪と目』が受賞作となった。一五四人目となる芥川賞作家の誕生だった。

作家芥川龍之介の名を冠したこの賞は、純文学の新人作家の登竜門とされる。毎年、その授賞レースは候補作が決まった時点から大きく取り扱われ、最近ではお笑いコンビ「ピース」のメンバーで作家の又吉直樹が書いた『火花』が受賞したことはビッグニュースとなった。しかし、新人と言いながらも、すでに多くの読者を摑んでいる名手が選ばれることも多く、受賞作家の作品は、月刊誌『文藝春秋』に掲載され、単行本は書店で平積みされる。

記者会見の時間となった。マスコミ各社の記者、カメラマン、テレビ局のディレクターが藤野さんのもとに殺到する。「この受賞は誰に報告するのか」、「好きな食べ物は何か」、「恋人は？」などと作家活動とあまりにも関連のない問が次々と浴びせられる。質問などするつもりはなかったが、私は思わず「作家として、時代というものとどうやって向き合っていくのか」と尋ねていた。困ったような藤野さんの表情に、場違いな質問をしてしまったことを自覚した。
石川淳、安部公房、松本清張、開高健、大江健三郎、中上健次……。きら星の如く、スター作家を輩出してきた芥川賞は、七九年の歴史を持つ。奇しくも一九三五年の第一回受賞作が、石川達三の『蒼氓』だった。以後、基本的に年二回、受賞者が選ばれ、授賞式で賞金とともに金の懐中時計を渡されている。第一回の選考から三年後の一九三八（昭和一三）年二月一二日付けの朝日新聞には、こんな文字が躍った。

芥川賞?!　一升奢るッ　葦平伍長殿は股火鉢

その横に掲載されているのが、軍服姿の火野の写真である。ちょっとわかりにくい見出しであるが、出征前に脱稿し、仲間たちの奔走で、久留米の文芸雑誌『文学会議』で発表された小説「糞尿譚」が第六回の芥川賞を受賞したのだ。朝日の記者が受賞を知らせようと兵舎を訪れた時、火野は五、六人の兵士たちと股火鉢を囲んで談笑中であった。記事の本文には、受賞の報せを聞いた時の火野の言葉として、「エ、、本当ですか、嬉しいな、おい小林酒買つて来てくれ、今夜奢るぞ」とある。記者によれば、火野は「流石に包み切れぬ喜びに目を輝かせていた」という。朝日に限らず、大手新聞は、日中戦争の最前線で戦う一兵士が、文学界の新人に与えられる最高賞を取ったことをこぞって大見出しつきで取り上げている。火野の名前は一気に全国区になっていった。

文壇の仕掛け人

私の手元に、火野の受賞が掲載された『文藝春秋』一九三八年三月号がある。芥川龍之介賞経緯の頁をめくってみると、のちのノーベル賞作家川端康成、文藝春秋の創刊者菊池寛、彼の盟友の久米正雄、室生犀星、横光利一、佐藤春夫ら九名の選考委員の写真が目に飛び込んでくる。
会議は難航し、二回も開かれ、全員が納得するまで論議された。五味渕さんが、火野の芥川賞受賞に関しては、選考委員のコメントを見ていくと、受賞の理由についてある種の文脈が見えてくると教えてくれた。主要メンバーのコメントをピックアップしてみよう。

川端康成「実に悲しむべきは、新人の作品で問題とするに足るものが、殆ど無かつたといふことである。〔中略〕他の作家、例へば、中谷孝雄、和田伝、大鹿卓、間宮茂輔などの諸君は、火野君と同列に比較は出来ぬが、芥川賞としては、火野君を選ぶのが面白いと考へたのである」
久米正雄「今度の芥川賞候補に上つた人びとは、割合に中年の、既に一家を成したやうな作家が多かつた。〔中略〕ここに於て、昨今の芥川賞の詮衡は、一つの危機に際会し、佐藤春夫君の提議もあつて、改めて其授賞の定義を限定したいと云ふことになり、大体曖昧ながら、外形としては「新作家の短篇小説」と云ふやうな所に定まつた」
室生犀星「一地方文芸雑誌の小説がかくのごとく穏やかに認められたといふことでは、私の好みの小ささを棄てさせ、そして私は諸委員に賛成の意を表したのである」
佐藤春夫「いかにも骨組の逞しい作である。〔中略〕当選は「どうかと思ふ」のであつたが、大勢が決して地方の同人文芸雑誌から文字通りの新人を抜擢することの有意義を考へると、美に対する既成観念は吹つ飛ばされて……」
菊池寛「無名の新進作家に贈り得たことは、芥川賞創設の主旨にも適し、我々としても欣快であつた」

これらの発言から、五味渕さんは、(一)「芥川賞」というイベント自体がややマンネリ化して、「無名の新人作家を世に送り出す」という創設当初のコンセプトが希薄化していたこと、(二)そのような現状に危機感を持った選考委員の一部から、原点回帰すべきではないか、という声が挙がっていたこと、(三)第六回の候補作品では、「無名の新人作家」というコンセプトに適合するのは、地域の同人雑誌に書いていた火野葦平ひとりだったことが受賞の理由に挙げられると指摘する。「ここからは私見ですが」と断りながら、芥川賞の特徴について、五味渕さんは、次のように説明してくれた。

「そもそも芥川賞は、純文学の新進作家の経済的困窮、要するに、作家が食えなかったということですが、その状況をどうにかしたいと考えた菊池寛が、いわば「公共事業」的に作った賞という意味合いがあります。賞金の額を下げて年二回授賞としたのも、そうした文脈に置き直せばそれなりに理解ができます。また、初期の芥川賞は、比較的ジャーナリスティックで、物珍しい素材を扱った作品に多く与えられている傾向があります。とくに「外地」に縁のある作家・作品がかなりの頻度で受賞している。第一回「蒼氓」(石川達三)、第三回「城外」(小田嶽夫)、「コシャマイン記」(鶴田知也)、第四回「地中海」(富澤有為男)。「糞尿譚」自体は外地ものではありませんが、かなり珍しい・新奇なテーマを取り扱った作品です。そして、火野が「出征中」という情報はすでに選考委員の頭の中に入っていますから、ある意味で「外地」に連なる書き手だとも言える」

自身も直木賞の選考委員をつとめる浅田次郎さんは、火野が受賞した理由について、次のように語る。

「僕は「糞尿譚」という小説が、決して何か他の思惑で芥川賞を受賞したとは思わない。歴代の芥川賞の受賞作の中でも、相当ハイレベルなものです。「糞尿譚」は、プロレタリアの文学の系譜というものをあきらかに引いている。庶民の視線に立っているけれども、決して権力側が否定する事のできない形で書き表している。僕はそういう書き方からしても火野葦平は偉大だと思います。「糞尿譚」というのは歴代芥川賞の中でも傑作です。何の束縛もない平和な時代に同じ選考会が行われたとしても、やっぱり「糞尿譚」は受賞すると思います」

この受賞劇の蔭で大きな働きをしたのが、菊池寛だった。文藝春秋社長で、芥川賞の創設者でもある菊池は、同じ三月号に寄せたエッセー「話の屑籠」に「糞尿譚」について率直な感想を述べている。

題も汚らしいが、手法雄健でしかも割合に味が細く、一脈の哀感を蔵し、整然たる描写と言い、立派なものである。〔中略〕

しかも、作者が出征中であるなどは、興行価値百パーセントで、近来やや精彩を欠いていた芥川賞の単調を救い得て充分であった〔中略〕自分は、真の戦争文学乃至戦場文学は、実践の士でなければ書けないという持論であるが、〔中略〕我々は火野君から、的確に新しい戦場文学を期待してもいいのではないかと思ふ。

火野が「出征中」であるという情報は、文藝春秋社長である菊池にとって、やや沈滞ムードに陥っていた芥川賞自体の「興行価値」を改めてアピールする上で、格好の「ネタ」と意識されていたのだ。火野は、芥川賞作家としてスポットライトを浴びる中、新たな歩みを始めた。

火野がいた杭州

火野の足跡をたどってきた私は、二〇一三年七月はじめ、南京取材の後に浙江省の省都杭州を訪れた。

南京陥落後、火野の部隊は、杭州の守備に約四カ月にわたってあたっており、火野が芥川賞受賞の報を受けたのもこの場所である。

　杭州で何と言っても有名なのが、市の中心部から西よりにある西湖である。さっそく足を運んだのだが、その日は天気がよく、水面は、陽光を受け輝いていた。私は、たちまち三潭印月や曲院風荷などの西湖十景の美しさに目を奪われた。二〇一一年に世界遺産に登録されていることも納得の絶景であった。それでいて、なんともいえぬ親しみが湧きあがっていた。ふと気づいた。私がかつて福岡勤務のときに職場近くで毎日のように逍遥した大濠公園の風景にとてもよく似ているのである。あとで調べてみてわかったのだが、大濠公園の池はこの西湖を模したものだという。

　観光客たちがカメラを片手に歓声をあげる傍らで、地元の老人たちはカラオケに興じたり、碁のようなものを打っている。やはり中国、太極拳をしている人たちもいた。なんとも長閑な風景で思わず時が経つのを忘れそうになった。

　先に述べたが、火野が残した初期の手帳のうちの『杭州1』は、おもにこの杭州滞在時のことを書いているものだ。ボロボロになった手帳の最初の記述は、「花と兵隊」という太字で、四角で囲われ赤く塗られている。「ノオト①」と横に書かれ、さらに「我が戦記　第二部」というサブタイトルも添えられている。次の頁をめくると、中国人の名前が三名、年齢とともに書かれている。これを見ただけでは、創作ノートのように見えるが、それだけではなかった。

『杭州1』にはじめて日付が出て来るのは、南京から杭州に移って二カ月あまりの二月二五日のことだ。芥川賞発表からおよそ一〇日後のことでもあり、興奮まださめやらぬ火野の心もさぞ軽やかだったに違いない。「岩の道が桜がさいてゐるやうに見える宝石山」「小鳥が無数に鳴いてゐる西湖畔」など、杭州の自然を愛でる様子が、箇条書きで書かれている。戦場に身をおきながら、おそらく火野の心中は春を迎えたような気持ちだったのだろう。この日に限らず、毎日のように火野は西湖を観察し、その移りかわる美しさを描写している。ところどころ、何かを書き写したのか、漢詩のようなものも書かれている。

杭州は、南京とは違って戦火に直接さらされなかったため、地元の人たちは平穏な暮らしを営むことができていた。火野は、杭州の町中を歩きながら、そんな庶民の生活ぶりを観察、『杭州1』に「すきをうかがひ僕の足下の膠をうばひにげるクーニャン」「□□小吃　当店の料理は何品も日本皇軍の口に合ひます　おはいり下さい」などと綴っている。小吃とは食堂のことで、おそらく町中の食堂に貼られた紙の文言をメモしたのだろう。戦場にありながらも、中国の人々の様子をしっかり心に留め置こうとしている火野の姿が浮かび上がってくる。

三月一一日の『杭州1』には、「JOSKが小さいながら入る」と書かれている。JOSKとは日本放送協会小倉局のコールサインであり、現在もNHK北九州放送局が使っている。きっと遠い中国の地で故郷からの電波がキャッチできたことが嬉しかったのだろう。違う日付でも、受信記録は綴られている。同じ中隊の兵隊が火野のところにサインをねだりにやってきたことも記している。芥川賞受賞の影響に違いない。火野自身も、受賞によって創作意欲がより高まってきたのか、小説についてはずっと考え続けていたようだ。次に書く作品を夢想しながら、小説における人称のむずかしさに悩んでいたのか、三月一四日の手帳にはこう記している。

第三人称でづつと書きつづけ、途中から、「ああ、もうこんな風にしたり顔で他人事のやうに書いてゐるのは、いやになつた、実は」と、一人称になる小説。

四カ月後に火野が戦地から送った兵隊三部作の第一作『麦と兵隊』が雑誌『改造』に発表されるのだが、そこでは人称に関しての実験はためされていない。芥川賞に関しての具体的な記述が手帳に登場するのは、三月一五日のことだ。「菊池寛氏より手紙」があり、「芥川賞金並時計を如何するや。文藝春秋へ小説一篇寄稿のこと」と書かれていたと記している。

菊池は、この手紙を出したあと、杭州に人を派遣することを決めている。授賞式は、戦場である杭州で行われることになったのだ。

授賞式の現場を探る

西湖のほとりで、私は、持参した古びた写真をバッグから取りだし、その場の光景と見比べることにした。折しも西洋の楽曲をＢＧＭに噴水が高くあがり、飛沫が湖面に波紋を作り、観光客を喜ばせていた。湖水に夕陽が映り込み眩しい美しさだ。横の広場に目を転じると、いかめしい顔の銅像が屹立している。

火野の写真は、この銅像があるあたりで撮られたものだった。整列した兵たちから一歩前に出た火野が、じっと下を向き、男の話を神妙な顔で聞いている。周囲の兵隊たちは、隊列を崩さず、直立している。一見すると、軍隊の何らかの儀式のようだ。しかし、それは後にも先にも例のない、「戦場での芥川賞授賞式」の一コマだった。

私は、火野がこの場所にいたときの様子を思い浮かべてみた。直立不動の玉井勝則伍長は、決して表情を崩すことはない。でも心は裏腹に晴れやかだっただろう。普段、その光景を愛でた西湖は、たとえ、その日が曇天であっても、火野の目には、輝いて映っていたに違いない。

授賞は、西湖湖畔の湖浜路にある連隊本部の前の広場で行われたことは、事前に史料にあたり確認済みだった。しかし、湖浜路の中心部はシャネルなど一流ブランドのモールになっており、それらしき建物が見当たらない。行き交う人たちは、瀟洒な格好をした富裕層そして若年層ばかりである。

気を取りなおして湖浜路の中心部を離れて湖沿いに進むと、突如として、古びた洋館が現れた。あたりの人たちに聞くと、一〇〇年以上前に建てられたものだという。よく見ると、桐の紋章が建物の中央に刻まれている。持参していた写真の一枚に、連隊本部の前で撮られた火野のスナップショットがあるが、背景の建物はほぼ同じ洋式のものだった。連隊本部はこの中にあったと考えて間違いない。

戦後、一時は改築して、リゾートホテルとして使われていた時期もあったようだが、いまはうち捨てられたような廃墟となっていた。駄目元で守衛に交渉したところ、中を撮影しないことを条件に、入ることを許可された。三階のバルコニーから西湖の方向を見ると、湖との中間点に銅像が屹立する広場があった。火野がその場所で授賞式に臨んだのは、一九三八（昭和一三）年三月二七日のことだった。

小林秀雄来る

文藝春秋社から、授賞式に派遣されたのは、ひとりの文芸評論家だった。『杭州1』（三月二七日）には、次のように綴られている。

八時頃、報道部の佐藤少尉来り、文藝春秋社の小林秀雄といふものが、賞品を持つて来て居る、といふ。えらい奴が来やがつたな。

三〇代半ばにしてすでに華々しい活躍をしていた文芸評論家の小林秀雄は、金時計を携え杭州にやってきた。火野の四歳年上の小林は、二七歳の時に発表した『様々なる意匠』を皮切りに先鋭的な批評活動を展開すると同時に、武田麟太郎や川端康成らと雑誌『文学界』を始めるなど、若くして文壇で大きな影響力を持っていた。

火野の所属部隊は、気を利かせ、火野のみならず、中隊員を全員式に参加させた。私が携行していた前記写真で後ろ向きの男が小林だった。小林は授賞式を「真面目な素朴な式」と自身の滞在記「杭州」に綴っているが、軍隊的な方式には慣れていなかったようで、「気を付け、注目」と号令をかけられたときには「ドキンとした」という。一方、火野は、授賞式にのぞむ小林の姿を手帳『杭州1』にこう綴っている。

十時半より授与式。小林、挨拶する。一寸、面くらつたらしく、ふるえとる。

このとき小林は「思い切つて号令を掛ける様な挨拶」をしたと「杭州」に綴る。「これからも、日本文学のために、大いに身体に気をつけて、すぐれた作品を書いていただきたい」という内容の挨拶だった。それに対して火野は、「こつちも挨拶。賞品をくれる。終る」(『杭州1』)。

授賞式のあと、スピーチを求められた小林は「小生の管見にしたがひますと、『糞尿譚』は、これまでの芥川賞中、随一の作品と思います」と火野を絶賛した。小林は火野を気に入ったらしく「二人は直ぐ旧くからの友達の様」になった(「杭州」)。火野も、小林との邂逅がよほど嬉しかったようで、ビールを飲み交わしながら、話をした。小林はそのまま杭州に数日間滞在しており、『杭州1』にも小林に関する記述が多い。小林について「よい男なり。いろいろ、東京のこと、文学のこと、文壇のこと、など話す」と記す。三月二七日の頁には、火野の興奮ぶりが伝わる言葉もあった。

「君は傑作をかくよ」と小林いふ。ほんとか。

いかにも小林秀雄らしい断定的な言い方だが、それに触れた火野の初々しさと高揚ぶりもよく伝わってくる。

花と兵隊

小林と出会ったあとの火野は、俄然創作意欲が湧いてきたようで、『杭州1』に具体的な小説の構想を書いている。「花と兵隊」と書き、「タクアン」「ナラヅケ」など、登場人物の名前を書き、「我々は何も考へないで唯戦争さへしてればいいんだ」「それはさうだ、兵隊としての役目はそれで終りだ、しかし、我々が人間としての役割はそれでは終らない」など、会話のシーンが入った文も書かれている。これらのメモをもとに、火野が後に杭州駐留記として書いたのが、長編小説第三弾『花と兵隊』である。

さらに『杭州1』には火野の戦争観もところどころメモとして残されている。一例を挙げると、「兵隊は面白いな、昨日は乞食のごとく、今日は王侯のごとく」「つまり兵隊は皆狂人になつたやうなもんだよ」、そして「戦争は平和の継続だよ、ここで終るのではない、もう一つ飛躍した平和を確得《ママ》する物理現象である」といった記述もある。

そんななか、やはり火野らしい庶民への眼差しを感じさせる文章も綴られている。殴り書きのようなメモだが、人々の営みを凝視しようとする、火野の作家としての変わらぬ習性が色濃くにじみ出ている。

> ただ混乱の戦禍とのみ見えたものの中に、静かに見てゐれば、矢張り、いかなる事態の中に於ても決して失はれることのない人間の生活があつた。

戦場での芥川賞作家誕生のニュースは一気に広まっていき、火野は一躍、時代の寵児となった。

そんな火野にアプローチをかけたのが中国に駐留していた陸軍の報道部だった。

第二章

日中メディア戦争

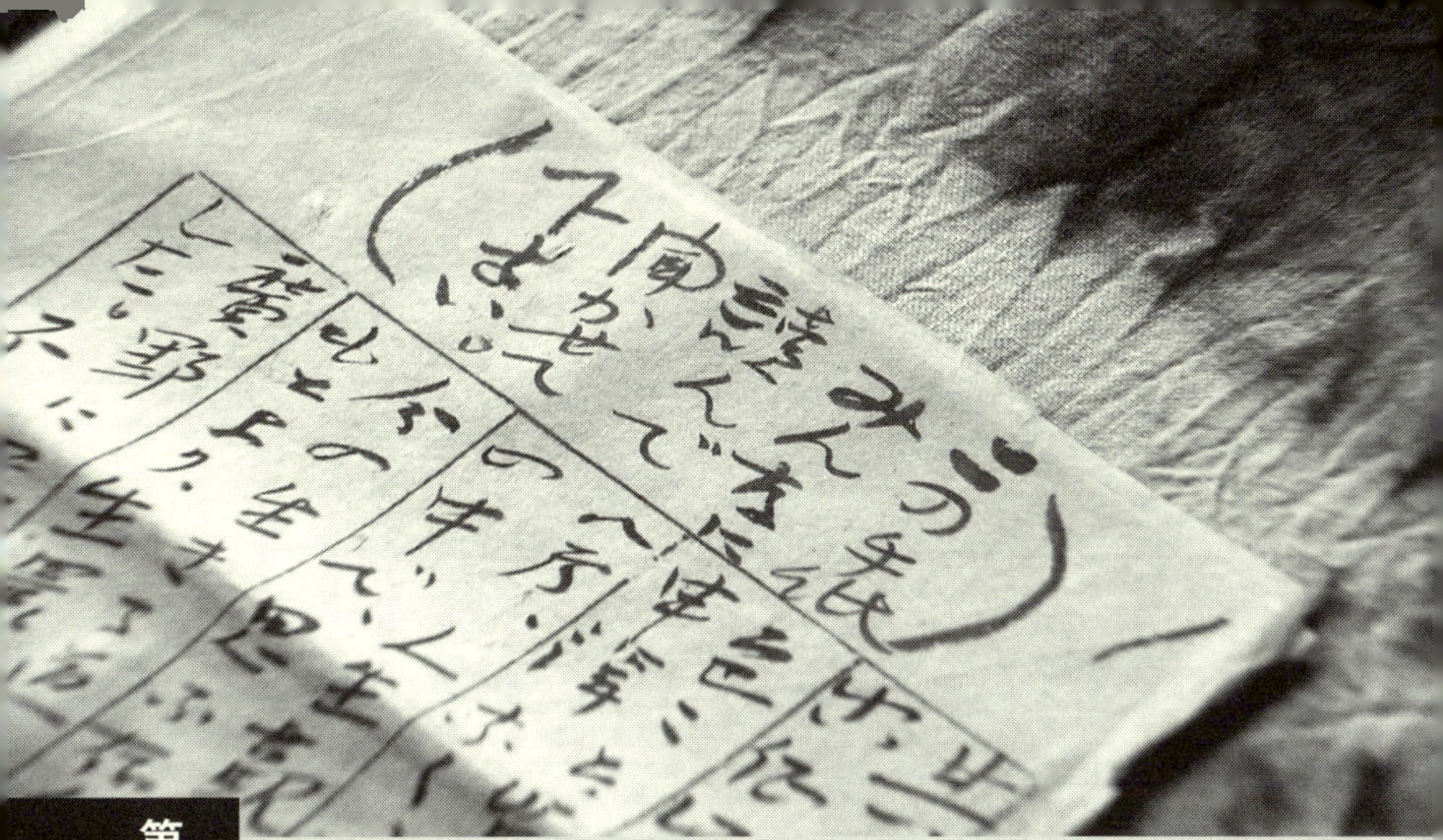

戦地から火野が送った父宛の手紙
［北九州市立文学館蔵］

一　スカウト

残されていた陸軍報道の拠点

日中戦争中、中国に派遣された陸軍は、列強が租界を設けていた、国際都市・上海に実質的なメディア戦略の拠点を置き、各国に日本の戦争の正当性を知らしめようとしていた。中支派遣軍報道部（当初は上海派遣軍報道部）の本部が当初置かれたのが、上海の虹口地区からほど近くの閔行路と長治路のあいだにある萬歳館という日本人向けのホテルだった。調べてみたところ、築八〇年を超える萬歳館が現存していることがわかったので、現地へと向かった。

五階建てのくすんだ赤茶けた煉瓦造りの建て物だった。当時としては瀟洒な洋風建造物だったに違いないが、メンテナンスもされていないようで、今は廃墟寸前の佇まいだ。近未来都市のような超高層ビル群が間近に屹立し、それらとのコントラストに魔都の奥深さのようなものが感じられてくる。

私が中に入って撮影したいと言うと、コーディネーターの侯新天さんは困ったような表情を浮かべ、しばらく思案していたが、「少しだけなら、撮影大丈夫。だけど人は撮ってはダメですよ」と耳元でひそひそ声で話す。

中に入ると、薄暗く、視界が極めて悪い。一瞬、迷宮に入り込んだような錯覚に陥る。それでも目をこらしていると、だんだん視界が開けてきた。壁際に配電盤があり、たこ足のようにケーブルが四方八方に延びている。漏電して火事でも起きないか、ちょっと心配になった。

陸軍報道部が占拠したのは、この建物の三部屋だけだったようだが、各新聞社もやがてここに入るようになり、やがて萬歳館全体が報道ビルの観を呈したという。参謀肩章を吊った将校が盛んに出入りするので、中国軍は、日本軍の高等司令部があると見なして、砲弾攻撃を加えてきたこともあったという。

いまは、低所得者向けの住宅になっているようで、数年以内には取り壊されるらしい。中華鍋で何かを炒めているのだろうか、独特の金属音と油がパチパチと爆《は》ぜる音が階上の部屋から響いている。香ばしいニンニクの匂いがあたりにただよっていた。残念ながら報道部がどの部屋にあったのかは、確かめようがなかった。

陸軍メディア戦略の中核にいた男

中支派遣軍報道部は、対外対内宣伝班、宣撫班、特務班、情報班などにわかれていた。その中心にいたのが馬淵逸雄中佐である。馬淵は、報道・宣伝のエキスパートだった。後のことになるが、陸軍省報道部長と大本営報道部長の要職についた一九四一（昭和一六）年には、『東亜の解放』『報道戦線』『日本の方向』という三冊の著書を記し、とりわけ『報道戦線』では、中国国内における新聞事情や軍のメディア戦略について深い考察がなされている。

メディア戦略のスペシャリスト・馬淵逸雄とは、いかなる人物だったのか。火野とも深いかかわりを持つことになる馬淵に私は俄然興味を持ち始めた。

馬淵は一九七三（昭和四八）年に亡くなっているが、生前の馬淵の知己はいないか、早稲田大学名誉教授の山本武利さんに相談したところ、長男の逸明さんが東京の多摩地区に暮らしていることを教えてくれた。電話をかけると、柔和な声で対応してくれ、取材もすぐにオッケーとなった。

さっそく多摩市聖蹟桜ヶ丘駅近辺の住宅街の一角にある馬淵家を訪ねた。逸明さんは、電話での印象通りの柔らかい笑みをたたえた白髪の紳士だった。居間に通されたのだが、壁のあちこちに掛け軸がかけられている。逸明さんは、そのひとつを指さした。

「これは、汪兆銘が書いたものです。馬淵先生と書かれていますね。民国二九年と書かれていますので、昭和一五年ですね」

汪兆銘。蔣介石と対立した親日的な人物で、日本の傀儡政府ともいえる南京国民政府の首相となった人物である。逸明さんは、汪と馬淵が一緒に収まるスチール写真も見せてくれた。馬淵と汪兆銘政権とのパイプの太さを感じさせられる。別の掛け軸には、南京国民政府の宣伝責任者の名があった。

「一番父が親しかったのは、林柏生ですね。民国二七年と書いてありますね。昭和一三年。父は中支那派遣軍の報道部の窓口ですけども、林さんは向こう側の宣伝担当者だった。お互いかなり一生懸命だったんじゃないですかね」

林は汪兆銘の側近のひとりで、秘書としても活躍した後、逸明さんが言うように、汪兆銘下の南京国民政府で宣伝部長の要職をつとめた。ちなみに林は、敗戦後日本へ亡命したが、中国へ送還され処刑されている。

逸明さんが私に見せてくれた写真のひとつに、馬淵が外国人に何かを説明しているものがあった。

「これは上海だと思いますけども、日本軍が、現在どういう戦い方をしているかということを、ドイツの新聞記者に戦況の説明をしているところです」

馬淵は蔣介石が展開する宣伝戦を強く意識し、それに対抗することに力を注いでいた。馬淵が書いた『報道戦線』にはこう綴られている。


白髪三千丈式の宣伝は、三国志以来の伝統であり、支那はすぐれた宣伝の国である。〔中略〕特に蔣介石は、「政治は軍事より重し、宣伝は政治よりも重し」と做し、支那軍は戦争に負けても宣伝で勝てばよい、という信条を持ってゐる。

逸明さんによれば、「宣伝は政治よりも重し」という蔣介石のモットーは、馬淵の同意するところで、馬淵は宣伝を極めて重要視し、現地で諸外国に対するメディア対策と日本国内向けの宣伝の双方に精力的に取り組んでいた。

近衛のプロパガンダ

そもそも日中戦争において、日本政府は、メディアをどのように扱おうとしていたのだろうか。首相の近衛文麿が本格的にメディア操作に乗り出したのは、日中戦争勃発直後のことだ。一九三七年（昭和一二）七月一一日、首相官邸に新聞通信各社代表四〇名を集め、近衛は、盧溝橋事件は「中国側の計画的武力抗日」であると述べ、「挙国一致」で政府の方針に協力するように呼びかけた。メディア側代表である同盟通信社がこれを受け入れ、「挙国一致報道」の枠組みが推進されるようになった。その二日後に、政府は中央公論社、改造社、日本評論社、文藝春秋社の代表にも同様な呼びかけを行っている。

およそ一週間後、内閣情報委員会が決定したのが、「北支事変ニ関スル宣伝実施要領」（のちに「支那事変ニ対スル宣伝方策大綱」に改訂）である。これにより、メディアをしばりつける基準が定まった。

その貴重なオリジナル文書を文学者の山中恒さんが持っていることがわかり、私は神奈川県の湘南海岸近くの山中さんの家に向かった。

「ちょっと待っててくださいね」

山中さんは、そう言うとリビングの椅子を立ち、書棚へ向かった。持ってきたのは一冊のクリアファイルだった。開いてみると、そこには内閣情報委員会および内閣情報部が日中戦争に入って、作成した宣伝工作の極秘文書の数々が整理され、フォルダーに入れられていた。一九三七年度に出された「北支事変ニ対スル宣伝方策大綱」、そして三八年度に入って出された「支那事変ニ対スル宣伝方策大綱」である。それらは数度にわたって修正されており、山中さんはそのほとんどを蒐集していた。

「一番古い「北支事変ニ関スル宣伝実施要領」が、戦争勃発からおよそ二週間後に出されていますね。これはそれを微修正したものです」

そう言って山中さんがファイルから取りだして見せてくれたのが、内閣情報委員会が三七年八月一二日に決定した「北支事変ニ対スル宣伝方策大綱」だった。一際大きな赤文字で「極秘」という判が押してある。頁を開くと、「事件の拡大を避け局面を限定するに努むるも」という冒頭の文章に眼が引きよせられた。鉛筆で削除のための棒線を引かれており、この時点で事変の拡大を避けられなくなっていたことがわかる。読み進めると、日本側の宣伝工作の主眼点を過不足なく言い当てている一文があった。

世界の輿論を我方に有利ならしむる如く導くこと。

宣伝の重点は「国内指導階級及び英米独伊に指向」とされ、国内の世論形成を狙いつつ、西欧列強への宣伝を意識していたことがわかる。「帝国の東亜に於ける現在の地位、政策を歴史的に説明し、帝国が侵略的、好戦的なりとする誤解を一掃する」ことに努めるとした。そのために、「支那の不法、不信行為並びに支那人の残忍性を具体的、印象的に宣伝すること」が目された。

「対外宣伝実施に当りての注意」として「対内宣伝は自ら反映して直に対外宣伝になるに注意すること」とある。南京陥落に際して作家石川達三が書いた作品『生きてゐる兵隊』がまさにこのことに該当するのだが、そのことは後述する。さらに、「現地に於て正確なる客観的情報を速に弘布すること」という当たり前のようなことも書かれていた。しかし、「正確なる客観的情報」は、戦線拡大とともにだんだんと蔑ろ《ないがし》にされていく。

この文書が出されたおよそ一カ月後の九月に、近衛内閣は「国民精神総動員運動」の全国展開を決定し、思想統制に本腰を入れはじめる。挙国一致、尽忠報国、堅忍持久を目標に、「ぜいたくは敵だ」「華美な服装はやめましょう」といったスローガンが掲げられ、国民に対する思想・言論および生活全般にわたる統制が強まっていく。同時に、それまで各省庁や陸海軍間の調整機関だった内閣情報委員会を、内閣情報部に改組し、「各庁間に属せざる情報収集、報道及啓発宣伝の実施」を職務に加え、国策遂行のため積極的に啓発宣伝を行う国家機関に変容させた。内閣情報部は、対国内向けの宣伝にあわせ、国際的なメディア戦略を推し進めることになる。しかし、蔣介石側の宣伝戦は巧みで、この時期、日本側は情報戦では中国に大きく水をあけられていた。

蔣介石のメディア戦略

蔣介石が、日中戦争勃発直後から世界に強くアピールしようとしていたのが、日本軍の非人道的行為だった。日本側も「支那人の残忍性」をアピールしようとしていたので、まさに合わせ鏡のように敵も同じことをやろうとしていたのである。蔣がターゲットとして最重要視したのが、アメリカである。

蔣のメディア戦略において活躍したのが、夫人・宋美齢だった。アメリカ留学経験のある彼女自らラジオのマイクの前に立ち、アメリカに向けた英語での演説を繰り返したのである。

一九三七年七月七日の盧溝橋事件から二カ月後、九月一三日の朝日新聞（夕刊）の記事にホノルルからの特電として「蔣夫人のデマ放送」というタイトルで、宋が行っている南京からの英語短波放送をハワイで傍受したという報告がされている。記事によれば、その内容は、日本誹謗に重点が置かれ、「米国一般民衆の同情を惹く」ねらいのもので、「その宣伝効果は相当大きい」とされている。
蔣介石が、部下に宛てた指示が記された記録が台湾・台北の旧総督府近くにある国史館に残されている。そこには「アメリカへの毎月一〇万ドルの宣伝費用は、惜しまず使うべきだ」と書かれていた。いまのレート換算でも一二〇〇万円、おそらく貨幣価値ではその二〇～三〇倍におよぶであろう資金を毎月アメリカへの宣伝に使っていたということになる。馬淵も国民党の宣伝工作については、「盧溝橋事件発生以来、世界の輿論は日本の不利に傾いた」と『報道戦線』に記し、はっきりとした危惧を示している。馬淵によると、上海の市長や司令官が戦況を説明すると、「皆な真実として世界に放送」され、「定期会見には押すな押すなの大盛況」だった。これに反して、日本側は「声をからして」外人記者を呼び集めても「仲々集まら」なかった。私は逸明さんが見せてくれた、馬淵のドイツ記者相手の会見の様子をつい思い出してしまった。真剣な表情で馬淵は黒板に作戦を図示するのだが、聞いている記者の数はまばらであることは写真から一目瞭然だったからだ。

日中の差がくっきり出たのが、南京事件をめぐっての報道だった。このとき、外国人記者や宣教師たちによって中国側の宣伝が展開され、雑誌『ライフ』など、アメリカのメディアで南京での日本兵の残虐行為が報道された。馬淵は、それに対抗する必要性を痛感し、「報道部も南京攻略戦に鑑み、グッと戦争の前面へと押し出し、積極的に報道並びに宣伝を実施する」、「敵のデマ宣伝に対抗して行くのには、我方の報道は萎縮は禁物である」と宣伝戦の重要性について記している。

一方、蔣は、海外メディアやジャーナリストの受け入れにも積極的に取り組んでいる。国民党の国際宣伝の責任者だった薫顕光の支援のもと、国際的なジャーナリストが次々と中国に集まっていた。三八年二月には、スペイン内戦を描いたドキュメンタリー映画などで世界的に高い評価を得ていた映画監督のヨーリス・イヴェンスが香港に到着、宋美齢の姉で孫文の妻・宋慶齢との面会などをしたあと、漢口入りをした。イヴェンスは蒋と宋美齢にも接近し、映画撮影の協力体制を作り上げていく。

同じ頃、写真家ロバート・キャパも漢口入りしている。イヴェンスは、キャパをセカンドカメラマンにして、七カ月間中国軍と同行、「日本の侵略に対抗する四億の中国国民のレジスタンスと戦い」をテーマとしたドキュメンタリー映画『四億（The 400 Million）』を制作した。

キャパは、その間、スチール写真も手がけていて、彼が撮った中国少年兵の写真は、『ライフ』誌一九三八年五月号の表紙を飾った。随分あとのことになるが、アメリカ映画の巨匠フランク・キャプラも、日中戦争を扱ったドキュメンタリーを撮っていたことを、中国の抗日映画の歴史に詳しい研究者の劉文兵さんに教えてもらった。アメリカ陸軍と国民党「中製」撮影所の協力で製作された『ザ・バトル・オブ・チャイナ』である。劉さんにＤＶＤを送ってもらい、実際に見たのだが、巨匠キャプラだけあって、ダイナミックな映像展開についつい引き込まれていた。とはいうものの、基本的に国民党軍の戦いの正当性を訴えるプロパガンダだった。それだけ、アメリカは蒋介石を支援していたのだ。

抗日映画の効果

国民党は国内向けの宣伝にもぬかりがなかった。最高指導機関だった軍事委員会のもと、一九三八年四月に、宣伝を担当する政治部第三庁を設置、庁長として、日本への留学経験があり、日中戦争勃発と同時に帰国し抗日運動に邁進していた作家郭沫若が招かれた。第三庁は即日、抗日キャンペーン「拡大宣伝週間」を挙行した。抗敵宣伝隊、抗敵演劇隊、児童劇団などを組織し、前線や後方で宣伝活動を展開した（郭沫若『抗日戦回想録』）。

国民党がプロパガンダのために力を入れたのが映画である。劉さんが、国民党がバックアップして製作された抗日映画と、その効果について教えてくれた。

「初期の抗日映画において、日本軍に対する中国人民の敵愾心《てきがいしん》を煽るというプロパガンダ的な目的を達成するために、常に強調されたのが、悪鬼のような日本兵のイメージでした。農民を含めた一般の観客に対して、分かりやすく抗日のメッセージを伝えるのに、善／悪の二項対立という単純な人物造型が効果的だという判断が働いていたのだと思われます。内容的に観念的で、質的にもいささか雑であったにもかかわらず、国民党支配地域において、ほとんどの抗日映画はハリウッドの娯楽映画に劣らないほどの興行成績をも収め、絶大な宣伝効果を発揮しました」

武漢陥落（一九三八年一〇月）を境に、抗日戦争の長期化が明らかになるにつれ、抗日映画の製作にもより説得力のあるテーマと、洗練された表現技法が求められるようになった。そして、抗日映画は海外にも広く展開していく。劉さんは次のように言う。

「とりわけ「外」の視点が取り入れられた作品が際立っていました。戦中の国民党政府は、日本軍の戦争犯罪や残虐行為を国際社会に訴えるために、さらに外貨獲得のために、映画輸出に力を入れていたからです。蔣介石のメディア戦略において、抗日映画は大きな役割を担っていたのです」

日本の映画界は、日中戦争を通じて国際的コンテンツを作り得ていない。映像という強いメディアを蔣介石は巧みに操ったのである。

アメリカにシフト

アメリカや諸外国も取り込んだ国民党側のメディア戦略に打ち勝つためには、日本もそれまでの通り一遍の宣伝では太刀打ちがいかなくなっていた。内閣情報部は、一九三八年一月一六日の「爾後国民政府を対手とせず」という近衛首相の声明を受けて、翌日に「支那事変ニ対スル宣伝方策大綱」の第四次修正を行った。オリジナル文書を山中恒さんに見せてもらうと、宣伝の指向を「国内指導階級及び英米独伊支」にするという記述に続いて「特に米に指向す」という文言が追加されており、アメリカに宣伝の重点をシフトしようとしていたことがわかる。そして「帝国軍隊の規律ある行動、武士道的態度及び占領地に於ける仁慈なる行為を宣伝す」とした。

「南京事件から一カ月のタイミングで出されたものですね。武士道的態度と書いているのは、新渡戸稲造の『武士道』がすでに英語に翻訳されていたからです。しかし、アメリカで実際にそれを読んだ人など少数に過ぎない。ですから宣伝文句に使っても、まったく効果がなかったはずです。南京事件では残虐なことはやっていないと、世界とりわけアメリカに発信したいわけですが、すでに日本軍が日清戦争のときに旅順で大虐殺をやったことを世界中が知っているわけですよね。だから、南京でもやりかねないと思っていた。だからこの時点でアメリカを納得させるのは容易ではなかったはずです」

そんなタイミングで中支派遣軍報道部が照準を定めたのが、火野だったのだ。

兵隊の心情を知っている

馬淵は、なぜ火野に目をつけたのか。長男の逸明さんは次のように私に語ってくれた。

「父はね、兵隊の目で書く報道っていうのがあってしかるべきだと。それをたまたま火野葦平が芥川賞もらったと。で、これだと思ったんですね」

それまでの従軍記者や作家とは異なる目線が馬淵には必要だったと逸明さんは強調する。

「普通の新聞記者、作家の書くものじゃなくて、目線が現役の応召された兵隊さんだということが重要でした。兵士たちが戦場で抱く情感とか、親に対する気持ちを綴ってもらう、いわば、そういう陣中日誌のようなものを狙ったと思うんですね」

馬淵が、火野にまず期待したのは、日本国内に向けての宣伝機能だった。

「支那派遣軍は約三十数万いて、八割は徴兵された人々です。銃後では、自分の親なり子供なり、先生なり兄さんなりが初めて戦場に派遣されて、どういう生活を送り、どういう意気込みで闘っているのかを知りたいと切望していた。そのためには、やっぱり兵隊さんの目線で書いたものじゃないといけないんじゃないか、と。これがひいては出征した兵隊さんの家族なり友人なりに安心してもらう証になるということで、むしろ、当時の銃後の人たちへの報告書みたいな形で書いていただいたんだと。父の思いはそうだと思うんですね。特に火野さんの場合は、作家の持つ感情というのですか、兵隊さんの心情なり、家族への思いなどをプロの作家として書けることに、父は着目したんだと思うんですね」

火野の存在を知った馬淵は自ら杭州にいる本人のもとに乗り込んだ。

「大した史料じゃないと思いますけれども」と言いながら、逸明さんは一冊の雑誌を私に貸してくれた。『東海人』。戦後に静岡地方で出されたエリア雑誌である。ページをめくると、そこに、「名作　麦と兵隊の出来るまで」と題された、馬淵と火野の対談が掲載されていた。上海の報道部にいた馬淵が、どのように火野をリクルートしたのか、その経緯が、語られていた。

ボス自らの説得

馬淵は、対談で、こんな風に口火を切っている。

「みな報道宣伝業務には素人でした。専門家がほしいが、現地上海にはその人材がなく、陸軍省に頼んでも、東京からよこしてはくれなかつたのです」

陸軍の実戦部隊は、もともと上海の町中で軍隊らしからぬ仕事をしていた報道部に対し反感を抱いており、協力的でなかったのだ。

「ぜひとも、戦う将兵と同じ気持ちになつて、戦つた経験のある作家が欲しかつたのです。軍の参謀副長武藤大佐（A級戦犯として処刑された武藤章中将）は流石に理解して、玉井軍曹を報道部に取ることに賛成でしたが、軍の人事を扱う副官部の方では、賛成しなかつたのです」

それでも馬淵は、火野の上官に火野を差し出すように交渉したが、色よい返事は得られなかった。見かねた参謀副長の武藤は、杭州にいる火野に直談判せよ、と馬淵にアドバイスを送った。馬淵は、杭州に乗り込み、二人は対面する。しかし、火野の風貌は馬淵のイメージを裏切るものだった。

「実は、スマートな青白い文学青年が現われるとばかり思つていたところ、ゴツイ分隊長が来て驚いた。わたしが「報道部に来て働く気はないか」ときり出した」。

そのとき火野はぶっきらぼうに、「私はその柄ではありません。偉い人々のいるところには行きたくありません」と即座に言い切った。さらに火野は、断りの理由に分隊長としての自身の責務をあげた。そんな「軍人らしい無骨さ」が逆に馬淵を魅了した。

逸明さんは父から直接、火野の第一印象について聞いていた。父と火野が一緒に写ったツーショット写真を見ながら、そのときのことを教えてくれた。

「普通こういう報道部というのは、裏方の仕事ですから、兵隊さんたちは、転属することを欣喜雀躍して喜ぶんだそうです。第一線で明日死ぬかもしれない身よりも、報道関係の後方にいた方が助かるということで、普通だったら飛びつくはずなんだけど、本人は拒否したんですね。「今、十数名の兵隊を分隊長として預かっている身であるので、是非私はお断りしたい」と。父は、そんな火野さんにすっかり惚れてしまったんだよ、と言ってました」

火野に対して馬淵は、こんな条件を切り出した。

「戦争が終つて、復員除隊でもして、五年後でも十年後でも、大陸に戦つた民族の記録を文学の力で綴つてもらいたいのだ」

さらに、馬淵は、それまでいくどとなく厳しい前線をくぐり抜けてきた火野の軍人としての矜持を持ち上げながら、「本当に戦闘任務をもつて銃を取つたものでなくては、戦ふ兵隊の気持は判らない。第三者的立場で書く従軍記者や、従軍作家では、生命を的に戦うものの気持まで描写はできぬ。君にはその使命があるぞ」

と、火野の無二の立場を強調した。馬淵の猛アタックに、さすがの火野の心も大きく揺れ動き、上官が承知するなら受けるとこたえていた。

浅田次郎さんにこうした時の作家の心情について聞いてみた。

「芥川賞を取ったと言っても、次回作はどうするということになる。現役の軍人であって、そういう環境にはないですから書きようがない。それを上官がね、部隊からちょっと離れて、司令部に来てゆっくり作品を書きなさいというのは、とても魅力的な誘いです。自分は書くためにあると考えれば、例えば僕が火野さんの立場だったとしたら、素晴らしい話だと受け取ると思う。たとえ、あれこれ書くな、これを書いてくれと制約を多少されたとしても、自分が何者かと考えた時に、軍人であるよりも、やっぱり小説家でありたいと思ったならば、僕は小説を書くことを選ぶと思います。だから僕は、火野さんを批難するなんてことは決してできません」

しかし中隊長の清水吉之助はなかなか首を縦に振らなかった。馬淵が清水に持ちかけたキーワードが「徐州作戦」だった。

中隊長陥落

この頃、首都南京を落としさえすれば、戦争は終わると考えていた日本側の戦況の見通しは崩れていた。蔣介石は一向に降伏するどころか、首都を重慶に移し、徹底抗戦の姿勢に移行していた。

さらに、一九三八年三月、山東省へ侵攻した北支那方面軍の部隊が台児荘で国民党軍に包囲攻撃され、大損害を出して退却した。中国側がこれを台児荘の戦いの大勝利として大々的に祝賀、宣伝したため、面子を失った大本営は、四月七日、南京攻略戦に続く大がかりな作戦を発動することになった。それが華北・華中の占領地の連絡と中国軍の包囲殲滅を策した徐州作戦である。

馬淵にとっては、それは同時に、これまで蔣介石に一方的にやられていたメディア戦で失地挽回する「メディアの決戦」の場でもあった。馬淵は大まじめな顔で次のように清水に言い切った。

「貴方がそれだけ可愛がつておられる玉井軍曹を、報道部員として徐州作戦に参加させ、一分隊長としてではなく、広く戦場の全般を見聞体験させたならば、将来作家火野葦平の大作品が生まれる機縁を結ぶことになります」

そこまで言われると、清水自身、馬淵の言葉に強く心を動かされたようである。清水は馬淵の手を握り、「すぐに玉井を呼べ」と部下に命じた。その後の清水は上機嫌で、火野の壮行会を盛大に執り行ったという。

一九三八年四月、火野は、杭州の原隊を離れ、報道部がある上海へと向かった。

二　リアルは書けないのか

裁判にかけられた石川

火野が報道部員として徐州作戦に参加しようとした頃、それとは対照的に、窮地に立たされていたのが石川達三だった。『生きてゐる兵隊』が発禁処分になった後、石川は起訴され、特高刑事の取り調べを受け、東京刑事地方裁判所で裁判にかけられていた。石川の長男・旺さんの自宅にその裁判の公判調書が残されており、特別に見せてくれた。

「第一審公判調書」と墨で書かれた表紙を旺さんがめくると、幾枚もの薄紙に手書きの漢字カタカナ混じり文が、几帳面に間隔を守って並んでいた。原稿隅に、「謄写室」、「相馬謄写館」などの文字があることから、裁判記録を「謄写版」で写したものと思われる。

公判調書の中に、石川が創作意図を率直に語っている箇所がある。

判事・八田卯一郎は「国民は我が軍の軍紀の厳粛なることを信じているのであって、かようなことを書いたら日本軍人に対する信頼を傷つける結果にならぬか」と石川に問う。これに対し、被告人である石川は、「それを傷つけようと思ったのです。だいたい国民が、出征兵を神のごとくに考えているのが間違いで、もっと本当の人間の姿を見、その上に真の信頼を打ち立てなければだめだと考えておりました」と答える。

この箇所を読んだ旺さんは、ため息がまじったような呟きをもらした。

「こういうことを言えば有罪になるでしょうね」

石川の言葉を文字通り受け取れば、戦場におけるリアルな日本兵の実態を包み隠さず銃後に伝えようとしたというのが、創作意図ということになる。だが、八田判事の追及は厳しく、石川は日本軍の行為が及ぼす国際的影響についても問われた。「非戦闘員を殺りくする場面を書いているけれど、これは日本軍が国際法を無視している事になるんじゃないか」。容赦ない追及の連続にだんだんと心理的に追い込まれていた石川は、判事のこの詰問に対して、「なります。当時はそういうつもりで書いたわけではありませんが、結果として、国際法違反を裏書きしてしまっている事になる」と素直にシャッポを脱いだ。八田はさらに、「この小説を各国スパイが悪用する恐れはないかと、その場合、我が軍我が国家に不利益じゃないか」「各国スパイの悪用する恐れがある小説であり、万が一悪用されたのであれば、我が軍に不利なる事はもちろん、今後の外交にも不利」だと石川を責める。窮地に追い込まれた石川は、この判事の発言を認めざるを得なくなっていく。

大妻女子大学の五味渕典嗣准教授によると、「司法当局は「陸軍刑法違反」での立件を狙っていた節がある」という。陸軍刑法とは、基本は、陸軍の中で通用する法律である。ただ、軍人以外にも適用できる条項もあると五味渕さんは教えてくれた。それが第九九条「戦時又ハ事変ニ際シ軍事ニ関シ造言飛語ヲ為シタル者ハ七年以下ノ懲役又ハ禁錮ニ処ス」というものだった。

「いわゆる造言飛語、つまりデマに関わる規定です。ですので、通常、出版物が処分を受ける新聞紙法・出版法よりも、遥かに重い罰です。実際に裁判記録や石川自身に事情聴取した記録などを見ると、担当官は、石川が軍事に関わる造言飛語をなしたということを非常に執拗に追及しています」

しかし、最終的に陸軍刑法違反での立件は見送られた。石川達三は、「安寧秩序を乱した」として、新聞紙法違反で、禁固四カ月執行猶予三年の判決を受けた。五味渕さんは、陸軍刑法で立件されなかった理由がふたつ挙げられると言う。

「ひとつはこのテクストの中身が造言かどうかを検証しようとすると、南京戦で日本軍が何をしていたかという事実確認をしなければいけなくなります。もうひとつは、虚構だという建前で書いたテクストを、造言飛語で立件し、処罰してしまうと、以後戦争に関わる様々なフィクション、文学だけではなくて、映画や演劇などに非常に大きな影響が及んでしまう。ありていに言えば、戦争をテーマとするあらゆる創作が作れなくなってしまう可能性をはらむからだと思います」

執行猶予とはなったものの、編集担当の雨宮庸蔵が中央公論を引責退社するなど、石川が背負ったものはあまりにも大きかった。

『生きてゐる兵隊』の波紋

発禁になった『生きてゐる兵隊』。しかし、実際は、遠隔地の書店への輸送は早めに行われており、総発行部数のおよそ四分の一は、一般に出回ったという。さらに、その一部は流出し、思わぬ所に波紋を広げていた。わずか一カ月後、上海の新聞で翻訳され、さらに、複数の単行本として出版されていたというのだ。

中国でその現物を探そうとしたのだが、希少な本ゆえに、なかなか見つからない。現地でいろいろとあたってみても一向に芳しい情報がなかった。日本近現代文学研究を専門とする北京外国語大学の秦剛さんが各方面に奔走してくださり、北京の中国人民大学図書館と上海の図書館にあることがわかった。

三〇〇〇万の人口を誇る上海を代表するだけあって、上海市立図書館は巨大な施設だった。検索用コンピュータにキーワードを入力すると、『生きてゐる兵隊』の翻訳本は二種類あると表示された。一五分ほど待っているとオートメーション工場のラインのようにベルトコンベアーに載って、中国語版の『生きてゐる兵隊』はやってきた。

「これが石川達三の『生きてゐる兵隊』の中国語翻訳の本です。『未死的兵』と『活着的兵隊』。ともに一九三八年の出版です」

図書館カウンターの女性はプラスティックのブックカバーに包まれた二冊の本を私の目の前に差し出した。一九三八年、つまり『生きてゐる兵隊』が書かれた、まさにその年に出版されたものだった。『未死的兵』は和訳してみるとさしずめ「死ななかった兵隊」というところか。訳者は「白木」とある。

『未死的兵』がまず掲載されたのは、「大美晩報」という新聞だった。アメリカ系資本の美国報業公司が上海で発行していた「シャンハイイブニングポスト」の中国文版として一九三三年に創刊された新聞である。「出版警察報」の記述によれば、一九三八年三月一八日には早くも第一回の掲載が始まり、以後三週間あまりの期間で六回連載されたとある。日本で『中央公論』が発禁処分になったのが、二月一八日なので、かなり早い段階で発表されていたことがわかる。

『未死的兵』は、さらに雑誌に掲載され、その後に単行本となったが、そこには日本語版にはない挿し絵まで入っていた。老婆の手から強引に水牛を奪い取ろうとする日本兵や、全裸の女性が日本兵から短刀で刺し殺される場面など日本兵の残虐行為が描写されていた。何をたくらんでいるかわからぬような狡猾で残忍な表情を浮かべる日本兵の不気味な顔が脳裏に焼き付いた。

一方の『活着的兵隊』は、原題のほぼ直訳で「生きている兵隊」という意味である。翻訳者は張十方という人物である。日本に留学経験を持つ彼は、抗日運動の旗手の一人だったようだ。

「訳者序」には、こうある。

　人類文化史上、最も野蛮で最も残酷な、けだもののような行為が描かれている。

さらに張は、悲しみと憤りの心情で訳したと自身の内面も吐露していた。

『創傷的歴史——南京大屠殺与戦時中国社会』などの著書を持ち、近現代史の研究をする南京師範大学経盛鴻教授に会うことができた。経教授は、『生きてゐる兵隊』が当時の中国にもたらしたインパクトをこう語る。

「作者石川達三は日本軍の南京での暴行、市民と捕虜の虐殺、レイプ、焼きつくし、略奪などの真実をもとに、『生きてゐる兵隊』の中で如実に描きました。この小説は日本の作家が書いたということで説得力があります。中国人が書いたとしても、それほどの効果はなかったでしょう」

経教授は、怒っているかのような早口で一気に語った。インタビューは、なぜか教授が自身の大学内での取材を断ったため、南京の総督府の正面で行われた。人が多く、こちらが日本のメディアであることはあまり知られない方がいいとも言われていたため、かなり緊張を強いられた。

その後、経教授が教鞭をとる南京師範大学には、南京事件当時、金陵女子大という大学があったことを知った。南京難民区安全委員会のミニー・ヴォートリンがそこで多くの女性たちを匿い命を救った場所で、当時の建物もあるという。経さんが、大学内で話をすることを避けた理由はそのあたりも関係しているのかもしれない。

『生きてゐる兵隊』が中国メディアで掲載されたことを知った内務省警保局は、強い危機感を抱いていた。警保局が出した『出版警察報』第一一二号（一九三八年四月〜六月分）の「出版物司法処分彙報」には、こう書かれている。

特記すべきことは差押を免れたる一部のものが支那側の入手する所となり『大美晩報』などは前記石川『生きてゐる兵隊』を翻訳して反日、抗日の宣伝に使用したことである。

さらに日本のメディアもこのことを報じている。私の手元に、一九三八年三月二九日付の都新聞のコピーがある。そこには「奇怪！　支那紙に『未死的兵《生きてゐる兵隊》』／発禁小説を故意に翻訳して逆宣伝」と大見出しがつき、その横に中国の新聞記事の一部抜粋が掲載されていた。

さらに記事では「白木」というペンネームの男がどのように原本を入手したのかを問題視した上で、かなり踏み込んだことが書かれている。

わが検閲当局でもつとも危険視してゐた「支那青年の死」とか「征途」等の初めから全然削除され

てゐた個所が訳されてをり、これが支那側民衆への宣伝は勿論、外国側への宣伝資料として悪用されるに充分なものであるとされてゐる。

五味渕さんが、石川を担当した警視庁の取り調べ官の意見書があることを教えてくれたので、その写しを見せてもらった。「「生きてゐる兵隊」事件　警視庁警部清水文二　意見書・聴取書」には、「尚石川ノ小説ハ英、蘇、並支那語ニ翻訳セラレ目下上海ニ於テ新聞ニ連載セラレタルヤノ状況ニシテ現地ニ於ケル軍ノ士気ニモ悪影響ヲ及ボシ」と書かれていた。つまり、かなり早い段階で、『生きてゐる兵隊』は、英語やロシア語にも翻訳されていたことがわかる。

『生きてゐる兵隊』が各国語に翻訳され、その国際的な影響力に日本が危機感を持ち始めた頃、陸軍報道部は、火野を巻き込んで積極的にメディア戦略に取り組み出した。それが、徐州作戦である。

三　『麦と兵隊』の成功

徐州作戦従軍へ

首都南京を陥落させ、占領した日本軍。そのおよそ二カ月後には、大本営の会議において、在支兵力半減、召集者帰還、積極作戦をせずと、戦面不拡大の方針が決定された。

しかし、中国側の激しい宣伝工作が次の作戦を刺戟することになる。一九三八（昭和一三）年三月から四月にかけて行われた、山東省の台児荘での戦いで、北支那方面軍の部隊が国民党軍に包囲攻撃され、大損害を出して退却したことを中国側が大勝利として大々的に祝賀、宣伝したのだが、これに対して大本営は、黙っていられなかった。メンツをかけて、新たに発動したのが、徐州作戦だった。

その裏には、現地の日本軍が、せっかく四〇万もの兵が展開しているのだから、ここで作戦をやめるべきではないと主張したこともあったようだ。その声に引きずられるように、徐州作戦は始まった。

何故、徐州が重要なのか。私は徐州出身で日本在住の友人魏亜寧さんに聞いたところ、徐州は昔から交通の要衝であり、商業の中心地のひとつで、戦争時には、ここを取ると天下が取れるといわれたほど、中国では重要な地域だという。

「徐州にはもともと黄河の支流が流れていました。だから黄河文明で発展したのです。彭城《ほうじょう》と呼ばれていました。そして徐州周辺は石炭を産出するところです。それに加え、東から西、南から北に向かうときにちょうど分岐点になるところです。北京、南京、上海そして西安のどこにもアクセスしやすかった。いまでも四つの省のちょうど狭間にある要衝なんです」

劉邦や項羽もこの地域出身で、ここから全国制覇を果たしたと知る。私は手元にある地図を開いてみた。徐州は、北京と上海のちょうど中間地点に位置しているのがわかる。こんなことからも徐州は、日中戦争の時点でも重要な交通のポイントだったのだと確信した。笠原十九司さんが当時輸送の大動脈だった鉄道の路線を見てみると徐州の重要性がわかると教えてくれた。

「徐州は華北と華中を南北に結ぶ津浦線《しんぽ》（天津―南京）と黄海に面した連雲港と内陸の蘭州を東西に結ぶ隴海線《ろうかい》（日中戦争当時は宝鶏まで開通）が交差する鉄道交通の要衝です。つまり徐州作戦は、華北と華中の占領地の連絡（津浦線打通）と中国軍包囲殲滅を目的にしたものだったのです」

前述のとおり、火野を報道部員に引き抜いた馬淵は、この徐州作戦に彼を従軍させることにした。五味渕さんは、火野が抜擢された理由は、南京戦における陸軍のメディア戦略との関わりでとらえることでより鮮明に見えてくる、と考えている。

「陸軍は、南京戦の報道をめぐって、ひじょうに手痛い、有り体に言えば、失敗をした。ですので、そもそも徐州作戦そのものが、かなりメディアを意識した作戦で、馬淵はその徐州作戦に参戦させるために火野を報道部に引き抜いたわけです。ですから、おそらく火野も自分が何を期待されているかよくわかっていた」

軍報道部に入って火野の立場は一転していた。銃を持ち、泥にまみれる一兵士から、ペンとメモ帳を片手に戦場をめぐることになったのだ。高橋少佐とカメラマンの梅本、そして運転手と一緒に前線に赴き、新聞記者に発表する報道情報の収集とともに、自作への材を取るのが火野の任務となった。

火野は、出発にあたり馬淵から任務に関しての訓令書とモーゼル一〇連発の拳銃を渡される。芥川賞授賞式からわずか一カ月あまり、火野は徐州の最前線に赴くことになった。

麦畑の中の兵隊たち

当時の火野の心境がわかる貴重な手紙が残されている。親友中山省三郎に宛てたものである。手紙には、「俺の受けている任務のこと、今は書かない」とした上で、「軍の期待に添う」「大いにやり甲斐のある」任務だと綴られていた。文末は「ああ、少々、血ワキ肉オドルよ」と締め括られている。

それが『麦と兵隊』を書き上げることだった。「徐州会戦従軍記」というサブタイトルが示すように、報道部員火野の目に映った徐州の戦場の実態を日記スタイルで切り取ったものだ。

徐州作戦は、華北から北支那方面軍が南下、華中から中支那派遣軍が北上して、徐州の中国軍を包囲殲滅して合流、華北と華中の占領地を連結させる作戦だった。火野を含む軍報道部の主力や各新聞の従軍記者が行動をともにすることになったのが、中支那派遣軍の中で、「最も「面白い戦」」が予想され、かつ、真っ先に徐州に入城すると考えられた吉住部隊だった。

移動距離およそ三五〇キロ。私は、火野がたどったのと同じように、南京から徐州に向かった。もっとも、徒歩ではなく、ロケバスでの移動であったが。高速道路の横はどこまで続くのかと思うほど同じような平原が続いていた。そのすべてが麦畑だった。私は魏さんから聞いた話を思い出した。
「徐州は農業も盛んです。トウモロコシ、綿花、豆、そして麦。徐州の周辺の土壌は砂のようなもので、米作には適さず、米は作りません。子どもの頃、南京から鈍行列車に乗って故郷の徐州に帰るとき、窓の外を見ていると、同じ景色が延々と何時間も続くんですよね。それがほとんど麦畑でした」
火野の眼に止まったのは、延々と続く麦畑の中、砂煙の中を黙々と自身の使命に従い行軍する兵の姿だった。

出発。果しもなく続く麦畑の中の進軍である。〔中略〕
前進。又も黄塵の中の行軍が続けられて行く。〔中略〕
私は今その麦畑の上を確固たる足どりを以て踏みしめ、蜿蜒と進軍して行く軍隊を眺め、その溢れ立ち、もり上り、殺到してゆく生命力の逞しさに胸衝たれた。
(『麦と兵隊』)

さらに、火野は兵士たちをひとりひとりの人間としてとらえ、さりげない日常も描いていった。

鼾《いびき》が聞えて来た。蛍が一匹こちらの岸から向ふの岸へ飛んで消えた。月光の中に眠る兵士の姿が私達には限りなく愛しいものに感じられた。その姿を見て、私と梅本君とは何故ともなく両方から顔見合はせ、ふいと微笑を取り交はしたのである。
(同前)

五月初頭に作戦は始まったが、日本軍はあっという間に徐州を占領した。一般書では、徐州作戦は日本軍の圧倒的優位のまま終わった作戦として、ほとんどページを割かれていないことが多いが、火野の文章からは、この作戦に参加した名もない兵士たちの息づかいが聞こえてくる。

そんな些細でありふれた記述が逆に新鮮に受け止められたのだろう、と日本女子大学教授の成田龍一さんは読み解く。

「戦闘ばかりではなく、兵隊たちには日常がある。そこで彼らは何を思い、考えているのだろうか。その兵士たちが戦闘状態に入った時には、いったい何を思い、どういう行動を取るのだろうか。また下士官としての自分は、彼らに対し、どのような配慮をするのだろうか。このような事柄、つまり兵隊の日常と心情に入り込み、そのことを自らの態度と結びつけ描いたのが火野葦平の小説でした。このことが、今までの戦争小説とはまったく違う局面を切り開いたのだと思います」

火野の根底にあったのは、兵士に対する愛だった。私は二〇一四年に亡くなった作家大西巨人さんと一緒に、彼が兵隊時代を過ごした対馬に行ったことがあるのだが、そこで巨人さんが発した言葉を思い出した。

「兵隊というのは、農夫もいるし、漁師もいる。相撲取りも、学校の先生もいる。つまりそこは社会の縮図みたいなもんじゃよ」

庶民の縮図のような兵隊たちとともに異国の地で泥と血にまみれながら、火野は、ゴンゾウに囲まれて、彼らと共に一喜一憂した日々を思い返し、重ね合わせたに違いない。

孫圩を探せ

南京から五時間ほどで徐州の中心部に到着した。かつて炭鉱で栄えた街は、現在、重機メーカーの大工場などを基軸に発展していた。米企業に加え、日本の三菱、さらにはドイツの大手メーカーも進出している。市街地の人口は一七〇万あまり。中心部には近代的な高層ビルばかりが目立つ。それでいて夜になると巨大な屋台街が中心部に出現し、どこからともなく庶民たちがつめかけ、驚くべき活気を見せていた。私は、屋台のひとつに腰を落ち着け、やけに辛い羊肉料理を肴に、ビールを飲みながら、周囲の喧噪に、底知れぬ中国の庶民のパワーを感じていた。

日本軍の圧勝で中国軍を敗走へと追いやった徐州作戦。『麦と兵隊』には、激しい戦闘の記述はほとんど見あたらない。ただ、一カ所だけ、火野自身が巻き込まれた緊迫した描写があった。

生死の境に完全に投げ出されてしまった。死ぬ覚悟をして居る。今迄変に大胆であつたやうに思へたことが根拠のないもののやうに動揺して居る。弾丸《たま》なんか当らぬと変な自信のやうなものを持つてゐた。そんなことは気安めに過ぎない。

南京を出て一二日後の五月一六日、徐州郊外の「孫圩」という村での出来事だった。迫撃砲弾は幾つも身辺に落下し炸裂する。そのたびに、火野の周囲では何人もの犠牲者が出て、血の色を見せられた。「ただ、その砲弾が、私の頭上に直下して来ないといふ一つの偶然のみが、私に生命を与へて居る」。

孫圩での中国軍との攻防戦は、『麦と兵隊』のクライマックスシーンでもある。生死のはざまに立たされた火野が、砲弾の下で何を考えたのか。私は、少しでもそれを理解したかった。いや、わかることなど到底できないだろう。でも、少なくとも、その光景だけは眼に焼きつけたいと強く思っていた。

しかし、すぐに困難に直面する。コーディネーターの候さんに詳細な地図にあたってもらったのだが、中国では地名が激しく変化することもあり、孫圩という名前だけでは見つけられないというのだ。次の予定が迫っており、孫圩に行くのに残された時間は、翌日の一日だけだった。屋台で夕食を終え、ホテルのロビーでどうしたものか思案していると、候さんがノートパソコンを片手に、ちょっと興奮した表情を浮かべ、近づいてきた。孫圩が見つかったのだ。しかし、同じ名前の地名は三カ所あったという。

心配顔の私を冷静な瞳で見つめながら、候さんは、一カ所は徐州から北に遥か遠方に位置するため該当せず、二カ所にしぼられると教えてくれた。ひとつは、徐州中心から北東部に一〇キロほど離れた場所で、もうひとつは徐州南西部の安徽省簫県にあった。候さんとともに、かつて火野がたどった道を示した地図と比較してみると、火野が徐州に向かう途上で、安徽省の孫圩を通っていてもおかしくないことがわかってきた。

そこが本当に火野がいた孫圩かどうかの確信もないまま、とにかく私たちは見知らぬ道のりを歩むことになった。

鄙の村

どこまで行っても、道の両側に広がっている麦畑。悠久の大地の広さを否応なく実感させられる。火野も、七五年前にこの穀倉地帯の風景を見ていたはずだ。そんなことを思っていたのも束の間のこと、ぽかぽかした陽気のせいもあり、車の中でつい寝落ちしてしまっていた。ガタゴトとした振動音で眠りから覚める。先ほどまでハイウェイを飛ばしていた車は、すでにインターチェンジを降り、ポツリポツリと古びた家が点在する農村を走行していた。どうやら私たちは、目的地の近くにいるようだ。途中何度か道を尋ねた挙げ句、私たちは、何の標識もない、未舗装の道を走ることになった。

徐州の中心部からおよそ三時間。火野は『麦と兵隊』に「濛々たる埃である。先が見えない」と孫圩への道中を記しているが、その描写の通り、乾いた路面が続き、埃があたり一面に濛々《もうもう》とまきおこっていた。オフロードが続き、ハンドルが大きく左右にとられて、横転するのではないかとヒヤッとした瞬間もあった。

　しばらく行くと、目の前に突如市場があらわれ、それまでにないような活気を見せる集落が出てきた。候さんが、興奮した声で、「ここが孫圩ですね」と叫んだ。村の入り口のゲートには、確かに「孫圩」と書かれたブリキの看板が掲げられている。鄙びた寒村で、激戦の痕跡は見あたらない。火野は「城壁のある孫圩という部落」と書いていたが、あたりを歩いても、城壁はどこにもない。候さんがあちこちの家を手当たり次第に訪ねてくれたが、戦争の時代のことを知っているひとに巡り会うことができない。それでも何人か話を聞いているうちに、集落に一人だけ、日中戦争時代に少女だったという人がいることがわかった。

　その家を訪ねると、老婆が出てきた。日中戦争が始まった頃、一三歳だったという。文字が書けないということで、「ショウ」さんという発音の名であることしかわからなかった。ショウさんは、当時日本軍の襲来を事前に聞き、到来の前に村を離れたという。候さんが「逃げたんですね」と質問したところ、ショウさんは怒ったような口調で言い返した。

「逃げないわけないだろ、あっちこっちを逃げ回ったよ」

　確かに『麦と兵隊』でも、火野がこの集落に入った時、すでにもぬけの殻だったと記述されている。城壁のことを質すと、ショウさんは、こんなことを言った。

「戦争の時代までは、集落をぐるりと取り巻く形で城壁があったよ。行ってみるかい」

　ショウさんは、そのまま、杖をつきながら、立ち上がった。土壁の古い家ばかりが立ち並ぶ農村の未舗装の道をゆっくりと我々を先導する。あちこちの壁に「福」の一文字が書かれた赤い色の紙が貼ってあるのが眼に入る。火野が『麦と兵隊』の中で、「四角な赤紙の対角線の方向に、福といふ字一字だけ書いた紙が、壁や、戸口に何枚も貼りつけてある。どの家もさうだ」と書いていたことを思い出した。ショウさんは、小さな川に沿って数百メートルほど歩き、橋がかかっているあたりで立ち止まった。

「ここら辺に城壁はあったんだよ。それがずっと延びて、村を囲んでいたんだ」

当時は高さ一メートルほどの土で盛られた城壁が集落を守っていたという。戦後になり、村の人口が急激に増加し、城壁の外側にも住居が作られ城壁の意味合いがなくなったうえに、古くなったまま修復もされなかったため、ほぼ消失してしまったのだ。

どうやらここが、火野がいた孫圩に間違いなさそうである。

贖罪と憤怒のはざまで

孫圩の集落を取り囲むように、広大な麦とトウモロコシの畑が延々と広がっている。緑の群れは、ちょっとした微風に、まるで海のように、さざ波をたてる。日差しが最も強い日中の時間故か、畑で働いている農民の姿は見あたらない。じっとしているだけで、汗が額から流れ落ちてくる。

火野は、ここ孫圩でどんな経緯をたどり戦闘に巻き込まれたのか。火野がこの集落に入ったのは、私たちが到着したのと同じ日中の時間帯だった。前述したように、火野の前にあった集落はもぬけの殻だった。そのとき火野は、何とはなしに一軒の家に入ったことを『麦と兵隊』に記している。寝台に横たわり目を閉じると、火野は「全く忘却してゐた一つの感覚」に捕われ始めた。刎ね起き、鏡に顔を映すと、「埃にまみれた髯だらけの異様な顔」が火野を睨んだ。火野はその部屋を飛び出していた。「掠奪者のごとく悠々とその部屋に侵入」した火野は、「敗北者のごとく倉皇として」逃げ出したのである。

「鏡」に写った自分自身に火野が見たのは、自身の内面だったに違いない。中国前線に赴いた日本軍将兵のうち、自身が「掠奪者」だという意識を戦場で自覚していた人は少なかっただろう。自身の姿を冷徹に見つめる火野の作家ならではの目線が感じられる描写である。

日が暮れ、火野は、そのまま集落の近くで泊まることになる。ちょうど満月の夜だったようだ。火野は銃撃を受けている夢を見ている最中に当番兵に起こされた。起き上がってみると、実際にあたりには弾丸が飛び交っていた。現実に戦闘が始まっていたのだ。しかし、弾丸はしきりに向かって来るものの、敵兵の姿はまるで見えない。国民党軍は、村を囲む城壁をたてにしていたのだ。それでも火野は「弾丸なんか当らぬと変な自信のやうなものを持つてゐた」と記す。迫撃砲弾はいくつも火野の周りに落下し炸裂した。

当時の孫圩の様子を撮った写真を見ると、あたり一面が戦火に荒れ果てていた。手前に死んだ馬が横たわっている姿が映っており、画面の中央には銃撃で穴だらけになった、焼け焦げたバスのようなものが写っている。それは従軍していた朝日新聞の記者の車だった。

目の前で仲間の兵士たちが次々と倒れ、「その度に何人も犠牲者が出て、血の色を見せられる」中、火野の心に浮かんだものは、「貴重な生命がこんなにも無造作に傷けられるといふことに対して劇《はげ》しい憤怒の感情」だった。昼間に中国人に感じていた掠奪者としての贖罪の意識は、戦闘によって、いつしか変容していた。

国家と個人の生命

「兵隊とともに突入し、敵兵を私の手で撃ち、斬つてやりたい」と思ったという火野。その時、胸いっぱいに拡がってきたのが「祖国」という言葉だった。だが、その心中は、時間の経緯とともに変わっていく。

突撃は決行せられず、時間ばかりが流れた。私は死にたくないと思つた。死にたくない。今此処で死にたくない。

生きたいと本気で願った火野。私は、このくだりに触れると、敏感で繊細な心の内側がつぶさに綴られていた少年時代の日記を思い起こしてしまう。微妙な心の動きをしっかりと記そうとする火野の律儀とも言うべき性格がここにも表れているような気がしてならないのだ。淡々とした事実の描写が多い『麦と兵隊』のなかで、ここまで自身の心情を赤裸々に綴った部分は他にない。それだけ孫圩の戦いは多くのことを火野の心に呼び起こしたのだろう。極限状態で、むろん家族の姿が心に浮かばないわけがなかった。「土に、父、母」と指で何度も書き、さらに「妻の名や子供の名」を書いた。「どうぞお助け下さるやうに」と念じ、母のつくってくれたお守袋を握った。「日本に居る肉親の人達のまごころが自分を救つてくれるかも知れぬ」。火野は祈るように願っていた。

弾丸が飛びかい、死の可能性が現実のものとなっていく中、火野は家族を思い、生に強く固執していたのだ。

日常の延長の戦争

孫圩で激しい戦いに巻き込まれた火野をめぐってメディアは騒然とする。朝日新聞の記者が「葦平伍長行方不明」という報を内地へ送っていたため、夕刊に火野の写真と記事が載り、ラジオでも伝えられた。

上海にいた馬淵は、火野の行方不明の報にふれ、「玉井を殺した。玉井にも、ご家族にも、すまんことをしてしまつた」と沈痛な面持ちで部下に語っている。馬淵のもとに、無事の知らせがもたらされたのは、戦闘の三日後のことだった。

死線を越え、なんとか生き抜いた火野は、その後、前線から上海の報道部に戻り、徹夜を続けて一気に『麦と兵隊』をまとめる。火野から報道部の一五〇字詰原稿用紙で五八八枚にもなる分厚い原稿を渡された馬淵は「その精力絶倫」に驚き、「この人にしてこの文あり」と喜んだという。火野と前線で行動をともにしていた高橋少佐は「玉井軍曹、ありがとう。兵隊にかわってお礼をいうよ」と火野に伝えた。軍報道部に火野を引き抜いた馬淵の目論見はずばりと的中したのである。

五味渕さんは『麦と兵隊』を、石川達三の『生きてゐる兵隊』との比較から次のように読み解く。

「できあがったテキストを見ると、見事に石川がやらなかったことをやっている。自分の身近で起こっていること、すぐそばで見聞きできる範囲のことが大変に多く書かれています。多くの部分は兵隊たちがどのように食事を作っているかとか、そんな日常を過ごしているかとか、そういったことに多くの情報を費やすわけです」

戦闘シーンにも工夫があった、と指摘する。

「たとえば、孫圩でのシーン。自らの直近にしか目を向けないとまるで心に決めたかのように、敵は雨あられと降りそそぐ砲弾として表象され、敵たる中国兵の姿や表情が描かれることはない。戦闘時の中国兵たちは徹底して抽象化され、生々しく残酷な描写は排されています。つまり、『生きてゐる兵隊』が書いたある種非常に暴力的で、荒廃した兵の姿とは違う、どこか人間的で、そしてどこか日常生活の延長のようにも見える、そういった兵士の像というのが『麦と兵隊』の中には多く書かれています」

この後、『麦と兵隊』がベストセラーになることによって、石川の描いたものとはまったく違った兵隊像が日本人のなかで出来上がっていく。

揺れ動くシンパシー

兵隊たちの人間味あふれる姿を活写した火野。だが、『麦と兵隊』で綴られているのは、日本の兵隊だけではない。火野は、自身の心のフィルターを通して見た中国の現状と人々の営みを、なんとか綴ろうとしていた。あるところで日本軍の宣伝のため伝単（ビラ）を農民たちに渡すことになったのだが、その伝単を受け取りに来た地域の代表者を見て、「私はこれらの朴訥にして土のごとき農夫等に限りなき親しみを覚えた。それは、それらの支那人が私の知つてゐる日本の百姓の誰彼によく似てゐたせいでもあつたかも知れない」と記す。

同じアジアの人々へのシンパシー。ましてや、若松のゴンゾウを筆頭とする庶民と生活をともにしてきた火野にとって、労働の匂いが体に染みついている中国の農夫たちは、信用のできる、愛すべき人たちと映ったのだろう。さらに、「これらのはがゆき愚昧の民族共は、彼等には如何にしても理解出来ない一切の政治から、理論から、戦争から、さんざんに打ちのめされ叩き壊されたごとくに見えながら、実際にはそれらの何ものも、彼等を如何とすることの出来ないやうな、鈍重で執拗なる力に溢れて居る」と続ける。「愚昧な民族」という言葉に火野がこめようとしているのは、上から目線の侮蔑ではなく、ほとんど共感に近い感情であることは明らかだろう。はがゆい、という形容詞にも、火野が『糞尿譚』でその滑稽ぶりを描きながら、一緒に泣き笑いし愛を込めた汲み取り業者「衛生舎」の人々への思いに共通するものを感じる。多くを語らず、ただ黙々と日々の労働に勤しんでいるように見えながらも、その精神の奥底には、上からの強い力とうまく妥協しながらも、決して取り込まれることなく堂々と生きているしたたかさへの敬意のようなものすら感じられてくる。ひょっとすると火野は、そもそも検閲を意識して、わざと、中国の人々を蔑視したような表現を使っていたのかもしれないとさえ思えてくる。

さらに、火野は処刑されることを観念している捕虜を前にして、自分たちとあまりによく似ている彼等の姿をながく見ていられなかったことも素直に綴る。

兵隊や、土民を見て、変な気の起るのは、彼等があまりにも日本人に似て居るといふことだ。しかも彼等の中に、我々の友人の顔を見出すことは決して稀ではないのだ。それは、実際、あまり似過ぎてゐるので困るほどである。

分隊長時代、火野は部下から慕われ、上官からも篤い信頼をおかれ、部隊のなかでも勇敢な兵士という評価を得ていた。そして報道部に移ってからも着実に自身の仕事をこなしていたに違いない。中国戦線での火野の写真は、かなりの枚数があるが、堂々たる体軀で力強い目力でこちらを睨めつけるものばかりだ。でも、その内面は、その外見と裏腹に、深い苦しみや葛藤が渦巻いた、壊れやすい繊細なガラス細工のようなものだったのではないか。

中国の人々へ注がれる火野の感情がにじみ出ている箇所は他にも多々ある。

一家の繁栄と麦の収穫とより外には彼等には、何の思想も政治も、国家すらも無意味なのであらう。戦争すらも彼等には、ただ農作物を荒す蝗《いなご》か、洪水か、旱魃と同様に一つの災難に過ぎない。戦争は風のごとく通過する。すると、彼等は何事も無かつたやうに、ただ、ぶつぶつと呟きながら、ふたたび、その土の生活を続行するに相違ない。〔中略〕私はそこに逞しい不敵さを感じるとともに一種の不気味さも感じるのである。

土にまみれた生活を送る農民たちの姿に、政治、国家、戦争をも相対化するある種の「不気味さ」を見出す火野。「不気味さ」はネガティブな心理だけを意味しないことは明白だ。言うなればそれは、自然の摂理に忠実な生命体への底知れぬ畏敬の念とでも言い換えればいいのかもしれない。『麦と兵隊』のなかには、他にもフラットな目線で敵味方の障壁を排しながらも、広大な大地に生きる人々への賛歌ともいえるような記述が数多く刻まれている。火野は、戦場の中でも、どうにかして同じアジア人として中国の人をとらえようとしていた。

「伝説的人物」に

「火野さん、あんた、日本ではえらいことですよ」

東京から火野のもとを訪ねて来た新聞記者が語りかけた。火野が何のことかわからずに聞き返すと、『麦と兵隊』ですよ。大センセーションをおこしている。あんた、こんなところでのんきにしてるけど、日本じゃあ、あんたは伝説的人物になっていますよ。国民的英雄といってもいい。いや、おめでとう。そうじゃない。ありがとうといわなければならんかな」と言葉が返ってきたという。

一九三八（昭和一三）年八月、雑誌『改造』に掲載された『麦と兵隊』は、翌九月に単行本として書店に並び、一二〇万部を売り上げるベストセラーとなっていた。新聞広告には日本の『西部戦線異状なし』と書かれ、火野の写真が掲載された。この頃の朝日新聞を調べてみると、八月四日の朝刊で小林秀雄が『麦と兵隊』を絶賛している。『麦と兵隊』を読み、感動を覚えた。肺腑を突くものがあるのである」。三好達治は、「新聞記事にも、ラジオ・ニュースにも、映画ニュースにも欠けたものを、そうして臨時の我々従軍記者達にも企て及ばなかったものを、ついに見事に我々の手許に送り届けた」とした。

史太郎さんが持っているアルバムの中には、若松の火野の家の玄関で撮られた、丸めがねの男性が写っている写真がある。若松までお礼参りに来た東海林太郎であった。「♪　徐州、徐州と　陣馬はすす

む　徐州　いよいか　住みよいか」。『麦と兵隊』人気にあやかって歌が作られ、それを東海林太郎が歌い、国民的大ヒット曲となっていたのだ。ちなみに「〇〇と兵隊」というのがある種の流行となり、多くの商品が、このようなネーミングで売り出されたという。

各国での受け止められ方

火野の話によると、『麦と兵隊』は、英語のみならず中国語、ドイツ語、スペイン語、イタリア語、フランス語など「大体二〇ヵ国語」に翻訳されたという。ビルマ語や、チェコ語、満州語にも訳された。当時日本の植民地だった朝鮮半島でも出版されたが、五味渕さんが、その翻訳に関して興味深い事実を教えてくれた。

「翻訳は朝鮮総督府の日本人検閲官がやったんです。つまり、これが戦争報道に関する許される線だということですね。『麦と兵隊』は書き手側、そしてメディア側にとっても、この線の表現なら軍のお墨付きとなる、という半ば公式的な表現の規範となった。また権力の側も、これが成功例となったんです。だからこそ、その成功体験をどういう風に次に使うといったような発想に発展していく」

『麦と兵隊』は、日中戦争の実相を、日本側の視点から国際社会に伝える大きな役割を果たした。なかでも最も早く翻訳されたのが中国語だった。タイトルは『麦与兵隊』。翻訳者が訳にあたって、綴った言葉は次のようなものだった。

「『麦と兵隊』の作者は反対に、「皇軍」の典型的な人物と認められたのであって、彼はその思想性においてはるかに石川達三に及ばない。人間性に及ぼす戦争の影響について彼は深く究めることをせず、日本軍のさまざまな行為に対してはむろん、暴露の意思はないが、しかし、ある程度はやはり客観的に事実を記載し得ており、このこともまたわれわれがこの文章を翻訳した動機である。

もとよりわれわれは、日本の従軍者のなかに何千何百人もの石川達三がいて彼ら自身を暴露し、それによって覚醒することを希望する。だが現状ではそれはきわめて可能性の少ないことである」（山田敬三訳）

火野自身、中国語版の序文について、戦後になって「石川達三は人道的作家であると大いに賞揚してあった。私の『麦与兵隊』の方は、序文に、石川達三にくらべ、火野葦平は軍閥の走狗であるとさんざんに罵倒されている」と書いている。

ある世界的作家も、この作品に大きな評価を与えていた。ノーベル文学賞作家のパール・バックである。外務省情報部が一九三九（昭和一四）年六月に発行した「外国新聞雑誌所掲記事及概説」の写しを手に入れたのだが、そこにはバックが『麦と兵隊』を「事実を何らプロパガンダの色無き筆で伝えて呉れるもの」であると捉えていたことが記されている。さらに、「単純の中に美を、崇高さすら混えて居て、「国家への一途たる献身と詩心の融合せし物を持つ日本人」を「知悉する上の必読の書」だとした。

こうして、火野の作品は、プラスマイナスの評価はわかれるものの、各国に対する大きなプロパガンダとなった。

キーンさんの『麦と兵隊』

東京が梅雨入り宣言を出して一週間ほど経った二〇一五年六月半ば、私は北区にあるマンションに足を運んだ。前夜の雨が嘘のように晴れ渡っており、風が道路を挟んで向かいにある古河庭園から新緑のにおいを運んでくる。これから出会う人物のことを考えると身が引き締まったが、同時に不思議な爽快感をおぼえていた。古びたマンションの一室を訪ねると、奥の書斎に柔和な笑顔を浮かべた年老いたアメリカ人男性がいた。私が名刺を差し出すと、「鬼怒鳴門」と書かれた名刺をくれた。鬼にはキーン、怒鳴門にはドナルドとルビがふってあった。

ドナルド・キーンさん。日米開戦直前に『源氏物語』に出会って以来、日本文学、日本文化研究を続け、二〇一二年には日本国籍を取得、日米の文化交流の橋渡しの役を担っている。開口一番、キーンさんは、誕生日を三日後に控えていると嬉しそうに語った。まもなく九三になるという。

この日、先輩ディレクターの小山靖史が特集番組を作るため、キーンさんへのインタビューが行われた。テーマは「キーンさんの太平洋戦争体験」。そこに特別に同行させてもらった私が聞きたかったのは、キーンさんの火野葦平体験だった。初めて読んだ日本の現代文学作品が『麦と兵隊』であったというのだ。

キーンさんが、カリフォルニアのアメリカ海軍の日本語学校に入学したのは、日米開戦後のことだ。身分は下士官。卒業したら将校の身分が保証されていた。日本人の戦争に対してのスタンスを当時から不思議に思ったという。

「日本の美徳かもしれないが目立ちたくない、他の人と同じようにする……だから戦争に反対する人がいなかった」

そうしたなか、日本の作家たちについてはこう感じたという。

「谷崎〔潤一郎〕は印税があったから書きたくないことは書かなかった。でも他の作家たちは、仕方なく書いていた。書きたくないもの、書かなければならない。そういう状態。知っている限り、日本の文学者に戦争反対派はいなかった」

小山のインタビューが一段落して、キーンさんと向き合うことができた。キーンさんが火野の文学と出会ったのは日米開戦から半年後の一九四二（昭和一七）年六月、カリフォルニア州の海軍病院に入院していた時のことだという。こちらの目を見ながら穏やかな表情で語りかけてくれた。

「火野の英訳は当時アメリカに二つ、三つありました。友人が病院に見舞いに来たときに、贈り物としてくださったのが『麦と兵隊』でした。火野のことを好戦的だと思っていたが、そこには人情があって感動しました。私は火野の作品を紹介したいと思い、後に『土と兵隊』の抜粋を日本文学選集に入れたのです」

パール・バック同様、キーンさんは、『麦と兵隊』に「詩心」を感じていた。

『土と兵隊』の連続ヒット

火野が次に取り組んだのが『土と兵隊』だった。杭州湾上陸作戦から嘉善への進軍までを、その頃書いた手帳をもとに弟に対する手紙という形式で描いた。どうやら『杭州2』の前に綴った手帳があるようなのだが、残念ながらそれは現存していない。西日本新聞の記者大矢和世さんが、当時の福岡日日新聞（西日本新聞の前身）の一九三八年一〇月二〇日の紙面を社のアーカイブスから探し出してくれた。紙面の真ん中をぶち抜くような形で堂々と広告の文字が躍っていた。「土と兵隊」。この四文字は紙面記事の一番大きな見出しの三倍くらいの大きさ、号外の見出しくらいの大きさだった。つまり誰が手にとっても、まっさきに目に飛び込んでくる文字だ。福岡でいかに火野がヒーローだったかを物語っている。その横に「麦と兵隊で全読書界を席巻した火野葦平は更に全精魂を籠めて土と兵隊を書き上げ、心置きなく、直に、〇〇攻略の第一線に出動した!! 朝にペンをとり、夕に十字砲火に身を曝す！　而も描くは事変最大の激戦記!!　読め、硝煙の中に盛り上る魂の記録を!!」と宣伝文句が添えられていた。紙面の下の方には、やはり特大文字で『麦と兵隊』の増刷（六刷なのか増刷の字が六つ並んでいる）の宣伝も掲載されている。延々と泥濘の中を行軍する兵隊の列の写真が広告の上部に掲載されており、火野の小説世界を意識したかのような紙面構成となっていた。

『土と兵隊』は、東京でも「戦争文学の最高峰として世評に高き『麦と兵隊』の続編」で「全世界に誇るべき真の日本人の魂の手記」という宣伝のもと、『文藝春秋』の一九三八年一一月号で発表され、一一月二四日には単行本としても売り出された。やはり一〇〇万部近くを売り上げる大ヒットとなった。

『土と兵隊』は、翌一九三九年、陸軍の全面協力のもと、ヒューマニズムの作品を撮らせたら右に出る者はいないといわれた名匠田坂具隆監督がメガフォンを取り映画化された。日活多摩川の創立五周年映画としての目玉作品だった。三ヵ月間かけ、杭州や漢口を撮影、現地の部隊が参加した。実際の戦場で撮影しているだけに、大迫力である。実弾がこめられた大砲も使われ、命中した建造物が派手に壊れるシーンなどもあった。当然セットではない。ハリウッド映画顔負けのスペクタクルである。

報道部の馬淵の存在あってこそ実現した企画だった。馬淵は「この映画が優秀なる芸術的成果を収め得たのは、〔中略〕軍の与へたる援助に俟つこと、極めて多かつた」と誇らしげに記している。

善良な兵士を演じると肩を並べる者がないとの評判を取ったスター小杉勇が主演、玉井伍長、つまり火野の役を演じた。映画には、兵士たちが互いに思いやり助け合う様子など全編にわたって日本軍兵士の人間性が描かれている。私も数回観たが、小杉が行軍の休憩時間に、懐から幼い子どもの写真を取りだし、それを感慨深げに見つめるシーンが瞼に残った。映画は一九三九（昭和一四）年一〇月に封切りされ大ヒット、その年のキネマ旬報社優秀映画第三位になり、文部大臣賞特賞を受けた。文部省推薦、国民精神総動員中央連盟第一回推薦映画となった。映画版『土と兵隊』は、戦地の兵士と国民との一体感を高め、戦意高揚につながった。

『土と兵隊』のあとに執筆されたのが、杭州守備隊での経験をベースにした『花と兵隊』だ。この作品もヒットし、『麦と兵隊』『土と兵隊』とともに「兵隊三部作」と呼ばれるようになる。

新国劇では劇作家で演出家の高田保の脚色演出で『土と兵隊』『麦と兵隊』が上演された。『花と兵隊』は菊田一夫が古川緑波を主役に据えて脚色し、「ロッパと兵隊」というタイトルで上演された。ラジオでも、徳川夢声が『土と兵隊』を連続放送するなど、「兵隊三部作」はしばしばとりあげられたという。その後の広東敵前上陸とその駐留を描いた『広東進軍抄』も一九四〇年に映画化された。火野は押しも押されもせぬ、国民的作家となっていった。

日中戦争を含む、広義の意味でのアジア・太平洋戦争は、銃後において前線を支援する、総力戦であった。日本女子大学教授の成田龍一さんは、総力戦だったからこそ、火野の作品が受容されたと語る。

「総力戦であればこそ、銃後の人々は、夫や父親、あるいは兄弟たちが戦地でどのような状況にあったか、なにを考えどのような行動をしているのか、ということを、知りたく思っていました。しかし、火野の登場以前は、それが伝わらずもどかしさがあったのです。そこを、火野葦平の作品が訴えかけていった。とくに、火野は、社会や歴史を見ていくときに、上層の人たちの目線ではなく、そこで暮らしている普通の人々の目線で見ています。その点で、それまでの戦争小説、戦闘小説、あるいは反戦小説とは違う局面を持っています。それが大きかったと思います」

一躍、国民的作家となった火野葦平。当時の日本人の熱狂ぶりはどのようなものだったのか。私は、試しに現在九四歳で、歩兵としてマレーシアに学徒動員された経験もある旧帝国陸軍軍人である実父に聞いてみた。久しぶりに会った父に、私が問うたのは、「火野葦平を若い頃、読んだことがあったか」という素朴なものだった。父は一言、「もちろんだよ」といった。耳が遠いせいもあるが、あまりにも力のこもった父の言葉に驚かされた。父のリアクションからすると、どうやら愚問だったようだ。日中戦争の前線での出来事を、兵隊目線から綴った物語が少なかった中、「兵隊三部作」は売れまくり、三〇〇万部を超えるベストセラーとなったという。父が『麦と兵隊』を読んだのは、旧制高等学校の学生だった、一九三九（昭和一四）年頃のことらしい。当時、父は一七、八歳のはずで、まさに戦争の時代に、若者たちにとって「兵隊三部作」は、ある種の「バイブル」だったのだ。父は、日本兵が非戦闘員に残虐行為をする姿を赤裸々に描いたことで問題になった石川達三の『生きてゐる兵隊』は、逆に読んだことがなかった。

「発禁だったろう。だから読めなかった。というか、存在そのものも戦後まで知らなかった」

今と違ってインターネットなどない時代のこと、権力が情報隠蔽に全力をあげれば、ひとつの文学作品の名前など封印することはたやすかっただろう。戦争への忌避に繋がってしまう可能性があったため、軍や内務省としても、石川の『生きてゐる兵隊』を戦争継続中は厳しく取り締まらないといけなかったのである。

四　綴れなかった真実

戦場から家族への手紙

前にもふれているが、火野は、戦場から、故郷若松に、たびたび手紙を送っていた。家族宛ての手紙は、残されているものだけでも全部で二〇にのぼる。他にも散逸したものもあると思われる。二〇一三年の初夏、北九州市立文学館で、その一部を見ることができた。

幼い子どもたちに宛てた手紙の数々には、色鮮やかなイラストがそえられている。中国で見た農村部の光景や、習俗など、丁寧に描かれた絵の数々から、子どもたちに対して自身の見聞のお裾分けを懸命にしようとする父としての姿が浮かび上がる。とりわけトーチカを描いた画は丁寧で、五種類のものが、描き分けられ、何かしらのこだわりを感じさせた。さらに「シナノウマニノツタトウチャン」では、馬上で日の丸の旗をあげる火野の自画像がユーモラスに描かれ、「支那ノ昔ノ戦争ノ画」という表題ものには、昔の中国兵が進軍する様子が描写されている。火野が作家を目指す前、画家志望だったというが、確かに玄人はだしの腕前である。

父、金五郎に宛てたものもある。中国上陸から三ヵ月経った一九三七（昭和一二）年一二月半ば、日本軍が中国国民党の首都南京を陥落させた二日後の一五日に、南京で書かれた手紙である。冒頭には杭州湾上陸以来、どのようなルートをたどって南京に到ったのか、細かい地名が書き込まれた自筆の地図があった。二六八ミリ×二八五ミリの薄い和紙の便箋には、実に一五枚にわたって毛筆で流麗な字体が綴られている。

最初のページの上の欄外に書き添えられている「この手紙みんなに読んで聞かせて下さい」という言葉にまず目が留まった。欄外にあること、そして筆の濃さが異なることから、当初父に宛てて手紙を綴り始めたものの、その内容を年端のいかぬ子どもたちも含めた家族に、伝えるべきと火野は思い返し、後から書き足したと思われる。

まず火野は、自身の人生観についてふれ、「生きるか死ぬるかの境の中」でそれが「叩かれ、練られ」、「真に自分の生きる道」を発見したと書く。具体的に記述されていたのは、南京に至るまでの戦闘中、「最も激烈」な「嘉善の戦」における出来事だった。火野はためこんでいた思いを一気に絞り出し、悲痛な叫びを訴えていた。

記述されなかった出来事

浙江省嘉善にある銭家浜という小村で火野たちの部隊と中国兵との間で戦いが起き、戦闘終了後、火野の部隊が、トーチカに隠れていた三十数名の中国兵を捕らえたことは前述した通りである。戦後に出版された『土と兵隊』にはこの時期の火野の体験が事細かに綴られているが、実は戦前の版には、中国兵をトーチカで捕らえたこととの記述はあるが、彼らをその後どうしたかにはまったく触れられていない。

火野はこのときに取った中国兵への対処について、手紙に細かく記していた。

つないで来た支那の兵隊を、みんなは、はがゆさうに、貴様たちのために戦友がやられた、こんちくしよう、はがいい、とか何とか云ひながら、蹴つたり、ぶつたりする、誰かが、いきなり銃剣で、つき通した、八人ほど見る間についた。

火野の部隊の兵士たちが、無抵抗状態の中国兵たちに危害を加えていたことがわかる。このあと、『土と兵隊』の記述同様に、火野は昼食に行くのだが、現場に戻ってきて目の当たりにした光景が続いて描写されていた。

飯を食べ、表に出てみると、既に三十二名全部、殺されて、水のたまつた散兵濠の中に落ちこんでゐました。山崎少尉も、一人切つたとかで、首がとんでゐました。

火野たちの隊は、捕虜を全員殺害していたのだ。前述した「試切り」を歌にした火野の小隊長山崎正人少尉も加わっていたことがわかる。「試切り」はこのときの心理を歌に託したものであることは間違いない。五味渕さんは、次のように言う。

「現地軍の一部では、師団として捕虜殺害が命じられていたという資料もあり、そもそも、このときの派遣軍自体、捕虜の殺害をさほど問題視していなかったことも考えられるでしょう。火野自身ですら、いわゆる「戦時国際法」に関する意識がどれほどあったかは疑問です」

手紙には、わんわんと泣きながら、火野におがむように「田舎に、両親も居るし、日本に抵抗したのが悪かつた、親のところへかへりたい」と命乞いをしていた十六、七の可愛らしい少年兵も殺されていたことも綴られていた。

戦闘の舞台となった銭家浜村は現在、クリークに囲まれた、長閑としかいいようがない農村である。村の風景を撮影しようと、村の周辺を車でまわっているときのことだ。

「あそこにありますよ」。突如、コーディネーターの候さんが助手席から大声をあげる。指差す先をみると、畑があり、その中に灰色の物体が見えた。トーチカだった。八〇年近くの風雨に耐え、コンクリートの肌を剝き出しにしていた。近づいて確かめてみると、火野が子どもたちへの手紙で描いたイラストのひとつによく似たタイプのものだった。車から降りて、あぜ道を伝ってトーチカに近づいてみた。現在は収納庫として使われているようで、中には乾燥した藁のようなものが積まれていた。

この中で兵隊たちが息を潜め、日本兵の来襲を待ちかまえていたのである。実際にトーチカの中に入り、四角い窓から周囲の畑を見ているうちに、突如、脈絡もなく映像が浮かんだ。それは、緊張した面持ちの年若き中国兵の姿だった。中国兵も日本兵同様、職業軍人もいたが、その多くが農村部などから召集、あるいは志願してきた若者たちだった。彼らも、家族のことを思いながら必死に恐怖に耐えていたに違いなかった。日本人中国人などという区別はその事実のもとで意味など持たないと思った。

数羽の鶏が餌を求めて私の足元に寄ってきた。こんな牧歌的なところで、見ず知らずの人間同士が殺し合いをしていたという事実を嚙みしめているうちに、火野が手紙の中で、描写したシーンが頭に浮かんできて、重い気持ちになった。

家族に宛てた火野の告白

仲間たちが捕虜を殺したことが綴られた手紙。しかし、さらに続きがあった。それはあまりにも生々しく、重い告白だった。火野が散兵濠の横に行くと、壕の水は、中国兵の血で、「ずつと向ふまで」真っ赤になって続いていた。そして、そこに火野はまだ死んでいない兵がいることに気づいた。そのときのことをこう吐露している。

一人の年とつた支那兵が、死にきれずに居ましたが、僕を見て、打つてくれと、眼で胸をさしましたので、僕は、一発、胸を打つと、まもなく死にました。すると、もう一人、ひきつりながら、赤い水の上に半身を出して動いてゐるのが居るので、一発、背中から打つと、それも、水の中に埋まつて死にました。

火野も中国兵捕虜の殺傷に関わっていたのである。火野は最初から、仲間が行った捕虜の処刑と自身の介添えについての描写は検閲で削られると確信して『土と兵隊』に載せなかったのだろう。

小林秀雄が杭州に滞在していたときにも、火野はこの話を告白していたようである。小林は「杭州」にこう綴っている。

わしは知らなんだが、夕方出てみると壕のなかに××××××××おつた。中に胸を指さして殺してくれといふ奴があつての気の毒で××てやつたがな。

かなり生々しい記述だが、小林が書くことができたのは、あくまでも断片的なものだったため、検閲を逃れた、ということなのだろうか。「杭州」の表現は、とても微妙な言いまわしで、非常によく考えられている、と五味渕さんは言う。

「小林がどこまで意識的だったかはわかりませんが、辛うじて伏字で言い逃れはできるような書き方をしています。現在の私たちは、これが銃殺の場面と知っています。ですが、「気の毒で××てやったがな」という部分は、「助けて」と入れることも実は可能なわけです。このあたりの小林の文章は、検閲の基準を試しているような意味合いもあります」

ちなみに小林は、後にこの部分をカットしている。

だが、火野はなぜ手紙に書くことができたのか、という疑問が残る。笠原十九司さんの『南京事件論争史』には、「南京戦に従軍した兵士が戦地から故郷に送った手紙は、各部隊の上官による検閲がなされたのち、現地の軍司令部が管轄する野戦郵便局が検閲をおこなった。兵士が戦場でつけた日記類も上官や軍当局の検閲を受け」た、とある。五味渕さんは、語る。

「南京入城直後・入城式直前の時期は、おそらくは上海派遣軍全体が浮ついた雰囲気にあり、そうした中でこの書簡は検閲に関する指示が徹底される前に執筆され、郵送されたものだと思います」

郵便検閲は主に各部隊の下士官が行っていた。また、野戦郵便局での検閲は憲兵隊員が行っていたが、当時の従軍戦記によれば、憲兵はすべての手紙を検閲していたわけではなく、いわゆるサンプル調査だったらしい。

二七カ所の修正削除

戦争が本格化するに従って、言論の検閲や取締りに当たるセクションはどんどん肥大化していた。そんな検閲の状況について、五味渕さんがさらに詳しく教えてくれた。

「メディアは内務省が担当しますが、その他、憲兵や陸海軍も世論の動向に相当神経質になっていきます。とくに軍部は、メディア関係者と積極的に「懇談」する機会を設けて、戦時中の言論を「指導」しようとしていました。とくに新聞や総合雑誌の編集者に影響を与えようとしていました。いいかえれば、「統制」下に置こうとしていたわけです。だからどうしても、メディアと書き手からすれば、顔色をうかがわなければならない相手があちこちにいるわけです。手探りにならざるを得ない」

同時にメディアの種類や規模によっても、あきらかに検閲にかけられるエネルギーが違ったという。

「世論への影響力が大きい、『中央公論』や『改造』のような総合雑誌に載るテクストだと、引っかかる可能性は高まっていたことは間違いありません」

火野は、『土と兵隊』を検閲を意識しながら、書いた。だが、それにもかかわらず、全部で十数カ所の削除訂正があったという。

では『麦と兵隊』の場合は、どのような箇所が検閲に引っかかったのだろうか。例えば「牛欄」という集落での出来事もそのひとつだ。ここに設けられていた歩兵衛兵所に三人の捕虜がつながれていた。

戦前の『麦と兵隊』の本文は「敗残兵は一人は四十位とも見える兵隊であつたが、後の二人はまだ二十歳に満たないと思はれる若い兵隊だつた。聞くと、飽く迄抗日を頑張るばかりでなく、こちらの問に対して何も答へず、肩をいからし、足をあげて蹴らうとしたりする」と書かれた後、こう続く。

私は眼を反した。私は悪魔になつてはゐなかった。私はそれを知り、深く安堵した。

こちらを「蹴らうとし」ているだけの敵兵から「眼を反した」というのは、戦場では何ともナイーブな行為のように感じられる。このふたつの文章の繋がりはどうも不自然である。本来はこの間に、重要なシーンが描写されていたのだが、検閲によってカットされていたのだ。のちに火野は、この二つの間に、次のようなシーンを補っている。

甚しい者は此方の兵隊に唾を吐きかける。それで処分するのだということだった。従《つ》いて行ってみると、町外れの広い麦畑に出た。〔中略〕縛られた三人の支那兵はその壕を前にして坐らされた。後に廻った一人の曹長が軍刀を抜いた。掛け声と共に打ち降すと、首は毬のように飛び、血が簓《ささら》のように噴き出して、次々に三人の支那兵は死んだ。

軍の検閲は、こうした残虐ともとれる兵の行為の具体的な表現を許さなかったのである。『麦と兵隊』の原稿チェックは、現地でかなり手の込んだプロセスを経て行われた。まず戦線で行動をともにした高橋少佐が読み、馬淵にまわされ、それをさらに報道部長の木村が目を通した。火野によると、木村から原稿が戻ってきたときに、木村がつけた付箋が大量にあったという。その部分は、いたるところに朱が入れられ、方々が削除されていたという。木村は、これを中支那派遣軍参謀長河辺正三少将に報告、河辺の裁可によってようやく出版が許可された。火野によると削除修正箇所は全部で二七ヵ所にのぼったという。火野自身、戦後になり「私はなにを抗議する力もなかつた」と自身の無力を告白し、「大本営報道部では、『麦と兵隊』の発表に反対する者もあつた」と軍部の風あたりを記している。その理由は、「あまりにも兵隊の苦労がありのままに書かれている」「戦意昂揚どころか、厭戦的、反戦的気分を醸成する危険がある」「支那兵や、支那人を友だちのように書いている」などだったが、中には、「火野葦平は赤ではないか」といったものもあったという。

火野は中国の戦線から帰国したときに『中央公論』(一九三九年一二月号)で石川達三と対談をしている。その中で、厳しい検閲により自作『生きてゐる兵隊』の発表が取り止めになった経験を持つ石川が、軍や検閲サイドのやり方に対して「戦争文学というものも、もう少し大所高所から見てもらえるといいのだがね」と発した言葉を受けて、火野は「自分は軍の中にいて検閲の仕事をしていたから大体その限界を知っているが、その範囲内にいっぱい書いて行こうとすることは楽じゃない」と言い、「任務だと思って、つまらないものばかりだが、書いていった」と告白している。さらに、「遠慮して書いたのに、またおこられて削られた」とも語っている。日中戦争の最中だというのに、かなり突っ込んだ率直な発言がかわされていて興味深いが、この対談での発言からわかるように、火野の中には、無力感とともに、ある種の妥協という意識もしっかりと根付いていたのである。

七つの制限

当時の検閲について、具体的には七つの制限があったと火野は戦後になって打ち明けている。

第一、日本軍が負けているところを書いてはならない。皇軍は忠勇義烈、勇敢無比であつて、けっして負けたり退却したりはしないのである。次に、戦争の暗黒面を書いてはならない。戦争は殺人を基調におこなわれる人間最大の罪悪であり、悲劇であるから、これにはあらゆる犯罪がつきまとう。強盗、強姦、掠奪《りゃくだつ》、放火、傷害、その他、いつのどんな戦争でも例外ではない。〔中略〕第三に、戦つている敵は憎々しくいやらしく書かねばならなかつた。〔中略〕第四に、作戦の全貌を書くことを許さない。〔中略〕第五に、部隊の編制と部隊名を書かせない。〔中略〕第六に、軍人の人間としての表現を許さない。〔中略〕第七に、女のことを書かせない。戦争と性慾との問題は文学作品としての大きなテーマであるのに、皇軍は戦地で女を見ても胸をドキドキさせてはいけないのである。まして、現地の女との交渉などは以ての外だ。

（『火野葦平選集』第二巻「解説」）

この七つ以外にも「その他、なおさまざまの制約」があったとした上で、火野は「戦地で文学作品を書くことは不可能に近い状態であつたのである」と言い切っている。

こうして書かれた火野の作品は、「検閲当局の立場と軍の情報戦略とを織り込んだ、高度に管理され、統制されたテクストであることは間違いない」と五味渕さんは言う。

制限の下での創作活動を強いられた火野の苦しみについて、作家浅田次郎さんは、こう語ってくれた。

「制限を加えられるということはとてもストレスがかかることだったと思いますよ。第三者から指示され、これを書けだの、あれは書くなだのと言われるのは。これは表現者としたらすごいストレスがたまることです。郷里のお父さん宛てに手紙を書いていますが、あれは火野さんにとってのひとつのストレス解消でもあったと思います。当時の制限の下では、作品には本来は絶対に書けないような事を手紙に噴出し、書いていますから」

ペンに対する圧力、雑誌への規制、そして作家に対する指導によって、自由な言論が奪われていく。浅田さんは、そのことの危険性についても、強く語る。

「戦争というのは、必ずきっかけはそこから始まるんだと。正当な言論が弾圧されるところから、ある一部の権力が暴走して戦争が始まる。それ以外に、戦争というものは始まりようがないというね。だから、どんなときでも報道の自由、言論表現の自由っていうのは保障されていなければならない」

正当な言論を守る。口にすると、当たり前のように聞こえてしまうかもしれない。だが、ネット空間などで言葉がファスト化し、玉石混淆の情報が飛び交い、何が真実かが見きわめにくくなっている今日、あまりにも重い言葉として響いてくる。「物言えば唇寒し」という空気が日々拡張しているようにも思えてくる。私などは、言論にたずさわる者の端くれに過ぎないが、浅田さんの話を聞いて、これまで自分は「表現の自由」にどれほど自覚的であったのかについて、考え込まざるを得なかった。

火野は、自身も関わった捕虜殺傷事件について、父そして家族に宛てて綴った手紙の最後を、こう結んでいる。

濠の横に、支那兵の所持品が、すててありましたが、日記帳などを見ると、故郷のことや、父母のこと、きょうだいのこと、妻のことなど書いてあり、写真などもありました。戦争は悲惨だと、つくづく、思ひました。

もはや軍や検閲当局のことなど微塵も意識していない言葉である。火野は死んでいった中国兵の内面に宿る機微に思いを施せ、心痛めていたに違いない。史太郎さんが、手紙を見ながら、教えてくれた。

「この手紙、「みんなに読んで聞かせてください」と書いとるのを見てもわかるようにですね、戦争というのはこういうもんだと、そういうなかに自分は置かれているんだという、これは告発の手紙でもあると思うんですね」

火野は、小説に書ききれない戦場の実状を、そして、それを自身がどう感じているのかを、せめて家族には伝えようと必死な思いで筆を走らせた。火野の心の内にはいずれ作家として思い通りに書ける日が来たときのために、自身の体験の記憶をしっかりと留めておこうという気持ちもあったのだろう。

正当な言論が弾圧される状況下で、火野は家族に宛てた手紙のなかに、どうにかして、偽りのない言葉を残そうと試みたのだ。

第二章

ペン部隊、戦場をめぐる

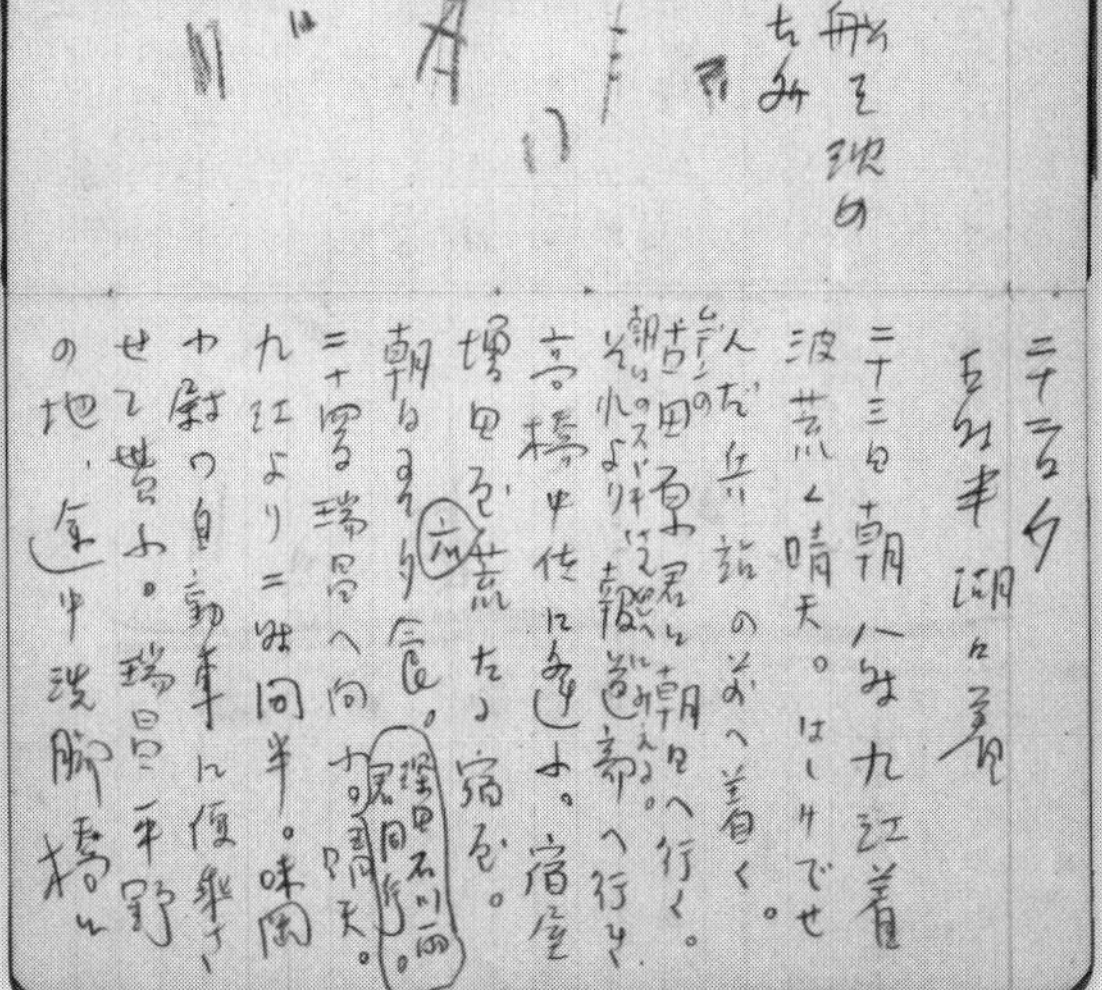

『漢口従軍日記』
［新宿歴史博物館蔵］

一　火野に続け～ペン部隊の誕生

馬淵家掛け軸と火野家写真の共通項

「尾崎士郎さん、丹羽文雄さん、岸田國士さん、白井喬二さん」

中支派遣軍の宣伝将校、馬淵逸雄の長男逸明さんは、壁に掛けられた軸を指さしながら、錚々たる文士の名前を読み上げた。東京多摩地区にある逸明さんの家には父から譲り受けた掛け軸が数多残されているが、その中に、風変わりな寄せ書きの軸があった。当時第一線で活躍していた作家たちのサインが書かれていたのだ。ファーストネームだけのものもある。

「惣之助、と書かれているのは詩人の佐藤惣之助さん、この松太郎は、川口松太郎さん」

佐藤惣之助は「赤城の子守唄」の作詞で知られている詩人、川口松太郎は「鶴八鶴次郎」「明治一代女」などの作品で第一回直木賞を受賞した作家・劇作家である。他にも、「地中海」という作品で芥川賞を受賞した富澤有為男、保田与重郎らと共に『日本浪曼派』を創刊した中谷孝雄の名前があった。寄せ書きの中央には、「放童庵主人」という大きな字が書かれていた。

「放童庵主人というのは、父のことをたてて、主人とつけたんです」

放童庵とは、上海に置かれた報道部の拠点のことを馬淵自身が語呂合わせのように洒落て渾名《こんめい》した別称である。そこに集う記者や作家たちは「童」のようなものと馬淵には映ったようだ。掛け軸は、馬淵が、放童庵を訪れた作家たちから贈られたものだった。

作家たちの名を指さしながら、逸明さんがこう言った。

「彼らがペン部隊ですね」

北九州若松。火野が暮らした「河伯洞」の奥の部屋から火野の三男・史太郎さんが、アルバムを取りだしてくれた。日中戦争時代の火野が写された貴重な写真の数々が貼り付けられていたが、そのなかの一枚に目が吸い寄せられた。後ろのほうに、和服を着た芸者のような人々が写っていることから、どうやら料亭で撮られたもののようである。

それまでに見ていた火野の緊迫した戦場での写真とあまりにもギャップが激しすぎる。平時の日本で撮られたものなのだろうか。そんな私の心の中を見透かしたかのように史太郎さんはぽつりと言った。

「これ、日中戦争のときの上海での一コマですよ。桃太楼で撮られました」

あとで知ったのだが、桃太楼とは、当時上海に数多あった日本料亭のひとつで、中支派遣軍報道部の行きつけの店だった。馬淵を取り囲むように、林芙美子、久米正雄、尾崎士郎、丹羽文雄など、当時の人気作家が顔をそろえる。逸明さんの家の掛け軸に書かれた面々とほとんど重なり合っている。隅のほうには火野の姿もあった。期せずして、史太郎さんは、逸明さんと同じ単語を発した。

「ペン部隊の皆さんですね」

近衛首相のメディア戦略

ペン部隊誕生の背景には、政府のメディア戦略があった。一九三八（昭和一三）年夏、日本軍の当初の目論見ははずれ、日中戦争はずるずると長期化していた。徐州作戦で勝利をおさめた日本陸軍は、八月より、国民党政府を潰滅させるため、あらたな作戦に乗りだすことになる。それが武漢攻略作戦（漢口作戦）である。

武漢とはいかなる土地か。湖北省の長江と漢水との合流地に向かいあう武昌・漢口・漢陽の三都市のことで、武漢三鎮とも呼ばれた。京漢線（北京—漢口）・粤漢線《えっかんせん》（広州—武昌）の起点であり、長江は上海から南京を経由して大型汽船や軍艦も遡行することができ、まさに水陸交通の要衝であった。日本軍の南京攻略戦を前に、一九三七（昭和一二）年一一月二〇日に首都南京を放棄して重慶に遷都することを宣布した蔣介石は、南京陥落後、実質的な首都機能を武漢に移していた。その中心が漢口だった。蔣を委員長とする軍事委員会や軍機関・教育・経済施設も続々と移転してきて、抗日戦争指導の中枢地になっていた。中国共産党も周恩来を派遣しており、統一戦線の態勢が整っていた。ここを陥落させるため日本軍が投入したのが、三〇万を超える兵力だった。この地を落とせば中原を制し、中国支配ができるという参謀本部の考えに基づいた作戦だった。

しかし、武漢三鎮の攻略は徐州作戦に比べてはるかに困難であった。武漢は、蔣国民政府の軍事拠点として、長江には艦艇四〇余隻が配備され、空軍飛行場には戦闘機や爆撃機など一〇〇余機が配備されていた。さらにソ連から派遣された援華志願飛行隊も参加していた。蔣は、この作戦に一一〇万人にのぼる大兵力を投入していた。作戦開戦時には国民政府の機関は続々と漢口から重慶への移転を始めており、日本軍の掲げる「国民党政府潰滅」という本来の主眼から外れた攻撃となった。

作戦を遂行する上で、日本が重要だと考えたのが世論形成だった。当時出された極秘文書（「漢口作戦に伴ひ政府の行ふべき宣伝方策」）には「事変以来動《やや》もすればニユースに対する国民の信用度低下し、支那側及第三国側よりするデマに乗ぜられ易き傾向ある」と書かれており、国内の世論の動きに強い危惧を持っていたことがわかる。対外宣伝の面でも、遅れを取っていた。当時内閣情報部が出した『輿論指導方針』という極秘文書の「対外宣伝と日本の国民性」という項には、「今次事変に際し我国の対外宣伝の不振の声は内外共に喧《かまびす》しい」と書かれている。さらに対外宣伝は「支那のそれに及ばず、帝国の真意を列国に理解せしめ得ない」と分析されている。「皇軍連戦連勝の成果すらもやゝもすれば支那側のデマ宣伝によつて打ち消されるやうな有様」と危機感を露わにしている。

この文章を書いた内閣情報部の情報官は、一五ページにおよぶ文書の中で繰り返し、日本政府は宣伝の分野にもっと予算を投入し、ナチスを手本に専門家の育成をすべきである、と説いている。こうして、中国側に対する国内外における宣伝戦での遅れに対する強い危機感、日本国民への国威発揚の必要性を感じていた内閣情報部と軍は、新たな情報戦略に乗り出すことになる。

目をつけたのが、ペンの力だった。

作家たち、戦場へ

この時、メディア側で重要な役割を果たしたのが、文藝春秋の社長で『恩讐の彼方に』『父帰る』などの作品で知られていた、大物作家菊池寛だった。菊池のもとに、内閣情報部から連絡があったのが一九三八年八月半ばのことだった。作家たちを中国の戦場へ派遣したい――。それが情報部の「希望」だった。

菊池は、「激戦の中心たる漢口方面へ行くのだから、希望者が少ないのではないかと心配し」ながらも、作家たちに速達を出した。菊池の懇意にしている作家たちに限定し、「内閣情報部が文芸家に相談したいことがある由、ついては午後三時に情報部へ来られたし」と呼びかけた。この菊池の誘いに対して、すぐさま一一人の作家が、当時、首相官邸の中にあった内閣情報部に集まった。

そのメンバーは、久米正雄、吉川英治、吉屋信子、横光利一、尾崎士郎、佐藤春夫、北村小松、白井喬二、小島政二郎、丹羽文雄、片岡鉄兵である。その席にいた当時の流行作家白井喬二はその様子を「初めは、何の目標もなく、大ざっぱな時局談がいたづらに続いた」が「気がついてみると、いつか話題はジワジワと時局の急所に肉薄しているのだった」と『従軍作家より国民に捧ぐ』で綴っている。

内閣情報部の担当官が計画の内容を説明したあとに発言したのは海軍大佐だった。尾崎士郎もこのときの状況を後に小説『文学部隊』に綴っているが、大佐は「何一つこつちから註文するわけではない。唯、ありのまゝを見て来てもらひたい、書けなければ何も書かなくともいゝ」「われ／＼は唯、諸君の良心に信頼するだけである」と軍人らしいハキハキした調子で言ったという。

かなり魅力的なオファーを軍部から提示されたことは確かなようだ。かつて火野を口説きおとした馬淵の台詞にも重なり合って響いてくる。だが、そうした表向きの言葉とは裏腹に、軍と内閣情報部の狙いは、作家たちを戦場に派遣し、国威発揚のため、ペンの力で日本にとって都合の良い情報を宣伝させることだった。示された目的地は、武漢攻略作戦の最終地点、漢口だった。

作家たちは翌日までに意思決定が求められ、横光利一を除いて全員が中国行きを快諾した。参加しないはずの菊池も「情報部の話を聴いてゐる内に、之は何うしても行かねばならぬ」と思い、従軍を決意した。横光が断ったのは、目的地が自分の行きたかった北部中国ではなかったせいだと言われている。

さらに菊池は、情報部側から全部で二〇人くらいまで派遣できると告げられた。ただし、タイムリミットは翌日とされたため、菊池は、「一人一人交渉するわけに行かない」し、「二十四五人も交渉すれば、半分は行つてくれるだらう」との思いで速達を出したところ、二、三人を除いて皆行くという返事が返ってきた。この中から、どのような人選をしたのかについては判然としないが、一一人の作家が追加で選ばれることになった。このことが後述する作家同士のトラブルを招くことになるのだが、ともあれ、こうして二〇人を超える著名作家が大挙して中国へ派遣されることになった。

初期の作家の活動

実は作家たちが日中戦争の現場に引き込まれていったのは、このときが初めてではなかった。前述した首相近衛文麿の呼びかけに応じる形で、日中戦争勃発から間をあけず、雑誌社や新聞社が作家たちを現地派遣し、ルポを書かせていたのだ。私は当時の主要雑誌にどのような記事が載っているのか、国会図書館で調べてみた。

『中央公論』は一九三七年七月に尾崎士郎、林房雄を華北や上海に派遣している。尾崎は「悲風千里」に、林は「上海戦線」に自身の目で見た戦場の様子をまとめた。女性誌で最大部数を誇り女性読者への影響力が強かった『主婦之友』も動いた。同誌は、『良人の貞操』で人気絶頂だった吉屋信子を「主婦之友皇軍慰問特派員」として天津に送り、一〇月号に彼女の綴った「戦禍の北支現地を行く」を、翌月には「戦火の上海決死行」を掲載した。九月には『日本評論』の派遣で榊山潤が上海に出向いた。さらに『文藝春秋』は岸田國士を華北に、『改造』は三好達治を上海に送り込んだ。同じ頃、杉山平助、高田保、大宅壮一らも中国に行っている。年があけた三八年三月には『文藝春秋』の派遣で、小林秀雄が上海に向かった。このとき、小林は杭州へも赴き、前述した「陣中授賞式」に参列したのだ。

新聞では、東京日日新聞が吉川英治を天津に特派員として送り込んでいる。

「花のいのちはみじかくて　苦しきことのみ多かりき」の『放浪記』で知られる林芙美子は、毎日新聞の特派員として上海と南京を取材している。タイミングとしては南京陥落直後で、砲弾を浴び穴だらけになった光華門を背景にした林のスナップ写真も残されている。それにしてもベレー帽に、ツイードのようなジャケットにスカート姿はあまりにも戦場に似つかわしくないファッションだ。福岡日日新聞の上海駐留記者は林の南京入りをこう報じている。

廿九日夜上陸第一歩を川向ふのダンスホール、リツトル・クラブに背の低い某君と現れ大いに踊つたものだ、女史は卅日にトラックで南京入りを企て廿四時間目に南京の土を踏んで三日トラックで上海に帰つて来たが「日本の女では私が南京一番乗りよ」と大威張りであつた。

戦争を取材に来て、まずはダンスホールで大いに踊ることには驚かされたが、女性として南京一番乗りを目指していた林の鼻息の荒さがよく伝わってくる。林はこの取材旅行を通じて『サンデー毎日』に「女性の南京一番乗り」、『改造』に「従軍通信」、『婦人公論』に「私の従軍日記」を記した。林は南京事件については、どの文章でもまったくなかったかのように触れておらず、かわりに南京の印象をこう記している。「街を歩きながら、よくもこんなに綺麗さつぱりと人がゐなくなつたものだと思ひ皇軍の力といふものを、神がかりみたいなものに感心してしまふのだった」。他者への想像力が欠落している文章には、驚愕を超え、ため息が出てしまう。庶民に大人気だった林ゆえ、「暴支膺懲」の熱が溢れる空気を読み、彼らに受け入れられる表現を自然と選び取っていたのかもしれない。ともあれ、林を含め、作家たちが書いたのは基本的にルポルタージュだった。

そのようななか、前述したように『中央公論』が送り込んだ石川達三は小説『生きてゐる兵隊』を上梓する。作家が日中戦争の戦場で見たことを小説形式にした最初の作品となった。

日中戦争時の雑誌記事を調査し年表をつくっている大妻女子大学の五味渕典嗣さんによれば、データを取ってみたところ、当時の主要メディアは、『生きてゐる兵隊』の発禁以後、作家が日中戦争を取材した原稿の掲載を明らかに差し控えている形跡があるという。

石川のケースをきっかけに、メディアは作家を戦場に派遣することを恐れ畏縮してしまっていた、ということなのだろうか。そのような中、軍と内閣情報部の方では、『麦と兵隊』の大成功を受け、新たに大々的に作家たちを利用することにしたのである。

先鋭化する日中の情宣活動

南京陥落後も蔣介石は、メディア戦にますます力を注いでいた。文学者や文化人たちがつぎつぎと集結し、抗日の論陣をはっていた場所が漢口だった。海外からもエドガー・スノー、アグネス・スメドレーを筆頭に、多くのジャーナリストがあつまり、中国側に同情的なニュースを配信したという。軍と情報部としても、これに対抗することが急務だった。

この頃の軍のメディア戦に対するスタンスを探る上で、重要な資料が大妻女子大学図書館に残されている。「従軍記者ノ栞《しおり》」。五味渕さんの計らいで、その実物を見ることができた。「(秘) 従軍記者ノ栞」という表題の右下に、「中支軍報道部」とあり、まさに火野が所属する報道部が作製したものと知る。「従軍記者に対する希望」「新聞記事取締要領」「従軍記者心得」「新聞掲載事項許否判定要領」など六つの項でなる小冊子だ。この資料の意味を、五味渕さんは次のように語った。

「武漢作戦に従軍する記者たちに関わる法的な枠組み、戦争報道のあり方と指導方針、従軍記者に対する要望と注意事項などが記されています」

「従軍記者に対する希望」を読んでみる。「今度の作戦こそは本事変中最も華々しい最も意義深い大会戦」と位置づけ、「諸君の一言一句が国民は勿論敵国否全世界に及す影響の甚大」だと大きく煽っている。そして「興味本位の「ニュース」報道」に偏ることを諌《いさ》め、「戦場将兵の活躍振を遺憾なく国民に伝えること」、さらに対外国を意識し、「皇軍の正義を尚《とうと》び軍紀の厳正なること」を伝えるよう奨励している。さらに「無辜の民を愛撫し秋毫も犯すことなきこと」「外国の権益を尊重し列国と協調を失はざること」等は「対外的に大なる影響」があるので「此種の報道を重視する」としている。まるで『生きてゐる兵隊』のようなものではなく、『麦と兵隊』のような記事、文章を欲している、中支軍報道部の思惑が透かしてみえるようだ。

この書類は四六頁のボリュームだが、最後の一二頁が附録とされ、「報道戦線に立つ従軍記者の活動」というタイトルの講演が再録されている。演者は、馬淵逸雄だった。馬淵は、日中戦争から一年間、中国戦線で記者や映画人がいかに奮闘したのか、その活躍振りを語り、「今や事変も第三段階に入り、更に一層報道陣の活躍を必要とする時期に臨して」いることを強調し、話を終えている。

戦いが泥沼化していく中、戦争初期とは比較にならないほど、メディア、そして作家に対する軍部の期待は高まっていたのである。

選ばれた作家たちの思惑

中国に派遣されることになった作家たちは、陸軍と海軍の二班にわけられた。陸軍班は、一九三八年九月一一日、彼らを歓送する人々でごったがえす東京駅を出発する。当時発刊されたばかりのグラフ誌『アサヒグラフ』では、車中での作家たちの様子が写真つきで綴られている。みんな一様にこぼれるような笑みを浮かべているのが印象的だ。

尾崎士郎の『文学部隊』によると、車室の中はたちまちお祭りのような騒ぎになったという。山のようなプレゼントをボーイが作家たちに持ってきて、途中駅には「歓送従軍作家」などと書かれた旗がひらめき、駅に着くごとに果物や菓子の籠が運び込まれた。京都駅に到着したときは彼らを歓送する女優らでホームは埋め尽くされた。作家たちはこのような状況下で興奮状態におちいっていく。尾崎は「未知の戦場を前にしてゐるといふことが誰の心をもうき〳〵させてゐる」と書いている。

「うきうき」させられる場所――。尾崎としては、何げなく発したただけなのだろうが、この表現にどうしても躓《つまず》いてしまう。時代の空気だと言い聞かせても、どうにも腑に落ちない。『人生劇場』で男たちの気っ風の良い世界を描いた尾崎ならではの義侠心なのか、あるいはそこに参加した作家たち共有の意識だったのか……。

尾崎は、『文学部隊』の中で従軍作家としての自分たちの使命と決意を「文学をもつて心から国家に協力し、民族の理想を高めることに力をつくす」と綴る。そしてこう言い切る。「文学の眼をもって見、文学の耳をもって聞き、文学の魂をもって経験することよりほかにわれわれの協力を必要とすることはあるまい」。

日本女子大学の成田龍一さんは、この時の作家たちの心情について次のように読み解く。

「作家や小説家を、実際に戦争に動員することによって、戦意昂揚をはかるというのが、陸海軍の新しいやりかたでした。そして作家は作家なりに、いやいや出かけたのではなく、作家としての関心が大きな比重を占めていた。自発的に『自分の目で、戦争という出来事を見たい』という気持ちがあったのでしょう。対象としての戦争への関心とともに、戦争を題材とすることによって、自分が今まで気が付かなかった、どういったものが見えてくるのかということへの関心、文学的な表現も含めて作品を書く姿勢としての関心があった。小説の形を変える可能性を戦争の中に見出していた、と思うんですね」

九月一三日、陸軍班の作家たちは福岡雁ノ巣飛行場から空路上海へ向かった。新宿歴史博物館には、この時に撮影された写真が所蔵されている。陸軍の軍服姿の男たちが五人。腰に短刀のようなものを帯びた男もいる。ひとり小柄な女性も写っている。視界がよい広場で遠くにプロペラ機と格納庫が見えることから飛行場で撮られたグループショットだとわかる。

男性陣は深田久弥、片岡鉄兵、浅野晃、佐藤惣之助、久米正雄。女性は林芙美子である。写っていない他の陸軍ペン部隊のメンバーは、川口松太郎、尾崎士郎、丹羽文雄、岸田國士、瀧井孝作、中谷孝雄らで、総勢一四名である。海軍のほうは、菊池寛、佐藤春夫、吉川英治、小島政二郎、北村小松、浜本浩、吉屋信子らで、九月一四日に羽田空港から、やはり上海に向けて出発した。このときに撮られた写真も残されており、満面の笑みを浮かべた吉屋信子や、ちょっと不機嫌そうにも見える菊池寛、そして破顔の吉川英治、そして自信なげに俯《うつむ》いているような佐藤春夫の姿が映し出されていた。出発二日前に菊池は「僕としては平素から、国家が文学を認めないことに不平不満をもらしていた手前、今度のように大々的に認めてくれた時、しかも僕を中心に話を進めてくれたのだから、自分の健康や安危や都合などは、一切介意《かま》ってはいられず、率先して、行くことを決心したのである」(「話の屑籠」)と綴っている。

火野は、このとき報道部の一員として上海にいた。大挙しての文学者の来訪に、さながら「文壇が上海に移つた観があつた」と述懐している。陸軍ペン部隊が飛行場で降りたったときも、迎えに行ったのだが、火野を見つけた久米は、新聞社のカメラマンに対して「われらの英雄をまん中に」と言って、火野を中央に引っ張り出したという。以後、火野は文学者たちの接待係となり、その世話で忙殺されたようだ。ちなみに火野が『土と兵隊』を書いていたのはこの頃で、接待の合間を縫っての執筆だった。

従軍作家たちは、まずは軍報道部に直行した。そこで渡されたのが「従軍文芸家行動計画表」なるものだった。それから一週間ほどが上海、蘇州、杭州の「戦跡及建設状態視察」にあてられることになった。つまり戦争が終わった場所の視察である。その後の三週間近くが「武漢攻略戦闘地区の視察」ならびに「武漢の視察」ということになった。

石川の姿もあった

上海の料亭「桃太楼」で馬淵を取り囲むように撮影された写真の最後列に、しっかりとカメラ目線でレンズを見つめる男がいた。発禁になった『生きてゐる兵隊』の作者石川達三である。何故石川がいるのか。執行猶予中ではなかったのか。五味渕さんに聞いてみた。

「石川達三の第一審判決が出た二日後に、検察側は控訴しています。つまりこの時点での石川は、まだ刑事被告人の立場でした。にもかかわらず、陸軍は彼の従軍を認めている」

国会図書館で『中央公論』の一九三八年一〇月号にあたってみる。「石川達三氏本誌特派員として漢口攻略戦に従軍」という「社告」と一緒に石川の顔写真が載っていた。石川は、その号の中で、「再従軍に際して」という記事を寄せ、「多くの人の好意ある支持によつて困難な立場にあつた自分が再び従軍し得るやうになつた事を感謝」としながら「充分に酬い得るだけの良き報道の結果をもたらしたいと思ふ」と決意を綴る。

石川は一九三八年一一月に刊行された『結婚の生態』というエッセーで「雑誌社は前の失敗をとりかへし過ちを償ふ意味から再び私に従軍をすゝめてくれた」と記し、「即座にこの計画に応じた。是非行きたい、何としても行きたい、これこそ私が名誉恢復の唯一の好機であると思つた」とその動機を吐露している。つまり贖罪の意識から石川は、再起のチャンスに賭けたのである。石川は雑誌社に特派記者として行くことを約束し、「すぐにでも出発しようと決心した」。五味渕さんは、軍部が、なぜ石川の再従軍を許したかに注目すべきという。

「同じ『中央公論』で同じ石川に「武漢作戦」を書かせる意味は絶対にあるわけです。陸軍からすれば、これ以上石川達三のイメージを一人歩きさせるわけにはいかなかった。軍の目が光る中で書かせて、中国側に「石川は反戦作家ではないぞ」とアピールすることが重要だったのです」

中国側にとっても、石川の派遣は注目すべき出来事だった。上海の半月刊誌（月二回発行）『雑誌』では一〇月一六日号で、再従軍を前にした石川が『中央公論』に寄せた記事をほぼ原文通りに訳し、石川の顔写真とともに掲載している。さらに翻訳者が、コメントを寄せていた。「このたび、石川達三がまた、どのような仕事をわれわれのためにやってくれるのかは、将来の事実をもって証明するほかない」というものだった。石川が受けた処罰も当然知っていた中国側としても、安易な期待を石川に寄せていないことがわかる。

石川は、この取材をもとに『武漢作戦』という小説をまとめる。『生きてゐる兵隊』のように、非戦闘員殺害の場面や食糧・物品を略奪する場面は出てこない。かなり慎重な筆運びに、「過ちを償ふ」「良き報道」の精神があらわれていた。「名誉恢復」が優先されるあまり、前作とのギャップの激しさが目立つ作品となった。

選ばれなかった作家たちの内心

一方、この中国行きに参加しなかった作家たちも多い。その中には、菊池から声を掛けられたものの、最終的に選考されなかった者たちもいるわけだが、彼らの心中は複雑だった。『松川事件』で戦後史の闇に切り込んだことで知られる広津和郎も菊池から速達を受け取ったひとりで、「従軍する希望があるかといふ問合せを受けた時、私は夢かと思ひ、喜びに胸が躍つた」のだが、発表された顔ぶれに自分の名が入っていないことに気付き、「糠《ぬか》喜びだつたわけである」としぼみ、「残念無念」と自身の感情をあらわに新聞記事にした。悔し紛れか、結びで、「選ばれた幸運の羨ましい連中よ、少々癪ではあるが、しつかりやつて来て呉れと、負惜しみを云ふより仕方がない」と記している（朝日新聞　一九三八年八月二九日）。

作家たちの中で、詩人はあまり重んじられない傾向にあったようである。そのなかで菊池が速達を出したのは萩原朔太郎だった。萩原は「意外の事で大いに悦んだ」。しかし、健康面に不安があった萩原が返答を躊躇している間に「人選からオミット」された。実際選ばれたのは佐藤惣之助一名だけである。北原白秋は、詩人が軽んじられていることについて、「詩歌人がたつた一人しかこの壮挙に加へられないといふことは国民総動員の現在由由しい問題である。せめて詩、短歌、俳句を通じて十人位は第一線に派遣されてもいゝ筈である」と率直な不満を書いている（朝日新聞　一九三八年九月五日）。

実際に従軍する前の時期に書かれたものを読んでいくと、選ばれた人のはしゃぎよう、落ちた人の羨望、そして落胆ぶりが際立つ。そこには、自身の目で戦場の実態を報じようという意志より、〝時代に乗り遅れたくない〟といった作家としての虚栄心のようなもののほうが強く感じられてくる。

戦跡視察の実態

尾崎の『文学部隊』を読み進めていくと、中国に到着した当初、彼らは前線に行かされず、戦いが終わった地域にとどまっていたことがわかる。昼の間、「戦跡の視察は到れり尽せり」だったという。夜になると、連日宴席がもうけられた。中には、夜の街でちやほやされ、つねに酩酊状態の文学者もいたようだ。戦地とは思えないほどの派手な日常には驚かされた。

集団行動ゆえの問題も発生した。空気が読めずに不器用な振る舞いをとるある作家を、みんなで仲間はずれにしたのだ。『文学部隊』には、そのプロセスが微細に描かれている。まるで中学生の修学旅行。これが選ばれし者たちの採る行動なのか、読んでいる方が情けなくなってくるような気持ちにも陥った。

吉屋信子はこの旅行を通じて「海軍従軍日記」を『主婦之友』誌上で発表している。艦上で撮られたものであろう、吉屋と鉄製の兜をかぶった菊池寛のツーショット写真がタイトルの下に附されている。吉屋は戦場にいると思えない満面の笑みを浮かべている。本文を読むと、とにかく目立つのは、飲食や宿泊のアメニティーの描写である。どこどこのホテルの飯が美味しかったとか不味かったなど、むろん主婦向けということも意識してのことだが、戦争の実態となんの関係があるのだろうかと思ってしまう。大名行列のような戦跡視察記を読みつづけていると思わず脱力してくる。

だが、そんな作家たちだが、時間の経過とともにだんだんとはしゃぎようが消えていったようだ。目前にひかえた未知なる戦場への不安が彼らの神経を駆り立てたからだと尾崎は自己分析している。

二　ふたりの芙美子

林芙美子の従軍手帳

東京四谷三丁目のほど近くに林芙美子が残した資料を保管している新宿歴史博物館がある。事務室の片隅にある机の上に学芸員の宮沢聡さんが、両手で抱えてきた三つの箱を並べた。中には変色しかかった三冊の手帳が入っている。それらは日中戦争から太平洋戦争にかけての期間に林芙美子が戦場で綴っていたものだった。そのうちの二冊は太平洋戦争中にインドネシア・スラバヤで記されたものだが、宮沢さんは残りの一冊を手にしながら、こちらに見せてくれた。

「これが『漢口従軍日記』です」

林が漢口「従軍」取材に際し、日本を出発する時から帰国に到るまでつけていた日記だった。クロス地の手帳で、その三分の一ほどに、道中で綴ったメモが鉛筆で書かれていた。初めて見る林の文字は、男性の字体のように力強く、かなりの迫力である。手帳の至る所に「誰々に会う」など固有名が多く登場する。石川達三とは懇意だったのか、複数回出て来る。「何を食った」か、尿をどこでしたかなど日常のトリビアなことが頻繁に書かれている。まるで他愛ないメモのようだ、と思ったとたん、私はハッとさせられた。そもそも手帳は他人に見せるつもりで書かれたものではない。私は、人の家に土足で踏み込んでしまったようなバツの悪さを感じていた。思えば火野の手帳も同じである。ごめんなさい、と心の中で呟くしかなかった。

林の手帳には、創作メモ的なものは見あたらず、火野の手帳に比べて、ずいぶんとシンプルである。しかし、それでいて手帳は重要な役割を果たしていた。小説やルポには表出していない、もうひとりの林芙美子がそこに見え隠れしていたからだ。

手帳は、「九月十一日　フジ　晴天」という言葉で始まる。この日、林は久米正雄、尾崎士郎、岸田國士たち一三名の文学者とともに東京駅を出発、博多を目指していた。「フジ」というのは当時、東京―下関間を走っていた特急「富士」のことであろう。翌朝に博多駅に到着、「石川達三君に駅で会う」。この後、陸軍ペン部隊のメンバーとみんなで市内の旅館に一泊したことが綴られる。翌一三日、福岡雁ノ巣飛行場から上海に向けて飛び立った。前述した飛行場での一葉は、このとき撮られたものだ。

「大場鎮飛行場　馬淵中佐のお迎へ」。上海の飛行場には、陸軍報道部のボスが出迎えていた。林と馬淵はウマが合ったようで、そういえば、料亭「桃太楼」で撮られたペン部隊と馬淵のグループショットでも馬淵の横にいたのは林であった。

林は日中戦争が始まる直前の一九三七年六月に、改造社から『林芙美子選集』全六巻の刊行が始まるなど、すでに流行作家としての地位を固めていた。選集の推薦文は横光利一が担当、「林芙美子氏は男性の書けぬ真実を書きあてる殆ど唯一の作家である」と書いている。そんな林がペン部隊の一員として戦場でどのような役割を担おうとしていたのか。「男性の書けぬ真実」とはどのようなものだったのか。

成田龍一さんに聞いてみた。

「林は、一九三〇年代には都市の下層の人々の気分を、自らもその中の一員として、とてもうまく掬い上げた作家です。そういう独自の眼差しで、苦しい立場におかれた兵隊たちに対する限りない情感を抱きながら中国戦線を描いていこうとしたのです。また、男性作家たちが、ともすれば兵隊たちの「表の顔」に着目するのに対し、林は兵隊たちの感情に敏感であり、「私は兵隊が好きだ」と自らの感情を率直に彼らに表明してもいます」

報道部の馬淵としても、日本兵に愛を注ぐに違いない林に、他の大作家以上に大きな期待を寄せていたに違いない。女性だからといってグルメやアメニティーの描写に留まるはずはないとの読みもあったはずだ。ひょっとして、馬淵は林に「女性版火野葦平」をイメージしていたのかもしれない。

自費でも行きたい

どんな気持ちで林がこのペン部隊に参加したのか、手帳には記述はなく、はっきりとしなかった。調べてみると漢口に向けて出発する前に、朝日新聞に寄せた記事があることがわかり、林はそこにこんな文章を綴っていた。

是非ゆきたい、自費でもゆきたい。ならば暫く向うに住みたいと願つてゐたところです。中支の生活が「動」の感じで興味があります。女が書かなければならないものがたくさんあると思つてゐます〔中略〕もう今はくだらん恋愛なんか書いてゐる時代ぢやないと思ひます。

前述のように林は南京陥落時にも毎日新聞の派遣で日中戦争を取材している。しかし、そのときは短期間で、すでに戦に決着がついていたあとだったため、満足な取材ができなかったと感じていたに違いない。前述したように、南京事件についてもまったくふれておらず、林は南京での見聞で存分に筆をふるったとは言い難い状態だった。つまり、再びの戦線取材を林は自身の腕を揮《ふる》うチャンスととらえていたのである。

しかし、前回と異なっていたのは、文士一行での集団行動が求められたことである。林は上海に数日滞在しているが、この間におそらく戦跡巡りや中国料理に舌鼓を打つような作家たちの大名旅行に嫌気が差し始めていたに違いない。朝日新聞（一九三八年九月一七日）にさっそく「ひとりになつて自分の考へた方向に歩きだしたいものだ」と記事をよせている（「漢口従軍ハガキ通信」）。

その言葉通り、林はペン部隊のメンバーと別行動をはじめた。手帳には、上海到着から七日目の記述に、「九月十七日　海軍龍華航空部隊　南京まで一時間」と書かれている。林は、単独行動で軍用機を利用して南京まで移動したのだ。一刻も早く、戦場に赴くためだった。そこから近郊の下関に移動、船に乗り込み、揚子江を遡行して戦場を目指した。

下関は火野が徐州を目指すときに通った交通の要衝である。また南京事件のときに多くの人が犠牲となった場所でもある。私は南京取材の折に、中心部から車で一五分ほどの下関を訪ねたのだが、その時、林が見たであろう光景を追体験するため、揚子江にも赴いた。

川というにはあまりにも巨大すぎる流れ。大型の貨物船なども行き交っている。私は、渡船に乗り、対岸の江心洲まで足をのばした。大型の汽船のデッキには、自転車ごと乗り込んだ人々、野菜をいっぱいに詰めた籠をかかえしゃがみこむ女性たち、商談をしているのか大声で携帯電話をかけているスーツ姿の男性などが混じり合い、中国の暮らしの延長を感じさせた。

長江を遡行する林を撮ったスナップも新宿歴史博物館に残されている。兵士たちに囲まれた林は、思い詰めたような表情で川の流れを見つめている。このとき、船には画家の藤田嗣治も同乗しており、林をモデルに画を描いており、博物館にその実物があった。「漢口従軍の林芙美子」である。頭にスカーフを巻いたサングラス姿の林。腕には従軍記者をあらわす腕章をつけている。華奢で小柄な林の上半身が描かれているのだが、その目には何かを狙っているような鋭い光が感じられた。藤田の確かな観察眼がうかがわれた。

林が見た中国兵《ツンコンピン》

林は、漢口攻略戦の拠点九江、星子まで行き、そこで兵站病院を見舞い、いったん南京に戻る。一〇月一七日、ふたたび空路で九江に飛び、さらにその先の日本陸軍が駐留していた広済に向かい、その地で九州・熊本が原隊の稲葉四郎中将率いる第六師団に合流した。移動には朝日の記者やカメラマンたちを乗せた取材トラック「アジア号」を利用し、揚子江の北岸を進んでいく。そのフットワークの軽さと、果敢さは、林が火野と同じ北九州生まれということが関係しているのかもしれないと思った。門司に行ったとき、林の生家がその近くだと気づき、その跡地を訪ねた。火野同様に熱い九州人の血潮が林の体内に漲っていたことに思い至り、戦場での行動の大胆さも妙に合点がいった。

漢口に向かう途上の戦場で林が見たものは何か。『漢口従軍日記』に林が何度も書き込んでいることがあった。

二十四日　ツンコンピンの死体るいるいたり。

二十五日　死体るいるいたり。

ツンコンピン＝中国兵。連日メモされていることから、林が進む道のいたるところに中国兵が倒れていたことがわかる。しかしその前後の描写がなく、これだけでは中国兵に対しての林の心の内がわからない。『北岸部隊』を読んでみると、林が中国兵にまるで物に接するような冷たい感情を抱いていたことがわかった。担架の上にのせられた日本軍の兵隊に「沁み入るやうな感傷や崇敬の念」を持ちながら、「丘の上や畑の中には算を乱して〔中国軍の〕正規兵の死体が点々と転がつて」いても「支那兵の死体に、私は冷酷なよそよそしさを感じ」ていたことを記している。

林の中国兵への描写は、林独特の庶民目線で限りない愛を注いで綴る日本兵への描写と明確な対照をなす。憎まないといけないと言い聞かせながら、そのルックスがあまりにも日本人に似ていることからおぼえる火野の躊躇と、林の自国兵と敵国兵を厳然と区別する冷厳さ。両作家は同じ庶民を描く名手であり、共通するものが多いのだが、隣国の人間に対する感情のギャップの大きさには驚きを感じざるを得ない。

しかし、手帳を読み続けていると、いったいどれが林の本心なのかがわからなくなってしまった記述を見つけた。十月二十一日、南獄廟という地域で林が農家を通りかかったときの出来事だ。

農家に廃残兵　五人ばかりあり、通りがかりの兵　これを殺してしまふ

この「殺してしまふ」という言葉に私は、林の本心があるような気がしてならなかった。これ以上書いていないが、なんで無抵抗状態の敗残兵まで殺してしまうのか、と林が訴えているように思えたからだ。小説で高揚した文章を綴る林と、手帳につぶやくように小さな言葉を綴る林。まるで、林芙美子がふたりいるようにも感じられる。そして林は、石川達三ができなかった戦場の現状を銃後に伝えるという役割をも果たしていた。

ギリギリの確信犯

『戦線』の中で林は「戦線は苦しく残酷な場面もありますが」と書き、道中に兵隊たちからかなり際どい話を聞き、自身も現場を目撃したことを暗示している。しかし、林は、かつて石川が『生きてゐる兵隊』で活写したのとは異なり、センセーショナリズムやスキャンダリズムをさけ、日本兵側に立った態度で極力美談に仕立てあげようとしているのがわかる。

「それでも、表現としてはかなりギリギリの線を行っていますよ」というのが五味渕典嗣さんだ。火野との比較でこう語る。

「火野のように慎重に言葉を選んで、意識的に書くというスタンスとは違い、言葉そのものが走ってしまう瞬間が出てくる。林はそこの統御感というか、言葉を自分で管理しているという感覚があまりない」

たとえば、次のシーンである。

私は、或る部落を通る時に、抗戦してくる支那兵を捕へた兵隊のこんな対話をきいたことがあります。「いつそ火焙りにしてやりたいくらゐだ」「馬鹿、日本男子らしく一刀のもとに斬り捨てろ、それでなかつたら銃殺だ」「いや、俺は田家鎮《でんかちん》であいつの死んでいつた姿を考へると、胸くそが悪くて、癪にさはるんだ……」「まアいい一刀のもとに男らしくやれツ」捕へられた中国兵は実に堂々たる一刀のもとに、何の苦悶もなくさつと逝ってしまいました。

捕らえた無抵抗の敵兵は捕虜であり、あきらかな捕虜虐待である。しかも、もし片方の兵の手にかかったら「火焙り」による嬲《なぶ》り殺しが行われていたかもしれないのだ。しかし林はこのような兵士の対話を「どっちうなずける気持」ちで聞いた上で「こんなことは少しも残酷なことだとは思ひません」「内容空疎な急ぎ足の日支親善はまっぴらごめん」と言い切るのだった。

しかし、たとえ描写の対象が中国兵でも、日本人の残虐行為が想像されることを書くことは検閲違反だったと五味渕さんはいう。それを林は書いて銃後に伝えたのである。確かに前述した「従軍記者の栞」の中にある「新聞掲載事項許否判定要領」には、「残虐ノ感ヲ与フル虞《おそれ》アルモノ」は掲載を許可しないと書かれている。五味淵さんは語る。

「林はしれっと中国人の将校が死んでいて、顔がこんな感じになっていて、という細密描写をしちゃうんですね。そういう戦場の死体の表情まで描写する記述は、他の作家の作品にはほとんどない。半ば確信犯的に滑り込ませたのではないか、と私は疑ってます」

なぜこの辺の記述が検閲を逸れて出版にたどりついたのか。

「もちろん、文章全体のトーンがありますから、よほど注意深く見なければ気づかない。だから検閲官も見落としてしまったのでしょう」

一見すると日本軍のプロパガンダのようにも見える林の戦記。しかし、そこには戦場の実態が忍び込み、しっかりと書き込まれていたのである。

一番乗りなのだが

二七日　天気よし。朝八時帆船に乗って、北岸より大賽湖を渡り、漢口北端へつく。家は焼け豚小舎ばかりなり。

林の従軍手帳『漢口従軍日記』の十月二七日の描写である。

南京を出て約一月半となるこの日、林は湖水をわたってついに漢口の北端の村に足を踏み入れたのだ。日本人女性は林以外におらず、誇らしい節目のタイミングに違いないのだが、手帳の描写がたんたんとしていることは意外だった。しかし、発表された『北岸部隊』は勇ましい。だいたいからして、帆船に乗って漢口に着く描写が内面描写もまじりずいぶんとリアルで、まさに一番乗りの高揚を感じさせる。

湖水をわたる風も気持がよかつた。兵隊も軍歌や、部隊歌を合唱してゐた。どの顔も朗らかさうだつた。湖は満々と水を湛へて、どこが北岸の岸なのか、茫然として、私には少しも検討がつかない。

実際に兵隊は歌っていただろうし、風もさわやかだったのだろう。しかし、後述するが、林自身はそんなに浮かれた気分でなかったと私は疑っている。

ところで、林は到達した漢口北部の地域名を「山家載」だと『北岸部隊』に綴っている。私は実際に漢口の北部に行って、その村を探したのだが、そのような地域は見つからなかった。地元の人もそのような村は知らないという。その文字を何人かに見せていたら、工事現場の作業員のひとりが、大きく頭を振りながら、「それは逆だよ」と言った。調べてみると、文字並びを逆にした載家山という村が工事現場の近くにあった。『戦線』を読み返すと、そちらはなぜか「載家山」となっていた。どういうことなのか……。ともあれ、作業員に聞くと、そこには日本軍の拠点があったという。

載家山に到着して、まっさきに出会った自動車修理工場のひとに話しかけると、国民党軍が去った後に、日本軍が再利用したトーチカがあると教えてくれた。彼は仕事の手を休め、私たちを先導してくれた。茂みの中に設えられたコンクリートの円筒のトーチカには、四〇センチ四方ののぞき窓があった。蛸の木のような巨木がめり込み、年月の経緯を感じさせた。名も知れぬ鳥の鳴き声にあわせるように、鶏もときのこえをあげる。野犬の咆哮《ほうこう》も入り交じり、怖いくらいだ。林も、この場所でトーチカを見ており、「岸には一間おき位にトーチカや、壕が出来てゐた。堅固な円筒造りのトーチカもあつた。一線部隊は、この山家載より一番乗りをしたのださうである」と記している。

林は、ここから日本軍が攻略したばかりの漢口中心部を目指して行軍する。一番乗りを目指して——。

ふたりの芙美子

載家山を出発した林は、漢口に着いたときのことを手帳にこう綴っている。

坦々たる道を九キロばかり歩いて漢口に着く。日傘をさしてゆく。朝日の支局の皆にあふ。

九キロ歩いたこと、日傘をさしていたこと、朝日の支局に行ったことだけが情報だ。これが一番乗りの描写なのか。なんら高揚感が感じられない文章である。手帳にはこれしか綴られていないが、『北岸部隊』には、こんなディテールが書き込まれている。

土民や支那兵の死体も折りかさなつて散乱してゐた。手は手、足は足と吹き飛んでゐる死体もあつた。〔中略〕こゝから、漢口の市内まで九キロだと云ふ。広くて坦々たる軍道だ。まだ、友軍の戦車もトラックも這入つていない。三人四人と、兵隊が照りつけた軍道を行軍して行く。雨に洗はれた死体がごろごろ転がつているのが、寝転んでいるやうに見えた。首のない死体もあつた。此辺の死体はたいてい軍服を着てゐた。〔中略〕どの死体も渋柿色の雨傘を持つてゐる。私はあまり暑いので、支那兵の日傘をひらいて、差して歩いた。

手帳の「九キロ」と「日傘」が、作家の腕とも言えるが、ずいぶんと膨らまして描写されている。折り重なった中国兵の屍体を描写することで、漢口までの過酷な道中の自身の労苦が強調されている。『戦線』に林は漢口の晩秋の美しさに感動しながら、「兵隊も洪水のやゝに行列堂々這入つて来て自身のゐるます」「私の頰には涙があふれて仕方がありませんでした」と綴っている。そして、自身の心中を『北岸部隊』にこう記した。

街を日の丸や軍艦旗が行く。私は街を歩きながら、私一人が日本の女を代表して来たやうな、そんなにうづうづした誇りを感じた。

しかし、まるでヒロインになったようなこれらの高揚感溢れる文章はかなり無理して書いたものだと私には思われる。手帳にはあまりにもギャップのある文章しか見あたらないからだ。漢口到着翌日には、こんなメモを書いている。

二十八日　今日も雨なり。重たい雨なり。徳国飯店にて食事。スープ　魚のフライ、ライスカレー。コーヒイ。いいたばこ。肉と芋の煮つけをたべる。

手帳と小説だから違うのは当然とはいえ、それにしても、トーンそのものがずいぶんと異なっている。その理由が、手帳を読み進めていくとわかってきた。「熱が出てしまったみたい。寒さに苦しむ」という記述があったのだ。

一カ月以上、死体があちこちにある戦場を歩き続けてのゴールイン。熱が出てしまうのは当然かもしれない。そこまで林は張り詰めていたのだ。ここからは私の推測に過ぎないが、林は漢口入りを前にしてすでに体調を崩し、そして精神的にも参っていたのではないだろうか。だから手帳には、躍るような気持ちはおろか具体的な光景すらいっさい綴らなかったのではないか。実際、手帳を見返してみると、南京を出て二週間後の九江滞在時、林は「そろそろ神経衰弱のかたむきあり」と記していた。書き殴るような雑な字はふらふらと傾いている。漢口に到着するまではそれからさらに二〇日以上かかっており、途中多くの兵士たちの死体も見続けてきているわけだから、林はかなり長い期間、心労をかかえながら行軍を続けていたのは間違いないだろう。実際、『北岸部隊』にも、よくよく見返すと、漢口入り直前の一〇月二五日から、「空漠とした寂しさ」「漠々とした気持」など自身の心の内が綴られていることに気づかされた。漢口に来てからの手帳にしても、食べ物のディテールをここまで綴っているのに、他のことを一切書いていないというのはやはり何かしら心に重くのしかかったものがあったに違いない。

ただ、作品発表の段階になると、林は作家として自身を鼓舞して、勇ましい光景描写に体験を整形しようとした。戦場を高揚したトーンで伝える役割を担った従軍作家としての林芙美子と、その過酷な実態に触れ衰弱したひとりの女性としての林芙美子。ふたりの林芙美子の姿が私の瞼に浮かんだ。

新聞は、林の漢口入りを大きく報じた。一〇月二九日の朝日新聞には「ペン部隊の「殊勲甲」芙美子さん漢口へ一番乗り」という見出しのもと、「たゞ一人の日本女性として林芙美子女史が漢口に入城した」、と大絶賛の記事が載った。「林さんの勇敢さと謙虚さに全軍将兵心から尊敬し感激した、砂塵の中を、雨の中を行き夜露にぬれて露営して進んだ、自動車はいつ地雷に引つかゝるか知れない。林さんも勿論決死の覚悟で従軍した」。何から何まで手放しの賛歌である。記事は「林さんの漢口入城は全日本女性の誇りである」と結ばれる。朝日新聞は、林の記事掲載後、東京、大阪など全紙あわせて発行が四〇〇万部を超えたという。

手帳も二九日になると、ようやく戦場を離れられることからか、「皆におくられてはとばへいく。一時霞のやうな雨なり。惜別耐えがたし　涙が出てしかたなし」と感傷的な言葉が綴られていた。手帳は「三十日　十時　ブロドヱイマンションにかへる　仲々寝られず」という記述で終わっていた。

お祭り騒ぎ

新宿歴史博物館には、帰国後の林が写された二枚の写真がある。双方とも演台でマイクの前に立っている林をとらえたもので、まわりは背後までぐるりと観客が取り巻き、大会場に立錐の余地もないくらいに人が詰めかけているのがわかる。一九三八（昭和一三）年一一月一日に、大阪中之島の朝日会館で行われた「武漢陥落戦況報告講演会」で撮影されたものだった。

帰国後の林は、さながら映画のヒロインのように扱われ、そのスケジュールも凄まじいものがあった。一一月二日の東京朝日新聞を調べると、囲み記事に「武漢攻略報告講演会」の告知があり、この日の午後一時から、日比谷公会堂と九段軍人会館の二個所で同時に林の講演会があると告知されている。つまり林は前日に大阪で講演を終えるとすぐに夜行列車で上京したのである。同じ時間に日比谷と九段だと、それなりの距離があるが、他の演者もいたことで掛け持ちができたのであろう。なんと翌三日には、再び大阪で講演をしている。おそらく二日連続の夜行で長距離移動をしたのだ。当時、東京－大阪の間は八時間はかかるので、まさに目の回るようなスケジュール管理だったことがわかる。大阪の講演の後には、九州に向かい小倉勝山劇場（一二日）、熊本公会堂（一四日）などで精力的に講演活動を繰り広げた。どの会場でも大阪同様、観客が押し寄せた。

この頃、各地で漢口陥落を祝っての提灯行列があり、お祭り騒ぎが繰り広げられていた。この提灯行列の様子が映されたフィルムがＮＨＫのアーカイブスに残されている。映像を見ながら、大逆事件で処刑された社会主義者幸徳秋水の言葉を思い起こした。「〝敵国や敵を憎め〟という迷信」。「暴支膺懲」の名のもとのプロパガンダに踊らされ、熱狂する人々の姿を見ていると、当時の日本人の多くが「迷信」を盲信していただけではないだろうかとさえ思えてきた。

林もこの提灯行列の様子を目の当たりにしていた。林は、このときばかりは、自らの心情を吐露した詩を書いている。それは、一瞬のほころびから出た本音のような言葉だった。

地上は祝漢口陥落で湧き立つばかり
ショーウインドウにうつる私の顔は
よろめきつかれた蛾のようだった
フォルキュスのように荒みはてて
私はじっと賑やかな街をみている

戦場の実態を見て来た林にとっては、提灯行列の熱狂ぶりは異様なものと映ったに違いない。

一九三八年末には、朝日新聞社から林の従軍ルポ『戦線』が、翌一四年新年号の『婦人公論』に「北岸部隊」が掲載され、中央公論からすぐに単行本として売り出された。『戦線』と『北岸部隊』は日があいているようにみえるが、実際はその間わずか一週間だった。違う年に刊行しているので間が記体だが、書かれている内容そのものは、一緒である。この違いについて成田龍一さんが、「林芙美子は戦地へ行き、自分の目で戦争を見て、大きな衝撃を受けます。また兵隊たちの姿に、彼女なりに感動しました。その経験を、火野と同じように、日記体、書簡体、さらに小説という形式で書き分けます。兵隊たちの息吹を、さまざまな手法によって伝えようとするとともに、書き分けによって、自らの観察と心情を分析するのですね」と教えてくれた。

『戦線』の終章に林はこう綴る。

湖北一帯の原野ですが、武漢のこの棉《わた》と米の平原を何とかして「しつかり」としておかなければいけないと思ひました。尊い犠牲をはらつて進んでゐる将兵の働きが無駄にならぬやうに、全くこの武漢の棉と米の平原だけは素晴らしい宝庫だとおもひます。

このような考えは、当時、林に限ったものではないはずだが、知識人までが「分捕り」の思想に乗っかって、それを臆面もなく披瀝してしまうことに違和感を懐かずにいられない。もちろん林は軍の要請に応えて役割を演じただけかもしれない。中国の実態を見て傷ついたもう一人の林は、おそらく違う言葉も持っていたはずだ。作品の結論部だけに、林の苦しみから生み出された「小さな」言葉を聞きたかった。しかし、そう考えるのは、当時の時代状況を知らない者のないものねだりなのであろう。

ペン部隊が見たもの

中国に向かったペン部隊の作家たちは林ほどではなかったにせよ、銃後の日本で手厚く迎えられた。帰国した彼らは、連日講演会に駆り出され、多忙だったようだ。文藝春秋は、ねぎらいをこめて、熱海で慰労会を主催した。

作家たちは、雑誌に次々と従軍記を寄稿した。私の手元には、尾崎士郎の「ある従軍部隊」や、佐藤春夫の「江上日記」、吉屋信子の「海軍従軍日記」そして岸田國士の「従軍五十日」などがある。おそらく彼らのほとんどが前線に行って、兵隊の労苦を見るのではなく後方で指揮官や、広報担当者と接していただけだからか、そのほとんどの内容が表面的な中国観察であった。ただ、そのなかで「従軍五十日」は中国の人々の暮らしや彼らの内面について丹念に見つめながら、日本が現地で行った文化工作の有り方を鋭く批判した内容で、岸田は、「われわれが支那人を遇する道に誤りなからんこと」と綴っている。

ペン部隊の作家たちは、雑誌媒体で次々と対談や座談も繰り広げた。一九三八年一二月号の『話』では、菊池寛、吉川英治、吉屋信子に、村岡花子や横光利一らが問う形で座談、一九三九年一月号の『話』では、久米正雄、瀧井孝作、深田久弥、中谷孝雄が、同月の『文芸』では、岸田國士、中谷孝雄、深田久弥、山本実彦が座談をした。だが、そのすべてが評論のようで他人事のような印象を受ける。

と、ここまで書いたところで、ふと我が身をふりかえる。私は大きな組織という枠に守られて表現活動を続けている人間だ。この時のペン部隊の作家たちも、個としての表現というよりは、部隊としての組織の枠内での表現活動だったのかもしれない。彼ら自身、心中に思うことがあっても、軍や政府からの見えない縛りのようなものを受け、かろうじて言えることを模索しながら言葉を連ねていたに違いない。彼らのような戦争下の状況、様々な制限の下に置かれたとき、果たして私は事物を正しく伝えられるのだろうか、と自問しているうちに、急に、むなしさが募ってきた。

三　庶民への眼差し

広東に向かった

漢口作戦がまだ進行しているとき、日本軍はもうひとつの大きな作戦を進めようとしていた。広東攻略作戦である。火野の所属部隊の第一八師団がこの作戦に従事することになり、一九三八年九月二七日、火野は原隊に復帰した。広東攻略作戦とは、当時イギリス領だった香港の対岸の広東（現広州）を攻略することで、香港経由の外国からの武器弾薬など軍需物資が中国に流入しないようにするというものだった。火野は復帰したものの、もともとの中隊に帰れるのではなく、情報参謀の傘下で、従軍新聞記者係となった。

火野を乗せた輸送船団は、上海を出発し、バイアス湾に敵前上陸する。一〇月一二日のことだ。中国軍の抵抗は弱く、九日後の一〇月二一日には第一八師団は広東を占領した。日本軍が漢口を占領する五日前というタイミングであった。

「これは葦平が、広東にいたときに撮った写真です」

そういって史太郎さんは、写真雑誌を渡してくれた。そこには火野が広東にいる間に撮った風景や人物の写真が四四枚掲載されていた。

「葦平は、写真を撮るのが大好きでした。だから広東駐留中に、香港に行き、そこでスーパーシックスというカメラを購入しているんです」

火野は、任務の合間に、カメラを片手に町や村を歩き、そこに暮らす人々の姿を撮影していたのだ。これらの写真が掲載された『兵隊の撮った戦線写真報告』という写真集が戦時中の一九四〇（昭和一五）年に朝日新聞から刊行されているが、この本の中で火野は、「私はまつたく写真には素人である。人に見せるつもりもなく、自分の心のメモのために取りとめもなくカメラを持ち廻つただけである」と謙虚な姿勢を見せたあと「ただ私が支那を愛しまだ戦地に残つてゐる私の気持を、このまづい写真の角度によつて感じていただければそれでよいのである」と中国への思いを綴る。

化粧をする老婆たち、盲目の娘、大道芸人、芝居小屋の賑わい、店番をする少女、自転車に乗る少年たち。生活感があふれるモノクロームの肖像。火野生来の庶民の暮らしへの眼差しが中国の人たちに注がれている。とりわけ印象に残ったのは、「笑顔は子供から」というタイトルがつけられた写真だ。坊主刈りの少年たちが数人集まり、満面の笑みを浮かべている。国籍や民族に関係なく共通の、子どもらしい屈託のなさを火野は瞬時に切り取っていた。火野はこの写真の説明書きにこう綴っている。

　自分の土地が戦場であるといふことほど不幸なことはない。〔中略〕支那の子供たちの上に訪れる悲しい運命については、常に兵隊であつた私たちの胸を痛ませた。

　さらに火野は、「一つの町や部落を占領すると、まつさきに可愛い支那の子供たちに、希望をあたへることを考へる。その悲しみを和げてやることを考へる。〔中略〕今は戦争のためにひどい状態であるが、まもなく和平が訪れてみんなの生活が立派になり、たのしい時がやつて来るといふことを、心から理解させる。〔中略〕なかなか笑顔を見せなかつた子供たちが、やがて、本来の無邪気さに返つて、屈託のない笑ひ顔を見せるやうになる」と綴り、子どもたちがレンズに笑顔を見せるに至った過程を記していた。

「占領」して「希望」を与える、というのはどうも矛盾しているような気がしてならないが、未来ある命を火野が慈しんでいる様は十分に伝わってくる文だ。そして、日本が「和平」をもたらし、「たのしい時がやって来る」というロジックを地元民に「理解させる」という宣撫活動は、まさに火野が広東そして海南島駐留中に果たすべき任務だった。

海南島の宣撫活動

火野は一九三八（昭和一三）年一〇月、南支派遣軍報道部の勤務を命じられた。部隊に配付する雑誌『へいたい』の編集が任務だった。さらに新聞の検閲や宣撫班の仕事も手伝うことになった。広東は、革命と抗日の本場といわれており、報道宣伝宣撫の仕事は重要な任務だった。一九三九年二月には、海南島作戦が行われ、火野も従軍した。このときに綴ったのが『海南島記』なのだが、これは戦記というよりも火野が中国で、どのような宣撫活動をしていたかを克明に記していて貴重である。火野は、一〇日ほどの海南島の戦いを、「銃火を以てする戦闘とともに、重大なる文化の戦ひ」と意気込んでいた。

日本軍報道部は、海南島最大の出版機能を持った書店海南書局を強制接収、そこを基点に、対内宣撫と対外宣撫の両方に取り組んだ。具体的には「陣中ニュース」を発行、日本軍の意気軒昂を促進させ、さらに伝単やポスターに加え「海南迅報」という中国語のプロパガンダ新聞を発行し、それらで海南島の地元民を宣撫しようとした。同時に火野は、海南島の市中の至る所に持参してきた様々な伝単やポスターを貼り付けた。さらに各地で治安維持会なるものを結成し、住民を集め、日本側の宣伝を行った。治安維持会の発会式では、日本軍の航空機が上空を旋回、宙返りをし、住民たちは見入っていたという。

この治安維持会について、火野は「無智な民衆を新しい出発へ指導することの困難を」感じながらも、

「最初からこれらのことを政治的に理解させようとすることの方が間違ひ」と自分を誡めている。そして「常に民衆の生活を基調に」すべきと強調した。

火野は、中国側の徹底した宣伝工作も目の当たりにすることになった。海南書局は、火野たちが入る前には、抗日の拠点のひとつだったため、壁には「打倒日本」「中国努力打日本鬼子死了」などの文字が残され、夥《おびただ》しい数の抗日文書が書棚を満たしていた。そこに置かれている新聞雑誌の類いにも、抗日関連の記事がないものはなかった。火野は、海南島の全ての書店を調査したところ、いずれの書店も抗日文書を多く販売していた。書籍は多岐にわたっていて、タイトルを書ききれないほどだった。小学校では抗日教育が行われていた痕跡が歴然と残っていたという話も耳にしている。

むろん、銃後の日本人に向けた『海南島記』には、これら中国側の抗日プロパガンダが果たしたであろう効果などは記されることはない。しかし、中国側の徹底した文化工作を身を以て思い知った火野は、同時に自分たちの宣撫工作への不安も抱いたのではないだろうか。

それを象徴するような一件に、火野は広東で遭遇している。火野は、避難民が集合している地域に行ったのだが、そこで火野たちに向けられていたのは、「好意ある眸《ひとみ》とは云へず、寧ろ敵意ある表情」だった。火野は、「支那といふものの避け難い悲劇の面貌」を見たような感慨にとらわれていた。

火野は一九三九年一〇月三日現地除隊し、残った仕事を片付けて、一カ月後に帰国の途についた。中国の前線での生活はあしかけ三年におよんでいた。史太郎さんが二枚の写真を見せてくれた。いずれも雁ノ巣空港に降り立った火野の写真だった。一枚目は、新聞記者に囲まれ、はにかんだ笑顔を浮かべた軍服姿の火野だった。凱旋帰国したスター作家がそこにいた。二枚目は同じ雁ノ巣で撮られたものだが、火野の左手に抱きかかえられた小さな男の子がポイントだった。少年は、史太郎さんだった。

「私は写真しか知らないんですけど、周囲の話によると、このひとは大きすぎて親父じゃないなんて言ったそうです。いずれにしても帰ってくると、もういわゆる国民的な大作家になっていました」

日本と中国との戦争を大きな礎として大成した火野は、戦場を離れても、人々の注目の的で、講演会などに引っ張りだこだった。『糞尿譚』でみせた洒脱で軽妙、そしてペーソス溢れる世界への遡行は、許される状況ではなかった。

第四章

「大東亜」のなかで

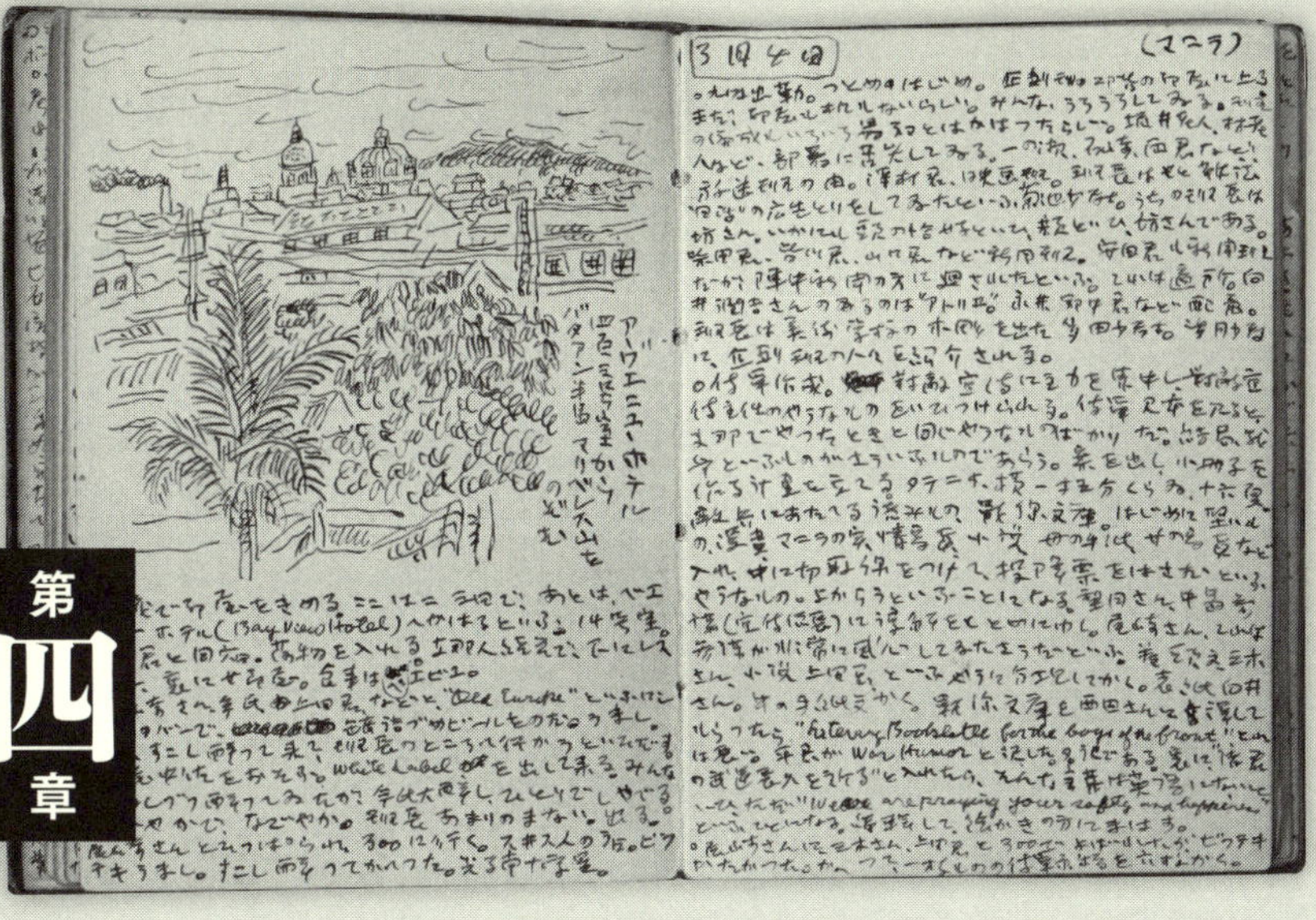

『比島一』
［北九州市立文学館蔵］

一　開戦と言葉

新たな戦争

一九四一（昭和一六）年一二月八日。この日を作家はどう書き記したのか。

日本軍はアメリカ・イギリスの連合国側に対して宣戦を布告、太平洋ではハワイの真珠湾に奇襲攻撃を仕掛けてアメリカ太平洋艦隊の主力艦を沈め、アジアではマレー半島に上陸し、マレー沖ではイギリス東洋艦隊の主力を全滅させた。太平洋戦争開戦である。

この日、故郷若松で、ラジオで開戦を告げる大本営発表を聞いた火野葦平は、すぐに雑誌『新潮』（一九四二年一月号）に小説「朝」を発表、その日の興奮を主人公の新聞記者・研吉に託している。

ラジオは途中らしかつたが、同じ言葉を何度も繰りかへしてゐた。

「帝国陸海軍は本八日未明、西南太平洋において、米英軍と戦闘状態に入れり。〔中略〕」

アナウンサーの声も興奮してゐることが観取された。ずんと、身体の中を霊気のやうなものが通つた。

中国戦線からの帰還兵である研吉の頭の中に、西太平洋の地図が広がり、その島々の地を踏みしめていく兵隊の姿が浮かんでいた。身内に興奮に似たものがぬくぬくとわきはじめたが、それは、「国の運命のなかへ溶けこまうとするやうな快感」であった。研吉は、祖国という言葉を今こそ、どんな大きな声ででも叫ぶことができるという「安心」を抱いた。そしてその落ちつきは自分ひとりのものではなく、

「国民全部の落ちつき」だと、はっきりと信じたのだった。

研吉の気持ちは、当時の火野の心中を代弁したものと言って間違いないだろう。日本は、開戦に踏み切る前、米国による石油禁輸などＡＢＣＤ（米国、英国、中国、オランダ）ラインから徹底した経済封鎖をされていた。すでにアメリカを「鬼」などとする世論の醸成もあり、連合国側への敵愾心は知識人を中心に日本人全体に広がりつつあった。火野は新たに始まった英米に対する戦争に、日中戦争のときにはかたまっていなかった道義心を抱いていたのだ。

「朝」の中には、火野のモチベーションと決意が察せられるシーンがある。息子に「父ちゃん、また、戦争いくの？」と聞かれた研吉は、きっぱりと「うん、行くよ」と応えるのだ。私はひょっとすると研吉の息子は史太郎さんがモデルになっているのではという素朴な疑問が浮かび、本人にぶつけてみた。

「確かに、この頃、私はちょうど四歳くらいでしたから、こんな質問したのかもしれませんね」

ただ、その頃の父の様子は記憶にないという。

作家たちにとっての一二月八日

「大東亜戦争」のターニングポイントだけあって、開戦の日付をタイトルにした文学作品は思いの外、多い。太宰治は、雑誌『婦人公論』に主婦の日記というスタイルで「十二月八日」という小説を寄せている。主婦はラジオの大本営発表を聞いた感慨を「私の人間は変わってしまった。強い光線を受けて、からだが透明になるような感じ」で「聖霊の息吹を受けて、つめたい花びらをいちまい胸の中に宿したような気持ち」だと表し、「日本も、けさから、ちがう日本になったのだ」と力強く綴る。

太宰の書く「聖霊の息吹」と火野の「霊気のやうなもの」は心情的に近いものではないかと私には感じられる。あるいはそれは、開戦時に、世間全体を蔽《おお》っていたであろう、ある種の霊験さを帯びた空気そのものだったのかもしれない。この小説のなかで、太宰は「滅茶苦茶に、ぶん殴りたい。支那を相手の時とは、まるで気持ちがちがうのだ」と主婦にアメリカへの敵愾心を剝き出しにさせ、日中戦争とのモチベーションの違いも吐露させている。さらに、「本当に、此の親しい美しい日本の土を、けだものみたいに無神経なアメリカの兵隊どもが、のそのそ歩き回るなど、考えただけでも、たまらない」「日本の綺麗な兵隊さん、どうか彼等を滅っちゃくちゃに、やっつけて下さい」と続ける。

「支那」相手だと気持ちが違うという点でも火野の「朝」と共通している。この掌編を、「画一的な戦争謳歌に対する文学者らしい抵抗」（奥野健男『昭和戦争文学全集4』「解説」）とする向きもあるが、その評価はどうであろうか。主婦が「こういう世に生まれて生甲斐をさえ感」じ、夕刊の「宣戦を布告」の記事に感激をあらたにする様子など、私には全編を通して日米開戦を心から歓迎し興奮している内面描写しか感じ取れなかった。

戦後の『チャタレイ夫人の恋人』の翻訳で知られる文学者・伊藤整は「十二月八日の記録」で、太宰同様、大本営発表を聞いた心中を「私は急激な感動の中で、妙に静かに、ああこれでいい、これで大丈夫だ、もう決まったのだ、と安堵の念の湧くのをも覚えた」と綴り、その「安堵の念」について、「方向をはっきりと与えられた喜び」故だとし、同時に「弾むような身の軽さとがあって、不思議であった」と吐露した。

共産党からの転向作家で『癩』『生活の探求』などの作品で知られる島木健作は、雑誌『文藝』一九四二年一月号に「十二月八日」という作品を掲載、「筆をとる身の責務の重大さをこんなにも感じた時はなかった。それは文学者としての誇りの感情でもあった」と胸を張る。

詩人の場合を見てみよう。高村光太郎は「十二月八日」と題された勇ましい詩を発表している。

記憶せよ　十二月八日
この日世界の歴史あらたまる
アングロ　サクソンの主権　この日東亜の陸と海とに否定さる
否定するものは彼等のジャパン　眇《びょう》たる東海の国にして
また神の国たる日本なり

この日、高村は政府の大政翼賛会中央協力会議に出席していた。議場では、ラジオの音声が流れ、戦果が速報で流された。この時のことを高村は、「少し息をはずませたアナウンサーの声によって響きわたると、思わずなみ居る人達から拍手が起こる。私は不覚にも落涙した」と綴っている（「十二月八日の記」）。高村は、このあとも、「彼等を撃つ」「新しき日に」「ことほぎの詞」「シンガポール陥落」など政府翼賛的な詩を太平洋戦争を通じて発表する。

すでに南方に向かっていた

漢口作戦でペン部隊の一翼を担った尾崎士郎は、開戦の日の日記に「甲板にて。〔中略〕これぞ世紀の大進軍というべし。〔中略〕さしてゆくのはフィリピン」と書いている（『戦影日記』）。彼は軍から授けられた任務でフィリピンに向かっていた。

日中戦争では、作家たちは、いわば自らの意志で「従軍」し、陸海軍にあご足代をもって貰い、さらには出版社から原稿料も得ながら、仕事として文章を紡いでいたわけだが、太平洋戦争開戦間近の頃には、すでに事態は一変していた。内務・外務・逓信・陸海軍五省の情報宣伝の部局が集約されて一九四〇年一二月に発足した情報局は当時、メディア対策・世論対策を一手に担っていたが、開戦の日の一九四一年一二月八日には「日英米戦争ニ対スル情報宣伝方策大綱」を策定、情報統制をより一層強化していった。また、民間人の徴用においても、一九三八年の「国家総動員法」に基づく「国民徴用令」によって、すでに「白紙」（徴用令書）一枚で本人の希望とは無関係に軍が文化人を徴用できるようになっていたが、開戦前後の時期には、宣撫工作・文化工作のために文学者やメディア関係者の徴用が一層大々的に行われるようになっていた。

名のある作家たちは、次々と徴用されていた。尾崎士郎もその一人であり、フィリピンへ向かう船には、今日出海や石坂洋次郎も同乗していた。彼らが開戦をニュースで知ったとき、船はマカオ沖をかなり過ぎたところだったという。開戦時、アジアの別の地域を目指す船にも作家たちはいた。高見順が開戦のニュースを聞いたのは、船がちょうど香港沖を通過中で「一同厳粛な表情」だったと綴る（『高見順日記　第一巻』）。

高見が一緒だったのは、井伏鱒二や小栗虫太郎たちだった。だが彼らは自分たちの船がマレーおよびビルマに向かっていることをこの頃は知らない。高見は後にこの時の気持ちを「あの瞬間は私も、日本が非常に悪いことを仕かけたという自覚はなかった。やった——と飛び上ったり、しめた——と欣喜雀躍する、そういうことでは、もちろんなかったが、しかし、私も、スーッとしたような気持だったことはたしかだ」と綴っている（『昭和文学盛衰史』）。

そもそも高見が、白紙の徴用令状を受けたのは、一九四一（昭和一六）年一一月の半ばのことだった。だが、任務の具体的内容がわからず、身内に「炭坑にでも働きに行かされるのだろう」と言い、「半分冗談で、半分はほんとにそう思った」と綴っている（同前）。

今日出海は、東宝劇場に芝居を見に行っていたところ、幕があがる五分前に場内アナウンスで呼び出された。妻からの電話で「妙な手紙が舞い込んで来たの。直ぐ帰って頂戴」と不安げに言われた。軍からの手紙と知った今は容易ならぬことと覚悟した。急遽帰ると、「国家総動員法による、徴用令書」が届いていた。今は徴用令は軍関係の工場に労働者を徴用するものと心得ていたため、「私のようなものを労働者に徴発するほど日本の労働力が切迫するとは思えない」と疑問を抱いた（『私の履歴書』）。

高見も今も、翌日、指定された本郷区役所（現文京区春日）に出頭することになった。高見は、大森の駅から電車に乗ろうとすると、たまたまそこで居合わせたのが尾崎士郎だった。高見は尾崎に向かって思わず「あなたも？」と言った。高見は白紙が何を意味するか問うたが、尾崎もわかっていなかった。高見は「阿部知二のところへも来たそうですよ」と前日に新聞社から得た情報を語ると、尾崎も「石坂洋次郎のところへも来たそうだ」と応えた。高見が「これはどういうんでしょうね。炭坑にでもやられるのかな」と「やけっぱちのように」に言うと、尾崎は「いやいや」と首を振って「何か容易ならぬ事態が考えられる」と「どもりながら」言った（『昭和文学盛衰史』）。

本郷区役所に行くと、二階の講堂はすでに大勢の人が集まっていた。そこには画家や新聞記者もいたという。身体検査が行われたが、高見の前に並んでいたのが太宰治だった。武田麟太郎や島木健作もいる状況に高見は驚く。「いわば左右混淆」ではないか、と感じたからだ。身体検査の結果、太宰と島木ははねられた。高見は軍医が少し首をひねったが、合格となった。しかし、誰一人として自分たちが置かれた状況を把握できていなかった。今日出海もそのひとりだった。今は、尾崎士郎が「別室に呼ばれ、何か紙を貰って引き退って来る」のをつかまえた。待ちかまえていた作家たちは、「寄り集まってのぞき込」んだ（『比島従軍』）。講堂に集まった作家たちがみな疑心暗鬼になっていた様子がよく伝わってくる。

尾崎が告げられたのは、「内地又は外地で宣伝情報の任務につく」というものだった。さらに尾崎や今らは、別の紙も受け取る。そこには、携行すべきものとして夏シャツ、軍刀等と書かれていた。そのことから任地が南方だということがうすうす想像がついたという。さらに、すべてのことは「一切、口外まかりならぬ」と言い渡された。今は、散会したあと、文藝春秋社に行って菊池寛に令書を見せ、どういう意味か、その判断を聞いた。菊池は「戦争するかも知れないね。しかしそれにしても、尾崎や君がどんな役に立つかね。足手まといになるだけだろうに……」と言った（『私の履歴書』）。

どういう基準で作家たちは選ばれたのか。永井荷風は日記『断腸亭日乗』に「世上の風聞によれば会て左傾思想を抱きし文士三四十人徴用令にて戦地に送られ苦役に服しつゝあり」と綴っている（一二月二二日）。つまり左翼思想にかかわっていた文学者たちが懲罰的に選ばれたのではないか、と荷風は推測しているのだ。しかし、前述のように、実際は「左右混淆」だったわけで、永井の見通しは必ずしも妥当ではない。五〇を超えた菊池や久米などが徴用されず、当時三〇代の高見や四〇代の尾崎あたりが選ばれているところを見ると、体力面を考慮し五〇歳くらいを最高齢に線引きしたようにも思えるが、はっきりとしたことはわからないままだ。

作家たちは、その後、新兵教育を施される。高見順は、大阪で兵舎に入れられ、短期間ではあるが兵隊として鍛えられた。徴用作家の他にも、画家、漫画家、新聞記者、カメラマン、仏教学者や僧侶までいたという。任地はいっさい知らされなかった。この第一次徴用を皮切りに、その後四四年までに三次まで展開、総計七〇名以上の文学者たちが徴用された。

お手本はナチスの精鋭部隊

今日出海は自身の任務についてをこう表現している。

私たちは比島攻略の部隊に属し、宣伝部隊という名称で呼ばれたが、これはドイツのＰＫ部隊を真似て、われわれを宣伝部隊に徴用したもの
（『私の履歴書』）

「ＰＫ部隊」とはナチスのゲッベルス宣伝相のもとで結成された「ＰＫ（プロパガンダカンパニー）部隊」のことで、直訳すると「宣伝中隊」となる。今の言う通り、日本軍は、「ＰＫ部隊」を文化人の「宣伝部隊」結成のヒントとしたと言われている。ナチスは作家や詩人、記者、カメラマン、ラジオや映画のプロデューサーらを動員し、最前線での宣伝活動にあたらせていた。まずは八週間にもわたって記者、作家らに軍事的な訓練を受けさせた後に部隊に配置、彼らが前線から送ってきた記事や映像をドイツ軍のプロパガンダとして報道したという。かなり積極的な部隊で、「第一線部隊より先きに上陸するか、または飛行機でいち早く敵地に飛んで行ってビラを撒くなり、第五列として敵地へ潜入して攪乱戦術に出るのがＰＫ部隊の任務」（同前）だった。

どんな作家が参加していたのかが気になった。ドイツ・ライプチヒ在住の哲学者・小林敏明さんに聞いたところ、五〇名ほどの人名リストとともにコメントが送られて来た。「誰もが知っているような有名な人はいません」。八週間もの軍事訓練を受けることから、ＰＫ部隊参加者は若者が主体だったようだ。ナチスドイツでは、知名度よりも若さを優先させ、戦場で兵士と一緒になって動くことができる人材を報道要員にあてていたというわけである。

日本では、作家に限ってみると、蘭印つまりインドネシア方面には武田麟太郎、阿部知二、北原武夫、富澤有為男、大江賢次、浅野晃、大宅壮一ら、マライつまりマレーシアには井伏鱒二、榊山潤、中村地平、中島健蔵ら、ビルマには高見順、ニューギニアには間宮茂輔、ガダルカナルには寒川光太郎。また海軍の報道部隊もあり、石川達三や丹羽文雄、山岡荘八らが徴用された。

火野にも白羽の矢は立った。目的地は、尾崎、今、石坂と同じである。当時「比島」と呼ばれていたフィリピンだった。

二　なりしは、宣撫工作員

三木清と火野葦平

兵庫県たつの市は、『人生論ノート』や『パスカルに於ける人間の研究』で知られる哲学者三木清の故郷である。ここにある霞城館には、三木に関する文献や資料が数多く展示保管されている。私は、二〇一二年一一月、三木について調べるためにここを訪れたのだが、その時に、地元で結成された三木清研究会の事務局を担当する室井美千博さんが、三木清全集の第六巻に興味深い写真があることを教えてくれた。口絵に掲載されている一枚のグループショット。中央で、眼鏡をかけ両手をトレンチコートのポケットに突っ込み、ちょっと斜に構えたように写っている男が三木だった。三木は、近衛文麿の主宰する「昭和研究会」に所属し、一九三九年に、「新日本の思想原理」、「協同主義の哲学的基礎」を発表した。これらの思想は近衛が一九三八年末に出した「東亜新秩序」と共通する部分が多い。ちなみに、「東亜新秩序」とは、日満支（日本、満州、支那）三国間の政治・経済・文化における「互助連環」、「共同防共」、「新文化の創造」、「経済結合」などからなるスローガンである。三国による自給的ブロックの実現を目指すものだが、日本の中国侵略を正当化する意味もあり、これが「大東亜共栄圏」へと発展したとも言われている。

三木の隣で不敵な笑みを浮かべ、カメラレンズを睨みつけるように写っているのが、火野だった。寒い日だったようで、三木同様、厚手のコートを着ており、両手をポケットに突っ込んでいる。それにしても何故、火野と三木が一緒に写っているのだろうか。室井さんが、「三木と火野は、同じタイミングで徴用されたのです。これは、三木や火野がフィリピンに行く直前の写真ですね」と説明してくれた。写真は、ふたりが徴用された日の夕方東京・品川で撮られたものだった。

堂々とした火野の風貌と、その眼力は気圧《けお》されそうになる迫力を持つ。戦いに対する悲壮さを微塵も感じさせない、火野の強い決意が伝わってくる一葉であった。

大東亜共栄圏

開戦以降、進攻を続けていった日本軍は東南アジアの諸地域をおさえ、ついで太平洋の広大な地域を支配し、現地で軍政を布こうとしていた。そこに建設しようとしていたのが、「大東亜共栄圏」である。「大東亜共栄圏」は、一九四〇年頃から使われるようになった標語で、日米開戦後には、東条英機内閣は「大東亜共栄圏建設の根本方針」を打ち出している。欧米勢力を排除して、日本を中心に満州、中国、および東南アジア諸民族との共存共栄を説いたものであるが、その実は日本のアジア支配を正当化するためのものである。実際には、日本のアジア進出は、このような美辞麗句からはほど遠い資源獲得の意味合いが多分にあった。しかし、欧米諸国の植民地支配から「アジアを解放」すると説く「大東亜共栄圏」の構想は多くの人たちの心をとらえる。後述することになるが、フィリピンで宣撫工作にあたっているときに、火野もこの構想に共鳴し、その実現のために邁進する決意を手帳に残している。そして火野は戦時中一貫としてその姿勢を崩すことはなかった。

日米開戦直後、アジア各地に勢力をのばそうとする日本軍が、マレー半島や香港などとともに狙ったのがアメリカの植民地フィリピンだった。米極東陸軍マッカーサー司令官は、上陸地点での水際作戦を準備していたが、日本軍は、先制空襲により制空権を握り、本間雅晴中将率いる第一四軍が、一九四一年一二月一〇日にルソン島北部に上陸、翌四二年一月二日に首都マニラを陥落させた。マッカーサーはルソン島各地の米比軍にバターン半島への退却を命じ、自らは半島南端のコレヒドール島要塞に退避し、持久戦に持ち込む作戦に出た。そのマニラに、火野は徴用作家として向かうことになったのだ。

しかし、皮肉なことに、フィリピンはすでにアメリカによって、一九四六年の独立を約束されていた。つまり、アジアを西洋の植民地支配から解放する、という大東亜共栄圏の主張は、フィリピンでは効果を持たなかったのである。

文化工作に悩む

火野がフィリピンで綴った手帳は五冊におよび、中国戦線と比べて、行動から心情に到るまでかなり詳細に記述されている。ところどころ、風景や生活のスケッチがイラストで描かれ色彩りも豊かだ。その一冊目となるのが『比島一』である。クロス製の手帳で、表紙の左上に「比島一　十七年二月十七年三月」と黒筆で書かれている。

開戦からおよそ二カ月、宣伝班として従軍することになった火野は、三木や作家・上田廣らと神戸港から天城丸に乗り込んだ。上田は、鉄道員出身で火野同様、日中戦争に一兵士として参戦、その体験を小説『黄塵』にまとめ一躍注目を浴びた作家である。船中で、火野は三木らとある話題について語り合った。

戦後の文化工作のことが問題になる。三木さん、日本では文学が一番水準が高いので、これをもちこむことがよいかも知れぬといふ。

（二月一五日）

「戦後」とは、その頃日本軍が仕掛けようとしていたバターン半島の戦いの終了後を指すように思われる。注目すべきキーワードは、「文化工作」である。地元フィリピンの人たちに日本の施政方針を理解させる文化工作、いわゆる宣撫工作こそ火野のミッションそのものだった。三木と火野の会話から、文化人たちが、戦後のフィリピンを文学の力で宣撫して、統治していくべきと考えていたことがわかる。しかし、火野はかつて占領した中国の地で、日本側の文化が浸透しなかったことを仲間たちに披瀝する。手帳には、「支那での文化工作のことを話す。失敗の研究が必要。支那での失敗を南洋でくりかへしてはなにもならぬ」と記述されている。

「支那での失敗」とは何を指すのか、手帳にははっきりと書かれていないが、前章で触れた広東や海南島で火野が目撃した抗日活動の根深さ、民衆から向けられた厳しい「敵意ある表情」などが関係しているように思える。火野はそのときの反省から、理念を上から無理矢理おしつけても、反発を招くだけで、日本に対する共感は得られないことを痛感していた。しかし、火野のこうした考えはなかなか伝わらなかったことが手帳に綴られている。船上で数人で話し合いをしているうちに、「誰か」が、「どうで《ママ》、がんとたたきつけてしまふ以外に方法がないのぢやないか」と言い放った。「どうせ搾取をしにゆくのだから、どううまく搾取するかが問題だ」と開き直る役人もいた。おどろいた火野はその発言をした人物の顔を見て、「役人がこんな考へを持つてゐるうちは、なにもうまくゆかないだらう」と感じていた。

昨今の世界情勢を見ても、このときの火野の指摘は、七〇年が経った現在にも当てはまることであろう。現地の人々の考えを無視した強引な押しつけでは、政治体制や社会が安定するはずがない。火野は、中国での苦い経験からそのことを深く理解していた。

翌日、台湾の基隆に到着した火野は、再びフィリピンでの文化工作について思いを巡らせている。中国での経験がよほど深いトラウマとなっていたのか、「征服であり、搾取であるなら、その仕事に全生命をかける気にはならない」と手帳に綴る。あくまでも対等な立場でアジアの人たちと接しようとする火野の姿が浮かび上がる。火野にとって、「大東亜共栄圏」の理念はアジアの諸民族との共存共栄という側面において、決して荒唐無稽なものではなく、真剣に取り組むに値するものだったに違いない。さらに火野は手帳に、「いたづらな理想主義は避けねばならぬが、もつと妥当な方法で新しい世界観の確立ができる」と自身の考えを表し、再び中国のときの活動について回顧し、「支那人はむつかしかった」と率直な真情を書き綴っている。映像によるプロパガンダにも触れ、「映画などもそれまでの紹介の仕方がわるかつた」、「映画も〝土〟とか、〝土と兵隊〟と〝上海陸戦隊〟とか、さういふものを見せても、逆効果を生じるばかりだ」と綴っている。

　中国での失敗を糧に、他民族との共存共栄について真剣に考え抜いた火野。だが、基隆滞在時に、衝撃的な話を聞く。台湾で神社を作るために、日本人が古い廟をこわし仏像を集めて焼いた結果、慟哭《どうこく》した島民が何千と集まってきたというのだ。できあがった神社には日本人しか参拝しなかった。このエピソードを聞いた火野は、日本の統治政策における根本的な欠陥を「皇民化運動の形式主義」という表現で厳しく批判する。さらに火野は「かういふことが行はれては、文化工作は成り立たない。支那での経験が、どういふ風に南洋にもちこまれるか、現地を見ぬとわからぬが、たいへんな問題と思はれる。誠実と責任をもつて、あたたかく接する外はあるまい」と、その決意を手帳に綴る（二月一六日）。

　誠実と責任をもって、あたたかく接する――。この時、火野は、フィリピン人に自分たちの文化をどうやって伝えるのかを真剣に悩んでいた。そして、日本の皇民思想をやみくもに現地に押しつけることは、絶対に避けるべきだと考えていたのだった。

三　比島上陸

甲板の上で

火野は、台湾基隆から高雄に移動、その港で乗船し、フィリピンを目指した。その途上、甲板で火野はマニラ司令部の「参謀部の人」（おそらく大村少尉）から、自分とこれから運命をともにする作家たちの名前を聞かされたことを手帳に綴っている。

尾崎さん、石坂氏、今氏などがマニラで待つてゐるといふ。（二月二三日）

尾崎とは尾崎士郎、石坂は石坂洋次郎、今は今日出海である。前述した通り、彼らは火野に先んじ、マニラの報道部で任務遂行を始めていた。未知の熱帯の国での活動は、やはり気になるようで、火野は尾崎らの様子について大村から聞き出し、今が伝単作りをしていることを知る。『麦と兵隊』や『海南島記』にも記述があるが、火野はすでに中国で伝単作りにあたっており、それらを整理する姿は、写真にも残されている。話を聞きながら、火野はフィリピン到着後の自身の姿を、思い浮かべていたに違いない。

しかし、マニラの報道部は万全な体制ではなかったようで、作家たちの活動はバラバラだったようだ。火野は、作家たちの「活躍がたりない」ことを大村から聞かされている。石坂洋次郎は「女性生活に関すること」をしきりに調べている、という不満もぶつけられた。石坂が具体的に何を調べていたかはわからないが、おそらく異国の地で小説の材料になるものを集めようとしていたというところだろうか。だが、大村からすると、軍務に注力せずにあわよくばネタを拾ってやろうという作家たちの姿勢が透けて見え、不満が募ったのだろう。それに対し火野は「組織がきつちりしてゐないので、まだ、やりにくいのではないか」とすぐに作家の側にたって言い返している。だが、大村の言葉は、これから何が待ち構えているのかわからない状態の火野にとって、大きなプレッシャーとなってのし掛かってくるものだったに違いない。

アジアとアメリカ

一九四二（昭和一七）年三月一日、火野はルソン島の中央西海岸にあるリンガエン湾に上陸する。やはり特別な日とあって、従軍手帳『比島一』に細かい字で実に一一頁にわたり、その日の出来事を綴っていた。冒頭近くに「急造の小桟橋につく。ヒリツピンへの第一歩。やけつく砂地」と記し、戦闘もなく足を踏み入れることができた異国への興奮が伝わってくる。すぐさまメモしたのは、フィリピン人の第一印象である。

支那人と日本人とをいつしよにして色を黒くしたやうな顔で、日本人とそつくりなのもゐる。支那兵を見たときと似た感慨がある。（三月一日）

火野がフィリピンの人たちに対して同じアジア人だという実感とシンパシーを抱いていたことが伝わってくる。だが、火野が同時に抱いたのは、敵国アメリカへの憎悪だった。火野は、マニラに向かう前に捕虜収容所に立ち寄り、そこでフィリピン兵捕虜に混じった三人のアメリカ人捕虜を目の当たりにし、その感慨を綴っている。

堂々とした体軀で、眼がするどい。われわれが近づくと立ちあがつた。平気な顔で話をしてゐる。中尉といふ方は、新聞を黙々とよんでゐた。ずゐぶん威張つてゐたものであらう。

フィリピンの人びとへ向けた言葉にくらべると、あからさまな嫌悪が感じられる。と同時に、フィリピン兵捕虜を見ているうちに火野の頭に甦ってきたのは、日中戦争時に中国兵と戦った時の戸惑いだった。手帳に「われわれが敵としてたたかつたものが支那人であつたときには、その風貌があまりにわれわれに似てゐるので、困惑する気持になつたことがたびたびであつた」と記し、フィリピン兵捕虜に対しても共通する思いを抱いたと続けた。

だが、米兵は違う――。火野の中に、言い訳めいた戦争への大義名分が新たに湧きあがっていく。手帳に「米人の敵を見ると、ある安心した気持がわいた。我々の民族の自覚と、民族の光栄とが、白人を見た瞬間に、胸を領した」と綴っている。フィリピンに向かう船上ではまだ冷静だった火野だが、アメリカの植民地に身を置き、そこで実際の米兵の姿を目のあたりにしたことで、血が沸き立ち、敵に対する戦闘意欲がましていったのであろうか。

「あまい人道主義が民族としての矜恃と存立とを害する場合のあることを、今はつきりと我々は知るのである。それは平和を愛好する心とは矛盾しないものだ」とも書き記した。「あまい人道主義」の弊害、「民族としての矜持」、「平和を愛好する心」。火野の中で、この三つの概念を結びつけた頂点に矛盾なく存立した理想が「大東亜共栄圏」だったのだと思う。もっとも、こうした論理は火野に限らず、当時のほとんどの日本人に共有されていた感覚でもあったのだろう。しかし、それは所詮、排他主義に基づいたものであり、新たな憎しみを呼び起こす可能性をはらんでいた。現代においても、少し思い返してみると、一〇年ほど前に、「テロとの戦い」と称して大義を作り、多数の無辜の市民を巻き込み新たなカオスを作り出した大国の戦争の論理とも、ある意味通じているようにも感じられる。いずれにしても、火野が日中戦争の時には見いだせなかった大義をフィリピン上陸早々に求めていたことは間違いないだろう。

マニラに向かう道路は、アメリカが占領時代に作った立派なものだった。そこを走りながら「いひやうのない」気持ちになったと火野は綴る。憎むべき敵国・アメリカからアジアを解放しようという「大東亜共栄圏」の理念は、フィリピン入りした火野にとって真剣に取り組むべきテーマとして急速にリアリティを増していった。

四　報道班員として

待ちかまえていた文化人たち

二〇一三年六月、私は火野の太平洋戦争時の足取りをたどろうと、カメラマンの松宮拓と音声技師の小関孝とともにフィリピン・ルソン島に降り立った。ニノイ・アキノ国際空港でさっそく受けたのが、渋滞の洗礼である。マニラ中心部のホテルまでは十数キロほどだったのだが、まったく車が動かない。同行してくれたマニラ在住のコーディネーター村山幸親さんによると、渋滞は慢性化しており、こんなのは日常茶飯事だという。閑をもてあまし、ふと道中の看板に目をやると、英語表記のものが多いことに気づかされる。私は、インドネシアやマレーシアなど他の東南アジアの国々の首都の様子を思い返してみたが、これほどまでには英語は氾濫していなかった。ハリウッドの映画スターの看板も目立つ。フィリピンが、長い期間アメリカの施政下にあり、戦後も変わらず強い影響を受け続けていることがじわじわと実感されてくる。

私はフィリピンに来る前に見た映画『東洋の凱歌』のシーンを思い出し、現実の光景と重ね合わせていた。戦時中に日本軍が作った映画であるが、そこにはアメリカ文化が滲透したマニラの様子が描かれていた。アメリカ映画の女優のポスターがあちこちに張り出された街並み、パーマネントの髪型に、洋装を着飾る婦人たち。『東洋の凱歌』は、そのようなアメリカの「魔手」に毒されたマニラを日本軍の手によって解放すると力強く宣伝するプロパガンダ映画だった。

フィリピン入りした火野をはじめとする文化人たちの任務は、そんな日本軍の政策に則り、いかにアメリカ文化の影響からフィリピンを「解放」するかというものだった。マニラ到着後、火野はさつそく市民たちの観察を始め、印象を手帳につぶさに記している。「ヒリッピン人は思考の生活からはなれて、ひたすら表面的な享楽を追ふやうになり、民族としての矜持も覇気も失つてしまつたにちがひない」という怒りのこもった熱い文に続けて「日本がどう協力するか、支那とはまたちがつたむつかしさがあると思はれる。なにより、浅薄なアメリカニズムを剝ぐことが大切だ」と記す（三月一一日）。火野がこの軍務に必死で取り組もうとしていた姿勢が伝わってくる。

ここでも、「民族としての矜持」という言葉が使用される。短期間に手帳に何度も繰り返していることからも、この頃の火野は、「大東亜共栄圏」が謳うアジア諸民族の「共存共栄」を文字通り信じて、フィリピン人の民族としてのアイデンティティを重んじようとしていたのだろう。火野にとって、『東洋の凱歌』に映し出される「浅薄なアメリカニズム」に侵されているマニラ市内の光景は、許し難いものだったに違いない。

火野が着任したのは、陸軍宣伝班（のちに報道部と改称）だった。日本軍のマニラ占領後、マヌエル・ケソン大統領とセルヒヨ・オスメニャ副大統領はアメリカに亡命したため、日本は官房長官のホルヘ・バルガスを長とする行政委員会を発足させた。だが、実権を握っていたのは日本軍で、マニラにフィリピンの行政を司るための軍政監部をかまえ、行政に全面的に干渉した。こうした日本軍の行為に対する現地の人々の反発は大きく、フィリピン全土で、亡命政府と宗主国に忠誠を誓う激しい抗日ゲリラ運動が展開されるようになる。

火野が所属することになった陸軍宣伝班は、この軍政監部の中にあった。

あいかわらずの渋滞に悩まされ、ホテルからわずか数キロの道のりを一時間ほどかけ、たどり着いたのは広い公園のような場所だった。手入れの行き届いた西洋風の円形広場には、大学生なのだろうか、ナップサックを下げた若いカップルが手をつないで歩いている。乳母車を押しながら歩く、若い母親の姿もある。長閑な光景だった。広場の奥に屹立している西洋の城のような白亜の建物に目を奪われた。以前はフィリピン政府の財務省のオフィスだったが、今は国立の博物館になっているという。観光客の姿も散見されるこの建物が目的地だった。戦時中、この建物を日本軍が接収、軍政監部として使っていたのだ。

宣伝班に到着した火野らを出迎えたのが、尾崎士郎だった。火野は手帳に「尾崎さんが出て来て、やあと手をにぎる。病気ときいてゐたが、元気さうだ」と綴っている。今日出海、そして戦後、日本の長閑な田園風景や民家を描き続けたことで知られる画家の向井潤吉もいた。石坂洋次郎は、南部宣撫に赴いていたため不在だった。今は、『比島従軍』にこの時の火野の印象を「巻脚絆《まききゃはん》をつけ、戦闘帽に軍刀をつつた姿は板についてゐた」と記している。他の文化人と比して、実際の前線で戦ったことのある火野は、兵隊らしかったということだろう。

他にも、『比島戦記　ナチブ山』を書いた柴田賢次郎、前述した映画『東洋の凱歌』の監督で脚本家の澤村勉、漫画家で児童画も多く手がけていた永井保、バターン戦に参加して戦争画「コレヒドールの夜」を描くことになる洋画家の田中佐一郎、詩人の瀧口修造とともにシュールレアリスムの詩画集『妖精の距離』を刊行した阿部展也などバラエティーに富んだ面々が宣伝班に集まっていた。

宣伝の最前線に立つ男

こうして火野は、比島軍の宣伝班の一員となったわけだが、この頃の火野の様子を知る人など当然、皆無だと思い込んでいた。しかし、先輩のプロデューサーの太田宏一が、フィリピン宣伝班の将校のインタビュー映像が残されていることを教えてくれた。フィリピンの宣伝班であれば、火野との接点があってもおかしくない。ビデオを再生すると、その将校はフィリピンにおける宣伝班の役割、そしてその後の泥沼化した戦いについて、物腰柔らかだが、しっかりとした話しぶりで語っていた。撮影されたのは三年ほど前だったという。

「そのときすでにそうとうの高齢だったな」。太田はそう言いながら、連絡先を教えてくれた。人見潤介という名で、住所は京都の伏見だった。私は教わった電話番号にかけてみた。

「もしもし、人見ですが」

ちょっと高めの老人の声が聞こえた。

「潤介さんでいらっしゃいますか」

こちらの緊張とは裏腹に、のんびりとした声が返ってきた。

「そうです」

私は興奮のあまり、用意していた質問をすべて忘れ、愚直な問いを発した。

「火野葦平を知っていますか」

すると――。

「懐かしいなあ、よく知ってますよ」

多くの問いは不要だった。私はすぐに人見さんが暮らす伏見へと向かった。

二〇一三年三月半ば、京阪電鉄藤森駅に到着すると、向こうから老人が歩いてくるのが見えた。杖はついているものの、しっかりとした足取りである。一九一六（大正五）年京都に生まれた人見さんは、愛嬌のある笑顔で、「もうすぐ九七歳になりますよ」と屈託なく語った。自宅は、商店街の一角にあり、そこで話を伺うことになった。戦後はずっと紳士服の製造販売を営んできたが、リタイアした今は、妻とともに暮らしていた。

二〇歳のとき、地元の青年学校・小学校に兼任教師として赴任した後、同じ年に現役兵として近衛歩兵第二連隊に入隊、二年後の一九三八年少尉に任官した。満州独立守備歩兵第一二大隊所属に配属され、山岳地帯で共産党系ゲリラ・東北抗日聯軍の掃討作戦を担当した。開口一番、人見さんは、「敵ながら、金日成のゲリラ戦は筋金入りだったですね」と、こちらをびっくりさせる言葉を放った。そのとき触れたのが、中国共産党の宣伝の巧みさだった。宣伝工作の大事さを感じ、意見具申を繰り返したという。

「五族協和の理想を満州国の国民にもっと徹底して教え、愛国心に育てて、大きな国民運動をおこしたいというのが私の考えでした。日本軍に反抗するゲリラ、匪賊を頭ごなしに討伐するだけじゃなしに、蒙古族など色んな種族の愛国心も育てて、満州国を立派にしたいと思っていた。そのためにも、軍が宣伝をもっと大事にする必要があるという意見を言いました」

その熱意と深慮が評価され、太平洋戦争が始まる直前の一九四一年一一月、軍宣伝班の仕事を命じられる。「速やかに台湾軍司令部に出頭すべし」。満州を宣伝工作によって、理想国家にしようとしていた人見さんにとって不本意な人事だった。

「よそに行くなんて事は夢にも思っていなかったんですよ。もうがっかりしましてね。部隊長に申告したら、軍は宣伝をもっと大事にしなくてはいけないということが君の持論だったから。まぁ、ひとつ頑張ってご奉公して来いと言ってと。はなはだ不本意な感じで、非常に不満で行ったわけです」

台湾に着くと、すでに宣伝部には他の地域から来た将校が集まっていた。

「何か様子が変なんですね。そこにいるひとりを問い詰めると、南方で新しい作戦を始めるらしいと。我々はフィリピンを攻撃する部隊だ。今分かっているのはそれだけですと。それで私もまたびっくりしてね。フィリピンなんていうのはまったく予想外のところでね。何の予備知識もないんですよ。それはえらいこったなと思って」

フィリピンでの人見さんの仕事は、宣伝、報道の活動を企画立案し、実行を指揮することだった。火野ら作家のとりまとめ役である。台湾でその任務を聞いたときのことを今でもよくおぼえている。

「お前の初仕事はそれだと。それでぱっと名簿を出した。「明日朝東京から徴用員が到着する。それでこのとおりの人員が来ているかどうか人員点呼しろ」。私らは作家や文化人を徴用員と言ってました。「はい、わかりました」と言い、ぱらぱらっとその名簿を見たら、あいうえお順になっている。石坂洋次郎先生が出て来て、尾崎先生、これは有名な先生がいらっしゃるんだとびっくり仰天しました」

そして実際に作家たちが台北に到着、人見さんの前に集合・整列した。

「すぐに点呼しろということなので、私が朝礼台の上に上がってね。今から点呼するから、大きな声で返事をしてくださいって言って。そうしたら次々と有名な人が「〇〇であります」と自分の名前を言ってね。えらい人がたくさん来ているんだな、これはえらいこったなと思って」

若き軍人を前にして緊張した面持ちの文豪たちがしゃちほこ張る。その若い軍人もかちこちに緊張している――高齢にもかかわらず人見さんの記憶は極めて鮮明で、話を聞いていると、そのときの光景が眼前に浮かんでくるようであった。

作家とプロパガンダ

開戦から五カ月で、東南アジアから太平洋にかける地域を占領した日本。その間、一九四二（昭和一七）年二月には、東条英機首相を長とする大東亜建設審議会が設置され、日本を盟主とする大東亜共栄圏の建設が具体的に検討されていくようになっていく。アジア各地の占領地域で進められようとしていた宣伝報道活動について、大本営は開戦前にこんな方針を出している。

原住民族ニ対シテハ先ヅ皇軍ニ対スル信倚観念ヲ助長セシムルニ努メ逐次東亜解放ノ真義ヲ徹底シ我作戦施策ニ協力セシメ資源ノ確保敵性白人勢力ノ駆逐等ニ利用ヲ考慮ス（南方占領地行政実施要領　一九四一年一一月二〇日　大本営政府連絡会議決定）

フィリピンの報道班も、この大本営の方針に基づき、人民を宣撫しようとしていた。人見さんが、ある書類を棚から取りだしてくれた。陸軍報道部の内部文書「新段階に即応する比島宣伝計画」。一九四二年八月一日に作成されたもので、そこには、「比島民衆の間に浸潤せる拝米思想並に唯物自由主義の思想を芟除《さんじょ》して日本を指導者とする大東亜共栄圏の真義に覚醒せしめ」る、というフィリピン人への宣伝の目的が記されていた。

漢文調で抽象的な表現の多い文章である。人見さんは私に次のように説明してくれた。

「大きな方針としては、大東亜共栄圏というような思想で、民族協和の大きなグループ的な組織を作っていくためには、日本は頼りになる国だというように思わせなくちゃいけない。とにかく、アメリカには反対し日本に協力する、そういう国にしていく必要がある」

宣撫工作を進めていく上で、牽引力となったのが作家の発想力だったという。

「なんとかみんなで考えようやないかと、今日出海さんやら、石坂先生やら、いろんな人が集まって、まあとにかく、フィリピンの民衆の気持ちを安定させないかんでしたから」

宣伝班全体で取り組んだのが、フィリピン人から拝米思想を取り除くことだった。前述した映画『東洋の凱歌』も人見さんが主導して今日出海とともに作ったものだった。

メモ魔

人見さんは、インタビューの途中で、「ちょっと待っててくださいよ」と言って、一枚の写真を本棚から取りだした。あたり一面が大理石を張られた西欧の城のような奥行きのあるホールの中で撮った写真で、日本軍の軍服を着た若者とスーツ姿の中年の男性が並んで写っている。軍服姿の甘いマスクの若者は人見さんで、その横のスーツ姿が火野だった。火野はちょっと緊張した面持ちを浮かべている。マニラのマラカニアン宮殿で撮影されたものだった。

「これは、宮殿でひらかれた大統領主催のパーティーに招かれたときに撮ったものですね」

人見さんは、宣伝班の部屋で、こまめに従軍手帳にペンを走らせる火野の姿を何度も目にしていたという。

「火野さんは、ほんとに兵隊らしい兵隊でしたね。前線から帰ってきたらね、どさーって、腰を下ろして、足投げ出して。そして、手帳になんかメモを、ちゃちゃちゃっと一生懸命書くんですよ。やっぱり、作家というのは、実際体験したこと、見てきたことをね、その場その場で全部手帳にメモして、あとでそれを見ながら書くんだな、って思いました。メモ魔というくらい、メモをようしてましたね」

人見さんの話から、現場で感じたことを色あせる前に一刻も早く書き写そうとする火野の姿が生き生きと浮かび上がってきた。こうして五冊もの従軍手帳がフィリピン滞在中に誕生したのだ。

中国で綴っていた手帳と決定的に違うのは、情報量の多さだった。火野は、小説には書けないことをも、従軍手帳に記していた。フィリピン到着から一週間後の三月八日の手帳に、「日本人の面白くない行動」が、「いろいろな面で比島人及び外国人に悪影響を及ぼして」いると記し、「支那で起つたやうなことが、またここでくりかへされようとしてゐる。どうにもならないものなのか。はがゆし」と嘆いている。

「面白くない行動」や「支那で起つたやうなこと」が何なのかは、具体的に書かれていない。だが陥落直後の南京を経験した火野が言おうとしていたことは、おおよそ想像はできる。だが、こうした兵隊の行動に対する批判が見られる一方、同じ日の手帳には、戦争を正当化する勇ましい言葉が綴られている。

この大東亜戦争はそろばん玉ではじいたものでなく、いはば壮大な夢であり、新しい神話の追求である。

「大東亜戦争は」「新しい神話の追求である」。火野はこのことを三井物産のマニラ支店から宣伝班に来た外山という人物に直接話したが、理解されず、さらに「民族の血のなかにこの理想に体あたりする覚悟と意識とがひそんでゐるのだ」と強調したところ、外山は首をひねったという。

日本の力で、アジアをひとつにしたい——。「支那で起つたやうなこと」が、フィリピンでもまた繰り返されようとしているにもかかわらず、火野の「大東亜共栄圏」の理念への思いはまったく揺らいではいなかった。

企画班に所属

マニラ到着から二日後、宣伝班では、宣誓式後、配属が発表され、火野は、三木清とともに企画班に所属することになった。宣伝班は大所帯だったようで、他には、統括班、映画班、写真班、新聞班などがあった。火野は手帳に「企画班長望月少尉」と記している。

皆から「望月和尚」と呼ばれていた望月重信少尉は、ちょっと変わった経歴の持主だった。松本高校一年在学中に皇道的仏教哲学を説く天華教に出会い、信奉者となる。その後、東京帝国大学支那哲学科に入り、大学院まで進学する。一方で、天華教の布教活動に邁進し、布教中の一九四〇年に応召された。

「いよいよバタアン総攻撃がはじまるので、早速やつて貰ひたい仕事がある」と望月に言われたことが、手帳に書かれている。それは、かつて中国でも担当していた作業、伝単の作製だった。さらに火野は、望月に「対敵宣伝」に主力を集めたと言われたことを綴る。「対敵宣伝主任」を任されることになった火野は、伝単の見本を見せられたが、「支那でやつたときと同じやうなものばかり」だった。火野は自嘲気味に「結局、戦争といふものがさういふものなのであらう」と綴る。「案を出し、小冊子を作る計画を立てる」ことにした。

火野は主任の役割を的確にこなしていたようだ。『比島一』の後ろの方に、一冊の伝単が貼り付けられていた。ちょっとユーモラスなイラストの表紙で始まり、全部で一六ページ。停戦を呼びかけるため、敵兵の郷愁をあおる内容の物語になっており、イラストは日本軍の強さを誇示するものだった。最後のページには、若く艶めかしい西洋人の女性のヌード写真もつけられていた。

火野はこの伝単について手帳に記していた。「タテ二寸、横一寸五分くらゐ」、「敵兵にあたへる読みもの、戦線文庫。はじめに堅いもの、漫画、マニラの実情写真、小説、母の手紙、女の写真など入れ、中に切取線をつけて投降票をはさむといふやうなもの」との言葉通り、バラエティーに富んだ内容だ。「巻頭文三木さん、小説上田君、といふやうに分担してかく。表紙白井さん。中の手紙文かく」。伝単には、バートという青年が父にあてて日本人の親切を綴った「手紙」もあり、これを火野は書いたようである。軍独特の用語も苦心して英訳し、フィリピン兵にも理解できるような工夫もされていた。

裏に、〝諸君の武運長久を祈る〟と入れたら、そんな言葉は英語にないといひ、ただ“We are praying for your safety and happiness”といふことになる。編集して、絵かきの方にまはす。(三月四日)

手帳に貼り付けられた伝単の最終ページには、火野の記述通りの英文が書かれている。翻訳家の中村博子さんに聞いてみたところ、字義通り「あなたの安全と幸福を祈っています」といったような意味で、言外のニュアンスなどは感じられないと教えてくれた。さすがに「武運長久」の厳めしさはどうしても英語にはできなかったようだ。

人見さんが主導となって作った日本軍のプロパガンダ映画『東洋の凱歌』には、飛行機から戦場に向けて、大量の伝単が撒かれるシーンがあるが、それらはまさに火野プロデュースのヌードつき伝単だった。火野は、この伝単を見た尾崎士郎に褒められたようで、その喜びも手帳に綴っている。映画にも使用され、周囲から賞賛され嬉しくなかったわけはない。これ以降、中国での体験を奇貨に慎重な構えだった火野の「文化工作」は自信に満ちたものに変容していく。

五　バターン参戦

バターンに向かう

フィリピンにおける宣撫活動は、どのように展開されていたのか。私は、より全体的なことも知りたいと思い、一橋大学の中野聡教授に話を聞いた。中野さんは『東南アジア占領と日本人』などの著作があり、太平洋戦争中のフィリピンにおける日本軍宣撫活動に詳しい方だ。中野さんは、「緒戦の勝利のなかで、唯一、日本軍の目算が大きく外れたのが、フィリピン攻略ですね」と言う。

問題となったのが、ルソン島の中西部に南にのびるバターン半島だ。マニラを基点にすると、マニラ湾を挟んだ形で西側に位置するこの半島には、マニラを追われたダグラス・マッカーサー司令官率いる米極東陸軍が立てこもっていた。

先に述べたように、マッカーサー本人は、バターンの鼻の先にあるコレヒドール島の要塞に籠城していた。バターンで抵抗する米比軍の攻略は、当初、南方作戦全体には支障がないとして「残敵掃討」程度の位置づけしか与えられず、十分な戦力が投じられなかった。

「しかし、バターン戦が続く限り、マニラ湾という東南アジアと日本を結ぶ交通上の要衝が自由に使用できなかったのです。それはそうとう不都合を及ぼしていました」

こうした事情からマニラを制圧した日本軍の次なる目標が、バターン陥落となった。フィリピンに上陸して二週間後の三月一四日、手帳『比島一』には、「バターン戦線従軍」と日付横に記されている。大きく、力強い筆致に、火野の昂揚感が感じられる。言葉通り、この日総攻撃があるという情報を得た火野は尾崎士郎と一緒にバターンの前線に赴き、宣伝班としての実務を遂行しようとしていた。途上で休憩した「鮮血が流れる家」、「破壊された教会堂」など、火野は道中で目にした光景を手帳に綴っている。そしてバターンに足を踏み入れ、まずはその自然の豊かさに心動かされている。

左手に、雲をかぶつたマリベレス、ナチブの連山。そこへ敵がゐて、これから大決戦が開始されるのであるが、その風景の美しさに異様な感じがわく

（三月一四日）

火野のフィリピン滞在時の経験を綴った小説はいくつかあるが、代表的な作品が『兵隊の地図』である。この作品は、まさにバターンへと向かう三月一四日に始まった日記形式のもので、バターン陥落直後の四月十一日で終わっている。『兵隊の地図』から、上記『比島一』の記述に該当する箇所を抜いてみよう。

左手にバタアン半島を遠望しつつ来たが、青ずんだ空気のなかにも連なり聳えてゐる美しい山々を見てゐると、そこに頑強な敵がゐて、まもなく総攻撃が始まることによつて、決戦が行はれ、惨烈な戦場となるといふやうな感じが、ちよつと湧いて来ないのである。

手帳では大づかみに書かれていたに過ぎない戦場の予感が、小説ではより具体化されている。

火野がいた戦場を自分の目で見るため、私は、バターン半島に向かった。マニラの渋滞を抜け出すと、しばらくは快適な道が続く。ハイウェイに乗り、左側を見ていれば火野の記述通り、半島が遠望できるかと期待していたが、だいぶ内陸部に入ってしまったようで、ただ一面ひたすら平野が広がっており、

半島どころかマニラ湾すら見えず、一時間ほどしてからようやく遠くにバターン西方の付け根あたりと思われる山並みが少しだけ見えた。その直後「スービック方面」「バターン方面」という分岐表示が出て来た。ようやくバターン半島の北端に到達したのである。ジャンクションを「バターン方面」の方向に南下していくと、ひたすら山並みが続く。

かつての戦場を車は走っている。でもその痕跡はまったく見あたらない。木々の緑は美しく、あたりにはのんびりとした東南アジア特有の空気だけが流れていた。うつらうつらしていたのだが、車がブレーキをかけた衝動で我に返る。眼前にあらわれたのは雄々しいサマット山だった。マニラを出ておよそ三時間、私たちはバターン半島のど真ん中に到達していた。サマット山自体はさほどの標高があるわけではなかったが、広大な裾野には、畑が切り開かれ、ちょうど農民たちが麦の収穫に精を出していた。バターン総攻撃前の火野の記述から時がとまったような美しい光景。目をつむって、呼吸を整えてみるが、ここが日米間の激戦地であることは、火野の言葉通り、ちょっと湧いてこなかった。

バターンの戦場に到着した火野だったが、予定されていた総攻撃は始まらなかった。三月一四日の手帳に「前線へ出るとか出ないとか、すこしもはっきりしない。〔中略〕総攻撃もおくれる模様である」と焦りとも感じられる記述を残している。昂揚感が一気にしぼんだのを他者に隠しきれなかったのだろう、尾崎の『戦影日記』には、「火野君の顔が憂色を帯びている」と書かれている。『兵隊の地図』には、兵隊たちの宴席があったことのみ記され、自身の心中描写は皆無だった。

バターンの戦いを知る男

バターン滞在二日目、激しい雨に見舞われた。激戦地だったサマット山を遠景からを撮影しようと計画していたのだが、頂上が曇ってしまってまったく見えない。だが、カメラマンの松宮が、実際の戦場を歩き、それを撮影したいと言いだした。

雨の中、歩くことになったのは、サマット山の中腹である。斜面に広がる薄暗い藪。倒木が道を阻む。ミミズが這い、蟻が行進し、赤い不気味な蜘蛛がつくった巣が体にまとわりついた。ぬかるみに足を取られ、木の根に引っかかり転倒しかけた。

病原菌を持つようなヤブ蚊にさされないか。触れるとかぶれるような草木はないか。土蜂の巣を踏みつけないか。無菌状態な都会生活にどっぷりつかってしまっていた私は、リスクを回避することばかりが頭をめぐり、わずか十数分歩いただけで、すっかり疲労していた。この土地で多くの将兵が倒れ、彼らの流した血がこの土に吸い込まれていった——。そのことを考えあわせると、雨で身体が冷やされたこともあったのだろうが、悪寒を感じた。それまでは美しい光景だったバターンが、急に怖しいものに変じていた。薄ぼんやりではあるが、その地が戦場であったことを感じた瞬間だった。

コーディネーターの村山さんに、この戦いに参戦した兵士を探してもらったところ、バターン半島東側の付け根の街バランガに元・米比軍兵士がいることがわかった。

ネストール・セニザさんは、バランガ中心部からほど近い住宅街にあるコンクリートで造られた立派な家に孫と一緒に暮らしていた。九一歳の元兵士は、たどたどしい足取りだったが、奥の部屋から出て来ると、すぐに懐から何かを取りだし、こちらに差し出した。アメリカ軍の一員として戦ったことを証明するメダルだった。専用の家政婦と看護士を雇うなどかなり裕福な暮らしぶりだが、アメリカ軍からの恩給が主収入だという。

セニザさんの中で、日本軍の記憶は消え去っていなかった。開口一番、いわゆる「バターン死の行進」を話題にし、「たくさんの人が死んでいる。フィリピン人にとっては許しがたいことだ」と強い口調で日本軍を批難した。

この日は挨拶程度に留めたのだが、翌日、私たちはセニザさんとともに、彼が日本軍と対峙した戦場に向かった。ディナルピハン。交通の要衝であることから日本軍が兵站基地としてバターン戦の後方拠点として活用した場所だが、同時に米比軍との激しい戦闘があり、多くの犠牲者を生んだ。とりわけ大きかったのが、フィリピン兵の損耗だった。そのことを忘れないために作られたモニュメントが町の中央のロータリーにある。六人のフィリピン兵が銃を片手に雄叫びをしている像だ。真ん中に掲げられているのはフィリピンの国旗だった。

戦時中に比島派遣軍報道部が編集発行した『比島派遣軍』という写真集がある。それを何気なくめくっていると、ドキっとさせられる風景写真があった。ロータリーがあって真ん中にモニュメントが映っていたのだ。キャプションを見ると、当時のディナルピハンのものとわかる。ロータリーの真ん中に屹立していたのは、六人のフィリピン兵ではなく、英雄とおぼしき像だった。広場一面を埋め尽くしていたのは日本軍の車。当時の勢いを感じさせる一枚だった。

私たちはセニザさんと附近のちょっとした森のような場所へ移動した。セニザさんは、このあたりの茂みの中で戦ったが、執拗な日本軍の攻撃に逃げ回ることしかできなかったという。

「日本軍が攻撃を仕掛けてきたとき、アメリカ軍はさっさと後退してフィリピン人兵士がしんがりで彼らを食い止める布陣を取らされた。私たちは、手動で弾を装塡するボルトアクション方式の銃を使って抵抗しましたが、日本軍は強く、歯が立たなかったです」

ディナルピハンで敗れたセニザさんは、山中を逃走した。

伝単の効果

バターンに到着したものの、一向に総攻撃が始まらないため、いったん前線から下がった火野と尾崎は、望月少尉から「新しい状況に応じた対敵宣伝をやる」と聞かされたことが『比島一』に綴られている。新たな対敵宣伝もやはり伝単だった。

日本軍が作った伝単はどれほどの効果があったのだろうか。過酷な戦闘の中、セニザさんは、そのうちの一枚を拾っていた。

「日本軍は、飛行機からリーフレット（伝単）をばらまいたが、そこには「アメリカの政府よりも日本の政府のほうが優れている」と書かれていました。でも、真に受ける人はいませんでした。アメリカは悪く扱われていたのですが、フィリピンの人たちは信じていなかった。むしろアメリカの方を信頼していたのです。日本は悪いことをやり過ぎたためでした。日本軍が、実際はレイプや殺人、時には子供に対してもひどいことをしたことを知っているからです」

しかし、セニザさんの話とは裏腹に、バターンの前線に出た火野の認識は異なるものだった。「伝単の効果は相当にあるらしい。投降したいものはたくさんあるという」と記している（三月三〇日）。

私は、マニラ大学でフィリピン近現代史の教鞭をとるリカルド・ホセ教授に話を聞きに行くことにした。日本軍の占領政策の研究をしてきたホセさんは、長年かけて集めた日本軍の伝単を机に並べて、そのうちの一枚を手に取り見せてくれた。アメリカ兵が逃げていくイラストが描かれている。ホセさんは、日本語で、私にこう言った。

「有名な伝単。日本とフィリピンは友達。アメリカが敵。ですからアメリカ人はエスケープ」

火野が強調していた伝単の効力を、ホセさんは疑問視している。

「伝単は効果的ではありませんでした。バターンでは兵士たちに届いたのですが、ほとんどの兵士は書かれていることが本当だとは思いませんでした」

セニザさんの言葉の通りである。ホセさんはこう続けた。

「バターンで戦った多くのフィリピン人と話をしましたが、彼らは、ビラを信じようとせず、トイレットペーパーとして使っていたそうです。戦場には紙がなかったからです。ですから残っていることさえ珍しい。誰もそれを取っておこうとしなかったため、今ではビラを見つけるのが難しい」

火野の過信とは真逆なメッセージをフィリピン兵たちは受けとっていたのである。

前線での放送

映画『東洋の凱歌』には、拡声器を背負った兵士が戦場を匍匐《ほふく》前進するシーンがある。バターン戦の最前線で、敵兵に呼びかける、いわゆる「対敵放送」の準備風景だった。人見さんも、この対敵放送に関わっており、英語で「我々は比島解放のために来た。君たちを殺すために来たんじゃない。日本軍に抵抗することはやめなさい。仲良くしようじゃないか」と呼びかけたという。

「効果があるかないか分からないけれど、めくらめっぽうそういう働きかけを一生懸命やったわけですね」。

火野もこの対敵放送に関与していたことが手帳の記述からわかった。時に火野は、実際に機材設置にも同行、かなり危険な目に遭っている。「必死の作業である。木の葉で偽装されたスピーカーを敵の方にむけ、コードをつないだと思ふと、激しい銃弾がとんで来た。〔中略〕ぱしんとすぐ横の木にあたつた弾丸が唇にあたつた。首をちぢめる」。まさに命がけのプロパガンダである。難を逃れた火野は、前線で原稿を書く。実際に原稿を読んだのはフィリピン人の捕虜が中心だったようだ。

ある日の放送について火野はかなり緻密に手帳に記述している。「十時四十分、岡部君がスイッチを入れた。先原君が、マイクを持つて喋舌《しゃべ》りだした。少し興奮してゐるやうだ。This is the voice from the Japanese line, calling stop your firing and listen to us. レコードをかける。〔中略〕先原君がマイクに口をつける。Don't you want to save your lives?」。さらに火野は「奇妙なここちよさと興奮とを感じて来る」と綴り、自身が手がけたこの仕事に満足をおぼえていたようだ。

ホセ教授は、対敵放送が流された目的とその時の情況について詳しく解説してくれた。

「ターゲットはもちろんフィリピン兵士で、主な目的は彼らをホームシックにさせることでした。当時、戦いが始まってからすでに三カ月がたち、多くの兵士は飢え、家族にもずっと会っていませんでした。対敵放送は、家族は安全に家で暮らしていて食事もとっているのに、なぜこんな所で飢えと戦っているのか、といったことを強調していました。また、センチメンタルな音楽をかけて、兵士たちに戦争前の暮らしを思い出させ、今どうしてここで戦って苦しんでいるのか、投降すれば、また平和に暮らせる、といった内容の放送を流しました。時には、マニラの家族からのメッセージを読み上げました。日本軍が家族や母親や、妻など家族とコンタクトし、そこで得た情報をもとに息子や夫へのメッセージを作ったのです。スピーカーの音は大きかったので、多くのフィリピン人が音楽やメッセージを聞いたと日記に記しています」

ホセ教授は、バターンでの対敵放送の効果をこう教えてくれた。

「少しは効果があったようです。家で何が起きているのかを思い起こさせ、兵士をセンチメンタルな気持ちにさせました。フィリピンでは、家族がとても仲が良く、母親や、姉妹、兄弟のことを思い出させるとホームシックになります。フィリピンの兵に再考を促した可能性があると思います」

私は数年前に終戦特集番組の取材で、太平洋戦時下の短波放送「ラジオトウキョウ」の録音を入手し、集中して聞いたことがある。NHK国際放送の前身でもある「ラジオトウキョウ」は太平洋で戦う敵、連合国軍の兵士に向けて東京からプロパガンダ放送をしていた。ときには捕虜を急ごしらえのアナウンサーに仕立て、センチメンタルな音楽をかけ、戦争前の暮らしを思い出させようとし、なぜ戦っているのか、今投降すれば、また平和に暮らせる、と語りかけた。

とりわけ「東京ローズ」という若い女性がＤＪを務めた番組「ゼロ・アワー」は連合国軍の将兵の人気を集め、厭戦気分を喚起したとされている。バターンの敵前放送は、これらの番組のエッセンスと酷似していた。

「押しつけ」を避けた「文化工作」をめざしていたはずの火野だったが、「奇妙なここちよさと興奮」を感じていることからも、日本軍の強引なプロパガンダ工作と歩調が揃いつつあったことがうかがえる。

バターン総攻撃

日本軍は、一九四二（昭和一七）年四月三日、バターン総攻撃を開始する。火野は向井潤吉とともにこの作戦に参加することになった。ちょうと同じタイミングで火野の手帳は二冊目の『比島二』に突入する。

> 飛行機が朝早くから飛ぶ。砲撃がはじまる。総攻撃は午後三時からである。〔中略〕無数の砲弾が、前から後ろから、右から左から、サマツトの脚へむかつて飛んでゆく。もうもうと土煙がたちのぼり、サマツトもマリベレスも煙幕のなかに包まれる。まるで、サマツト自身が大きな火薬であつて、爆発してゐるように聞える。

『比島二』の記述からすると、火野は、実際に戦闘に加わるわけではなく、前線に設けられた「観測所」付近から見ていたものと思われる。だが、兵士たちの情報を聞くと火野の心は平常ではいられなくなり、「歩兵の攻撃前進が初《マ》まつ《マ》たらしい。砲撃がやむ。機関銃の音がきこえはじめる。見てゐるうちに、涙があふれて来て仕方がない」と綴っている。さらに「波のやう」な兵隊を見ながら「砲弾よりも、爆弾よりも、もつとすさまじいものこそ、火花のごとき兵隊の勇気であらう」と兵をほめたたえる。そして「兵隊よ、死ぬな。死しても兵隊は生きてゐるが、ほんとうに生きて、任務を達成してくれと、切なく願はれて来る。〔中略〕見物してゐるのが苦しいくらゐだ」と心中を吐露した。

兵隊を愛してやまない火野にとって、倒れていく兵の姿を遠くから見ることは辛い体験だったに違いない。観測所から報道班員の立場での「見物」では、まさにいてもたってもいられなかっただろう。それでも総攻撃は、日本軍の圧倒的有利な中、進んでいった。六日間の戦闘の末、糧秣《りょうまつ》、弾薬の枯渇から限界に追い込まれた米比軍のエドワード・キング少将は四月九日に降伏した。

死の行進

米比軍が降伏した日、火野は、最終的に米軍が追い込まれた地点に向かっていた。その途上の光景を火野は『比島二』に記している。

> 自動車が無数に遺棄されてゐる。米兵の捕虜が数へることもできないほど、ぞくぞくとやつて来る。〔中略〕米人や比人が運転し、難民をのせた自動車が本道を東進してゆく。〔中略〕歩兵団司令部はマリベレスへの道を西進。部隊もつづく。
> （四月九日）

マリベレスは、バターン半島最南端の港町だ。火野がそこに到着したのは、バターン戦終結の翌日の四月一〇日のことである。沿道は、日本軍部隊と難民と米比軍の投降兵であふれていた。私たちに同行していたバターン州政府の広報官のアミイ・カナルさんが、マリベレス市の中心部にある公園に案内してくれた。子ども用遊具が点在するありふれた公園に見えたが、その一角にあるモニュメントの前で、カナルさんは、こう言った。

「デス・マーチ（死の行進）はここから始まりました」

そこが「バターン死の行進」の出発地点とされる場所だった。

一九四二（昭和一七）年四月一〇日、バターン半島南端に位置するマリベレスから捕虜収容所まで、米比軍捕虜と一般市民が、長距離の行軍を強いられた。モニュメントには、「0キロメートル」と、行進のスタート地点からの距離が記されていた。日本兵の姿と倒れるフィリピン人のイラストも貼り付けられていた。カナルさんの発した「デス・マーチ」という語音が耳の奥にしばらくのあいだ残って消えなかった。

マリベレスに到着した火野は、港の渚の近くで米軍が放置した車を見つけ接収する。しかし、その車で移動しようとしても、人が多すぎて少し前進するのがやっとだった。人々は行列をつくっており、それは、とめどなく、どこまでも続いていた。その惨状を火野は記す。「坂の端に難民。女が多い。死んでゐるのかわからない赤ん坊。力のない声で泣く子供」。「若い男が、たほれたり、起きたり、それも次第に力がなくなつて、たほれる。そのまま死ぬにちがひない。見る間に死んでゆく赤ん坊。泣くこともできないやうな母親。〔中略〕山から、木の間からわき出るやうに、難民が白旗をもつて出て来る。どめどもなくつづく米兵、比兵。道はトラックと馬と兵隊と難民と捕虜とで、まるで動くこともできない」（四月一〇日）。

新宿にある平和祈念展示資料館から借用した写真の中に、九十九折《つづら》りになる坂を日本兵と捕虜が歩いている一葉がある。この写真についてカナルさんに聞くと、町の外れの光景に似ていると教えてくれた。その場所に行ってみると、果たして写真同様の九十九折りになった坂道が続いていた。通りかかった地元のひとに聞くと、バターン戦の投降者たちは、ここを歩かされたのだという。火野は歩く米兵を見て、手帳に「とげとげと高い鼻は不愉快である」と書き、その時の心中を「支那人と戦つた時とはちがつた爽快なもの」「安心をした気持」だと綴る。火野は、「それは明瞭に民族の矜持につながつたもの」と断言している。火野の手帳の言葉は、勝利した喜びで満ち溢れていた。

目的地のオードネル捕虜収容所まではおよそ六〇キロ。捕虜によって歩いた距離は異なるものの、すべての道のりを、歩かされた人たちもいた。この行進で、一万人もの死者が出たといわれている。この行進の列にいた人で存命の人は少ないといわれているが、村山さんの奔走で、マニラ在住の九〇歳のアバヤさんという男性が見つかった。門番に守られた高級住宅地に娘の家族と暮らしているアバヤさんは、娘に手を取られ、ようやくのことでリビングの椅子に着席した。当時、二二歳だったアバヤさんは、行進のときの後遺症で歩行が困難になったという。バターンの戦いのさなかに病に患っていたアバヤさんにとって、行き先も告げられずに炎天下を歩かされた体験は過酷そのものであり、記憶の中の古傷となった。火野の手帳に綴られている通り、行列の中には家族で歩いている人たちもいたという。路上で死んでいる人々を何人も目撃した。「どんな気持ちだったか」と聞くと、アバヤさんはゆっくりとした英語で「何も考えられなかった」と語った。

アバヤさんの口は重かった。インタビューに付き添っていた娘さんによると、当時のことをひとり思い返し、断片的な言葉を発することがあるが、家族に対しても戦争時代のことをまとまった形で話すことはないという。少しでも当時の状況を知りたいと思い、私は三〇分ほど粘ったが、それ以上口を開いてくれることはなく、私はアバヤさんの家を辞去するしかなかった。

六　捕虜教育の実態

七一年目のレクイエム

マニラを車で出発しておよそ三時間、私たちは、ルソン島北部のタルラック州カパス地方にいた。ところどころ道の舗装はとぎれ、轍《わだち》にハンドルがとられた。

「オードネル捕虜収容所を知っていますか」

街道沿いの商店で店番をする若い男性に道を問うたが、首を横に振られてしまう。これで三人目だ。かなり詳細な地図を手に入れたのだが、その場所はなかなか見つからなかった。

車には、米比軍の一員としてバターンで戦ったネストール・セニザさんが同乗していた。私たちが目指していたのは、日本軍に投降したセニザさんが、およそ半年を過ごした施設の跡地だった。オードネル捕虜収容所である。

道路工事の現場にさしかかり、停止を求められたので、そこにいた交通整理の係の人に聞いてみた。その男性が教えてくれた場所に行ってみると、確かに「キャンプ・オードネル」と看板があったが、迷彩服を着た軍人が出入りしていて物々しい。

そこはフィリピン軍のオードネル基地《キャンプ》だった。かなり近くまで来ているという実感を得ながら、守衛の軍人に問うたところ、「二キロほどのところにモニュメントがあるから、そこではないか」という。余裕を持ってマニラを出て来たつもりだったが、陽は傾き始めていた。

坂道をのぼり、迷彩をほどこされたフィリピン軍のトラックの列とすれ違うと、急に広々とした光景になった。私たちの目線の先には草原と亜熱帯の森林が広がり、その中央には高い塔のようなものが立っていた。私はハッとして、後部座席のセニザさんを見遣った。

「確かに、ここですね。はっきりと覚えていますよ」

セニザさんは窓の外を指さし、興奮したように口を開いた。さらにセニザさんはタガログ語で何ごとか呟《つぶや》くように言葉を継いだ。同行してくれたセニザさんの親戚、アルフォンソさんが、代弁した。

「グランパ（おじいさん）は、この地形は忘れられない。ここに来るのは戦争以来だ、と言ってます」

するとセニザさんは、はっきりとした英語で、「ここがカパスのオードネル収容所だ」と言いきり、そして沈黙した。ようやく目的地を見つけだすことができ、私は一瞬の安堵をおぼえていたが、真剣なセニザさんの眼差しを見て、急に重苦しい緊張に襲われた。

齢九〇を超えるセニザさんにとって、自宅から三時間も離れた土地に来ることは、単純に肉体的負担である。ましてや、思い返したくない記憶に違いない。私はオードネルへの同行を持ちかけたとき、断られると予想していた。すると当初こそ逡巡したセニザさんだったが、二日ほど時間をおいて、オッケーの返事をくれた。なぜセニザさんは、古傷に触れるような申し出を受けてくれたのか。

アルフォンソさんによると、セニザさんは仲間たちへのレクイエム、つまり、そこで死んだ友たちの霊を鎮魂したいという思いをずっと抱いていたという。そのことがセニザさんをオードネル訪問に動かしたのだと思う、と教えてくれた。七十数年ぶりに足を踏み入れるこの地で何を思い、何を語るのか。ようやくのことで老体を動かし車を降りるセニザさんの姿を見て、私はその言葉のひとつひとつをしっかりと胸に刻みこもうと思った。

毎日友が死んでいく

アルフォンソさんに支えられながらセニザさんは何メートルか歩き、悲しみと怒りが入り交じったような眼差しで、目の前の森をじっと凝視した。セニザさんの初期の仕事は、毎日死んでいく仲間たちの墓掘りだったという。

「ここも墓、そこも墓。毎日、友人たちを埋葬するための墓掘りでした。ずいぶん掘りましたね」

当初日本軍は、捕虜を二万程度と予想していた。しかし、実際の捕虜は八万にものぼり、オードネル収容所だけではおさまりきらない状態だった。そのため、食糧も不足し、衛生状態も悪化し、多くのフィリピン人捕虜が病で命を落とした。バターン陥落後にここを訪ねた火野も収容所長から聞いた話としてこう綴っている。「一日に、二百人、三百人といつて死ぬんですからね。〔中略〕最高は四百八十七人でした。総計二万ほども死んだでせうか」（『バタアン死の行進』）。

「ここでの生活はとても厳しいものでした」

ふだんは陽気な口ぶりのセニザさんだったが、このときばかりは低く絞り出すような声音だった。日本側の収容所運営はかなり強引なものだったようだ。バターン陥落から八日後の火野の手帳には、おそらく、収容所長の恒吉大尉から聞いた話として、捕虜を処刑したと見られるこんな記述がある。

三日前、日本軍の貨幣、日の丸、書いたもの、日記類を所持せしものを処分した。27名。米兵8名。比兵19名。銃殺。（四月一七日）

日本兵の持ち物を所持していたことで、日本兵に危害を加えたものとみなされたようだ。処刑前の兵士たちの態度の描写が続いた。フィリピンの兵士たちは「ふるえてだらしなし」米兵は「一人すこしふるえてゐたが、あとは態度立派」だったと記している。「死ぬ前にのこした言葉も簡単で、いまだにお前を愛してゐるとか、さよなら、お父さん、お母さん、家族たちといふやうなもの」。処刑は問答無用に行われたようだ。「一人が、自分は殺されるやうなわるいことはしてゐないといひわけした。比兵はぶつぶつ口のなかで呟き、祈つてゐた。また射たれないうちに穴の中にとびこむ奴もゐた。油汗をだらだらながし、貧血をおこしてたほれるものもあつた」。

同様なことはセニザさんの周りでもあったようである。セニザさんが心中抱いていたことはひとつだった。日本軍の方針には従うことができない——。火野は、同じアジア人としてフィリピン人に対して共感を持っていたが、相手側の方は必ずしも同じ心情を抱いていたわけではなかったのだ。

「学校」の実態

オードネル捕虜収容所の実態について、日本にいるうちは、殆ど情報を入手することができないでいた。しかし、実際にセニザさんとともに現地入りする前に訪れたマニラ大学の図書館で貴重な資料にあたることができた。それは日本軍がマニラで発刊した宣撫英字雑誌『新世紀』だった。その中の一冊の特集頁を開くと、「オードネルは捕虜収容所ではない。学校である（O'Donnel——Not A Prison Camp But A School)」という見出しが躍っていた。記事を読み込むと、それまでぼんやりとしかわからなかった捕虜収容所の実態が少しずつ明らかになっていった。オードネル捕虜収容所では、捕虜に対しての教育プログラムが組まれていたのだ。

まず授業が始まる前には、毎日励行されていたのが国旗掲揚である。むろん揚げられるのは日の丸だ。授業は一時間刻みで行われ、六限目まであった。ラジオ体操や精神教育というものもあった。集団で統率をして、日本軍の考えをしっかりと植え込もうとしていることが明らかである。そして、日本語教育もなされていた。体を使う実技から頭を使う勉学まで、規則正しく遂行されるカリキュラムを見て、これが何万もの人々がいる捕虜収容所で行われていたということにびっくりさせられた。

『新世紀』には、捕虜教育の現場写真も載っていた。日本語の授業なのだろう、教師役の日本兵が白い紙にカタカナを書いているのだが、フィリピン人捕虜たちが、それを口に出している様子や集団でラジオ体操をする様子などが写されていた。さらに、日本軍から良い扱いを受けていることをアピールするために、捕虜が余暇でバレーボールをする様子や、友達と談笑する一場面もあった。

軍はこうして捕虜たちへ独自の教育を押し付けることで、日本に対して協力的な態度をとるように仕向けようとしていた。皮肉なことに、捕虜に対して進められていった教育は、火野がフィリピン上陸前に船中で「皇民化運動の形式主義。これは極端な例であらうが、かういふことが行はれては、文化工作は成り立たない」と手帳に書き綴っていた思想に真っ向から反するものだった。

人見さんの話では、捕虜教育は極めて周到な計画で行われたものだったという。

「壮大な民族教育のスケジュールで、オードネルというところで三カ月間、みんな缶詰にしてね。それで朝から晩まで精神教育をやったんですよ。もう大真面目になってやったんだ」

彼らの授業に使われた教材「比兵捕虜教育資材」は、火野の班長だった望月少尉が作成したものだった。彼は「アジアの全植民地から欧米の侵略勢力を駆逐して、アジア全域を解放しようとしている我々の大東亜戦争の意義を伝える好機会である」と主張し、捕虜教育に前のめりだったという。

オードネル捕虜収容所の跡地で、セニザさんに『新世紀』の特集記事の写しを見てもらった。興味深そうに記事をめくっているセニザさんに日本語を習ったかと聞くと、「ええ、教えられました」と英語で答えてくれた。すると、今度はたどたどしい日本語で「コンバンワ、トモダチ、ニホンゴ」と続けた。それまでの数日間の取材中に一貫して英語とタガログ語でしか話していなかったので驚かされた。ラジオ体操をする捕虜たちの写真を見せると、やはり日本語で「ラジオタイソウ」と答えた。セニザさんの記憶が大きく揺り動かされていた。それでいて、体操は楽しかったようで、こんどは英語で、「ラララ、エキセサイズ」というと両手を大きく横に振って嬉しそうに体操をする真似をした。こちらが、半ば呆然としていると、畳みかけるように「歌も歌えるよ」と英語で言った。てっきり英語の歌を歌い出すのかと思っていると、セニザさんは、片言の日本語でこう口ずさんだ。

「アア、アノカオデ、アノコエデ」

音程が外れていたせいもあり、最初私はセニザさんが何を歌っていたのかがまったくわからなかった。後に、映像編集の吉岡雅春の指摘により知ったのだが、それは、一九四〇年につくられ、同名映画の主題歌として戦時中に大ヒットしていた軍歌「暁に祈る」だった。

エリート教育も

人見さんは、捕虜の教育のアイディアを出したのは、火野たち文学者だったという。

「大東亜理念の実現のためには、フィリピン人捕虜を再教育しろと文学者の先生たちが言う。教育して解放してやる。すると日本への感謝の念も出るし、地元に帰ってプロパガンダの役割をしてくれる。私もいい案だと思って同意したのです」

オードネル捕虜収容所では、一般的な捕虜教育と別に、「教育隊」と呼ばれる捕虜の中から選ばれたエリート教育も行われていたことを私は一橋大学の中野聡教授から教わった。中野さんは、二〇〇二年にこの教育を受けた人を実際に取材していた。一九二一年生まれのパトリック・ガニオさんである。ガニオさんは、コレヒドール島で日本軍の捕虜となり、オードネル捕虜収容所に一九四二年七月に移送され、一カ月半後の九月初旬に釈放されたという。ガニオさんは、一九八〇年頃、フィリピンからアメリカに移住、中野さんが会ったときは、ワシントンDCで韓国大使館が所有する小さな建物の管理人をしていたという。ワシントンDC在住のコーディネーター柳原緑さんを通して取材してもらったところ、ガニオさんはフロリダ州ジャクソンビルで健在だということがわかった。

ガニオさんの家を訪ねると、九一歳のガニオさんは足腰は弱っているものの、戦時中の記憶はしっかりと脳裡に刻まれていた。とりわけオードネルのことはずっと忘れることはなかったという。

「オードネル捕虜収容所に着いたとき、骨に皮が張ってあるだけの骸骨みたいな捕虜たちを見ました。「死の収容所（Death Camp）」だと思いました。私はたまたま、他の捕虜よりはるかに元気で体が丈夫だったから乗り切れたが、少しでも病気をしたら危なかった」

ガニオさんがリビング隣の書斎から持ってきてくれたのが、オードネル捕虜収容所で受け取った修業証書だった。何度か人に貸しているうちにオリジナルは無くなってしまったということで、写しだった。

Ｂ４用紙ほどの大きさで右側半分に縦書きで日本語が、左側半分に横書きのタガログ語で同じ内容が書かれていた。日本語部分はこのようなものである。

修業証書
氏名　[redacted]〔判読不能〕
右者オードネル教育隊に於ける
教育の課程を修了せり
仍《よつ》て茲《ここ》に本証書を授与す
昭和一七年八月三十日
比島派遣大日本軍

オードネル教育隊長
陸軍中佐　伊藤四郎

ガニオさんの記憶によると教育期間は三週間だったという。「毎日、忠誠の宣誓と、愛国歌（Patriotic Song）を歌わされたんだ」と言うと、ガニオさんはいきなり、「ワレワレハ　ボコクニホンニ　チュウセイヲチカイマス」とはっきりとした声で宣誓し、続いて歌い出した。

ミヨ　トウカイ　ノ　ソラアケテ（見よ東海の空あけて）
キョクジツ　タカク　カガヤケバ（旭日高く輝けば）
テンチ　ノ　セイキ　ハツラツト（天地の正気溌剌と）
キボウ　ハ　オドル　オオヤシマ（希望は躍る大八洲）

国民精神総動員運動のテーマソングとして一九三七年に内閣情報部の肝いりで一般公募をもとに作られた「愛国行進曲」だった。太平洋戦時下でも、大東亜共栄圏の意識を高めるのに好都合なこの歌は当時大流行しており、フィリピンでもよく歌われていたようだ。

教育隊の生活はかなり恵まれていたようで、「死の収容所」という初期の印象はどんどんと薄れていったようである。ガニオさんは教育そのものの具体的な内容は覚えていなかったが、担当官だった日本軍の将兵たちから受けた扱いは悪くなかったようで、柔和な表情を浮かべながら「彼らは友達だった」とか「good」と繰り返した。選ばれし「教育隊」だったからこそ、大事にされたのかもしれない。しかしそんな環境下にあったガニオさんでさえ出所した後は、日本軍に抵抗する勢力に合流することになる。

天使たちの収容所

火野葦平資料館所蔵の写真の中に、火野のフィリピン時代の興味深い一枚があった。木造の小さな兵舎のようなものが立ち並び、半裸のフィリピン人やアメリカ人が歩いたり、立ち話をしたりしている。木造の建物は場所こそはっきりと特定できないものの、キャプションから捕虜収容所だと分かった。捕虜たちの前を日本陸軍の軍服を来た男が横切って歩いている姿が写っている。火野本人の姿だった。撮影したのは、カメラマンの小柳次一である。小柳が戦後に発表した『従軍カメラマンの戦争』をチェックすると、小柳は、捕虜収容所の写真を撮った経緯をこんな風に語っている。

「捕虜収容所の撮影は、葦平さんと二人で、別にどこに発表するとかいうのじゃなくて、こういう珍しいことは記録を撮っておこうということで取材したんです。だから、そっくりネガも残ったんですね」

捕虜収容所はオードネル以外にもいくつかあった。火野が、とりわけよく通ったのが、デル・ピラール収容所だった。この収容所は、日本軍が拠点としたストチェンバーグ基地の一角に位置していた。デル・ピラールとは、フィリピン革命と反米独立運動で活躍した将軍の名である。後に小説の題材にもしているこの収容所に、火野はときには数日間にわたって泊まり込んだ。

火野は、どんな空気を吸いながら、捕虜たちと交わったのだろうか。そのことを実感したく思い、私は、デル・ピラール収容所の跡地に向かうことにした。マニラからおよそ二時間、バンパンガ州の州都アンヘレスの宿に荷を降ろし、すこし車を走らせると、目の前に巨大な滑走路が出現した。冷戦時代に米軍がアジアの拠点として利用していた元クラーク空軍基地で、今は国際空港として利用されている。そこを過ぎると、ひたすら野原が広がり、ところどころには名も知れぬ巨木がはえている。遠くには活火山として有名なピナツボ山が見える。しばらく行ったところで、案内をしてくれたガイ・ヒルベロさんが車を止めるようにドライバーに言った。何もない草原である。それでいて建材がところどころに山積みになっていた。このあたりはフィリピン政府の政策で経済特区に指定されているため、これからこの場所にも大型の施設ができるのだという。この場所がデル・ピラール収容所の跡地だった。ヒルベロさんによれば、当時は辺り一帯が収容所用の建物で埋め尽くされていたという。それらはもともとアメリカ軍が作ったものだったが、太平洋戦争が始まると日本軍が接収して使用した。

その場でかつてのデル・ピラール収容所の写真を取りだし、見比べてみたが、眼前の光景とうまく重ね合わせることができない。じりじりと焼きつける太陽のもと、その場を歩く火野の姿を想い浮かべようとするが、像を結ばなかった。

アンヘレスは「エンジェルズ」のスペイン語読み、つまり「天使たちの町」という意味だ。「天使たちの町」に「捕虜収容所」があったとは、なんとも皮肉な組み合わせだ。戦後は、アメリカ軍の拠点だったこともあり、アンヘレスの目抜き通りにはゴーゴーバーやいかがわしい風俗店が立ち並んでいたという。アメリカ軍が去った今もその名残で、夜、街を歩くと艶めかしい女性たちがこちらに秋波を送ってきた。「シャチョウサン、アソボウ」。日本人として、自分がどのように見られているのかを思った瞬間、私は動揺していた。かつてこの地で収容所を運営していたのは、むろん私自身ではない。しかし、自分の立ち位置を見失った私は、ざわついた心を落ちつかせようと、ホテルへと帰る足を速めた。

武士道を説く

デル・ピラール収容所の施設は、火野が赴いた時点ですでにかなり老朽化していたことが手帳『比島四』に綴られている。そこでの火野の任務は、捕虜教育だった。

まづ、愛国行進曲の合唱。日本の兵隊の美しさと、武士道の話といふやうなものを話す。

火野はなぜ「武士道」を説くことになったのだろうか。そして、それはフィリピンの捕虜に対してどれほど有効だったのか。率直な疑問が浮かんでくる。しかも「武士道」を説いたのは、一度だけではなかった。火野は翌月にも収容所に赴き、「武士道」について語っていた。

（八月二〇日）

武士道について、この前しやべつたとほぼ同様のこと話す。〔中略〕歴史が構成されつつあるといふ感慨が、壇上に立つと、ひしひしと胸にせまる。〔中略〕聴衆の大部分は話が終われば、忘れ去つてしまふかも知れないが、何人かは自分の話をきいて影響をうけ、将来の比島建設の戦士として奮起しないともかぎらない。それはうぬぼれといふことではなく、自分の立場への反省であり、さう考えて来ると、恐ろしいことである。

（九月一五日）

『比島四』によると、捕虜教育は三期にわたって行われたようだ。教育が修了すると「卒業式」もあった。捕虜たちは、「天皇」という言葉に一斉に立ちあがり不動の姿勢をとるほどに進んで日本のことを学ぶようになったという。

雑誌『新世紀』に掲載されていた日々のカリキュラムの中にも「スピリチュアル・エデュケーション（Spiritual Education）」つまり「精神教育」という文字があった。オードネル収容所跡地で、セニザさんにその頁の写しを見せて聞いてみたところ、いきなりたどたどしい口調でこんな言葉が飛び出した。

「ブッシドウ」

セニザさんも火野が説いたような「武士道」の話を聞いていたのだ。さすがにあまりの偶然に我が耳を疑ったが、セニザさんの真顔を見て、それが現実だったのだと、震えるような気持ちになった。さらに問わず語りでセニザさんは日本語と英語を入り交ぜてこう語った。

「テンノウヘイカ　バウ（bow＝お辞儀）」「ヒロヒト」

どうやらオードネル収容所では宮城遥拝が行われていたようである。確かに火野の手帳を読み返してみると、こんなことが綴られていた。

七時半、国旗掲揚式。広場に二〇〇〇人の比島兵が整列。君が代のレコードと共に日章旗があがる。点呼。東方遥拝。日本式号令。「ナカバミギムケー、ミギー」「ボーシヲトレー」「ケイレーイ」「ナオレー」「ヤスメー」間の抜けたアクセント。体操。教官の一人が壇上で一度やつてみせる。終ると、レイエス大佐が「カイサン」といふ。比島兵たち、各区隊ごとに、かけ足で兵舎へかへる。思ひの外、元気である。

（八月二一日）

しかし、だんだんと捕虜に対する教育は形骸化し、捕虜たちも真剣に耳を傾けなくなっていく。火野自身も武士道を説きながら、疑問も感じ始めていた。『比島四』には講演後に開かれた演奏会の様子が綴られている。「げらげらと笑ひ、アンコールを求め」る「笑ふ捕虜を見て」いるうちに、火野は「腹が立つて来た」。「こいつらは何だ。こいつらのために、多くの戦友がたほれた。こんなによろこばせるのは、どういふわけだ」と自問する。「まるで、劇場にでも行つたやうな気持でゐる」捕虜たちを見て、「怒りの気持ちに胸がいつぱいになつ」た火野は「涙が出そう」になると記した（九月一三日）。

セニザさんは、オードネル捕虜収容所にいる間中、日本軍に対してずっと面従腹背だった。

「日本軍は、アメリカは再びフィリピンには戻ってこられないと言っていましたが、我々は再び戻ってくると信じていました。それがマッカーサーの約束だったからです」

火野の中に、捕虜教育に対する根本的な疑問が浮かんでいた。『比島四』の同日の頁に「捕虜教育とは何か。こんなにして、釈放して、どうなるのか。わりきれぬ気持」と綴られているように、捕虜たちは、一定の教育を受けると「釈放」され、自分たちの地元に戻された。火野の「わりきれぬ気持」は、現実となり、日本軍はしっぺ返しを食らうことになる。

七　作家たちの協力

南部宣撫工作

火野がマニラに初めて来た初日の手帳は「石坂さんは、宣撫工作に南の方へ行つてゐる由」(三月一日)という記述で始まっている。石坂洋次郎が不在だったことは先に述べたが、「宣撫工作に南の方へ」とは何を意味するのか。一橋大学の中野聡さんに聞いてみたところ、こんな風に教えてくれた。

「それはビコール地方を巡回した宣撫工作ですね。石坂洋次郎は、人見さんが率いる、いわゆる人見宣伝隊の一員だったのです」

日本軍はマニラを占領したものの、地方までは抑えきれず、ビコールなど南部地域では、日本軍を恐れて山野に逃げ込んだ住民が多数いた。そのため、人見宣伝隊は、住民たちに帰還を説得するため宣撫工作に乗り出した。中野さんは語る。

「人見宣伝隊は、四二年の一月終わりから二月の初頭には、バタンガス州、続いて赴いたのが、南部ルソンのビコール地方でした。山に逃げてしまっているのは、ゲリラというよりも住民なんですよね。住民を山からもう安心していいですよって形で町に戻すのが人見さんの仕事だった」

石坂は、自身が綴った従軍手帳と同行した記者が書き残した手帳をもとに、ルソン島東南端での工作について『マヨンの煙』という小説にまとめている。二月一七日から三月八日までの二〇日間を日記体で記したものだ。ちょうど火野がマニラに着任したとき、その工作の最中だったわけだ。

石坂は、一九〇〇（明治三三）年生まれ。火野より七歳年長である。日中戦争勃発の年に発表した『若い人』が爆発的人気となりベストセラー作家となった。一九四九年に映画化され大ヒットした『青い山脈』の原作者としても知られる。『マヨンの煙』とは別に、石坂はこのビコール地方宣伝工作の様子を報告にまとめているのだが、そこで石坂は人見さんの行動についてこう記している。

人見小隊長は概括的に皇軍今次の南方作戦の真意を説き、日本を中心に東亜の各民族が蹶起し、白人共の桎梏を脱して所謂東亜共栄圏を確立すべき旨を強調した

（「宣撫行の娘たち」）

これを読むと、かなりものものしい工作のようだが、実際はもう少し緩やかなものだったようだ。石坂と同行したのは人見さんのほか、宣伝班から七名、そしてフィリピン人男女一三名だった。各地で一般庶民を集め、「日比親善大会」と名付けられた催しを実施、映画会、演芸会、演説会をくりかえした。さらには施療、施薬活動なども行った。住民感情を和らげ、反米と対日協力を訴えた。中野さんの話によれば、人見部隊は、状況を見ていろんな手段を使い、「人見サーカス団」と言われるような明るく楽しい宣撫工作だったようだ。

人見さんは、当時を回顧してこう語る。

「宣撫の集会の際には、見物する村人たちの間に現地語のわかる観察役をばらまいて、こういう話はける、こういう話は、「あんなこと言ったってウソに決まってる」などの反応をつかんでいくんです」

そのうえで、石坂もまじえた反省会によって、修正を繰り返してだんだんと改善していったという。

『新世紀』誕生

バターン陥落後、アメリカ軍との間で、激しい戦闘は一段落した。火野たちは、地元に向けた宣撫活動に注力することになった。取り組んだのが、新たな雑誌の発行である。それが先述した『新世紀』である。火野は手帳に「新世紀」という自身のタイトル案を記している。その案は採択され、一九四二年八月、フィリピン人向けの英語雑誌『新世紀』が創刊されることになった。

マニラ大学の図書館にその現物があった。図書館の司書がほとんどすべてのバックナンバーを持ってきてくれたのだが、まずはその分量に驚かされた。太平洋戦争末期、マニラでの戦禍が極まるまで発行は続いたようだ。次に、表紙写真の洗練さに目を奪われた。ターゲットは別に若い男性に限ったわけではないと思うのだが、目立つのがプロのモデルとも思われるような若い女性を使ったものである。彼女らはしなやかにジャンプしたり、セクシーなポーズをとったりしている。表紙だけでなく、本文も写真が満載され、アメリカの雑誌『ライフ』をまねた体裁の、かなりビジュアルに凝ったつくりになっていた。記事は時事から、文化ネタまで幅広いジャンルにわたり、現地の人々にとって親しみやすい内容になっている。

火野の手帳『比島四』には「『新世紀』第二号、文化特集の写真を見る。短い時日でよくこれだけとれたと思はれるほど、よい写真があつまつてゐる。テニクリング、ダンス（竹を鳴らしてやるおどり）

〔中略〕女の子がやつてゐるのを表紙にすることにする」(九月二一日)とあるように、火野はこの雑誌の表紙の写真の選定にまでかかわっていたようだ。「テニクリング」とは、竹を使うフィリピンの伝統的な民族舞踊である。

『新世紀』は、このような地元の文化が紹介されている頁もあるが、やはり目立つのは日本の宣伝記事である。笑顔を浮かべる日本兵の写真などが掲載され、中には「yasasiiheitaisan」などとキャプションがついた写真や、フィリピン人の赤ん坊を抱き上げる兵隊の写真などもあり、全面的に日本兵の善良さをアピールする誌面となっていた。

三木清の場合

ここで、火野と一緒にフィリピンに赴いた哲学者三木清のフィリピン滞在中の様子を見てみよう。前述したように、兵庫県たつの市にある霞城館には三木に関する資料があるのだが、そのなかに三木がフィリピンから、雨宮庸蔵に出した手紙があった。石川達三の『生きてゐる兵隊』の編集者として中央公論を引責辞職した、あの雨宮である。決して達筆とは言い難い、変体少女文字に近い字体で書かれていたのは、「私は不死身だから心配要りません」。

哲学・思想史を専門とする一橋大学の平子友長教授に取材したところ、フィリピンで三木は他の文化人とは別格の扱いを受けていたことを教えてくれた。三木は、軍政監部の布告する文章や本土への報告書などの原案作りを担当、ホテルの部屋にこもることが多く、文学者たちとの距離は広がっていた。人見さんに三木について聞いてみた。

「バターン戦がまだたけなわの頃、文士の方々をはじめ、宣伝班がこぞって戦線に赴いて戦場生活を体験されましたが、三木さんは行こうとしなかった。誰かが、「三木さんもバターンの前線に行ったらどうですか」と聞いたら、三木さんは、「私は戦争にきたのではない。フィリピン文化の研究にきた。戦争などに興味はない」と言ったと聞きました」

「三木清に於ける人間の研究」で今日出海は三木の性癖に至るまで、フィリピンでの素行を暴露し、石坂や尾崎も三木と折り合いが悪かったことを語っているが、火野だけは三木とウマが合ったようだ。火野は戦後、三木が非業の死を遂げた後、「兄貴のやうな人」として、「三木さんは私が一篇を訳すたびに、それを見ることをよろこび、その話のなかに、三木さんはまた自分の解釈をつけ加へた。そのとき、私は兄貴の勉強を助ける弟のやうに、三木さんが読むことを考へると、実は面倒な翻訳がたのしかつたものである」と三木との交流を綴っている（「兄貴のやうな人」『回想の三木清』）。

火野が翻訳しては三木に「一篇」ごとに見せたというのは、自分で蒐集したフィリピンの民話の数々である。後に『比島民譚集』として出来上がった作品は、「三木さんの笑顔」がしからしめたものだという。

フィリピンの民譚は火野にとってどのような意味があるものだったのか。手帳にそのヒントがあった。

庶民への思い

宣撫活動の合間に、フィリピンの戦場でも、火野は地元の人々の姿を観察、手帳に書き残していた。バターン戦が本格化する前に訪れたルソン島西部の村で見た光景を『比島一』にこう記している。

> 夜、ねてゐると、楽の音がするので、踊りでもはじまつたかと出てみると、部落民が集まつて、籾つきをしてゐる。音楽に合はせてつく。なごやかな風景だ。いつまでも見る。

文章には、笑顔で祭りに興じるフィリピンの人たちのイラストも添えられている。マニラ北方の川で見かけた、竹かごをつかった素朴な魚とりもスケッチした。火野は手帳のあちこちにイラストを描いているが、共通するのは、それがすべてフィリピンの庶民の生活のスケッチであることだ。ここでもやはり火野は、草の根の人々の暮らしに眼差しを向けていた。

日本近代文学が専門で、火野の作品を様々な角度から研究している関西大学の増田周子教授は、フィリピン時代の火野についてこう語る。

「葦平は、フィリピンの文化に非常に興味を持ち、現地の人とかなり親密な交流をしています。さらに、友人、エルナンド・オカンポの案内で、マニラの国立図書館を訪れ、フィリピンの歴史、文学、民情に至るまで調査をしています」

例えば、竹の中から人間の出る話があることを知った火野は、『竹取物語』との類似を感じ、翻訳している。三木はそんな形で火野が収集してきた民譚を一つ一つ読んでいた、というわけだ。『比島民譚集』は、敗戦の年の二月に出版されるが、その動機について、増田教授は次のように語る。

「『比島民譚集』の前書きに、葦平は、その民話の数々が、「その底を共通して流れる一脈の哀感は被征服民族たる比島人の悲しさに、私たちの心を惹きつける」「また勇壮にして美しい物語も棄てがたい」などと書いています。火野は、フィリピンの民話や文化も尊敬していたんだと思います」

フィリピンの文化に興味を持ち、庶民の暮らしに共感する火野。同時に、日本を「盟主」とする大東亜共栄圏の理念にも同調し、文化工作に邁進する火野。一見矛盾するようにも思えるが、火野のなかでは、この二つは両立可能なものであったのだろう。それは、おそらく「自主独立」と「共存共栄」といった麗句が散りばめられた大東亜の構想を火野が心より信じていたからだろう。

「共栄圏」内の宣撫工作

ここで、アジア各地の他地域に散らばった作家たちの動きを見てみたいと思う。フィリピンと並んで作家たちを中心とした宣撫工作が盛んだったのは、ジャワ（現インドネシア）である。その活動を牽引したのが宣伝班長の町田敬二である。後述することになるが、町田は敗戦間際に、福岡に設けられた西部軍宣伝班で、火野の上司になる。

ジャワに派遣された作家は、武田麟太郎、大宅壮一、阿部知二、富沢有為男らである。宣伝班の活動が活発になったのは、一九四二（昭和一七）年三月、バタビアが陥落した頃だった。町田が言うところによると、大宅壮一がリーダーになって、宣伝活動の場の確保のために、放送局、新聞、通信社などを、いち早く接収したという。さらに、写真材料店、文房具店など必要と思われる場所に宣伝班のマークを貼り、次々と接収した。宣伝班は、言論統制にも乗りだし、島内の一切の言論機関を停止、主要紙はすべて廃刊させた。

インドネシア語の新聞発行にも着手する。それが『アジア・ラヤ』である。中心となったのが第四回芥川賞作家の富澤有為男である。大宅壮一、浅野晃が論説委員になり、富澤本人も執筆に当たった。この新聞を携行していると、日本軍から親日的とみられるという理由で、一種のお守りとして、飛ぶように売れたという。富澤の次男、満さんは、かつてＮＨＫで番組制作にあたっており、私の先輩にあたるわけだが、父の戦争時代のことは一切耳にしたことがないという。

一行の中で浮いた存在だったのが、武田麟太郎である。周囲の作家たちが戦後書きのこしたものを読むと、まるでフィリピンにおける三木清のように、孤高の態度を貫いていたことがわかる。大宅は武田についてこんな風に語っている。「武田君なんか使いみちがなくて、なんにもしないんだ。結局武田一座を作った。いろんな踊りとか、歌をやるやつを連れて、行軍して歩く」（「文士従軍」）。他の作家と徒党を組むことを嫌った武田は、人見さんのもとで芸能人を連れてフィリピン南部をめぐった石坂洋次郎のように、気の合う下士官や現地人とともにインドネシア各地を歌舞音曲で宣撫したようだ。

ジャワの人民宣撫のため、宣伝班長の町田が力を入れていたのは、「アジアの光・日本」、「アジアの母胎・日本」、「アジアの指導者・日本」を軸にした「三亜主義」を浸透させることだったという。しかし、上陸第一声に明示した日本の理想は豹変し、一九四二年五月三一日に、大本営はインドネシアの大日本帝国の領土編入を決定した。「民族歌と民族旗の使用が禁止」されるなどオランダ時代を上回る弾圧政策がしかれたことが、宣撫活動を困難にした。さらに町田によると、肝心のジャワ島駐留日本兵が、「聖戦を性戦化してしまい、性病は複雑多岐となり」、「混血児人口の急増」を招くなど、ジャワの人たちの心を離反させることが続出したという。町田は、「これでは、アジアは一つになれるはずがなかった。彼らは日本の豹変ぶりにサジを投げて、日本の敗退を祈るのみであった」と述懐する(『戦う文化部隊』)。

作家たちはこのような事態をどう受け止めていたのか、武田麟太郎の場合を見てみよう。武田は、火野のようにジャワの人たちと「共栄の夢」(及川敬一「武田麟太郎」)を抱いていた。そのことは、インドネシア独立によってこそ実現すると考えていた。しかし、その夢が破れた武田は、自身の気に入った下士官をお供に飲んだくれ、自身の身を慰めるしかなかったようだ。

日本軍は「インドネシアの独立を支援するといひながら、その約束を裏切った」「このままでは日本は彼らを欺したことになる」。帰国した武田は、作家浅野晃にそう訴え、浅野とともに軍や官庁を巡ってインドネシア独立運動を仕掛けたが、結局実ることなく終わった。

町田は、「「大東亜共栄圏」という大ダンビラ」について「その実、日本の新しい植民地搾取のためで、羊頭狗肉の看板に外ならず、何ら理念などと言えたものは介在しなかった」と綴っている。

「アジアは一つ」という岡倉天心の言葉を出すまでもなく、アジアを文化活動でひとつの繋がりを持たせようという知識層や文化人の「夢」と「大東亜共栄圏」は重なりやすい構想だった。私はマレーの守備隊に学徒動員で従軍した父が、あるとき当時の心中を振り返り「本気でアジアのひとたちが繋がることはいいことだと信じて疑わなかった」と吐露していたことを思い出す。

「大東亜共栄圏」という言葉のもと、作家たちはそれぞれの思いを抱き、アジア各地で宣撫活動に取り組んだ。最後までその夢に希望を失わなかった火野、その裏にある欺瞞性に絶望を抱いた武田。いずれにしても、現実は軍の思惑に基づいたものであり、町田の言うように「何ら理念などと言えたもの」ではなかった。

八　抗日運動

地元に戻された

オードネル捕虜収容所にいたフロリダ在住のパトリック・ガニオさんは、こう語る。

「私は、オードネルを出て、農協のリーダーとして働きましたが、一九四三年の初めにゲリラとしてリクルートされ、仕事をしながら抗日情報を集めていました。仲間のゲリラが捕まって私の名前が出た段階で、隣の町に逃げました。それでも、アメリカ軍が戻ってこられるように密かに活動を続けました」

当時フィリピンは、フクバラハップとユサフェと呼ばれるゲリラとで二分されていた。フクバラハップとは、ルソン島を中心に活動を行っていたルイス・タルクを長とする民間の共産主義の抗日ゲリラで、ユサフェは、アメリカ軍直属のゲリラ組織である。ガニオさんは、ユサフェに属するゲリラになった。

収容所で教育を受けた後に釈放されたフィリピンの捕虜たちについて、火野は懸念していた。手帳に「彼らの生長をすすめることによって、彼らが生長し、日本へ反抗するごとき方向へ行ったとしたら、どうなるか」と記し、捕虜教育によってフィリピン人たちが「生長」し、解放後に抗日へと転化していくことを危惧している。

当時宣伝班を率いた人見さんは、どう考えているのだろうか。三度目のインタビューで人見さんは、受け皿となる就職口がないままに捕虜を解放した方針が間違っていたと率直に語った。

「フィリピンの捕虜を新比島建設のために挺身するような人材に育てよう、という理想をかかげたけれども、解放した兵士を雇い入れて彼らを食べさせる産業なんて、何にもなかったわけです。だから、どんな理想を説いたってなかなかそれは、むつかしいことだったわけですよ」

人見さんはそう言うと、黙ってしまった。こちらが問いを挟めずにいると、やっぱり、と呟いて、言葉を継いだ。

「それがなんといっても敗北ですね」

一部、綿花栽培など農業への取り組みなども試みた。しかし、予想しない虫害が発生するなど、苦難続きだったという。

「だからね、フィリピンの捕虜を日本軍が使用しないで解放して帰らせたということは、失業者を野に放ったというだけのことであって、何のフィリピンの利益にも、民衆の感謝の種にもならなかったわけですよ。その辺のところが上層部の認識も非常に間違っていましたね」

柔和な表情こそ崩さなかったものの、こころなしか声が小さくなっていたように思えた。

写真に刻印されていた宣撫工作

火野の遺品には、フィリピン時代の写真が含まれている。その数六〇枚。農村の様子、市場、牧場の風景など、まさに牧歌的なものが多い。その中に、住民が集まっているものが何枚もあった。それらを裏返してみると、万年筆でしっかりと書かれた文字がそれぞれの余白の右側にあった。火野の直筆によるキャプションである。

ある一葉は、草葺《くさぶ》きの簡素な家の前に二〇人ほどフィリピンの人が輪になって集まっており、その中心にはワンピース姿の一人の女性が写っていた。キャプションには「カントン附近部落にての宣撫工作説くは杉本政野嬢　六月下旬」と書かれていた。石坂洋次郎も参加した南部の宣撫工作を思わせる光景で、長閑ささえ感じさせられる。しかし、一転して物々しいものもあった。日本兵を前に壮年のフィリピン男性が数十名、四列横隊になって並ばされている。小さいがよく見るとフィリピン人たちの表情は硬く、緊張しているのがよくわかる。「カンドンにて宿舎前にて治安維持会結成式　六月下旬」と書かれていた。

何枚かには、人見さんの名前も書かれていた。椰子が茂る広場に二〇人ほどのフィリピン青年が集められている写真の中心には日本人の軍人が腕組みをしている。青年のほとんどが片手をあげていた。「カンドン宿舎裏にて投降兵を調べる〔中略〕人見隊長　手を上げてゐる者は兵器を持つてゐるもの六月中旬」。

一橋大学の中野聡教授に写真を見てもらったところ、それらは北部ルソンの宣撫活動を写したものであることがわかった。

「北部ルソンでは特に山間地に立てこもったアメリカ人とフィリピン人のゲリラ活動が収まっておらず、そこを人見さんが率いる隊、いわゆる人見小隊が巡回したのです」

写真の中には、不思議なものも混じっていた。初老のアメリカ人が簡素な演説台に立って群衆に向かって演説しているのだ。「バドック市場にて説く米人投降工作員ホーラン大佐　左はハインリッヒ少佐」と書かれていた。中野さんによると、人見小隊は山中に潜むアメリカ兵やフィリピン兵を説得するため、すでに投降していたアメリカ軍将校を使い、巡回したのだという。この一葉は、宣撫行に参加したアメリカ将校ホーラン大佐が、おそらく日本軍に強いられて、フィリピン村民の前で日本軍のためのプロパガンダ演説をしたものと思われる。

それにしても不思議である。火野は北部ルソンには行っていないのだ。なんで火野がこれらの写真を持っており、キャプションを自らの手で書き込んでいたのだろうか。中野さんは、「おそらく火野と懇意だったカメラマンの小柳次一が撮ったものでしょう」と教えてくれた。確かにアングルの的確さ、フォーカスのあてかたなど、プロの腕前と思われるものばかりだった。北部ルソンに人見さんとともに出向いた小柳が、マニラに帰って紙焼き写真にして火野に渡したのだろう。宣撫活動の中に、ひとりの大物の写真もあった。

「これはリカルテ将軍ですね。この頃リカルテは本来の役割を果たすことができず、はっきりした仕事がなくなっていました」

リカルテ将軍とは、一九世紀末のスペインから独立を目指したフィリピン革命時に活躍したフィリピンの国民的英雄アルテミオ・リカルテである。リカルテは、一八九八年にスペインにかわってフィリピンを占領したアメリカに反抗し、一九一五（大正四）年には頭山満の協力を得て日本へ亡命した。太平洋戦争開戦前に、日本軍はケソン大統領の説得工作のために密かにフィリピンに派遣。しかし、すでにケソン大統領は、マッカーサーの指示に従いマニラを出て、コレヒドールの要塞におりコンタクトは果たせなかった。本来の役割を失ったリカルテを日本軍は宣撫活動に使うようになったというわけだ。

「彼はフィリピンの中で大変有名な人ですから、各地の説得工作に使われたということですね」

国民的英雄まで利用した宣撫工作。しかし奏功することなく、抗日の気運は高まるばかりだった。

悪化する状況のもとで

人見さんは、司令部に対しての報告書の中で、ルソン島北部の情勢が日本軍に極めて不利であることを記している。

長きに亘る敵逆宣伝の浸透により、一般民の対日感情は極めて悪化しあり〔中略〕日本軍を目して比島の侵略者なりと断じ、〔中略〕呪詛《じゅそ》しあるは注目を要す

人見部隊の主な任務は、それまでの緩やかな宣伝活動からゲリラの投降工作へと変化していく。中野さんは、報告書をもとに、こう教えてくれた。

「北部ルソンは、治安の状況も悪いし、日本軍との関係も非常に悪化していました。そこで人見さんは満州時代の経験を生かして、もっと別の宣伝をしなくてはいけないと方針を転換するんですね。単なる宣伝隊じゃなくて、後ろに日本軍が控えている特殊工作隊であるとか、わざと名前を変えて、むしろ威嚇するとか強硬な宣伝を行うとか、場合によっては、潜んでいるゲリラをつかまえるとか、そういうこともせざるを得ない状況だと報告書に書いていています」

確かに写真の中にも、捕まえたゲリラと思われる男たち四人が日本兵の前に緊張した面持ちで座らされている一葉があった。尋問にあたる人物の顔は背面なので見えないが、薄暗い部屋の隅には和ローソクが灯され、その脇では二人の日本兵が銃剣を構え、何とも重苦しい雰囲気が漂っている。キャプショ

ンに書かれていたのは人見さんの名前だった。「カンドンにて　捕へた敗残兵を深夜取調べる人見隊長」。人見さんは時には捕らえたゲリラを使って、別のゲリラの捕獲をし命を奪うようなこともあったようだ。この四人もその後、大物ゲリラの捕獲作戦に動いていた。人見さんは、初めて出会ったときにこう語っていた。

「金日成が私のゲリラ戦の師匠ですよね。敵ですが、ゲリラ戦の本格的な戦闘を真似た結果、私はゲリラ戦の専門家みたいになりましたね。ですからフィリピンでもゲリラ戦では絶対に自信があったし、色んなことをやりました」

今日出海は、人見さんについてこう綴っている。

敗残兵との遭遇戦にも素人の宣伝班員を督励して、寡兵で戦い、首領を捕縛したり、やさしい顔立に似ず剛毅な武人の一面を色濃く持っている人で、軍司令官から個人感状を頂いた宣撫工作の専門家とでもいうべき将校がいたことは、宣伝班の地方工作に異常な成績を上げ得た所以であろう。

（『比島従軍』）

今が記すように人見部隊は所属部隊の「奈良兵団」の奈良晃中将から一九四二年八月一八日付けで感状を受けている。その写しを人見さんの自宅で見ることができたのだが、そこでは「少数の人員と極めて不良なる装備」にもかかわらず「巧みに民心を把握し民情に適合せる宣伝宣撫を実施し」た人見さんの腕前が評価されていた。しかし、人見さん自身は限界を感じていた。

「日本精神だとか、大東亜共栄圏がフィリピンの民衆のために必要であり、それが幸せをもたらすんだ、ということを理解させることはぜんぜんできませんでした。なかなかフィリピンの精神的な革命というのは、ちょっとやそっとでできることじゃなかったですね」

日本軍を公然と揶揄するポスターも各地に張り出されるようになり、アメリカの支援を受けたゲリラ活動はさらに活発化していった。

セニザさんは、一九四三（昭和一八）年一月に病を得て、オードネル収容所から解放された。マニラの病院に入院、快復後は日本政府の配下にある会社に入って、しばらく働いた。仕事はマニラ市民の宣撫工作だった。

「日本政府のパンフレットやリーフレットを使った、マニラ市民に対するプロパガンダを担ったのです」

しかし、セニザさんはその任務ゆえに親日派とみなされるようになり、抗日ゲリラに狙われ、あるときは拉致されかけたという。そうしているうちに、ゲリラ側と親密になり、協力をするようになっていく。マニラ大学のリカルド・ホセ教授は、日本の施策をこう解説する。

「多くの場合、効果的ではありませんでした。大東亜共栄圏というのは日本がリーダーであることが前提でした。日本に従い、日本とは対等になれないというものでした。でも、フィリピンの人々は、それでは納得しません」

その理由として、アメリカ占領期の施策をあげる。

「フィリピンは太平洋戦争開戦時には、すでに四一年間、アメリカの植民地でした。教育、経済発展、道路や建物などのインフラはすでに現代的でした。アメリカがもたらした民主主義を経験していたため、対等な参加を望んでいたのです。日本の下というのは嫌だったのです」

日本側の宣伝は説得力がなかったとホセ教授は強調した。

「日本のプロパガンダが、「アジア人のためのアジア」と言っても、アメリカの何がいけないのか、フィリピン人には理解できませんでした。アメリカは友人だったからです。日本人は自分たちが友人でアメリカ人は敵だと言っていました。フィリピン人にはそれが理解できませんでした。また、真珠湾が警告なしに攻撃されたので、フィリピン人は、日本人がフィリピンを敵国アメリカから解放すると言ってもこれは戦争だと理解していました。当時フィリピンはすでに、一九四六年にアメリカからの独立を約束されていましたので、意味がありませんでした」

火野は一九四二年一二月、およそ一〇カ月の陸軍報道班での任務を終え、日本に帰国した。火野は戦後になり、アメリカの調査団に対してフィリピンでの宣撫工作を「大変困難な仕事であまり実績があがらなかった」と振り返り、その理由として「比島人は何と云ってもアメリカの政策を好いてゐたから」と語っている。

日本に戻った火野は、あらたな形で戦争と結ばれていく。

第五章

行き着いた疑問

戦地でペンをとる火野
［河伯洞提供］

一　大東亜文学者大会と人気作家たち

第一回大東亜文学者大会

日本ニュース第一二七号は、勇ましい音楽で始まった。映し出される建造物は見覚えのあるものである。東京日比谷の皇居脇に今もある帝国劇場と気づく。「情報局後援の下に、日満華三国の文学者一堂に会す大東亜文学者大会は、明治節の佳き日を期して東京にその輝ける発会式を挙げました」というナレーションに続いて、観客席の様子が映されるのだが、着席していたのは、日本人ではなかった。中国の伝統衣装に身を包んだ若い女性、そして何故か、西欧の顔立ちの髯面の初老の男性もいた。彼らはアジア各地から集まった作家たちだった。それは、太平洋戦争開戦一周年を目前にした、一九四二（昭和一七）年の一一月一〇日に開かれた第一回大東亜文学者大会の一シーンである。

この大会を主催したのが、日本文学報国会だ。開戦から半年後の一九四二年五月に結成された会のねらいは、「国家の要請するところに従って、国策の周知徹底、宣伝普及に挺身し、以て国策の施行実践に協力する」こと。つまりペンの力で国策に協力しようというわけだ。

会長は明治・大正・昭和にかけて活躍した日本を代表する評論家・徳富蘇峰。初代の事務局長は久米正雄。一九四二年六月に日比谷公会堂で行われた結成式には、三五〇〇名が参加した。そのときの写真が残されているが、壇上に来賓のひとりとして東条英機の姿もあった。

開戦後、文学者たちは、戦争協力の作品を書くか、創作を断念するかの「二者択一」の判断を迫られた。大部分の者が選んだのは、時局迎合的な文章を書く道だった。

会員になることを拒否した内田百閒、中里介山以外、名だたる文学者のほとんどが名を連ね、三〇〇〇名以上が会に参加していた。時局におもねらなかったとして知られる永井荷風でさえ、メンバーに名を連ねていた。『断腸亭日乗』に「菊池寛の設立せし文学報国会なるもの一言の挨拶もなく余の名を其会員名簿に載す」とあるように、永井の場合は、報国会の名簿に勝手に名前を書かれたようだ。

大会で「文学者報道班員に対する感謝決議」を提唱し、朗読したのが吉川英治だった。

文芸文化政策の使命の大、いまや極まる。国家もその全機能を求め、必勝完遂の大業もその扶与《ふよ》を我等に命ず。〔中略〕日本文学報国会、この秋に結成を見る。ねがはくば歓呼を共にせられよ。

なんとも勇ましき大きな言葉である。会の事業は、三回にわたる大東亜文学者大会の開催、「愛国百人一首」の選定、「大東亜戦詩集・歌集」の編纂などだった。国策に批判的な者に対する弾圧の恐怖は、知識人のあいだに孤立感と疑心暗鬼をよんでいた。組織に加入しなければ、原稿依頼がなくなる畏れから、多くの出版社社長も賛助会員として名を連ねた。こうして作家の国策への協力体制は整っていった。

会の結成から半年後、東京と大阪で、一〇日間にわたって開かれたのが第一回大東亜文学者大会だった。目的は「大東亜戦争のもと、文化の建設という共通の任務を負う共栄圏各地の文学者が一堂に会し、共にその抱負を分ち、互いに胸襟を開いて語ろう」というものだった（尾崎秀樹『近代文学の傷痕』）。

アジアの作家たち

大会には、日本国内からはもちろんのこと、満州、蒙古、中華民国（南京政府）、台湾、朝鮮から代表者が集まっていた。日本側が台湾、朝鮮の九名を含め五七人、満、蒙、華が二一名だった。日本以外の参加者で主だったところは、ロシア革命後に満州に亡命し、『偉大なる王』、『牝虎』などの作品で当時日本でも名を知られていたバイコフが筆頭にあげられる。とはいうものの、文学報国会が期待したほどアジアの作家は集まらず、他には満州で活躍していた詩人・小説家の古丁、万葉集はじめ多くの日本文学の翻訳を行った中華民国の銭稲孫くらいだった。古丁は、一回から三回までの大会すべてに参加した。大会用語は日本語に統一され、他国語には日本語の翻訳がついたが、日本語には一切翻訳がつかなかった。大会の議題は、「大東亜戦争の目的完遂のため共栄圏内文学者の協力方法」と「大東亜文学建設」の二項目である。まさに軍部の政策におもねったものだった。

大会の宣言を読み上げたのは、大正時代に川端康成らとともに「新感覚派」の旗手として登場し、当時の代表的作家であった横光利一。そのスピーチの肉声と映像が前述の日本ニュースに残されている。

我らアジアの全文学者、日本を先陣とし、生死を一にして、偉大なる日の東洋に来たらんがため力を尽くさむ、右、宣言する　　大東亜文学者大会

映像は、壇上全体を俯瞰するかなり引いたサイズだったが、感情の高ぶりなのか、原稿を持つ横光の手元が震えているのがよくわかる。後ろには議長の菊池寛と久米正雄の姿も写されていた。スピーチを聞く菊池の満足げな表情がこちらに伝わってきた。ニュースには映されていなかったが、島崎藤村が音頭をとる万歳三唱もあったようだ。

まさに日本の著名文学者たちが大東亜共栄圏の理念のもと、総決起した大会だった。

火野の初参加

第一回大東亜文学者大会開催からさかのぼること五ヵ月、一九四二年六月のミッドウェー海戦での敗北が転機となり、戦局は悪化していた。アジアから太平洋にかけて、日本軍は戦線拡張を続けた結果、制空権制海権を押さえることができなくなり、延びきった前線に補給も兵站も行き渡らなくなっていた。翌年二月にはソロモン諸島のガダルカナル島からの撤退、同年五月にはアリューシャン列島のアッツ島で玉砕した。

このような戦局悪化のはざまの一九四二年一二月に火野葦平はフィリピンから帰国した。一九四三年から四四年（第一八～二〇回）まで芥川賞の選考委員をつとめ、日本文学報国会の北九州支部幹事長になるなど、日本の文壇のキーパーソンとなっていた。作家活動ももちろん旺盛で、四三年には、朝日新聞朝刊に明治維新から昭和にかけての七〇年にわたる陸軍の歴史をある軍人一家を通して描いた連載小説「陸軍」を掲載、西日本新聞夕刊には「中津隊」を連載した。雑誌連載としては『改造』にフィリピンでの実体験をもとに描いた「敵将軍」、『文学界』に「パグサンハン教会」を発表した。小説のみならず、詩集も刊行するなど、八面六臂の活躍である。『九州文学』三月号では「文学は兵器である」というタイトルで巻頭言を飾っている。

愛國の情報たぎらせ、兵隊が笑つて死ぬるごとき決意に立てば、文学がどうして道をふみ迷ひ、力を喪失することがあらうか。〔中略〕文学は今日もはや兵器である。たぐひなき美しき兵器である。〔中略〕その表現によつて、ひとびとの精神をうるほし、昂揚することができる。〔中略〕要は時代の感覚をもつて体得し、このなかに没入しゆくの決意である。殉國の志である。

日本文学報国会の活動にも参加していた火野が、大東亜文学者大会に出ないわけはなかった。第二回の大会は、一九四三年八月二五日から、東京で三日間にわたって開催された。大会二日目に大東亜会館で開かれた会議での議題は、「決戦精神の昂揚、米英文化撃滅、共栄圏文化確立、その理念と実践方法」。文学者が掲げるテーマとは思いがたい、軍部のプロパガンダそのものである。戦局がますます悪化していたこともあってか、悲壮感さえ漂い始めている。議長は菊池寛で副議長は「近代の超克」という座談会の仕掛人としても知られる河上徹太郎だった。

文学者たちの発言の骨子を見てみると、前年の大会以上に文学者たちが戦争遂行のための協力に傾斜していることがわかる。武者小路実篤が「必勝の信念」、佐藤春夫が「皇道精神の滲透」、大木惇夫が「新東洋精神の確立」を提唱した。

そして三日目の閉会に際して、大会宣言を読んだのが火野だった。

空に海に山に野に、全戦域における決戦の相貌今や漸く苛烈なるの時、大東亜圏内文学者代表再びここに参集して、大東亜精神の樹立と、その文学的創造建設を議す、〔中略〕世界に光被すべき大東亜文学の建設に全力を結集せん、右宣言す

火野は前年の横光の役割を担ったわけだが、震えを抑えられないほど昂ぶっていた横光の映像を連想してしまう勇ましい文言である。日本文学報国会の機関紙『文学報国』をめくると、壇上で宣言文を読み上げる火野の写真が掲載されていた。スーツにネクタイ姿の火野の背景に大きな日の丸が掲げられている。文化の力でアジアはひとつになれる。そんな火野の高揚が伝わってきた。

第三回大会が開かれた南京

閑静な住宅街には、古びた建物が数多く残っており、落ちついた風情を醸していたが、その一角だけはものものしい警備がなされていた。瀟洒な洋館に出入りを繰り返すのは、中国軍の兵士たちである。少し離れた場所から眺めていると、ライフルを肩に下げた兵隊が両手を振りながら、中国語で何かを言ってきたのだが、コーディネーターの侯新天さんが、とっさに誤魔化してくれたようだ。侯さんは、「後ろをふりかえらず、黙って歩いてください。日本語は喋ってはだめ」と耳元でささやいた。私たちは慌てて、その場を立ち去った。

二〇一三年六月、私は南京を訪れていた。前述したように、南京陥落直後にこの地に入城した火野が目にした光景を辿るのが一番の目的だったが、もうひとつ探り当てたかった火野の足跡があった。火野は太平洋戦争の最中にも南京を再訪していたのだ。第三回大東亜文学者大会に参加するためだった。

中国近現代文学を専門とする東京外国語大学の橋本雄一准教授から頂いた資料に、大東亜文学者大会の会場は「中徳文化協会」と書かれていた。その場所をなかなか特定できなかったが、南京で元中国軍の幹部と面会したときに、寧波路というエリアにある建物だと判明した。橋本さんは「現在は、中国軍幹部の私邸となっており、撮影は難しい」と助言をくれた。

言葉に従って、その場所に行ってみると、大きな洋館が建っていた、というわけである。この瀟洒な建造物の中で、一九四四（昭和一九）年一一月一二日から三日間にわたって、第三回大東亜文学者大会が開かれた。当初は、満州代表の要請に基づき、新京が候補地だったが、「戦局の推移に鑑みて」南京となったという経緯があった。

日本からの参加者は、火野、阿部知二、武田泰淳、高見順、河上徹太郎らに植民地朝鮮代表を加え一四名だった。第一回大会の日本側の参加者が五七名だったことを考えると、激減していることがわかる。

満州・蒙古・中華民国からは、地の利からか、五四名が参加している。

大会の宣言文を読み上げることになったのは、火野だった。火野は、大会を前にして、『文学報国』（第三八号）に、「文学者の実践が、大東亜全体に一つの美しい花を咲かせ得るという自負心をおさえることができない」と綴っている。火野の心中をはっきりとつかむことなどできないわけだが、少なくとも火野がプロパガンダと割り切って役を演じているわけではなさそうだ。この時点でも、火野はアジアに暮らす人々が同じ志のもと、つながることができる、と心から信じていたのであろう。

占領地区の女流作家

第三回大会の時に火野とともに大会の宣言文を読み上げたのが、北京で活躍していた梅娘《ばいじょう》という女流作家である。橋本准教授を取材していたとき、この梅娘について驚くべきことを教えてくれた。九〇歳を超える今も北京に暮らしているというのだ。だが彼女は、メディア不信で取材が難しく、大東亜文学者大会の話はしたがらないという。それでも橋本さんは、北京に梅娘と懇意の研究者がいるから彼を通してコンタクトしてみると言ってくれた。

梅娘との連絡の労をとってくれたのが、北京社会科学院の張泉教授である。結局、高齢を理由に梅娘の取材はできなかったのだが、張教授と北京で面会することができた。張さんは、鞄からファイルや資料とともに一枚の写真を出した。大東亜文学者大会時に北京代表団（華北代表団）が南京で撮った一一名のグループショットで、梅娘の他、日本研究家である陶晶孫や日本文学研究者の銭稲孫、ドイツ研究者である楊丙辰が写っている。ちなみに、銭と陶は第三回大会の議長をつとめた。張さんは、「抗日戦争時期淪陥区史料与研究」などの論文を通じて、日本の傀儡政権下の中国で文学者たちがどのような文学表現を強いられていたのかについて、研究を続けている。はたして、梅娘はどのような作家だったのだろうか。

「彼女の波乱万丈の人生は、尋常ではないものです。裕福な家庭の出身で、一九二〇年にソ連のウラジオストックで生まれています。満州の新京で文壇デビューしました。大阪にもいたことがあり、その後は日本の支配下にあった北京を本拠に執筆を続けました。彼女の作品は五四運動の流れにあり魯迅などの影響が随所に見られます。作品も女性問題がテーマでした」

「五四運動」とは、第一次世界大戦後のパリ講和会議によるヴェルサイユ条約が中国側に不利な内容となっていたことと、大戦中に日本が中国に押しつけた二十一箇条要求に対する反発から中国全土で起こった反帝国主義・抗日・反封建主義を訴えた大衆運動である。その論理を牽引したのが魯迅だ。彼は、当時雑誌『新青年』で積極的に作品を発表するなど、中国における民主化運動の旗手であった。その流れを汲んだ彼女がどうして宣言文を読むことになったのか。その理由を張さんは、こう解説してくれた。

「宣言文は当然目立つ作家が読むので、日本側からは火野葦平が選ばれました。火野の兵隊三部作は、中国においてもかなり有名だったので、いろんな人によって翻訳されました。満州でも、南方占領区でも、北京占領区でも。同じく目立つ作家という理由で、中国側からは梅娘が選ばれました。当時、梅娘は作家として売り出し中で、執筆活動は旺盛そのものでした。彼女の夫、柳龍光が、この頃、華北作家協会の責任者だったことも影響していたでしょう。何よりも大きな理由は、彼女はまだ二四歳と若かったうえに綺麗だったから、一番の適任者だったのです」

火野が、梅娘と読みあげた大会宣言は以下のようなものだった。

一　吾等は大東亜共栄圏内各民族の文化を高め且つ其の大調和の達成に貢献せんことを期す
二　吾等は大東亜共栄圏内各民族の卓抜なる精神を凝集し、相互に補益し以て大東亜建設の共同目

標に邁進せんことを期す

三　大東亜共栄圏内各民族の歴史と伝統を尊重し大東亜民族精神の昂揚を期す

「五四運動」や魯迅の思想に共鳴していた梅娘は、執拗に繰り返される大東亜共栄圏という言葉をどのような気持ちで読んだのであろうか。

中国の人は聞いていない

アジアからの参加者の足並みはそろっておらず、とりわけ中国の参加者の態度はあからさまだった。高見順は、当時の日記に「大会の風景はおもしろかった」と記し、こう続けた。「中国の人たちは、ほとんど聞いていない。時々耳を傾け多くは卓上の雑誌を読んだり新聞をよんだりしていた」「実に自由な態度だ。気がねや遠慮がない。——むしろうらやましかった」(『高見順日記』第二巻・下)。

大会の様子を高見順は後に「支那の作家は、上海在住の奴も、北京から来た奴も、みんな日本の国策に順応した発言を、一つもしやがらないんだ」と武田泰淳に対して語っている(武田泰淳『上海の蛍』)。

張教授はこう強調する。

「会議は大東亜占領地区の作家を束ねて日本の戦争に協力させるのが狙いでした。でもこれは単なる宣伝に過ぎず、文学創作にはそれほど影響はありませんでした。そのようなわけで宣伝効果はほとんどゼロに等しく何の役割も果たせませんでした」

大会では、第二回大東亜文学賞の授賞式も行われた。正賞はなかったが次賞に梅娘の短編小説『蟹』が選ばれた。大会が終わると、代表一行は、上海におもむき、講演会、座談会などに出席、放送に出演もしたようだ。さらには北京にも足を延ばしている。火野の手帳に、この時期のことは書かれていない。

次期開催地が満州国の首都・新京と内定したが、第四回大東亜文学者大会が開かれることはなかった。

二　インパールで見た現実

苦戦とは知らされず

その戦場は、火野にとって、経験したことのないものだった。目の前に累々と横たわる兵士の屍骸。補給が途絶えた戦場では、五万を超える将兵の命が失われた。

日本軍がビルマからインドへと侵攻したインパール作戦。火野の手帳は、最初のものは一週間しか記述していないこともあり、六冊におよぶ。そこには克明に悲惨な戦場の実態が書かれていた。そして、それはもはや創作のためのノートではなく死に瀕した者たちの記録だった。

日本軍は、すでに開戦半年後の一九四二年五月に全ビルマを掌握していた。これに対してイギリス軍を主軸とする連合国側は、ビルマ奪回を最重要目標として、インド東部アッサム州の州都インパールに司令基地を置いていた。牟田口廉也中将が率いる第一五軍は、イギリス軍のビルマ反攻作戦を阻止し、援蔣ルートを分断し、あわせてインド国内の反英運動を高揚させるため新たな作戦を計画した。三個師団の兵力で、補給なきまま、峻険なアラカン山脈を突破し、インパールを攻略しようという強引なものだった。

作戦立案の中心となった牟田口は、盧溝橋事件発生直後の現場責任者で、支那駐屯軍に攻撃のゴーサインを出した、いわば、日中戦争の引き金を引いた男でもあった。兵隊に携行させたのは、二〇日分の食糧だけだったが、牛二万頭を連れて弾薬食糧を運搬させ、順次それを殺して食糧にするという計画だった。牟田口は、三週間でこの計画は終わると予定していた。実際、最初の作戦は順調に進行したため、メディアは「インパール入城間近し」などと喧伝した。

火野は、このインパール作戦への従軍を志願し、大本営報道部員として前線参加することになった。「日本が興亡を賭けた最後の戦場に屍をさらすこと」に責任のようなものを感じていたという。

一九四四年四月の終わり、火野を戦地に送り出すとき、報道部では「今から行っても、インパール入城には間に合わんかも知れんぞ」と言うほど、楽観的ムードが漂っていた。たしかに、牟田口の計画通りでいけば、すでに作戦は終了しているタイミングである。このことから、本人の意気込みとは違って、大本営としては作戦終了後の戦場の様子を火野の筆力で銃後に伝えてもらうという目論見だったと思われる。

火野はインパール入りを前に、バンコクに到着。そこで作戦の実状を初めて知った火野の驚きが手帳『インパール作戦I』に綴られる。

前線の戦況を概略きく。出発の節考へてゐたやうではなく、たいへんな苦戦であることがわかる。

（四月二八日）

楽観ムードの東京に正確な現地情報は伝わっていなかったのだ。とはいうものの、いまさら引き返すことなどできない。火野は、画家の向井潤吉と作曲家の古関裕而と一緒にビルマの首都ラングーンに飛ぶ。そこからマンダレーを経由し、国境を越えてインドに入り、ビシエンプールが眼下に見えるコカダンの戦闘司令所に到達する。

目の前にそびえていたのは、アラカン山脈だった。

なんということだ

山岳地帯での困難な行軍――。火野は、道のひどさに驚きながら、「丘陵どころではなくて、山脈である」「一番高いところは８００呎あるといふ」とアラカン山脈の峻険さを手帳に記している（五月二〇日）。

悪いことにインパール周辺はすさまじい雨季で、補給路は寸断された。火野は最前線へ行くことを希望したが、動くことができず、情報を収集するほか術はなかった。日本軍の前に、最新鋭の装備の連合国軍が立ちはだかった。その核であるイギリス軍は、飛行機によって日本軍への空爆を続け、同時に自軍に対しては糧秣の補給をした。すでに制空権を失った日本軍は武器弾薬、そして食糧も補給できなかった。五月三〇日の手帳には、「前線は籾《もみ》をついて、一食の粥。木の根を食べてゐる部隊もある」「路上の悽惨な状態に涙がとまらない」とある。不足する砂糖の補給には意外なものが使われた。

前線にダイナマイトを百キロおくると50キロしかないといふ報告が来る。兵隊が食ふのである。
〔中略〕食ひ過ぎると下痢する
（五月三一日）

ダイナマイトの原料であるニトログリセリンは食べると甘い味がすると言われるが、兵士たちが餓死寸前の状況に追い込まれていた様子が痛いほど伝わってくる。

六月に入ると、手帳は早くも三冊目（『インパール作戦Ⅲ』）に突入する。一八日の手帳に火野は、「インパール作戦が現在のごとく行きづまつてゐることは憂慮にたへぬ」と作戦への疑問を呈しながら、「身内にたぎるものあり、東方に向ふ。ぼうと星あかり。不動の姿勢となつて、軍人勅諭を吟む。涙あふれて、止まらない」と綴った。そして六月二〇日、第三三師団副官に同行する形で、火野は最前線に向かった。遭遇したのは、病に冒されたやせこけた兵たちだった。「坐つてゐると、一人の兵隊が眼前に来てしきりに手を合はせる。なにか食べ物をくれといふ意味とすぐさとる。飯盒に残ってゐた飯を出すと、手拭を出してつつみ、何度も手を合はせて行つた」。火野の心は激しく動かされていた。「胸うづき、涙がながれて止まない。なんといふことだと思ふ。兵隊たちは病気よりも空腹に冒されてゐるのだ」（六月二七日）。

六月終わりに、火野はビルマとインド国境の山岳地帯へむかって進軍、七月一日、司令部のあるライマナイ村にたどり着いた。雨でズルズルになったジャングル内の掘っ立て小屋に日本兵たちがうずくまっていた。火野は「司令部にも、もう三分の一が定量にして八日までしかなく、その先には全く見当がつかないので、各所に手わけして籾さがしをしてゐるが、もうライマナイ付近にはなくなつた」と記している。しかし、「籾さがし」と書いてあるが実際は、地元住民のものを奪う行為である。手帳には、当初は協力的だった地元の人たちの「民情が悪化してきた模様」と綴られている（七月二日）。

敵は「砲撃でもまるで太鼓をたたくやうな連射で、5千発位射つのはなんとも思つてゐない。こちらには砲弾がないのでめつたに射たない」。「黙つて見てゐる外はない」「ひどい消耗戦になつた」「兵隊は疲れてゐる。なによりも食ふもののないのに弱つた」……手帳には悲惨としかいいようがない言葉しか綴られていない。

バケツをひっくり返したような雨が続き、泥濘の中での行軍は、将兵の体力を奪い取った。医薬品も不足していたため、多数の餓死者、病死者が出た。

インパール従軍時の火野を知っている人がいないか、陸軍将校のＯＢ組織の偕交社顧問大東信祐さんにあたってもらったが、作戦に参加した人がそもそも見つからない、ということだった。インパールから日本に帰ることができた人が少ないため、無理もない。

それでも、大東さんから受け取った古い戦友会名簿をもとにしらみつぶしに調べていったところ、インパール作戦で九死に一生を得た元兵士が鎌倉に暮らしていることがわかった。第三三師団、通称弓兵団に所属していた下田利一さんである。インパール作戦当時二七歳。インパールのような山岳地帯でも機動力を発揮する大砲を撃つ「山砲兵」であった。火野と行動をともにしたことこそなかったが、火野が目の当たりにした悲惨な戦いを身をもって体験していた。

「食べるものがまったくない。しかたなくて、ジャングル野菜を食べました。ジャングル野菜といって、野草ですね。草。それを飯ごうで煮たのです。ほんとうにつらい。われわれ一個連隊で一七〇〇名が亡くなりました」

下田さんは、取材からおよそ二カ月後の二〇一三年九月、九五歳で他界した。

大本営がインパール作戦の中止を指示したのが七月三日である。翌日、火野は兵隊自身の悲惨な様子を手帳に書き記している。

戦友の者にすがつて来る全身血まみれの兵隊。うつむきかげんに杖をついてよたよたと来る兵隊の顔は原形をとどめぬほどに破れ、眼の下にも、唇の横もだらりと肉がぶら下がつてゐる。道ばたにたふれてゐる兵隊たち。〔中略〕すれちがふかういふ情景に、眼を掩《おお》ひたいやうだつたが、腹のなかは悲しみと怒りとで煮えくりかへつた。英米の奴、と、歯がみして憤怒の情がおさへきれない〔中略〕路上の凄惨な状態に涙が止まらない。

（七月四日）

同じ日、師団長が火野に語った言葉も手帳に綴られていた。「苦労の状況は君の見られるとほりだが、すこしの不平もいはず、まるで神様のやうな姿だ」と兵士たちの苦闘を持ち上げ、「自分が来てから、四十日以上も、一回も第一線に食糧を送ってやらないが、それでも、なんとかしてやつてゐる」と弁解をしている。状況が悪化しても司令官の牟田口は、作戦変更を訴える師団長を三名とも次々と更迭するという措置をとり、攻撃を続行していた。

兵隊も火野も限界に達していた。第一五軍が実際に撤退命令を出したのは、その五日後の七月八日である。

牟田口への怒り

撤退命令の前日の七月七日から新たに綴りはじめたのが、インパール四冊目の手帳『インパール作戦Ⅳ』である。そのなかに「鍵田大尉の話」として、牟田口の名前があった。「作戦の研究会がしばしば行なはれたとき、祭、烈、弓の三師団長とも、危険だといふ慎重説であつたが、牟田口将軍はあくまでも強気」で今の事態になったと綴られていた。「雨季になれば作戦が停頓することは初めから全くわからなかつたわけではな」いと続け、「誤算」と記した（七月二四日）。

兵士たちの間でも、牟田口に対する怒りが渦巻いていた。

> 牟田口閣下は毎日粥を二度食つては毎日釣りをしてゐる。
> 兵隊のなかに牟田口を殺すといきまいてゐる者もある。（七月二二日）

撤退命令から二日後の七月一〇日、牟田口は、幹部を相手に「皇軍は食う物がなくても戦いをしなければなら」なく、「兵器がない、やれ弾丸がない、食う物がないなどは戦いを放棄する理由にならない」

と強弁したという。そしてこう続けた。「弾丸がなかったら銃剣があるじゃないか。銃剣がなくなれば、腕でいくんじゃ。腕もなくなったら足で蹴れ。足もやられたら口で噛みついて行け。日本男子には大和魂があるということを忘れちゃいかん。日本は神州である。神々が守って下さる」。あまりにも荒唐無稽な精神論である。

火野は結局、この作戦に三カ月間従軍、七月八日に全軍の総退却と同時に後退した。だが、日本兵にはさらなる悲劇が待ち受けていた。雨季のため、河川が氾濫した泥濘の中、五〇〇キロから一〇〇〇キロにもおよぶ退却を強いられたのだ。マラリア・チフス・アメーバー赤痢におかされ、長期にわたる食糧不足による餓えに力尽きた将兵は次々と倒れていく。腐乱し、白骨化した日本兵の死体が連なる退却路は、「白骨街道」と称された。九万の参加兵力のうち、五万以上の死者を出し、四万の戦傷病者を出していた。

三　仲間たちの末路

雲南へ……原隊の仲間たちを追って

インパール作戦が中止になった後も、火野は戦場に留まった。一九四四（昭和一九）年八月はじめ、ビルマ領のセンウイから国境を越え、向かったのが中国雲南の前線である。ここで日本軍と中国・アメリカ軍（雲南遠征軍）との間で繰り広げられていたのが、拉孟《らもう》・騰越《とうえつ》の戦いだ。この頃、火野が書き始めたのが、インパール五冊目の手帳『インパール作戦Ｖ（雲南・フーコン）』である。

拉孟・騰越の戦いに配備された部隊は、五六師団（通称「龍」）と一八師団（通称「菊」）の一部である。そのうち「菊」には、火野がかつて所属していた歩兵一一四連隊も含まれていた。知人、戦友、昔の上官や部下が多く、火野は「彼らに会へることをなによりも楽しみ」にしていたという。火野の頭には、そこにいるはずの戦友知人の誰彼の顔がつぎつぎに浮かび、再会したときに彼らがどんな顔をするのかを想像し、まるで子どものようにわくわくしていた。

しかし、すでに一九四四年六月、中国側の「雲南遠征軍」は、およそ五万の兵力で攻勢を掛け、騰越の城郭の周囲の道路を遮断した。これにより騰越守備隊は完全にとりかこまれてしまい、七月二七日以降、騰越城に籠るしかすべがなくなっていた。

火野は、八月一〇日、作曲家の古関裕而とともに、かつての仲間たちに会うため騰越の前線に向かおうとしたが、日本軍の敗勢は明らかで、その手前の芒市までしか到達できなかった。火野が、芒市に滞在していたのは、わずか三日間。火野は仲間たちと顔を合わせることなくして、後方へ移動した。

火野が離れておよそ一ヵ月後の九月七日に、雲南における全戦闘が終結した。補給路を断たれ孤立し、撤退命令も出ず、また救援部隊も送られなかったため、約二〇〇〇名の将兵がほぼ全滅、騰越守備隊は玉砕した。

フーコンの悲惨

芒市を離れた火野が、イラワジ川を下って向かったのが北ビルマ・フーコン地域だった。そこで書き始められたのが、インパール到着以来、通算六冊目となる手帳『インパール作戦Ⅵ（雲南・フーコン）』だった。北ビルマに到着した火野が三橋という参謀から聞いたのは、自身が属していた第一八師団・菊兵団の現状だった。

出る時は一万9千いた菊兵団、今、補充されたのを入れて千五、六百、昔は半分やられれば全滅といった。

（八月二二日）

ビルマと雲南の戦線に赴いた菊兵団が九割以上の損耗を被っていたことが火野の記述からわかる。火野が到着した北ビルマのフーコンでも、菊兵団は新たな悲劇にさらされていた。

フーコンは、二〇〇キロの大ジャングル地帯である。中国戦線では日本軍が圧倒したはずの中国軍は、ジャングル戦の訓練を受けて鍛え上げられたうえにアメリカ軍から最新の装備を受けていた。さらに、インパール作戦の失敗により、フーコン地区の第一八師団は、援軍も補給路も断たれていた。火野は手帳に「日本で一番若い師団参謀長」大越兼二郎参謀長から聞いた北ビルマ「フーコン作戦」の実態を書き込んでいた。さらに、八月二五日には、「のーみそを地にたたきつけ、すりつけたような戦」「戦斗の実相、未曾有の酷烈さ」「毎日七、八十の死傷が出る、一中隊がそれ位で毎日一中隊がぶっつぶれる」と、その悲惨を記している。フーコン作戦だけで日本軍は五〇〇〇人の死者を出した。

日本兵が、無謀な作戦のもと、次々と死んでいく。その中には中国の戦線で寝食をともにした者たちも多い。火野の心中は張り裂けるような気持ちでいっぱいだったに違いない。火野は後になり、「兵隊が犬死にさせられている」と書いている。

火野は、戦後に「真実を知ることは前進である」と振り返り、当時あまりにも戦場の実相が隠蔽されていたことを嘆いている。そして、太平洋戦争も末期に近づいたこと、こういう状態が続けば祖国日本の勝利はあり得ないことをこの頃悟った、と吐露している。

火野が北ビルマから比較的安全だったマンダレーについたのが八月二六日。九月三日に、ラングーンから空路でサイゴンに向かい、バンコク、シンガポール、マニラ、上海、那覇を経由して九日に立川飛行場に到着した。

帰国直前、火野は手帳『インパール作戦Ⅵ』に「全力をふるい、仕事したが、やり場のないはり合ひのない気持」と綴った。火野は軍の作戦への憤りをおさえられなくなっていた。

四　敗戦まで

杉山元への直談判

火野がラングーンから日本に向かう飛行機で同乗したのが大本営作戦課参謀の瀬島龍三少佐と羽場安信少佐だった。瀬島らは火野に対して「あなたが見た前線の様子について、忌憚のない意見を聞かせてもらいたい」と言ったという。それに対して火野は、自分の意見を十一箇条に書いて、瀬島に渡した。

火野は、逮捕されても、投獄されても、処刑されても良いという気持ちだったという。

インパールから帰国してからおよそ二週間後、火野は呼び出しを受けた。出頭を求めたのは、市ヶ谷の大本営陸軍部である。連れて行かれたのは、陸軍大臣杉山元の部屋だった。そこには大きな机を囲んで、大本営陸軍部の幹部がずらっと揃っていた。火野は、杉山の正面に向かい合う形で座らされた。杉山らは火野に、「インパール作戦、ならびに、ビルマ戦線全般について、率直に、考えたとおりを述べよ」と命じた。火野は「度胸を定めて、意見書に書いたと同じ意見を開陳した」。訴えたのは、飛行機の中で十一箇条に綴った内容と重なる過酷な戦場の実態だった。火野は陸軍幹部のあまりのいかめしさにたじろぎ、「動悸が打つて来た」。しかし、地図をひろげ、従軍手帳をたよりに、出来るだけ具体的に説明した。「作家としてではなく、一軍曹としてでもなく、一国民として、祖国を思う一念から申しあげることです」と言い、「このままで進めば、由々しき結果を招来することを恐れます」と訴えた。

火野は、詳細に前線の様子を説明したのだが、「そんなかねえ」と首をときどき傾げる人がいて、「ほんとうの戦況、真実が伝わつていないらしいこと」に驚かされた。杉山本人は「ありがとう。御苦労。よくわかつた。しかし、まだ望みは充分ある。肉を斬らしておいて、骨を斬るんじや」と言って、「両手で刀を持つ恰好とともに、一太刀ふりおろすしぐさをした」。

杉山が語ったのは、インパールの前線で、牟田口が語ったのと同様な精神論だった。それは、「戦局の実相」を知った火野の心にもはや何ら響くものではなかった。


そんな原始的な精神力ではもう間に合わなくなつているのに、軍の中心となる責任者が、まだそんなことをいつているのが、私は悲しかつた。

（『火野葦平選集』第四巻「解説」）


過酷な現場を見た国民的人気作家だったからこそ、陸軍大臣にも踏み込んだ意見を言えたのであろう。また杉山が火野と同郷福岡出身であったことも少なからず影響していたと思われる。とはいえ、この時点で火野が、戦争そのものへの疑念を抱いていたかというと違うだろう。あくまでも杜撰な作戦計画そのものに対する異議申し立てだったに違いない。実際、杉山と面談した一カ月後、火野は、前述したように南京に赴き、第三回大東亜文学者大会に参加、そこで「大東亜共栄圏」について高らかに弁じている。

火野の中には戦争遂行の義務感はまだ残っていた。敗色濃厚となる中、火野はさらなる戦争協力へと邁進していく。

幻のフィリピン派遣

一九四四年六月から七月にかけてのマリアナ沖海戦の敗北とサイパン諸島の失陥で、前年九月に大本営が設定した「絶対国防圏」は崩れていた。こうした中、陸軍はフィリピンに重点をおき、ルソン島でマッカーサー率いるアメリカ軍との地上戦を予測して、その準備にあたっていた。しかし、一九四四年一〇月、アメリカ軍がフィリピンのレイテ島に上陸すると、陸軍は急遽方針変更し、レイテで決戦に臨むことになった。レイテ奪還のために連合艦隊が出動したが、レイテ沖海戦において、戦艦三、空母一、小型空母三など計三〇隻を失い、連合艦隊は事実上潰滅してしまう。

この戦いにおいて、海軍陸軍ともに編成したのが特別攻撃隊だった。偶然ではあるが、火野の足どりを求めフィリピンを取材しているときに気づいたのだが、火野がしばし出向いたデル・ピラール捕虜収容所は、特攻隊員たちが飛び立ったマバラカットの飛行場からさほど離れていない場所だった。私自身、デル・ピラールに行くときに、この飛行場跡の横を二度ほど通ったのだが、そのたびに「特攻兵」のことを想起され、胸が押しつぶされそうな気分になった。

一九四四年一一月中旬には、レイテ島の制空権はアメリカ軍の手に落ち、同島の日本軍は補給がないまま苦戦し、一二月には全滅状態に陥った。そうした状況の中、火野は、激戦地と化したかつての任地、フィリピン行きを希望する。同行メンバーは、フィリピン報道班で一緒だった今日出海、そして作家の日比野士朗、里村欣三である。

一二月の終わりに、まずは火野と今が第一弾として出発することになったが、直前に火野にまだ仕事が残っていることを知った里村が、「そんなら、火野さんはあとの飛行機に乗んなさい。僕は、もう、仕事はなんにもないから、先に行こう」と言い、火野の代わりに今とともに旅立った。このことが運命の別れ目となった。

後発隊として火野が翌一九四五年一月六日、福岡雁ノ巣飛行場から出発しようとしたちょうどその頃、アメリカ軍がルソン島のリンガエン湾に進攻、大部隊が上陸したことがわかる。火野たちは出発できず待機となり、五日後に中止が決定した。今は、山中を逃走し、どうにか一命を取り留めた。しかし、火野の代役で先発した里村欣三は、ルソン島北部で戦死する。火野は「行つていたら、今度こそは私も死んでいたかも知れない。里村君が身代りになつてくれたようで、胸の疼く思いがしている」と記している。

マニラの日本軍は、一九四五年二月末に全滅した。

西部軍報道班員として

フィリピン行きが中止となった火野は、若松を拠点にして、沖縄戦に臨む鹿児島知覧の陸軍特別攻撃隊など地元九州に根付いた取材を続けていた。

一九四五（昭和二〇）年六月一九日、福岡市に二二〇機以上のＢ29が飛来、爆弾投下を続け、九〇二人の命が奪われた。火野は、このとき福岡市内におり、空襲に遭っていた。火野はさっそく西日本新聞に、自身が目の当たりにした特攻隊と、この空襲について綴った「焰のなかで」を寄稿した。

若い生命を、君国へささげて悔いぬ特攻隊の勇士たちが出撃していく。又東京、大阪、名古屋、神戸、その他の空襲をうけた土地の人々は、〔中略〕まことに雄々しく戦つてゐるといふではないか。これまで平和であつた福岡も、かくして戦列につくことができた。

真の力はこの日から生れて来るにちがひない。されば、この街の変貌こそは苦難を経ざればあらはれぬ鞏固な精神の誕生する歴史の瞬間といへる。〔中略〕

私は焼ける福岡の街を怒りと悲しみとの涙をそそぎながら、ここから生れる雄々しい力に、また深い感動をおさへきれなかった。
（西日本新聞　一九四五年六月二一日）

敗戦まであと一カ月というタイミングで、火野はひとりの男から声をかけられる。ジャワ島で報道班をとりまとめた町田敬二である。町田は、七月から福岡市に拠点を置く西部軍に所属、民間の文化人を集め、報道部をつくろうとしていた。本土決戦の際、真っ先にアメリカが上陸すると予想されていた九州地区住民への宣撫活動が任務だった。

地元の人選には火野があたり、劉寒吉、岩下俊作、原田種夫、長谷健など文学仲間がメンバーとなった。東京からは、町田の交友関係で脚本家の高田保、法律学者の鈴木安蔵、映画監督の熊谷久虎などの著名人が参加した。

報道部に与えられた使命は、空襲を受けた西日本の都市にカメラマン、画家、作家の三人がセットになって赴き、その地域の様子を宣伝報道し、戦意昂揚をはかることだった。そのため、惨害の記録より、市民がいかに空襲に立ち向かったかという敢闘精神と美談の蒐集が目的となっていた。

日本がモンゴル帝国の襲来を受けた一二八一年の弘安の役でモンゴル軍を撤退させる〝神風〟が吹いたと言われる、八月一日の元寇記念日を祝したイベント「元寇祭」の実施も報道部の重要な仕事のひとつだった。火野の役割はラジオドラマの執筆だった。史太郎さんが語る。

「この頃、わたしは小学校三年くらいでしたが、親父の記憶がありませんね。それだけ若松には帰ってきていなかったということでしょうね」

八月六日、そして九日。二つの原爆投下も火野たち報道部は取材している。

長崎の惨状の様相を知った火野は、当時の心中を、自身を投影した『革命前後』の主人公・辻昌介を通して「戦争そのものへの憤りと呪いとがはげしい渦になって、昌介をゆすぶりたてた」と記している。それまで戦争そのものを否定することなく日本の兵隊や日本人を鼓舞する言葉を発していた火野だったが、原爆投下が与えたインパクトがいかに大きかったかがわかる。大量の人間を一瞬にして死に追い込む原爆の脅威は、戦争そのものを象徴する黒い影となって火野の内面の鏡に映ったことは確かであろう。

八月一五日

一九四五年八月一五日。前夜に福岡の郊外、二日市へ出張を命じられていた火野は、重要放送があるという報を受け、報道部に戻ろうとするが、途中車の故障というアクシデントに見舞われた。車を乗り捨てた火野が降り立ったのは井尻村という農村だった。いまは福岡市南区と春日市の一角となっている井尻は、市内有数のベッドタウンで、高層マンションが建ち並んでいる。西日本鉄道の井尻駅前は活気あふれる商店街となっている。

七〇年前、火野が訪れたとき、井尻は農家がぽつぽつとあるだけの鄙びた村だった。井尻駅から三〇〇メートルほど離れた農家のひとつにラジオがあることがわかり、火野は、そこで正午から流される放送を聞くことになった。

農家の広い居間に近所の農民たちが集まっていた。ＪＯＬＫ（現ＮＨＫ福岡放送局）からの放送が流れてきた。まもなく始まる重大放送を前に、ＪＯＬＫの若いアナウンサーは異常に興奮しており、声がふるえ「詰っていて途切れ勝ち」だった。このため、「どえらいことらしいという予感」が人々の間に広がり始め、「柱時計が十二時に近づくと、ほとんどの者が正坐」し直した。「ガ、ガ、ガーガ、ガ」と、異様な雑音が響き始め、ラジオから何かの声が聞こえてきた。玉音放送だった。

天皇の声であったのだが、言葉はすこしも聞きとれなかった。すこしふるえを帯びた、くぐもったような声が、単調なアクセントでつづき、雑音とまじって、嵐の音のようだった。やさしい言葉であったらいくらかわかったであろうが、終戦を告げる大詔は最難解の文章であったため、ここにいる無学な農民たちには一行も理解出来なかったようである。詔書は長く、倦怠を誘うほどだった。

（『革命前後』）

日中戦争から足掛け八年。戦争は日本の敗北で幕を閉じた。

自決をためらう

福岡の報道部に戻った火野は、混乱を来していた同僚たちの姿を目の当たりにする。あるものは、戦犯に問われることを案じ、一刻も早い報道部の解散を主張し、あるものは徹底抗戦を主張した。敗戦が決まった瞬間、昨日までの言をあっさり翻す人々の姿を目の当たりにした火野は、人間のエゴと業とを思い知らされていた。町田にうながされ、部員代表として火野は、こんなスピーチをしたようだ。

遂に祖国は敗北しました。敗戦の結果、どうなるものかわかりません。諸君のたどる運命もまちまちでしょう。しかし、この期におよんで見苦しいまねをしないようにしましょう。いさぎよく、男らしく、この運命に服し、終りを全うしましょう。どうぞ、皆さん、お元気で。

（同前）

その夜の火野の様子を親友の岩下俊作が遠くから見ていた。岩下によると、火野は居室の椅子に腰をかけ、身うごきひとつせず「平常の火野くんと別人のように見えた」。岩下の記述から、火野が相当に追い詰められていたことがわかる。

火野は、部屋に閉じこもり扉に鍵をかけ、電灯を消し、軍刀を腹にあてた。そのまま突き刺せば、なんでもなく死ねそうな気がした。チクリと痛く、かすり傷が出来て、うすく血が出た。そのとき、脳裡に浮かび上がったのは、自身は一粒の泡にすぎないという思いだった。

死ぬ価値などはない。しかし、報道部内にあっては、ささやかな責任がある。今、死ぬべきではない。死ぬことはいつでも出来る。また、それよりも、生きていて見きわめねばならぬことがある。

（同前）

疎開をしている妻や子どもの姿が思い出された。死ぬな、死ぬな、絶対に死んではならぬという声が聞こえてきた。火野は刀を鞘におさめて、電灯をつけた。

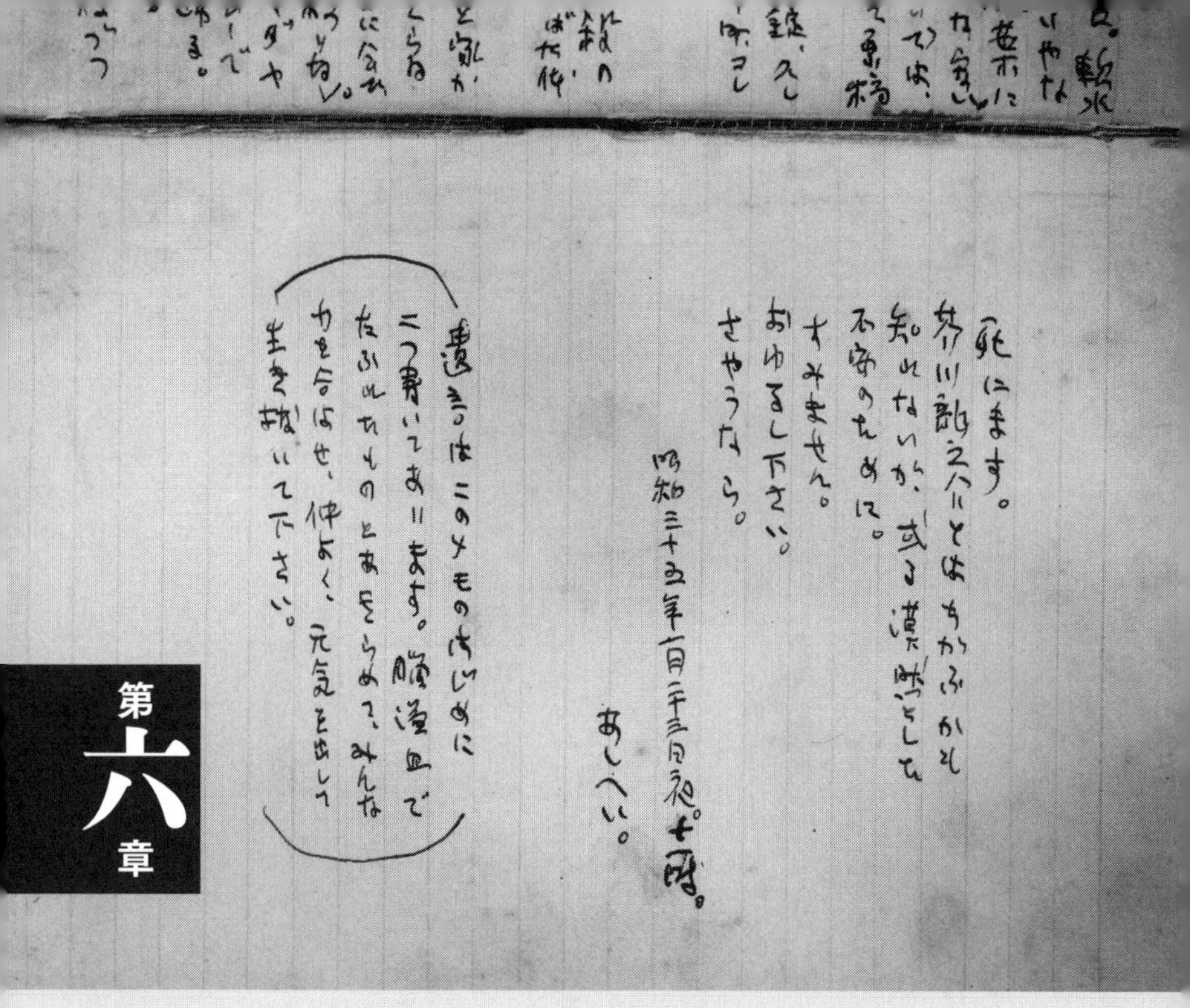
死にます。
芥川龍之介とはちがふかも
知れないが、或る漠然とした
不安のために。
すみません。
おゆるし下さい。
さやうなら。
昭和三十五年一月二十三日夜七時。
あしへい。

遺言はこのメモのはじめに
二つ書いてあります。脳溢血で
たふれたものとあきらめて、みんな
力を合はせ、仲よく、元気を出して
生き抜いて下さい。

第六章

第二の戦場

「ヘルスメモ」
［北九州市立文学館蔵］

一　追放者

故郷に向かいて

ディーゼル二両編成の列車は、ひともまばらで、ひんやりとしていた。買い物を終えて家路につくのだろう、大きな袋を膝上に抱えた初老の女性が、何度もあくびをしている。定刻通りに折尾駅を発車した筑豊線は、軋みをたてながらゆっくりと、進み始めた。二〇一五年三月。私が向かおうとしていたのは、火野が敗戦直後に帰郷した北九州若松だった。

敗戦という出来事は、火野に何をもたらしたのか。そして火野にとって戦後の時空間はどのようなものだったのか。火野の足跡をたどることで、私は、少しでもその重みを実感したいと思った。火野は、敗戦の思いをこう綴っている。

終戦直後、敗北による動揺と混乱とは言語に絶した。いやな思い出である。しかし、この教訓を絶対に忘れてはならないのである。忘れるどころか、これを事あるごとに思いだし、その体験を反芻して明日への生きる糧としなければならない。

（『火野葦平選集』第七巻「解説」）

「いやな思い出」を「反芻」し、それを「生きる糧」とする。敗戦後の火野の強い決意が伝わってくる。火野は西部軍報道部のことを中心に「敗戦三部作」というものを書く構想を持っていたという。しかし、それは、自身が参戦し国民的作家として名を遂げた日中・太平洋両戦争を見つめ直すことでもあった。

「テーマが厖大すぎて、〔中略〕これを作品化することは容易ではな」かったと火野は言う。敗戦を描くことは、戦後の火野の重い十字架となっていた。

ゴトガタゴトガタ……さっきまで乗っていた鹿児島本線とは違う荒々しい揺れを感じる。右手には、行き交う船もまばらな洞海湾が見えてきた。私は、七〇年前に、火野が見た光景を想像してみた。故郷へと向かうすし詰めの列車には、戦勝国となった朝鮮の人々が大声をあげて騒がしかったという。火野の眼に入ったのは、片隅にいた頬被りをしているひとりの復員兵士だった。

彼の態度にはまるで罪をおかしてでもいるような肩身の狭さがあって、かたくなにまわりの人々から孤立しようとしているような卑屈ささえ感じられた。乗客たちの眼も白かった。〔中略〕この兵隊も出征するときには、日の丸の旗の波と、万歳の歓呼の声に送られて故郷を出たにちがいない。
（『革命前後』）

火野にこみ上げていたのは、「兵隊よ、胸を張れ」というエールだった。火野は、敗戦による価値転倒によって矢面に立たされるのが、軍隊と兵隊だと痛感していた。おそらくその矢がやがて自分に向かってくることも自覚していただろう。

一五分ほどで、若松駅に到着した。駅員は見回りに行っているのか事務所は閑散としていた。

七〇年前、火野が故郷の駅に降り立ったときは、七、八人の駅員たちがいたという。火野は、事務室の中で行われていた行為を目撃し、激しいショックに見舞われる。駅員たちがせっせと小旗を作っているのだが、それは日の丸でなく、アメリカ、イギリス、中国、ロシアの国旗だったのだ。日の丸のもと戦ってきた、日本人の八年間の価値が転倒したことを象徴する出来事だった。敗戦以来、眼にするもの、耳に聞くものに、心を痛め、常に暗澹とした気分だったという火野だが、この時の驚きに匹敵するものはなかった。

私は、火野の旧居・河伯洞までゆっくりと歩いてみた。あいにくの曇天で、道行くひともまばらである。帰郷時、火野は三九歳。今の私より一〇近くも若かった。健脚を誇った火野だったが、その足取りは軽快ではなかっただろう。実家へ向かう途上で火野はどんなことを思い浮かべていたのだろうか。兵隊への哀しみ、あるいは人々の変わり身の早さだろうか――。それとも故郷の懐かしい風景を瞼にきざみながら、久しぶりに再会する母との逢瀬の期待を抱いていたのか。火野の心の中に積り沈殿していた複雑な思いを考えると、私の足取りも急に重くなるような気がしてきた。

戦争は終わった。

しかし、火野の眼の前には、「戦後」という新たなる戦場が広がっていた。

悲しき兵隊

敗戦からおよそ一カ月の一九四五（昭和二〇）年九月、朝日新聞に二度にわたって掲載されたのが「悲しき兵隊」である。「このごろ、兵隊の姿を見るほど痛ましいものはない」と前振られたエッセーの全編で、火野が強調したのが、兵隊たちへの変わらぬ思いだった。

私は依然として兵隊の立派さを信じる心に変りがない。〔中略〕それは軍国主義とか、好戦的であるとかいふこととはまつたく無関係である。

この時の火野の心情について、成田龍一さんは、こう語る。
「火野葦平は、兵隊たちに対して非常に深い共感を抱き、人間関係を作りあげ、そこから、戦争というものを考えていく立場にありました。ですから敗戦という事態は、火野にとっては兵隊たちの行方がどのような形になるだろうか、ということと合わせて、問われるべき問題であった。そこから彼自身の思考というものが、紡ぎ出されていったのだと思います」
このエッセーで火野は、兵隊たちが、自主的というより、あくまでも天皇の勅によって動かされていたとその無力を主張した。そして、自身が若松駅で見た光景を振り返り、変わり身の早い人々への違和感を綴る。

昨日までは口角に泡を浮べて、米英撃滅を口癖にしてゐた人が、十六日には敵を迎へるためにあわてゝ星条旗を作りはじめたり、昨日は指導者として重きをなしてゐた人が、今日は外人相手のダンス・ホールの経営に没頭したりする。

日本の敗因についても火野は熟考する。当時の日本人にとってあまりにも厳しい問いに火野は自身なりの答えを出している。

いろ〳〵数へあげられる原因の底に、抜きがたく根本的なものと考へられるのは、疑ひもなく、道義の頽廃と、節操の欠如とであつた。

このエッセー執筆後、火野はいったんペンを折る覚悟をする。かつての上官である町田敬二が構想する大平街という飲食街の計画に加わった。その時の状況について、史太郎さんが教えてくれた。

「福岡の中洲の焼け跡に、大平街はできる予定でした。その中で、親父が経営しようとしていたのは、おでん屋です。屋号は川太郎。本気でやろうとしていました。でも所詮、素人ですよね。計画だけでうまくいきませんでした」

火野はやはり筆を捨てることはできなかった。仲間たちと出版社「九州書房」を設立し、再び筆で生計をたてようとする。「九州書房」設立後の第一弾となる本を見つけることができた。一九四六年六月に発行された『九州小説選』である。執筆者は、劉寒吉、矢野朗、原田種夫ら火野馴染みの一〇人の九州の作家たちだった。火野も自作『谷の宿』を寄せている。火野と思われる編者は、本の最後に「編者の言葉」を綴っていた。

無謀な戦争の惨害は文化面においても多くのものを奪つたが、期せずして地方にばらまかれた文学の種子は、これを大切に育てあげることによつて新しい文化の展開をも期待し得るであらう。

さらに火野は、一九四六年に『九州文学』を復刊し、そこにも自作を掲載するようになる。戦後初期、火野は愛してやまなかった河童をモチーフに、「名探偵」「羅生門」「蓮の葉」などの掌編を発表していった。

そんな火野を待ち構えていたのは、激しいバッシングの嵐だった。

文化戦犯第一号

火野は、一九五九（昭和三四）年に出版された自身の選集の第四巻の解説に、「戦後の花形となつた共産党の「アカハタ」は文化戦犯第一号に、私の名をかかげ、私の周囲は敵ばかりになつた」と綴っている。戦前の非合法政党から脱却し、多くの党員を集めていた共産党。その中央機関紙「赤旗」が戦後、どのように火野を取りあげていたのか。私は国会図書館に赴いた。

マイクロフィルムを装塡し、ローラーに巻き付けていくと、一九四五年一〇月に復刊した「赤旗」の記事が投射されてあらわれた。物資が不足している中での発行とあって、初期の「赤旗」は記事が少ないものの、政治犯として牢獄にあった幹部たちの解放後の昂ぶりがわかる、激しい言葉が並んでいる。この頃の「赤旗」でとりわけ重視されていたのが「戦争犯罪人」いわゆる「戦犯」の問題だった。当時「赤旗」は当初毎週一回発行だったようだが、その第三号にこんなことが書かれている。

　終戦後は、怒濤のように軍隊と兵隊に対する不評判があふれたち、一二月八日は日本軍国主義者が第二次世界戦争を宣戦した正命日なのだ。〔中略〕我々は今その日を期して我々人民大衆が原告として彼等憎みても余りある戦争犯罪人・人権蹂躙犯罪人を追及しなければならぬ。

実際に、一九四五年一二月八日、共産党は東京、大阪、京都、名古屋、神戸、福岡、札幌など全国各地で「戦争犯罪人追求人民大会」を開催した。その大会の結果が一二月一二日の「赤旗」に掲載されている。躍るような大きな見出し「戦争犯罪人追求人民大会開かる」に続いて、「全日本民衆を史上空前の一大災厄にブチ込んだ強盗戦争の狂気の犯罪人どもをどうするか、全日本民衆をこの強盗戦争に駆りたてるために一切の政治的自由を奪ひとり、人民大衆を虐殺した血迷へる人権蹂躙犯罪どもをどうするか」と激しい言葉が連なっている。

そして記事の横にあったのが「戦争犯罪人名簿」だった。まず裕仁天皇を筆頭に一五人の皇族が戦犯として書かれていた。そして軍閥、閣僚、司法、警察、政治家、財閥、言論の各ジャンルに続いて「文学者」という欄があった。

筆頭には日本文学報国会の事務局長だった久米正雄、そして菊池寛、尾崎士郎と続き、四番目に名をあげられていたのが火野葦平だった。他に、吉川英治、横光利一、吉屋信子らの名前が載っている。あわせて四二名の文学者が「戦犯」に問われていた。

火野への攻撃は、さらに激しくなっていく。一九四五年の暮れ、「侵略戦争に荷担しなかった」ことを入会の条件とする新日本文学会が宮本百合子や中野重治らプロレタリア文学者を主体に結成された。翌三月、その東京支部は創立大会で、「文学における戦争責任の追及」という宣言を可決した。そこで何が話し合われたか、その要旨を、文芸評論家で、新日本文学会の中心メンバーである小田切秀雄が『新日本文学』六月号で書いている。小田切は、「吾々は戦争中の吾々がどうであったかをみづから追求し検討し批判する」とし、それによって、「この十年間の日本文学のおそるべき堕落・頽廃に対しての吾々自身の責任を明かにし」たいと気焔をあげ、「だが、吾々はかの「一億総懺悔」を行はうとする者ではない。それはバカげたことだ」と強弁する。それは「誰にも責任があるといふことによつて一部の者の重大且つ直接的な責任がごまかされてしま」うからであると、作家個々人に対する戦争責任追及の必要性を論じた。

小田切は、「吾々は以下にその主なる者の名を挙げる」と続け、高村光太郎、武者小路実篤、小林秀雄、保田与重郎ら二五名の文学者を名指しで批判した。そこには火野の名前もあった。

日本女子大学教授の成田龍一さんは、戦後の火野について次のように語る。

「火野葦平は真っ先に戦時協力をしたことで、〝最も〟といっていいほど厳しい糾弾を受けます。ですから火野としては非常に屈曲した想いというものを持って、戦後を生きていったであろうと思います」

戦中は国民的作家として人気を集めていた火野は、激しい攻撃を受けて一気に奈落の底を見る。火野は、この頃のことを「戦争中、私にくっついていた連中までが豹変して、私を戦犯呼ばわりした」と綴っている。

スター作家たちの戦後

「戦犯」のレッテルを貼られ、激しいバッシングを受けた作家たち。彼らは敗戦をどのように受け止めていたのだろうか。戦時中、文学者たちがこぞって参加していた日本文学報国会は、一九四五年五月の空襲を受け、重要書類の多くが焼失してしまう。六月に機関紙を発刊したのが実質的な活動の最後のようだ。敗戦後、戦時中の活動については何の声明も出さないまま「うやむやのまま」（櫻本富雄『日本文学報国会』）解消した。解散の時期ははっきりとわかっていない。

成田さんは、戦争を描く作家たちにとって、戦争は文学の方法が試される場として位置づけられていた、と考えている。その場が崩壊した作家たちの立ち位置の困難さについてこう語る。

「戦争を描く作家たちは、戦争を描くことにより文学の「かたち」を検討していました。戦争を文学の検討の場としていたのですが、敗戦となり、戦争の決着がついてしまった。そして、戦争の意味と評価が大きく変わってしまった。そのとき、どのように自分の中で、戦争に向き合ってきた態度に決着をつけるか。ここには、大変な精神的な営みが要求されました。しかし、このことは、いま一度、あらたな文学の「かたち」が生まれる可能性があったということでもあります」

しかし、実際には多くの作家が、戦争下の自らについて、語らずに沈黙した。一方、戦時中の自身を謙虚に顧みる者もいた。インドネシア独立運動に深く関わっていった武田麟太郎は、敗戦翌年、東京新聞に記事を寄せた。

私は戦争中に不勉強であつた。戦争についてもどれだけ勉強してゐたらう。近頃になつて、簡単に否定し安じてゐるのは、少くとも小説家の態度ではない。（東京新聞　一九四六年三月一四日）

文学者ではないが、火野とともにフィリピンで活動した哲学者三木清は、非業の運命をたどっていた。敗戦前、作家で社会運動家の高倉輝をかくまったという理由で豊多摩刑務所に投獄される。敗戦から一ヵ月後、解放されぬまま、独房で病死していた。戦争を通して三木の目に映った日本という「実態」は、表出されぬまま、永遠に封印された。

成田さんは言う。

「戦争に荷担をした、あるいは戦争に向き合い自己を考察した経験と実験を、敗戦という事態にいたって、どのように整理し直すのか、考え直すのか。その課題が、あらたに作家たちに突きつけられました。作家としての立場が問われるのですが、作品として提供した人もあり、できなかった人、さらにはしようとしなかった人もおり、なかなか複雑な状況です」

林芙美子は、戦後になると、小さな子と共に懸命に生きる戦争未亡人の姿を綴った『うず潮』、戦時中仏印で禁断の恋に陥った男と女の流転を描いた『浮雲』などを発表する。成田さんはこう読み解く。

「戦争が進行していくなか、当初は旗を振っていた林ですが、次第にそれでいいんだろうかという疑念を持っていきます。そしてその疑念は、敗戦ということによって、決定的になりました。戦争によって、変わった人間関係が、敗戦によって、さらに変わっていく。林芙美子の場合には、戦時のアジアでの体験を、戦後日本での体験にどのような形で接合することができるのか、あるいはできないのかという苦悶を描く試みを始めています。戦争が文学の「かたち」を変えたならば、敗戦もやはり、テーマのみならず、文学の「かたち」も変えるだろうと、そういう試みを林芙美子は行おうとしていたと思います」

しかし林は一九五一（昭和二六）年六月、急逝してしまう。

「そのことで、あらたな可能性が鎖《とざ》されてしまいました。林が生きていれば、戦争によってつくりだされたあらたな経験、あらたな人間観が、敗戦を経て、さらにあらたな文学のかたちをとり、提供されたと思うのです。とくに、ジェンダーに敏感であった林は、女性を軸に、こうした思索をおこない作品を書いたであろうことを思うと、その死はなんとも残念です」

戦前は発禁になった小説『生きてゐる兵隊』が出版されたのは敗戦から四カ月経った一九四五年一二月のことだった。そして、敗戦から五年後、石川達三は政治小説『風にそよぐ葦』を世に問うた。この作品で石川は、「自由主義者」のレッテルを貼られ、様々な抑圧を受ける出版社社長と評論家を軸に、太平洋戦時下の言論弾圧の実態を暴いた。

主人公の葦沢悠平は、開戦の年の初めに、新聞紙等掲載制限令が公布されたことを振り返り、部下にこう嘆く。「今のような時代には、言論の自由などということは言ってみてもはじまらないね。〔中略〕（新聞紙等掲載制限令）というのは、一月の十日に閣議で決定し、十一日から公布実施されて居る。私に言わせればこれほど重大な問題を、単に閣議決定だけで実施するという乱暴なことは絶対にゆるされるべきではない。軍事機密、外交上の機密、経済上の機密は掲載を禁止するという、それは一応わかるとしても、その最後の方に——その他国策の遂行に重大なる支障を生ずる虞れある事項——という文章がある。国民の自由なる言論はこの二行の文章をもって完全に封じられている。政府の腐敗堕落を批判することも、軍部官僚の横暴を報道することも、一切は禁止されたんだ」。やがて葦沢の主催する雑誌

『新評論』は発刊停止に追い込まれていく。

軍や政府にとって不都合な言論は徹底してつぶされていく様が痛いほどリアルに描かれた力作である。石川はこの作品を通して、自身の『生きてゐる兵隊』も言論弾圧事件だったと仄めかしていた。成田さんはこう教えてくれた。

「石川達三は、日本軍の行為をとがめたが故に言論の弾圧を受けたという形で、戦後の文脈の中での自分の位置を再設定するのです。『生きてゐる兵隊』の事件を用い、その再設定が石川の場合には可能だった」

その後、石川は一九八五年に七九歳で没するまで、『人間の壁』や『金環蝕』などを発表、「社会派作家」として戦後文壇の中心軸として活躍した。

菊池寛は、敗戦後、『文藝春秋』一〇月号から「其心記」を連載開始、戦争が何だったのか、そして日本人についての自身の考えを綴った。

こんなに軍部が専横を極めたのは、日本人がダラシがないからである。日本人は、強権に服従し易いのである。戦場では強いが、軍部や官権に対してはごく弱いのである。日本人は、軍国主義に追随したのではない。誰も戦争を欲しなかったのである。

菊池は敗戦から三年後、五九歳でこの世を去る。成田さんは、その存在をこう読み解く。

「菊池寛という人は、人々の動向にきわめて敏感でした。戦争の状況のもとでも、戦争に対する人々の態度を見ており、なによりも人々の気分に関心を寄せています。人々の動きをとらえ、そこを軸にメディアの役割を構想していました。したがって、菊池が戦後において自己の総括と共に、メディアの総括、つまりメディアの再編成をいかに考えたか、ということは、大変に興味深い問題です。しかし、彼は敗戦から日ならずして亡くなってしまい、それを知ることはできませんでした」

その後、揺れ動きながらも復興していった日本を、文豪がどう受け止め、そして自身はどう振る舞ったか……。どんなことにも動じそうもない菊池の顔が思い浮かび、彼が戦後文学をどう導こうとしていたのか、未発の可能性を私はつい想像してしまった。

日日が地獄

敗戦直後の火野がどのように地元で受け止められていたのかを知りたくて、西日本新聞の記者大矢和世さんに頼んで調べてもらった。火野は、暗に自分を批判する読者からの投書が西日本新聞に掲載されていたと『革命前後』に綴り、その記事を転載していたからだ。

「なんとなく釈然とせぬものを感じる〔中略〕その兵隊作家が、いま転身の姿あざやかに、文化運動の指導者として乗りだしはじめたことを、真の文化日本建設のためにはなはだ遺憾に思うのは、私一人であろうか〔中略〕潔くペンを折るべきではないか…やめてもらいたい。引き退ってもらいたい」

その記事は実際に一九四五年一二月一〇日の紙面にあった。新聞の投書のひとつに反応し、小説に転載するというのは、逆に言えば、火野はそれだけ追い込まれていたということなのだろう。火野は「ちよつとでも兵隊を褒めたりすると、すぐに、軍国主義者のレッテルを貼りつける風潮が支配的」と書き、戦後の価値転倒が戦争文学の世界にも及んでいたことを嘆く。

そうして、戦争中とはまったく正反対の反戦的戦争小説が次々にあらはれ、それこそが真の戦争文学であるとして、圧倒的に世間から支持された。任務を遂行せず、戦線から脱出する卑怯な兵隊が主人公になり、それがヒューマニズムの権化として、英雄のように迎えられた。

（『火野葦平選集』第四巻『解説』）

そのように述べ、当時大絶賛を受けていた梅崎春生の『桜島』『日の果て』、大岡昇平の『野火』『俘虜記』などの作品名を具体的に出し、傑作であるが、と断りつつも、「一抹、反撥するものを感じないでは居られなかつた」と綴るのであった。

敗北の巨斧を背に衝たれた私としては、自分の暗愚さにアイソがつき、戦争中の言動を反省して、日々が地獄であつた。自分を泥濘の中につきたおし、のたうち、自嘲しながら、生きる灯を求めていた。

（同前）

さらに、ショッキングな出来事が火野を襲う。共感を寄せていた兵隊たちからも火野はバッシングを受けるようになったのだ。

兵隊からも

事実かフィクションかわからないようなエピソードが当時の火野の苦悩を象徴していた。一九四五年八月の終わりに、火野は、母の実家である広島県庄原市を訪れている。『革命前後』の重要なシーンのひとつは、この時に通った広島駅での出来事として描かれている。

駅のプラットホームで、火野をモデルとした作家辻昌介はひょんなことで元兵士たちに取り囲まれた。そのとき、『麦と兵隊』を書いた人物だと気づいたひとりが辻のもとに詰め寄ってきた。

「辻さん、あなた、敗戦の責任を感じとるでしょうな？」

と、つっかかる語調になって来た。

「は？」

「もちろん、感じとるでしょう。感じずに居られるわけがない。あんたはわしら兵隊の王様で、あんたほどええ目に会うた人はないからね。わしら兵隊は一銭五厘のハガキでなんぼでも集められる消耗品じゃったが、あんたは報道班員とやらで、戦地で文章書いて大金儲け、『麦と兵隊』の印税で家を建てたとか、山林を買うたとか、大層景気のええ話じゃ。そんなとき、わしら、食うや食わずで泥ンコ生活、わしの弟はレイテ島で戦死してしもうた。あんたが、いつ、『銭と兵隊』を書くかとわしら考えとったんじゃ」

このあと元兵士は、「辻さん、敗戦についてのあんたの責任は小さくはないですよ。わしら、あんたに騙されて戦うたようなもんじゃ」とさらに辻を追い込んでいく。

戦争中、火野が愛した兵士たちからの痛烈な批判である。「追放者」という作品でも火野に近しい人物が列車内で元兵士に、「九州には、火野葦平がをるのとちがひますか」「戦犯でつかまつたのとちがひますか」と話しかけられるシーンを作った。元兵士はさらにたたみかけるように「あたしは、火野葦平を恨んどるですよ。あたしら、あのひとの書いたもの読んで、この戦争勝つと思うて、一所懸命、やつたですよ。なんのことか、こげんざまになつて」と語る。「火野葦平資料の会」代表の坂口博さんによると、これらのエピソードが事実かどうかはわからないという。しかし、こういうシーンを何度も描いていることから、火野が元兵士からのバッシングを気にしていたのは確かなようである。大妻女子大学の五味渕典嗣さんがこう教えてくれた。

「戦記作家としての火野は、自分は「兵隊」＝「民衆」の側に立ち、その肖像を描きつづけてきた、と思っていた。確かに火野がそのような姿勢・態度を取ろうとしたことは疑えません。しかしそれは、あくまで火野にとっての、火野が思い描いた「兵隊」＝「民衆」でしかなかった。いってみれば敗戦後の火野は、自らが理念にまで高めた「兵隊」＝「民衆」のイメージと、現実の元兵士たち、焼け跡に生きる市井の人々の姿とのギャップに苦しむことになります」

強まる一方のバッシング。さらに、進駐軍という新たな難敵が火野の前に現われた。

二つのアメリカの調査

『革命前後』には、敗戦の翌年の五月、ジープに乗って若松の辻の自宅にアメリカ人が突如訪問するシーンが描かれる。進駐軍（ＧＨＱ）の民間情報局（ＣＩＣ）の大尉だった。辻は、敗戦以来、いつか戦犯として逮捕されることを予測していたので、驚きはなかったと心中を語る。実際にＧＨＱの将校が若松に来たのかは、疑わしいようだが、火野のＧＨＱに対するスタンスが見える挿話として興味深い。

大尉は、通訳を交えて、辻の経歴や戦争中の活動について調書をとった。このとき辻は大尉の執拗な尋問に対して、自身の考えを貫いた受け答えをするようにしたという。そのことが如実に表れているのが、大東亜共栄圏についての自身のスタンスだ。辻は「大東亜共栄圏の建設」は「私の胸にもひとつの灯を点じていた」と語り、「アジア民族の解放、団結という理想への戦い」という自覚のもと、「アジア人種が、白色人種の帝国主義の下に征服されていた歴史」「その支配下から抜け出て、アジア人はアジア人の国を作り、アジア人同士、手をつながなくてはならぬ」という信念を持っていたと吐露する。

ほんとうに火野がこんな事を言ったかどうかは正式な記録がないためわからないし、この時代に流石に進駐軍の将校にここまで赤裸々に語ったとも思えない。つまり、火野の創作である可能性が高い。ただこの記述から、自身が希望を抱いていた大東亜共栄圏の精神について、戦後になっても肯定的な評価を保ち続けていたことが暗に示されている。このCICの将校をめぐるエピソードは『火野葦平選集』の第四巻の「解説」にも書かれていて、火野が積極的に公にしていた出来事である。

しかし、梅光学院の梶原康久さんの調査で、火野は「戦時中、一般国民の戦意の変化に関する情報源に近づきえた日本人」として、一九四五年一一月二四日に米国戦略爆撃調査団の聴取を受けていたことが六年前に明らかになっている。その記録は、国会図書館の憲政資料室に保管されており、その実物にあたることができた。火野は調査団に対して、「兵隊三部作」を執筆した経緯や戦地から帰国したときに感じた日本人の変わりぶりなどを、かなり率直に語っている。火野が「国から帰つて来て驚いた」ことは、「国民の道義心」と「軍隊の道義心」が「非常に無化」していることだったという。

火野の言葉の中に興味深いものがあった。戦時中に表現を拘束していた検閲制度がなくなったことを喜びとして語っていたのだ。

戦争も済んでこれからは何でも書けるやうになつたことは作家として大変喜ばしいことだと思つてゐる。〔中略〕今後は作家として新生命を吹き込まれたやうなつもりだから、何等気兼ねなく思ふことが書けるやうになつたことを幸福だと思つてゐる。（調査団の聴取記録）

「書けるやうになつた」という言葉を繰り返していることからも、作家火野の本心から出た言葉のように感じられるが、この時火野は新たな検閲制度が待っていることをまだ予見しきれていなかった。GHQはこれまでの検閲制度をすべて廃止させると同時に民間検閲支隊を組織していたのだ。

新たなる言論統制

ＧＨＱの民間検閲支隊は検閲の詳しいコードを明示しない方針を取っていたが、一貫して取り締まろうとしていたのが、占領軍や占領政策に対する批判、軍国主義的プロパガンダだった。五味渕さんはこう語る。

「日本語の出版メディアは、敗戦の年の九月一九日以来、占領軍の新たな検閲に組み込まれました。占領軍の検閲はいわゆる「伏字」の使用を許さなかったので、作家たちは、戦前・戦時の検閲や言論統制とはまた違ったシステムの中で書くことを求められました」

その結果、石川淳「黄金伝説」や、中野重治「五勺の酒」、坂口安吾「戦争と一人の女」、太宰治「トカトントン」などが、部分的な削除を受けたという。五味渕さんは続ける。

「作家たちは、ＧＨＱの検閲ガイドラインを知ることはできませんでしたが、自分の経験や伝聞で伝わる事例を踏まえれば、ある程度の線は見えたはずです。しかし、日本の作家たちは、近代から一貫して検閲体制の中にいたわけです。検閲の主体は変わったものの、制限・制約の中で書くことに彼ら彼女らは慣れてしまっていました。そして、たいへん興味深いことに、それでも戦時下の日本の検閲や言論統制よりは表現の可能性が広がったと意識した書き手は多かった」

そして五味渕さんは、「とくに性や風俗を描こうとした作家たちにとってはそう見えた」と続け、例にあげたのが坂口安吾だった。坂口は、「戦争と一人の女」だけでなく、「特攻隊に捧ぐ」というエッセイでも削除を受けていた。

「ですが、安吾は一貫してＧＨＱの占領政策には肯定的でした。また、谷崎潤一郎は、敗戦直後の時期に中央公論社の社長に宛てて、自作の再刊にあたって、占領軍批判と取られかねない文章を削除したいと申し出ています。以上の例からも、この時期の作家たちが総体として、「表現の自由」が獲得されるべき権利だと意識していたとは、とうてい言えないと思います」

火野についてはどうだろうか。火野自身がＧＨＱの検閲について綴っている文章が見つかった。「法隆寺金堂炎上」の新聞記事を読んだことにその後にふれていることから、一九四九年一月頃に書いたものと思われる。

「一椀の雪」について、ＧＨＱより呼び出しがあった旨を知る。出版内容をよく検討せよとのことであったらしい。執筆にも、出版にも、制圧のあることはもとより覚悟してゐるところであったが、ちょっと憂鬱になる。さきに映画原作二本駄目となり、新聞、ラジオ制限され、政治性云云によって作品内容も収縮する。しかし、終戦直後の覚悟に比すれば、ものの数ではない。つねに最悪の場合を基準とし、状態に狎れるな。見くびるな。敵を設定し、移動し、時間の麻痺によって根本を見失ふな。すべては無に還元してからのことである。

（「鈍魚庵独白」四）

「一椀の雪」は前年に出した小説である。ＧＨＱは直接火野にコンタクトしたわけでなく担当編集者を呼び出していた。火野が「ちょっと憂鬱」になっていることから、ＧＨＱの存在、その検閲システムが重くのしかかっていたことがわかる。五味渕さんは次のように語る。

「『終戦直後の覚悟』とは、二度とペンを持てないかもしれないという覚悟だったと私は考えます。そこから比べれば、ある程度の『制圧』『制限』は仕方がない、ということなのでしょう。つまり火野にとっては、戦後ＧＨＱの検閲が具体的にどんな仕組みで動いており、どんな内容が検閲のコードに抵触するか、という問題以前に、彼自身が書きつづけることのできる場、作品を発表する場所を確保していくかが最大の関心事だったのではないでしょうか」

上記の「鈍魚庵独白」の文章は、こう続いていく。

わき目もふらず、自分の方法で書くこと。評判になったり、心をひかれたりするスタイルから背を向けること。〔中略〕自分を規定するな。溢れるもの、流れ出るものに身をうちまかせ、乱れるな。

怒りにも似た力強い言葉から、大きな壁があっても、そこに押し返されることなく、そして迎合せずに、真に追求すべきものに向かおうとする意志を火野が抱いていたことを私は痛感していた。

追放

もはや、なにをいふ気もおこらなかった。私はこのことによって起る当然の生活逼迫を考へ、老いたる父母と、妻と、七人の子の顔がパノラマのやうに去来した。人手に渡る家と、空っぽになった書斎の本棚とが眼に浮かんだ。苦笑していよいよ、ヤミ屋をやるほかはなくなったな、といったら、女房の眼に水が光り出た。

（「鈍魚庵独白」五）

一九四八（昭和二三）年五月の末、火野のもとに日本政府からある文書が届いた。火野を「昭和二十二年勅令第一号に基づき、同令第四条の覚書該当者と指定」したというものだった。

いわゆる「公職追放」である。公職追放は、一九四六年一月にＧＨＱの日本政府に対する発令に基づいて出された勅令で、正式には「公職に関する就職禁止、退官、退職等に関する勅令」という。戦争犯罪人、陸海軍の軍人、大政翼賛会等の政治団体の指導者、海外金融機関等の役員、占領地での行政長官、その他軍国主義者や超国家主義者など七つの項目を挙げて、該当する人物の公職からの罷免、官職からの排除を命令するもので、一九四七年一月に公布・実施された。一九四七年四月に行われた戦後初の総選挙で第一党となった自由党党首・鳩山一郎が次期首相候補であったにもかかわらず、五月三日に公職追放が発令され、かわりに吉田茂が首相に選ばれたことは有名である。

火野が受け取った文書には、当時の総理大臣芦田均の署名があり、指定の理由としてこう書かれていた。「日華事変以来、同人は戦争に取材せる多数の著作を発表し、世に迎えられたものであるが、その著作に於て、概ねヒューマニズムの態度を離れなかったとは云へ、『陸軍』『兵隊の地図』『敵将軍』『ヘイタイノウタ』等に於ては、日本民族の優越感を強調し、戦争、とくに太平洋戦争を是認し、戦意の昂揚に努めて居り、その影響力は広汎且つ多大であった。以上の理由により、同人は軍国主義に迎合して、その宣伝に協力した者と認めざるを得ない」

火野の公職追放に問われた理由は、日中戦争時代の兵隊三部作などよりも、太平洋戦争時に書かれた作品が理由にあげられていることがわかる。ＧＨＱは、火野の作品を細部にわたりチェックして戦時下の日本における影響力を徹底して調べていたのだ。

火野以外の作家では、菊池寛、尾崎士郎、武者小路実篤らも追放のリストに入っていた。異議申し立てが許されたようで、火野ら多くの文学者の公職追放に関しても、志賀直哉らが共同して申し立てをした。そのうち、獅子文六、丹羽文雄、石川達三らについては異議を認められ、追放が解除された。しかし、火野、菊池、尾崎、武者小路実篤らは却下されて、追放が決まった。

さらなる苦悩

追放を受けた火野のもとにさらなる苦難が襲う。仲間たちと期待を持って始めた九州書房が莫大な赤字を負って倒産したのだ。それでも火野は、わずかなつてを頼って執筆は続けた。一九四九（昭和二四）年からは、東京大田区池上に家を買い、二階の書斎を「鈍魚庵」と名付け、九州との二重生活を本格化させた。火野はこの家に懇意だった作家の長谷健を住まわせている。鈍魚は、河口の浅いところにいるありふれた魚で、誰も見向きもせず、人影が映るとさっと集団で逃げるような魚だ。火野は、「その暗愚なさま」を他人事とは思えず、自らに重ね合わせていた。九州と東京を行ったり来たりしていく中、執筆依頼も少しずつ増えていったようだ。しかし、いつまでも心から消えなかったのは、国家から追放者のレッテルを貼られたことの衝撃だった。

北九州市立文学館に保管されている資料で、この時期の火野の資料で目立つものは、「鈍魚庵」から妻ヨシノにあてた書簡類だ。繰り返し取りあげている話題は、やはり追放のことだった。一九四九年五月の手紙で火野は、こんな風に綴っている。

かういふときには、人の好意や親切がよくわかる。いろいろと多くの人が、心配してくれるので、うれしく思ってゐる。昔はちやほやと尻にくつついてゐたくせに、敗戦になり、追放になると、知らぬ顔をしたり、敵になつたりした者も多いが、かういふときに、力になつてくれる人こそ、ほんとうの知己《ちき》だと思つてゐる。

手紙はこう続く。

追放解除にでもなつたら、うんと書きまくるつもりだ。文学の道はいよいよけはしいが、全力をかけて、自分の文学の道をひらく。

妻を落ち込ませないようにという思いからか、気丈に書いているが、その心中は複雑だったに違いない。追放解除後に書いた小説「追放者」のなかで、その心中をこう綴っている。

私を鋭いまなざしで、批判したり、追放したりしないのは、家庭だけであった。卑怯者でいよう。家庭のなかへ逃げこむことで、心の傷を癒すより、今は方法がない。

他にも追放に関して妻に何度も綴っている手紙は何通もあり、火野が追放について気にかけ続け、心底参っていたことがうかがえる。

このころの火野の姿を間近で見ていた人がいる。火野の甥、医師の中村哲さんである。中村さんの母は火野の妹で、父勉さんは、火野と「九州文学」の仲間で『花と龍』にも登場している。中村さんは、現在、アフガニスタンで医療や農業用水路の建設など幅広い人道的活動を続けている。二〇一三年五月、一時帰国した中村さんに、ペシャワール会事務局長で、出版社石風社代表の福元満治氏の尽力でインタビューすることができた。ヒゲを蓄えた眼力の強いその相貌は、祖父の金五郎そっくりである。中村さんが記憶していたのは、伯父の思い詰めた姿だった。

「自分の好きな文学の道を鎖されたことがショックだったらしくて、日本刀を前にじっと腕組みして考えていた光景を何人も目撃しています」

それまでの戦争行為を頭で否定しても、心情の上では器用に清算できないでいる。「新しい世の中」は、そんな自分の思いも濁流で押し流すように進んでゆく――。

火野の内心が綴られた「鈍魚庵独白」は、この頃書かれたものとされているが、そこにもこんな言葉が並んでいる。「精神の泥濘、敗血症、徹夜して、一枚もかけぬ」「精神の荒野」「忍耐にも限度がある。

この苦痛に、何故、耐えなくてはならぬか」「今日は変な日だ。死の予感がしきりに胸をかすめる」「理解されようとうぬぼれたことはないが、孤独の訓練はひどく受けた」「いつも一人　家庭でも、九州でも、文壇でも」。火野の内心に忸怩たるものがあったのは確かだと中村さんは感じている。

「彼にとって敗戦は、今まで生きがいだと思っていたものが突然ひっくりかえってしまうという体験だった。もちろん、もう過ぎたことだ、自由になった、負けて良かったという考え方には同調できない。その一方で自分がしてきたことが、戦争を煽ることにつながったんだという矛盾のなかに立たされ、そうとうきつい体験だったんじゃないですかね」

父の書棚には火野の著作の数々が並んでいた。そんなことから、幼少時に手に取った初めての本が火野の著作だったという中村さんは、その後も火野の作品を何度も読み直してきた。一度、戦争協力者と決めつけられた後は、フェアでない読み方をされていたとも思っている。

「克明に覚えていますけれど、「兵隊三部作」でもね、日本人の勇敢さだけを讃えているんじゃなくて、兵隊の心情を伝えているんですね。あるときは残虐なことをし、あるときはおとっつぁんとして、夫として故郷のことを思って、その中で揺れていく兵隊の気持ちを描いている。そのへんが、戦争を煽ったという批判だけでは、文学者としてもおさまらないものがあったでしょうね。だから、おそらく彼自身がそれで悩み続けてきた」

火野自身もこう綴っている。

世間の風潮は、きわめて簡単に、日本の帝国主義戦争、侵略戦争でかたづけていた。しかし、私にはそんな簡単な戦争とは思われなかつたし、その真実の意義が明らかになるためには、なお、二十年、三十年は要するだろうと考えていた。

（『火野葦平選集』第四巻「解説」）

「私なんかは実際にあった凶悪事件の裁判を傍聴して、犯罪小説を書くことが多かった。火野さんと同じような文筆業者、売文業者として、何がいちばんこたえるかというと、何人殺したとか、死刑判決を受けたとか、そんなことを書いて本が売れ、ずる儲けできていいねって言われることですね。戦場に送られて、ひたすらお国のためと思い戦い、書いて、結果的にあんたいいね、お金儲けできて、と言われる。私でさえ辛いと思うことがあるから、火野さんの辛さはどんなもんだったろうと思うんです」

そう語るのは、北九州の玄関口、門司港近くの邸宅に暮らす作家佐木隆三さんである。一九六〇年代に起こった実在の連続殺人をモデルにした『復讐するは我にあり』で直木賞を受賞した佐木さんは、その後も、八〇年代末に起こった東京・埼玉連続幼女誘拐殺人事件やオウム真理教事件など、社会を大きく揺るがした事件やその刑事裁判を素材とした小説やドキュメントを数多く手掛けてきた。

佐木さんが作家になったきっかけは、八幡製鉄所勤務時代に、職場の上司で火野の親友の岩下俊作の指導で小説を書くようになったことだった。佐木さんはその頃、火野は作品を読み込み、戦後浴び続けていた批判は「誤解だ」と強く思ったという。

「こんな誠実な人はいないんじゃないかなと若者なりに思っておりましたんでね。それはためにする批判であって。真っ当な批判には当たらないとずっと思っておりました」

佐木さんは岩下に「いつか火野に会わせてあげるよ」と言われ、そのことを励みに執筆に取り組んでいたという。しかし、佐木さんのように火野作品に誠実さを見出していた読者は少数に過ぎなかったようである。火野は、もだえながら、新たな文学を模索し続けていた。

パージ解ける

「晴れた雲間に一万人の笑顔」という大きな見出しの横に、「解けたパージ」と書かれている。西日本新聞記者の大矢さんが送ってきてくれたのが、一九五〇（昭和二五）年一〇月二四日の西日本新聞朝刊の二面記事である。見出しの下に掲載されている写真は、マンドリンを弾く火野の姿だった。「早速政治小説だ　マンドリンに託す火野葦平氏」というキャプションが横にあった。この日、火野は約一万人の公職追放者とともに、追放解除となったのだ。紙面には、火野のコメントも掲載されている。「とにかく非常にうれしい、有難い。今までも創作活動はできていたが政治問題にふれることが許されなかったので、例えば石川達三君の『風にそよぐ葦』のような作品を自分も書きたいと思ったがそれもできなかった、終戦前後の政治問題をテーマにした作品を案としてもっていたのでさっそくそれにかかりたい、頭上の雲が晴れたようだ、心ゆくまで書きたい」

火野はよっぽど嬉しかったようで、インタビューのあとに、記者の前でマンドリンの演奏を披露している。

追放解除後、火野は、それまでとは違う文学世界に一歩踏み出していく。直後に雑誌『改造』に掲載した作品が「追放者」だった。この作品で火野は、自らの追放体験と、その心中を綴った。

火野は、この時期、戦中のことも積極的に吐露し始めた。一九五〇年、インパールの戦いについて綴った『青春と泥濘』、一九五二年には『バタアン死の行進』を刊行した。

触れなければ忘却されるかもしれない足跡。戦後の決して平坦ではない日々で、火野はそれを丁寧にたどり直し、戦争の実相とそれと伴走した自身の姿を読者の前にさらけ出していた。

一九五二年四月、およそ七年間続いたＧＨＱによる占領の時代が終わり、日本はサンフランシスコ条約発効とともに独立を回復した。

すべての検閲が取り払われた中、火野は、自身の原点もつぶさに書き記していく。なかでも、故郷若松を舞台に、父・金五郎と母・マンを主人公に明治から戦後までの港湾労働者たちの群像を描いた『花と龍』は一九五二年に読売新聞で連載開始後たちまち評判を呼び、単行本も大ヒット、何度も映画化され、火野の戦後の代表作となった。

河伯洞に残されている『花と龍』の創作ノートには、こんなメモが赤い鉛筆書きで記されていた。

一生がドコカで狂った。どこで狂ったのか。

メモに込めた火野の心中はさだかではない。しかし自分の原点を探りながら火野は、戦争さえなければどのような道を歩んだだろうか、と別の人生を思い描いていたような気がしてならない。

五味渕さんは語る。

「いってみれば『花と龍』は、「玉井家」という家の創生を語る神話のような物語です。それは同時に、もし戦記作家にならなかったら、彼が「玉井勝則」として継承したはずの世界でもあった。私には、小説『花と龍』が、一九三七年七月七日という日付を記して終わっていることが、とても象徴的なことのように思えます」

こうして、再び作家としての栄華を極めた火野は、さらに大きなテーマに向かっていく。それは、自身が戦時中、兵士として歩いたアジアだった。

二　アジアへのまなざし

梅娘の新中国

「彼らの文学は、ことごとく抹殺されてしまいましたね」

そう言いながら、北京社会科学院の張泉さんは、『文化漢奸』という一冊の本を取り出した。中を開くと人名が連ねられている。太平洋戦争中、南京で開かれた第三回大東亜文学者大会の出席者だった。

「彼らは日本の文学活動に参与していたのですが、日本敗戦後、彼らの中の一部分の人は、まさに波乱万丈の人生を送ったのに対して、ある人たちは、平穏無事の人生でした」

日本との八年にわたる戦争を終えた中国では、国民党と共産党の内戦の末、一九四九年に共産党が勝利、新国家・中華人民共和国が誕生した。新たな中国において、大東亜文学者大会がどのように受け止められたか、張さんは、次のように教えてくれた。

「永い間、淪陥区（日本・傀儡政権支配下の地域のこと）文学の研究は、タブー視されていて、淪陥区のあらゆる作家たちの活動は、すべて売国奴文学とされ、歴史的にも認可されなかったばかりか、完全に否定されている状態でした。七〇年代後半より中国の改革・開放政策が実施され、初めて研究の門戸が開かれるようになり、淪陥区文学がようやく認められました。その時から第三回大東亜文学者大会に関しても研究されるようになったのです」

第三回大東亜文学者大会で、火野とともに宣言文を読んだ、人気女流作家の梅娘は、戦後、夫で文学界の重鎮の柳龍光を不慮の事故で失なう。その後、海外を転々とし、カナダの永住権を得たのだが、新中国に戻る選択をし、北京に暮らした。中学の教師、記録映画の脚本の仕事などを得たものの、対日協力者のレッテルをはられ、強制労働を余儀なくされた。梅娘にさらなる不幸も襲いかかる。ふたりの子どもを病気で亡くしたのである。張さんは、それだけに留まらないと、彼女の災禍をこう語る。

「文化大革命のときは、たったひとり残った娘からも縁を切られました」

張さんはそう言うと、持ってきた資料の束から一枚の白黒写真を取りだした。人民服を身に纏った目鼻立ちのはっきりとした女優のような美女が写っていた。

「この人が娘ですが、自分を護るために縁を切ったのです。梅娘にとってはショックなことでした」

その後、梅娘の名誉は二〇年にわたって回復されることはなかった。ようやく一九七九（昭和五四）年になって、「右派分子」「反革命分子」の処分を取り消され、作家としての地位を取り戻したが、作家としての再始動は容易ではなかったようだ。私が中国取材をしている最中の二〇一三年五月、九二歳でこの世を去った。最後まで、大東亜文学者大会のことは話したがらなかったという。

戦後、中国では、大東亜文学者大会に参加した文化人の何人かが処罰されている。銭稲孫は、懲役一〇年の刑と、公権剝奪の処分をうけた。上海（華中）代表として第一回、第二回と続けて出席した柳雨生、そして第二回にやはり上海代表だった陶亢徳の両名は、反逆罪に問われ、三年の刑を受けた。

火野は、戦後になり、自身の心中を吐露したノート「鈍魚庵独白」で第三回大東亜文学者大会について振り返っていた。そこで、文学者大会について、そして当時の自分たちの活動がもたらした可能性についいて、こんな風に書いていた。

いま、すべては空、ことごとく水泡に帰したが、果してなにもかも徒労であつたらうか、南方諸地域においては、ビルマ、フィリピン、インドネシア、インドあらゆる民族は独立し、革命の情熱は澎湃とたぎりたつてゐる。これはなによるのか。いまはなにごとも語るを許されないが、中国にまいたさまざまの種が一粒も残らず潰え去るとは、どうしても考へることができない。

（「鈍魚庵独白　五」）

「鈍魚庵独白」は火野の生前は公開されなかった個人的なノートだ。それだけに、かなり心の奥にある思いが綴られていると考えてよいだろう。火野が中国やフィリピンで取り組んだ活動が戦後に何らかの実を結んでいることを望む気持ちが伝わってくる。とりわけ火野が新たな体制になった中国に強い関心を寄せていることがうかがえる。実際、火野は自分の目で、新中国の実相を確認することになる。

アジアへの「告白」

敗戦後九年経った、一九五四（昭和二九）年三月一日、乗員二三名を乗せた静岡県の遠洋マグロ漁船・第五福竜丸が、マーシャル諸島のビキニ環礁近くでアメリカによる水爆実験によって被爆した。無線長だった久保山愛吉さんが半年後の九月に死亡、日本国内で原水爆禁止運動が広がっていた。

当時の火野は沖縄問題に取り組むなど、積極的にメディアで発言をしており、原水爆禁止運動にも参加した。この頃の火野について関西大学の増田周子教授が詳しい。

「火野は、一九五〇年代に入ると、事実と違うことに対して徹底して抵抗するようになります。広島まで行って、核反対運動に取り組んだりもしており、社会悪を暴露し真実を追求していく、そういうスタイルになっていったと思います。自分が見たもの、触れたものは、書かないといけないという使命感が根底にはあったのでしょう」

一九五五（昭和三〇）年四月、九州平和連盟の推薦で、火野が参加することになったのは、インド・

ニューデリーで開かれた「アジア諸国会議」である。インド、中国、ソ連、ビルマ、朝鮮民主主義人民共和国などアジア一四ヵ国の民間人が、原水爆戦争絶対反対を唱えて開いた平和会議だ。日本からは、部落解放運動家の松本治一郎を団長に、五〇人ほどが出席した。火野は「文化問題」部門の九名の一人として選出された。

「アジア諸国会議」への参加を前に、予備会議が東京都内で四回にわたって開かれた。その中で火野は、決議文を提出している。それが「全アジアを文学の美しい鎖で」である。文章は「一　告白」、「二　報告と提案」の二つのパートにわけられている。

インドに行くにあたって、火野が「告白」しようとしていたのは、日本軍と深く関係していた一〇年前の自身の姿だった。インドを舞台としたインパール作戦を振り返り、「アジア人同士が銃を打ちあい殺しあいをせねばならぬ不幸」に対し「深い悲しみ」を感じていたと吐露、「なぜ兄弟であるアジア人同士が戦わねばならぬかという強い疑問」を抱いていたと告白する。さらに「私たちの敵はアジア人ではない」と強調、それはインドの戦線だけではなく、アジア各地の戦場での共通の思いだったと続ける。そして、「ひとたび硝煙が消え去れば、アジア人同士の血の結合はゆるぎない親近感となって敵味方の区別を一掃してしまう」とした。

この「告白」で、火野は中国やフィリピンの戦場でも、心中にあったのは、西欧列強の思惑に踊らされるアジアの悲惨だったと吐露する。私は、フィリピン報道班時代に火野が「同じアジア人」としてフィリピン兵を憎めないと手帳に何度も綴っていたことを思い出した。さらに火野はインパール作戦でもインド兵に対して敵だったものの同じアジア人としての共感と思いを抱いていたと打ち明け、自身がインドに一〇年ぶりに訪れる心中を「夢のような気持」だと綴る。そして「私たち日本人はさまざまの過誤について反省し、アジアの人たちに深くおわびをせねばならぬと思っている」としたうえで強調したのが、平和への希求だった。「私たちアジア人同士が二度とくりかえしてはならぬ同志討ちの記録は、私たち日本人の魂にするどくひびき、この悲劇を嚙みしめることによって、より深いアジア人の共感、より深い平和への祈りが湧いて来るものにちがいない」。

増田さんは、火野の決議文について、次のように語る。

「火野は、原子爆弾を二発も受け、ビキニ水爆実験の被害を受けた日本人が戦争を心から憎んでいることも強調しています。悲劇を嚙みしめ、世界を「あたたかい文学の美しい鎖」でつなぎ、平和世界の構築に向けて前進することを提案しようとしていました。その裏には、これからはアジア諸国の文化交流の発展に尽くしていこうという決意があったのだと思います」

大東亜共栄圏に託した火野の夢は破れた。しかし、あらたな文化の結びつきで、再びアジアがつながることができるのではないか――。火野はその端緒を「アジア諸国会議」に見出していたのだ。

結びつく楕円

アジア諸国会議は四月六日、ニューデリーで開幕した。この滞在中に火野が綴っていた手帳が『アジアの旅（I）』である。縦一三・四センチ、横九・三センチ、厚み一・六センチ。四月五日から二〇日にかけてのおよそ二週間のことが日記形式でスケッチされている。中を開くと、象に乗った王族のイラストの、デリーで泊まったホテルのコースターなども張られていて、火野の好奇心の強さを感じさせる。会議の前後を利用して火野は、アジア各地域（バンコク、カルカッタ、ニューデリー、アグラ、ラングーン、香港）を巡っていたのだが、手帳にはそれらの地域での出来事も書かれている。

トランジットの必要上で行ったのかもしれないが、バンコクやラングーンは太平洋戦争末期に火野が過酷なインパールの戦場に行くときに通った場所だと気づく。火野は戦時中に自身がたどった道を再び歩いていたのだ。

それでも手帳の記述の中心となっているのは、やはりニューデリーでの諸国会議だった。増田さんがその読み解き作業にあたっている。

「かなり忠実に会議内容を記録しています。中には、会場のみで配布された、参加者しかもらうことのできない会議のプログラムなども挟まれていて、貴重な歴史的記録だと思います。この日記から、「アジア諸国会議」の中で、アジア人同士が真の団結をとろうと思っていることがわかります。ちょうど、ビキニ水爆実験のすぐ後ということもあり、侵略戦争をした日本という国際的非難より、三度もの原子力兵器の犠牲になった日本という印象がつよく、アジアが一致して世界的脅威に抵抗しなければならない、という意志がみられます」

開幕式で各国代表がスピーチをした。中国代表で演壇に立ったのは、団長で、日本でも名を知られる作家郭沫若だった。一九二一（大正一〇）年に九州帝国大学医学部を卒業した郭は、帰国後国民党に参加したが蔣介石と対立、一九二八（昭和三）年に日本に亡命する。日本人女性と結婚したが、日中戦争勃発後は再び中国に戻り、国民政府に参加し、抗日文化運動で活躍したことは前述した通りだ。郭は、平和への願いを高らかに謳った。

　アジアの平和は世界の平和を保障します。そしてわれわれの団結は、平和をまもる巨大な力となるでしょう。〔中略〕皆さん戦争を征服しましょう！　平和は勝つでありましょう！

（『十四億人の声』）

会議二日目の四月七日、『アジアの旅（I）』には、郭の名前が綴られていた。「郭沫若（メガネハヅシテ、支那語デエンゼツ）通訳に変るとメガネかける」と火野は記し、続いて郭の演説を速記している。

日本と中国との間に平和的につなぐこと、中国人は日本に対して非常に同情してゐる。〔中略〕しかし、アメリカが日本の再軍備を強要してゐる。われわれの手を日本人の前に出す。平和のために一緒に歩かう。（拍手、郭沫若も自分で拍手、鼻の頭ツウン）

「鼻の頭ツウン」という火野は、郭の言葉に思わず涙が零れ落ちてくるほどの感動を受けていた。

大会四日目の夜、この大会を主催しているインド首相ネール夫人が各国から代表者を数人ずつを首相官邸に招待したのだが、火野もそのひとりに選ばれた。ネールとの挨拶などが済んだあと、斜め前にいた人物が火野に声を掛けてきた。郭沫若だった。郭は火野の右隣の席に自らやってきた。この親しげな様子からは、かつて日中の間で繰り広げられたプロパガンダ戦争の当事者同士とは思いにくい。前述のとおり、郭は日本留学経験がある。火野は郭の母校で自身の故郷にある大学の話題を振った。

「九大関係の人たちが、ぜひ先生を日本へお招びしたいといって運動を起こしておりますし、私たちもそれを熱望しておりますのですが……」

それに対し、郭は行きたい気持ちがあるが、多忙に加え、日本側の受け入れ態勢が整っていないことを述べた。そして郭は火野に質問を投げかけた。

「火野さんはこのごろ小説書いていますか」

それに対して火野は新聞小説を一年半ほど続けていたことを話し、その刊行がインド行きに間に合わなかったことを詫びた。さらに郭が質したのは、火野が中国のどこを知っているかだった。

「上海、南京、広東、杭州、漢口、北京……」

それらの地名を聞いて、郭がどのような感情を抱いたかはわからない。おそらく郭は自身の敵として戦場をめぐっていた従軍作家としての火野の姿をあらためて思い浮かべたのではないか。それでも郭は、戦中の話題に触れず、こう言った。

「昔とはすっかり変わりましたよ」。そしてその変わり振りを見たいという火野に、「どうぞ見て下さい」と歓迎する素振りを見せたという。「北伐」などの作品で親しんできた郭と思いがけずさまざまな話ができたことに火野は大きな感銘を受けていた。

会議の開催は五日間で、合間にタージマハルなどにも行く余裕があったという。また積極的にニューデリーの街を歩き、そこに暮らしているアウトカースト（不可触民）の人々の存在に着目している。

この頃に綴られた手帳の文字は、力強い。火野はインドで何か大きなものに出会い、それに動かされていたと私は感じた。同じアジア人同士が打ち解け、交流できることの素晴らしさ。冷戦期に入った国際社会で、政治上は、結びつきあうことは難しかったアジアの国々の人々が、草の根レベルでひとつの「美しい鎖」に繋がることができるという実感を火野は持ったのではないだろうか。

新中国への誘い

アジア諸国会議の開催中、中国政府が、日本代表団の一部を中国に招待することを決定した。火野と郭がパーティーの席で話しあったことが具現化したのである。「終戦後の中国、特に革命後の中華人民共和国に行つてみたいのは、多年の宿願」だった火野は、「胸ときめかし」た（『アジアの旅（I）』）。

しかし、火野にとっての中国というのは、行きずりの旅人が未知の国の風光文物を観光するという単なる物見遊山が許される場所ではない。「かたよらぬ眼と心とで、すなおに新しい中国の姿を見たい」という期待の一方で、火野の脳裡にはかつての自身の中国での行為が蘇っていた。

重苦しい気分に私はとざされていた。私が中国からは敵と目される人間の一人であるという自覚は、私を単なる旅人というのどかさから閉めだしたのみならず、いつか私にひとつの強迫観念さえ植えつけていた。
（『赤い国の旅人』）

日本の参加者からも火野に対して厳しい声が寄せられていた。文学者、経営者、大学教員、与野党の国会議員、宗教者などから構成された二〇人ほどの視察団の中には、インドにいる時から、終始火野を「戦犯」呼ばわりしていた労働運動家もいた。彼は、火野に対して「偉大なる新中国の建設の姿」を目の当たりにして現実に感化されなかったら、「もうあなたは終りだ」と言った。さらに「火野さんのような軍国主義者は入国を拒否されるだろう」と脅しに近い言葉を投げ、「もし入国を許されてもつねにスパイとして監視されるにちがいない」と言ったという。

私のこれからの中国行は見物どころではなく、人間として、作家として、日本人として、終りになるかならぬかの瀬戸際という次第なのであった。
（同前）

内側の懊悩と、外野の声にはさまれ、火野の中国行きは、かなり思い詰めたものとなっていた。

新たな国家で火野が見たものは

アジア諸国会議の後、インドから直接、香港に到着した火野は、四月二一日から二週間にわたり、北京、武漢、広東などをまわった。火野は、ここでも手帳に自らの体験を克明に綴っていた。『中国旅日記』。黒革のコンパクトな手帳で、「MEMORANDUM」と書かれ、五月四日まで滞在した中国での出来事や目の当たりにした光景が時にスケッチを交え一六九頁にわたって描かれている。頁をめくると、万年筆で書かれた細かい文字がびっしりと並んでいる。陸軍伍長として、従軍作家として、この地に赴いた時代のことを噛みしめながらも、新たな国として変貌を遂げた中国の姿を虚心坦懐に見つめ、どんなことでも書き洩らすまいとする火野の姿が浮かんでくる。

香港から、まず火野が向かったのはかつて自身が逗留していた広東だった。日記には、日本語通訳・李徳純さんとの移動中の会話が書かれていた。

列車の中で、李徳純さん（一高で学び、昭和一九年、両親が心配するので、日本を去つたといふ）と話したとき、李さんは、「麦と兵隊」の英訳〔中略〕をよんだといひ、中国文壇の話、紅楼夢と古典文学のことなど、気持よく語りあつたが、自分としてはつねに心の中に矛盾がある。

火野は、李さんが『麦と兵隊』を戦中に読んだという事実がショックだったらしい。「中国人から私の戦争中の作品（特に、中国を戦場とした作品）について語られることは、私を当惑させた」と書き、「読後感をきいたり、またそれについて述べたりする勇気はなかつた」と吐露している。

この李徳純氏が健在であることを増田教授が教えてくれた。今も中国社会科学院の研究員として日本文学研究に勤しんでいるという。コーディネーターの候さんを通してアポイントを取ることができ、北京市内の李さんの家を訪ねた。流暢な日本語で、私たちを迎えてくれた李さんは、のっけから私の出身大学名を質した。あまりの唐突さに窮していると、「あなたは戦前、日本に旧制高等学校で番号がついていた学校があったことを知っていますか」と畳みかけ、自身は日本留学時に旧制第一高等学校を卒業したと問わず語りをするところから、日本での学生時代に深い思い入れを持っていると見受けられた。李さんは火野のことはよくおぼえていると言い、懐かしそうな眼差しを浮かべた。

李さんとの会話のことを綴った同じ頁に、火野はミミズの這ったような文字で「いろいろなことが、他の人たちのやうに、のんきにしやべれない。短い言葉ではわかりにくいし、なにを話してもみんな戦争中のことにつながつてくる」と記している。

火野が抱いた「心の中の矛盾」とはいかなるものか。李さんは、何か具体的なことを火野から聞いているのではと思い、質問をぶつけた。だが李さんは、列車やホテルで文学論を交わしたことはよくおぼえているが、火野の心理までは想像がつかないとちょっと憮然とした表情を浮かべた。「のんきにしゃべれな」かった火野は、どうやら李さんとも腹を割って話さなかったのだろう、とこの時は思った。

李さんの家を辞去した後、徒労感をおぼえながらロケバスの窓から車外の風景を眺めていると、コーディネーターの候さんが「私が事前に話を聞いたときには、こんなことを教えてくれたんです」と語りかけてきた。候さんが李さんから聞いた話は火野の深い苦悩を物語るものだった。

「火野は、広州に着いたときから緊張した面持ちだったそうです。そして李さんにも自分が逮捕されるのではないか、と話していたそうです」

李さんがその後、訪日したときも火野と新宿で会食をしたこともあったらしい。何故、このような重要な証言を李さんが私にはしてくれなかったのかはよくわからない。火野のことを思う気持ち故か、悪化している日中関係の中で微妙な問題を含む証言だと判断したのか……。折しも天安門広場のロータリーにロケバスは差し掛かっていた。毛沢東の大きな肖像が、夕景の中、薄赤く光っていた。

広東で見つけたもの

一九五五年四月二一日、火野は広東の中心地広州に到着する。火野が思い出したのは、一六年前の自身の姿だった。『赤い国の旅人』に火野は、この時の心の動きを赤裸々に綴っている。

昭和十三年十月十二日、バイアス湾に敵前上陸し、十月二十三日、広東に入城して以来、翌十四年十二月まで私はこの街で暮した。無論、兵隊として、占領者として。〔中略〕なつかしいというよりも、恐ろしいところに来たような奇妙な気おくれを感じた。

その翌日、火野たちは市内見物に出かけることになった。バスは、見覚えのある町並みを走っていく。火野は、報道部員として日中戦争時に長く滞在した自身の足跡を追憶しようとする。しばらくすると、目の前に黒ずんだ大きな建物が見えた。

私ははっとした。瞬間に通りすぎたが、見あやまりはなかった。

その黒い建物は、戦時中、火野が伝単やプロパガンダ雑誌の発行などに勤しみ、自作にも取り組んだ「南支派遣軍報道部があった家」だった。火野は、そこの一室をあてがわれて一年近く暮し、『花と兵隊』『広東進軍抄』その他の作品を「かい」ていた。

火野の心中は、広東で大きな揺さぶりを受けていた。火野は自身の戦争責任を吐露し、「中国を征服していた時代のたかぶりおごっていた愚かさ」を、自らに向けて厳しく問うた。さらに中国人にとって火野は「日本帝国主義の手先」として「広東の地をけがした」人間だ、と自己をはっきりと断罪した。

自身を「敗残者」と思い始めた火野は、「浮いた気分」になれなくなり、「おびえ」ていた。そこまで自身を追い詰めたのは、中国の人たちへの懺悔の気持ちからによるものだったに違いない。

戦争中の火野のアジアに対する眼差しを振り返ると、初期の日中戦争の戦場では、現地の人々への共感が確実に見られる。そして『麦と兵隊』には、自身を「掠奪者」だとはっきり言い切る描写があったことは前述した通りだ。日本では中国人をあからさまに蔑視する言葉が氾濫していた中、文学者の中でも火野のような人間は稀であった。しかし、太平洋戦争の時代になると、火野は盟主としての日本という立場を疑うことなく、大東亜共栄圏の理念に賛同、その旗手としてプロパガンダの最前線に立った。自身が中国に対しての「掠奪者」であるという意識はどんどん薄れていったに違いない。そして敗戦により、一気に火野とアジアは分断された。

敗戦から一〇年後に実現した中国訪問で、火野は、かつての戦場をめぐりながら、自身の古傷を引っぺがし、アジアと自身との距離、そして戦争荷担を掘り下げて考えていった。

甥の中村哲さんは、この時の火野の心情についてこう語る。

「戦争が終わり、一〇年かかってやっと、戦争はよくないんだと結論を出せたんですね。それだけの期間がかかった。それはあの当時、積極的に戦争行為に関わったものにとっては、決して長すぎる年月ではないですね」

さらに火野は、中国に分け入ってものを見つめようとしていた。史太郎さんが所蔵する膨大な写真群の中に、このときの旅行中に火野自身が撮った数々があった。

屋台で食事をする家族、自転車に乗って移動する男性、そして目を輝かせている子どもたち……。火野がレンズを向けたのは飾らぬ市井の暮らしぶりだった。かつて戦場で広東の庶民に向けてシャッターを切った火野は、一六年後、再び同じような被写体に向けてシャッターを切っていたのだ。

火野は、中国の旅を終え、自身の心中を次のようにまとめている。

真に平和への意志が強固であれば、破滅の戦争も避けられるような気がする。どんなことがあっても戦争をふたたびくりかえしてはならない。

（『赤い国の旅人』）

戦後一〇年経ってめぐったインド・中国の旅。そこで自身の古傷を見つめ直すことで得た新たな視座によって裏支えされなければ、決して発することのできなかった言葉のように思えてくる。ありふれたようなフレーズに、これ以上ないような重みを感じる。

戦後の火野がめぐったアジア各地を地図上でつなげてみると弓のような形になった。戦時中の楕円と戦後の弓。戦時であれ、平時であれ、どこの地に行っても庶民の暮らしに溶け込もうとした火野。あらためて、そのふたつを重ね、火野がこの広がりで、切実に求めていたものは何だろうかと考えた。

もしかすると――。火野の中では、すでに国境線など意味を持たなくなっていたのではないだろうか。戦後一〇年の歳月で、戦争の日々を見つめ直し、人と人が諍うことの愚かさを心底から思い知った火野は、アジアの地をめぐり、人と人が結びつくことしか考えなかったのではないだろうか。

火野は『赤い国の旅人』の後書きで、「じかにつながったアジアとアジア人との問題が、私に切実なものを植えつけたようである」と綴っている。その言葉を噛みしめているうちに、ふと私は現実を思った。近いにもかかわらず、あいかわらず遠い東アジアの国々。火野が抱いたその「切実なもの」こそ、いま私たちが我が身を以て考えないといけないものでもあるのだろう。

アジア訪問によって、戦時中の自らの行為と向き合い、アジアの人々への共感、そしてつながりの大切さを再確認した火野葦平。最大のテーマ、敗戦について執筆する段階は近づいていた。

三　ラストラウンド

ニューヨークでの磊落

「初めてのニューヨークで、色んなものに驚き、消火栓ひとつ見ても、「これは何だ」とか、広告を見ても何が書いてあるのか、ひとつひとつわたしに質問してきましたね。新しい体験を喜んでいました。火野さんは文学について、何かを得たいと思っていたのでしょう。街を歩きおもしろがっていましたね。楽しそうで私にもとても親切でした」

火野は一九五八（昭和三三）年九月、アメリカ国務省の招待でアメリカへの二カ月間の視察旅行をしている。ニューヨークを訪問した火野が頼りにしたのがドナルド・キーンさんだった。

このときに火野がつけていたのが、『アメリカ旅日記Ｉ』である。それまでの手帳と形はほぼ一緒だったが、瞠目したのは、その分厚さである。アメリカの地図や名刺、雑誌の切り抜きなどが張られていて、膨らんだパンのようにはち切れそうな形状になっていた。

そこに「会ひたい人」としてあげていたのは、パール・バック、ヘミングウェイ、マッカーサー、ノーマン・メイラーなどだったが、その中にキーンさんの名前もあった。一〇月一日の記述にもキーンさんに宛てて手紙を書いたこと、キーンさんの著書を読んだことが綴られるなど、キーンさんをかなり意識していたことが日記からはうかがえる。

当時、キーンさんは、コロンビア大学で日本文学の教鞭を執り始めたばかりだった。火野と一緒にフランス料理店に入ったことがキーンさんの中に印象強く残っている。

「メニューがすべてフランス語なんです。それで火野さんは、わたしに、「全部訳してください」というのです。だから全部訳してあげました」

出て来たスープを滝のような音を立てて飲んだ火野。キーンさんは、そのことが恥ずかしく、身もすくむ思いだった。キーンさんは、火野とわかれた後に火野に対して心中で抱いた自身のプチブル根性に嫌気がさしたと反省し、その後になってひとつの考えに達したと記している。

彼は単純素朴な一庶民の役どころをわざと演じて、自作に登場する兵隊を地で行こうとしたのではないかという考えが頭に浮かんだ。

（『声の残り』）

その後、火野はアメリカ各地を巡ったが、行く先々からキーンさんのもとに手紙を書いて送っていた。火野は、後にこの時のアメリカ旅行を一冊の本にまとめている。一九五九年に刊行された『アメリカ探検記』である。この本を読んだキーンさんは、滞在中に火野が見せた朗らかな態度とのギャップに大きく戸惑ったという。

「ニューヨークでの火野さんはとても楽しそうでしたし、私宛の手紙も、アメリカ滞在中の出来事がイラスト入りで綴られていました。しかし、この本は、アメリカ社会に対する批判的な記述、アメリカの嫌な面が強調された内容でした。本の装幀も、前面に墓地が描かれ、その後ろに高層ビル群が聳え立っているという、不気味な暗いイメージのものです。この本を読んだときに、私は非常に戸惑い、ショックを受けました。火野さんは、日本人に向けた本では、〝戦後になっても、自分のアメリカに対する見方は変わっていない〟ということを示したかったのかもしれません」

ハワイ、サンフランシスコ、ワシントン、ニューヨーク、ボストンを巡り、火野は一九五八年一一月下旬、帰国した。かつての敵国・アメリカでの二か月間にわたる旅行中、火野の胸に去来したものは何だったのか。

キーンさんは、「アメリカの国務省に招待されたかたちでの旅行でしたが、火野さんの心の底には、お金を出してもらっていても魂までアメリカに買われたのではないという強い思いがあったのではないでしょうか」と語ってくれた。

「私が会ったとき、火野さんは元気で、落ち込んだ様子はまったくありませんでした。まさか、火野さんがあの二年後にああいうことになるなんて、まったく思いもしませんでした」

そう語り、キーンさんは、軽くため息をついた。

「審判」にさらされた作品

火野は、雑誌『中央公論』から、一九五九年五月号スタートの連載のオファーを受け、それに応える形で、いよいよ懸案だった自身のライフワークに取りかかることになった。

タイトルは『革命前後』。火野は福岡を舞台に、敗戦直前から一九四七年五月にかけてのおよそ一年九カ月の時空間を、自身を投影した主人公・辻昌介が戦争責任に苦悩する姿を通して、描こうとしていた。

戦争に狂奔する人々、敗戦によって剝き出しになったエゴ、そして変わり身の早い人々の営み。そして前述したように、この作品で火野は全方位的に周囲から激しいバッシングを受けた自身の苦しみを微に入り細を穿って綴っている。

火野は、冒頭部に決意表明ともとれるようなこんな文章を書いていた。

書いた文章が消えずにある間は、審判にさらされていると同じではあるまいか。それを書いた者自身がそのことを知らなければならない。

火野の言葉をそのまま受け取ると、火野はこの作品で「審判にさらされ」ようとしていた。何が裁かれないといけなかったのだろうか。

「あとがき」を見てみると、太平洋戦争の敗北は、日本人にとって「大きな悲劇」であったが、「けっして忘れてはならない」「経験」であり、敗戦前後の時期は、「作家として、人間として、日本人として、どうしても」「作品に書かなければならない」と思い続けていたと綴っている。

はたと気づいた。『革命前後』は、自身を裁く裁判記録であり、戦争の時代を生きた日本人の裁判記録なのではないか。そして火野は、これを読む後世の人々からも裁きを受けようとしたのに違いない。

それは、文章が消えない限り続く、日本人への半永久の問いかけだった。

「人間賛歌」

『革命前後』を今も繰り返し読むという佐木隆三さんは、敗戦時の隘路にはまった心境を辻が吐露する以下の一節が気に入っているという。

自分は一体、なにものであろうか。恐らく一人の馬鹿なのであろう。死ぬ価値があるだろうか。ただ祖国の勝利を願って、がむしゃらにやって来た。戦意昂揚とか、宣伝煽動にありたけの力を傾けた。〔中略〕他人から「この戦争はどうなりますか」と聞かれると、「最後まで頑張れば、道は開けます」などといった。

火野はまさに自らの戦時中の言動を負って、被告席に立った。佐木さんは、こう語る。

「作家である以上、何を書いてもかまわないんだけど、自分を擁護するために嘘をついていいはずないという思いが火野さんには強かったんじゃないでしょうか。私自身、文学において表現者として正直であり続けることは、そうとう難しいと感じてきました。現に私自身、とても正直でない文章をたくさん書いていることは告白しないといけない。だから、ここまで正直な火野葦平はすごい」

この作品で主人公・辻の独白を通して描かれる大きなテーマが戦争の拒絶だった。

惨禍と人間の破壊には、いかなる理由も弁解もはねのける恐ろしい罪がある。どんな戦争でも人間は戦争などをしてはならないのだ。それは勝利や敗北にかかわりのない人間の祈りでなくてはならない。

それは敗戦後一〇年以上の年月をかけて到達した火野の揺るぎない非戦の思いそのものだった。戦時中の「国民作家」としての賞賛、敗戦後のバッシング、そしてアジア訪問の経験を経て、火野は戦争という行為そのものの意味について深く自問し、はっきりとした拒否の姿勢を自己の中に定着させていた。そして、火野自身が戦後になってからの苦闘と自問自答の末に探し当てた感情が語られる。

妄動は無価値であったろうか。昌介は胸を張る。一瞬一瞬の正直な実感こそが、人間の行動の中で信じ得られる唯一のものではあるまいか。真実には盲目であり、虚妄に向かって感動したとしても、それは尊ばるべきではあるまいか。滑稽と暗愚との中にこそ、人間がいるのではないか。戦争も、国家も、歴史も、なにがなにやらわからない。革命の名の下に大混乱がおこっているが、その中で信じられるのは人間の、自分の、自分一人の実感だけだ。

うがった読み方をすれば、自身の戦時中の行為を棚に上げた自己弁護ととる向きもあるかもしれない。だが、国家のために積極的な戦争協力を果たした火野だからこそ、戦後の根本的な価値転倒の中で、国家・戦争という「大きなもの」に対する根本的な不信を醸成したのではないだろうか。あるいはその中には、それまでと一八〇度態度を転換して安易に平和と民主主義を唱える戦後の日本人に対する不信もあったのかもしれない。「大きなもの」に依らず、たとえそれが「虚妄」であっても、自分一人の実感だけを信じる。国家や戦争に翻弄された火野の到達した境地だったと思えて仕方がない。

私自身は、この作品は、ある意味では、火野による「人間賛歌」だと感じている。火野は、戦争という大きな渦に巻き込まれ熱狂し、お互いを傷つけ合ってやまない人間の愚かさ、戦後の日本人たちの変わり身の早さなどを描いていた。だが、そうした人間の「滑稽と暗愚」を嗤いながら、同時にその愚かさを含めて人間という小さな存在を尊重しようとしたことは間違いないだろう。そこには、火野の奥底にある、人間存在への限りない愛情が横たわっていた。

しかし、火野は、このライフワークに取り組みながら、深く葛藤していた。中村哲さんは、当時、苦悩する伯父の姿を間近で見ていた。

「「くたびれた」と連発したことをおぼえています。敗戦直後の色んな思い出が湧きあがって、疲れたという感じだったんでしょうね。一方で日本人がどんな風に動いたのかを克明に知っている。『革命前後』に書いたとき、それらが暗い気持ちとなってわき上がってきた」

表向きは剛毅を装い、酒に耽溺するデカダンを装い、独特のユーモアで笑わせる楽天主義者を装いながらも、繊細な詩人の魂と戦争の影との相克は、火野をさいなんでいたに違いないと中村さんは考えている。

病という桎梏

作家として、そして一人の人間として、『革命前後』の完成は火野にとってのあまりにも大きなターニングポイントとなった。火野が『革命前後』のあとがきを脱稿したのは、一九六〇年の元旦のことである。

> かえって笑われるにすぎないかも知れませんが、私はこの「革命前後」の最後の行を書いてペンをおいたとき、涙があふれて来てとまらなかったことを、恥かしいけれども告白します。

「自分がいつかは書きたい、書かなければならぬと考えつづけて来た題材とテーマとを、とうとう書いたというよろこび」ゆえの安堵だった。

重かった十字架からようやく火野は解放された。

しかし、執筆時に火野は複数の病理に冒されていた。『革命前後』脱稿のおよそ一カ月前から書き始められた人生最後のノートがある。それが「ヘルスメモ」だ。

北九州市立文学館でその現物を見ることができた。クロス製で、一九五九（昭和三四）年一二月七日に書き始められている。出だしは、ごく普通の健康メモである。

はじめに
高血圧といふ厄介な病気にとりつかれてしまった。
その記録をとつておく。
これまで健康すぎ、無理をしたための反動にちがひない。
後悔しても追ツつかないが、すこしでも長生きするやうにしなくてはならない。

このあと、一ヵ月以上にわたって火野は血圧や脈拍など、健康状態を毎日のように細々と綴っている。史太郎さんは語る。

「晩年、成人病の症状がかなり出だして、高血圧に加え眼底出血とかもありそういう不安も付きまとって、「ヘルスメモ」を最後ずっと付けたんですね。血圧が上がった、下がったなんて言うのは毎日のように書いており、それだけ参っていた。いつ倒れるかも分からんという不安は常にあったと思うんですね」

精神的にも追い込まれていた火野は、躁うつ病にも悩まされていた。

「ヘルスメモ」に記されていたのは、健康面の記録だけでなかった。そこには二種類の遺書が残されていたのである。

エンディングノート

「ここが書斎なんですが、葦平の城みたいなもんで、あんまり人が入らんやったんですけどね。私も親父がおるときは、ほとんど二階に上がらんやったですね」

そう言いながら史太郎さんが案内してくれたのは、河伯洞の二階に今もある火野の書斎だった。ここは、史太郎さんが言うように火野の執筆活動の「城」でありながら、そして、終焉の場所だった。

あとがきを脱稿した四日後、火野は家族を書斎に集めた。史太郎さんは、そのことを昨日のことのように覚えている。

「一月の五日だったです。ここに子供たちと、お袋を交えて、玉井家の将来について話があったんですけどね。自分が作家を辞めても、子どもたちは生活できるような手段を考えてくれ、ということだった」

具体的に火野は、史太郎さんたちにロシア料理店を開くことをすすめたという。この日の「ヘルスメモ」に火野は「わが家の生活はまったく一種のデタラメ、同時にみんなすこしこれまではよすぎた、幸福すぎた」「それも、わがペン一本によるところだが、体力に自信もなくなり、前途に不安も感じるので、早く、もう、なにも書かなくても子供たちで養ってくれと笑ひながらいふ」と記している。

そしてこう続ける。

流行作家といはれることもいやになった。いやな原稿はことわって、書きたいものだけが書きたいのである。

疲弊して追い込まれている火野の様子がよく伝わってくる。史太郎さんは語る。

「いろいろと話したんですけど、私たちも、あんまり実感として捉えるということにはならなかったですね。今考えると、あれは親父のひとつのメッセージだったと思うんですけどね」

火野はすでに、この時点で「ヘルスメモ」に二つの遺書を書き上げていた。最初の遺書が書かれたのは、メモを書き始めた初日の一二月七日のことだった。

遺言　火野葦平

高血圧症状がおこってから、まったく健康に自信がなくなった。いつか倒れるかわからない。もう二十年ほど生きたいが、今日にでも倒れるかも知れぬ。しかし、クヨクヨしてもしかたがないので、今、倒れて死んでもかまはない心境になった。日本文学史に残る作品もいくつか書いたし、作家としては本望だ。〔後略〕

第二の遺書が記されたのは、一九六〇年元旦のことである。

第二の遺書

今年はチエホフ生誕百年祭である。〔中略〕チエホフが一生病魔とたたかひながら、あれだけの作品を残したことにあらためて心うたれた。高血圧とたたかひながらでも、たふれるまでよい仕事をしなくてはならぬ。

ここまで綴った後、火野は、自分が倒れたらすぐさま東京の家を処理して金になるものは金にかえるようにと家族への指示をし、こう結んでいる。

一、一家きようだい力を合はせて困難に耐えること。

一、こまかい遺言はなにもしない。

昭和三十五年一月一日

玉井家一同へ　　　　　　　　　　　　玉井勝則

これら二つの遺書は、基本的に健康面への気遣いから、万が一に備えての遺書であることがわかる。「ヘルスメモ」はその後、三週間あまり書き続けられた。その間火野は、毎日のように飲み歩き、それでいて健康状態に一喜一憂している。しかし、一月二〇日の記述の中に深刻な表現があらわれる。

この数日、心臓のあたりにいやな感じ、不安になり絶望的な気持がわく。こんなことでいつまで生きられるか。死を考へる。

翌二一日、火野はかかりつけの医師にこんな質問をぶつけている。

先生に「小説を書くのですが、睡眠剤はなにをいくつ飲んだら死にますか」ときく。「アドルム百錠ならピシャリでせうね」「五十では死にませんか」「五十錠で死ぬ人もありますが」「百以上ならまちがひないわけですね」「はあ」

ちなみに、アドルムは作家たちのあいだで流行していた催眠鎮静薬で、習慣性があり、いわゆる「ハイ」な精神状態になるようで、坂口安吾が好んで服用していたことはよく知られている。

体調が悪いのは火野だけでなかった。妻ヨシノの心臓の具合も悪く、寝込むことも多かった。この日、大牟田出身の弟子で東京の書斎「鈍魚庵」で秘書をつとめている小堺昭三が書いた「基地」が芥川賞候補になっていたが、選からもれた。「ヘルスメモ」には、そのことへの落胆も綴られている。

明るい題材はまったく見あたらない。翌二二日は、昼から酒を飲み始め、「酒飲んでゐるときだけ、なにかを忘れてゐる。ばかげた毎日だ」と嘆き、「生きる自信もなくなった。一日一日をただごまかして生きてゐるだけだ。もうこんな不安には耐へられなくなった」と弱音を吐き、こう続ける。

——しかし、元気を出せ、火野葦平とどなってはみる。まったくやりきれない。

「ヘルスメモ」の絶筆は、その翌日だった。この日の記述はいつもより長く、二頁にわたっている。

一月二十三日。風。雪が降りだす。十時、朝風呂。軟水まったく前とちがって気持がよい。しかし、心臓ドキドキし、いやな気持。こんなことではなにも出来ず、どこにも行けない。〔中略〕血圧と心臓のことばかりにかまけて、他のことが考へられないでは、創作力も減退する。それに、アクセクと、〆切に追はれて原稿を書くことにも倦いた。疲れた。

火野は、この日、薬局でアドルムとバラミンという神経障害の治療薬を求めた。診察を受けたかかりつけの医師に問うたのは、再び自殺についてだった。

また、アドルム自殺のことをきく。死ぬまで一昼夜近くかかるが、三時間経ってゐれば大体助からないとのこと。

この日の午後、火野は船で若松の対岸の町・戸畑に渡った。そこには、NHKの車が迎えに来ていた。

火野がレギュラーをつとめるラジオのインタビュー番組「朝の訪問」の録音のためだった。この番組も負担になっていたようで、「ヘルスメモ」には「もうこの訪問もＮＨＫからかんべんしてもらはう」と二週間ほど前に書いていたが、断り切れなかったようだ。火野は、この日八幡製鉄に赴き、そこで技師長にインタビューした。このときの録音がないか、ＮＨＫのアーカイブスを探したのだが、残っていなかった。

「ヘルスメモ」に綴られていないが、この日、火野は、東京阿佐ヶ谷・鈍魚庵の秘書小堺に電話をしている。そのことを史太郎さんは後で小堺から聞かされた。

「「明日重大事件があるから、明日の一〇時にこっちに電話せい」と言われたそうです」

史太郎さんのほうも、その日、父に「明日、東京に原稿を送るから、原稿を書斎に取りに来い」と何度も念を押されたという。

「普段、念を押さない人だったんです。しかし、その日に限って、三回も明日はおれや明日はおれや明日はおれや、と。えらいこれは念を押すなあと思って。当時原稿を東京に一番早く送るのは、小倉の航空代理店から飛行機で配達する方法で、よく私も頼まれて小倉まで行きよったんですけど。明日持っていくように頼むっちゅうことで」

史太郎さんは、父が周囲に対して何かを予感させる態度を取っていたことを後になって気づいた。

「この日に限って、あちこち知人に電話をしたり、それから私の兄弟ですよね、結婚して大阪に住んでいた姉とか妹とか弟とか、全部、それとなしに電話もしていて、連絡もしてるんですね。後で思うと、それが親父流の別れだった」

床に妻のヨシノを呼び寄せ、最後の夫婦の営みも試みたようだという。

翌二四日。東京の秘書・小堺は前日に言われた通りに、河伯洞に電話をかけた。取り次ぎのため、二階の書斎にあがったのは、若松で秘書をつとめていた小田雅彦だった。そこで見つけたのは、すでに冷たくなった火野だった。小田は史太郎さんを玄関の外に連れ出し、「びっくりしなさんなよ。びっくりしてはいけんよ。先生が死んどる」と動転した様子を隠さず吃音混じりに言った。史太郎さんは、「えっ」と言葉にならない音を発したまま、わけのわからない状況に陥った。すぐさま叔父の家に走り、父の死を伝えた。そのあと、どのようにして家に戻ったのかは、まったくおぼえていない。

火野は、前日の「ヘルスメモ」綴っていたように、アドルムを大量摂取し、自らの命を絶っていた。しかし、かけつけた医師はそのことがわからず、「心臓発作」と診断した。

享年五十三。

ニューヨークのドナルド・キーンさんのもとにも訃報はもたらされた。

「国際電話がかかってきたのです。この頃、国際電話は稀なものだったので、よく覚えています。新聞か雑誌でわたしにどういう感想かと聞いてきたのです。わたしはひじょうに悲しい気持ちでした。アメリカ人としてじゃなく、日本人として残念に思います。痛ましい気持ちです」

父の死から間もなく、史太郎さんは父の机に一冊のノートが開いてあるのを見つけていた。しかし、その中身を見ずに机のすみに寄せたという。

「『ヘルスメモ』というタイトルは英語で書いてあるんですよ。お袋やばあさんが見ても何が書いてあるかわからないような意図があったようです。私はなんか嫌なものを書いているな、ということでちょっとよけたんですね」

火野の葬式は地元若松で営まれた。みぞれ交じりの寒い日だった。

葬儀をすませたあとに、史太郎さんは、ふたりの兄から「史太郎、ちょっとこい」と応接間に呼ばれた。嫌な予感がして、足が重かった。

兄たちが手にしていたのは、「ヘルスメモ」だった。それまで気丈にふるまっていた史太郎さんだったが、布表紙のノートを前に、こらえていた堰が切れ、涙がとめどなくあふれ出した。目が吸い寄せられたのは、力が抜けた丸みを帯びた字体で書かれた最終ページだった。本書の冒頭でも記した、火野が最後に綴った言葉だ。

死にます。
芥川龍之介とはちがふかも
知れないが、或る漠然とした
不安のために。
すみません。
おゆるし下さい。
さやうなら。

昭和三十五年一月二十三日夜。十一時
あしへい。

(遺書はこのメモのはじめに二つ書いてあります。脳溢血でたふれたものとあきらめて、みんな力を合はせ、仲よく、元気を出して生き抜いて下さい。)

史太郎さんら息子たちは、火野が絶大な信頼を置いていた劉寒吉と相談したうえで、父の自裁の事実を伏せることにした。

「その当時知っとったのは私と上の兄貴二人と、それと若松で秘書をしてた小田さんと、それと劉さんの五人しか知らなかったんですね。劉さんは、いまさらどうするか、伏せとけ、と言い、それが結論となりました。身内も同じでした。お袋とかばあさんというのは具合も悪かったんで、葦平が自殺したことを知ったら、ショックが大きすぎるだろうと、二人には知らせんずくにしとったんですね」

父は何で自らの手で死を選んだのか。史太郎さんは長い間、思い悩んだ。体調の悪さはあったが、大きな理由は戦争だと思い至った。

「戦後一五年経って死んだんですけれども、戦争のことをやっぱり引っ張ってたんじゃないかと思うんですけどね」

『革命前後』を書き終えたことが大きかったと史太郎さんは考えている。

「『革命前後』は、文字通り葦平の遺書みたいなものだと思ってます。葦平ほど戦争中、従軍兵士として長く戦争にかかわった作家も少ないでしょう。それだけに、やっぱり葦平の責任感というのも大きかった。葦平にとって、戦争というのは、やっぱり最後の最後まで切り離せないものであったと思うんですね。戦後一五年、作家としていろいろ書くんですけれども、やっぱり最後は『革命前後』という形で戦争と正面から対面することで自分の生涯の締めくくりをしたんだというふうに思うんですね」

そう言いながら、史太郎さんの両眼は書斎に飾られた父の遺影をじっと見つめていた。

こだわり

史太郎さんは、父の死から三十数年経った一九九九年、北九州の文化財となった河伯洞に段ボール三箱分の火野の遺品が残されていることを知らされた。史太郎さんのもとに送られてきた箱をあけると、そのうちのひとつに、写真がどっさりと入っていた。よく見ると、ボロボロになった封筒が写真の山の中に紛れていた。封をあけると、入っていたのは、古びた火野作品だった。日中戦争の最中の一九三九(昭和一四)年に改造社から出版された、新日本文学全集第一回配本の火野葦平集の『わが戦記』の製本をばらして、「兵隊三部作」だけを取りだしたものだった。

その実物を河伯洞で史太郎さんと一緒に見ることができた。ボロボロになった茶色の封筒の表には「改造社縮刷版校正」と赤鉛筆で書かれ「兵隊三部作」と黒鉛筆で書かれていた。史太郎さんが初めて見たときと同じように、その中には、すべての頁がバラバラになった『土と兵隊』が入っていた。鼻を近づけると、ちょっとすえた匂いがした。史太郎さんが、その『土と兵隊』を愛おしげになでながらボソッと語った。

「これは戦前の昭和一四年に改造社から出版されたものですが、父はこれをゲラ代わりにして、戦前の削除部分を戦後新しく書き加えているんですね」

敗戦後、GHQは日本の軍国主義につながる恐れがあると見なした出版物を許さなかった。そのため、戦時中に書かれた戦記ものなどが闇に葬られ、封印された。むろんその中には火野が書いたものも含まれている。GHQが日本から去った翌年、敗戦から七年半のタイミングの一九五三年一月、ようやく火野の戦時中の作品にも再びスポットがあたるようになり、新潮社が『麦と兵隊』と『土と兵隊』をあわせ、文庫として再刊することになった。火野はこのときのことをこう記している。

戦後、はじめて三部作を再刊するようになつたとき、私は削除訂正を補って、完璧なものにしたいと思った。

(『火野葦平選集』第二巻「解説」)

「完璧なもの」とはどのようなものなのか。そのとき、火野の念頭にあったのは、戦前に綴れなかったこと、削除されたことを書き加え納得のいくものを作りあげようという意欲だった。史太郎さんが見つけたのは、火野が文庫バージョンのために加筆した『土と兵隊』のゲラだった。確かに、戦前の版では「○○」と伏せられていた地名や部隊の名を朱のペンで実際の固有名にするなど、火野が本来書きたかったと思われることがしっかりと加筆されている。しかし、それだけではなかった。

「これ、私もみてびっくりしたんですけどね」

そう言って、史太郎さんは、ラスト近くの頁を開いた。そこには、一枚の紙が貼られていた。

「親父の、例の豆粒のような文字がびっしりと書き込まれているでしょう」

原稿用紙の裏面を利用した加筆原稿は、七七頁の横に糊付けされていた。火野たちの部隊が、中国嘉善の銭家浜村で無抵抗の中国兵を三六人捕らえたシーンである。元の原稿では、火野は吉田一等兵に飯に呼ばれ「久し振りで食ふ米の飯は何ともいへずおいしかつた」という行と「ここに一枚の布片がある」という出だしで始まる腕章の話題が直結しており、中国兵たちは捕らえられたまま、どうなったか全く記されていない。米の飯に感動するシーンと、腕章の観察に費やされるシーンの連続で、かなりのどかな描写になっている。火野は、その行と行の間に新たに赤い線を引いて、加筆原稿から矢印をのばして、そこに結んでいた。

加筆部分は、とりとめもない、こんな文章で始まっている。

　横になつた途端に、眠くなつた。少し寝た。寒さで眼がさめて、表に出た。
するると、さきほどまで電線で珠数つなぎにした捕虜の姿が見あたらない。「どうしたのかと、そこに

居た兵隊に訊ねると、皆殺しましたと云つた」。散兵壕のなかをみると中国兵の死体が折り重なってい
た。「三十六人、皆殺したのだらうか。私は黯然とした思ひで、又も、胸の中に、怒りの感情の渦巻く
のを覚えた」。嘔吐を感じ、気が滅入って来て、そこを立ち去ろうとした火野は、あることに気付いた。

ふと、妙なものに気づいた。屍骸が動いてゐるのだつた。そこへ行つて見ると、重なりあつた屍の
下積きになつて、半死の支那兵が血塗れになつて、蠢いて居た。彼は靴音に気附いたか、不自然な
姿勢で、渾身の勇を揮ふやうに、顔をあげて私を見た。その苦しげな表情に私はぞつとした。

続けて書かれたのは――。

彼は懇願するような目附きで、私と自分の胸とを交互に示した。射つてくれと云つていることに微
塵の疑ひもない。私は躊躇しなかつた。急いで、瀕死の支那兵の胸に照準を附けると、引鉄《ひきがね》を引い
た。支那兵は動かなくなつた。

その描写は、かつて父金五郎に宛てた手紙の中に書かれていた中国兵殺害の様子「一人の年とつた支
那兵が、死にきれずに居ましたが、僕を見て、打つてくれと、眼で胸をさしましたので、僕は、一発、
胸を打つと、まもなく死にました」を元にしていることは明らかである。史太郎さんは語る。
「この新たな書き込み箇所は、戦前の出版では許可になるはずがありませんよね。だけど、どうしても
書きたかったんでしょうね、戦後、手紙を見ながら書き足したに違いありません」
文庫の再版は、第一稿執筆から一五年が経っている。太平洋戦争が終わってからでさえ、七年以上の

歳月が過ぎている。自身が中国兵を殺めたことは、たとえ介助の意味合いが強いといっても書かなくてすむことである。でも火野はそれを書かずにはいられなかった。

戦時中はまっとうできなかった自らの思いを完全な形にするためなのか、それとも戦後の価値転倒のなかで、表現者としての一貫した矜持を示さざるを得なかったのか。その真相は確かめようがない。いずれにしても、自らが犯した行為をしっかりと書き残すことが「完璧」さへとつながる道だと火野は信じていたに違いない。

火野は戦後という第二の戦場でも書いたのである。私は、「豆粒のような文字」で書きこまれた火野の加筆原稿を前に、胸がふるえた。

戦前と戦後の二つの『土と兵隊』を何度も読み比べてきた中村哲さんは、戦前と戦後の世の中の空気の違いが如実に反映されていると感じたという。

「言いたいけれど、日中戦争当時にそれを言うと軍部から圧力がかかる。あるいは戦争に酔っている人の顰蹙を買う。そういう遠慮が戦後逆にとれたので正直に物を書けたというのは、読み比べると分かるんですよ」

火野の加筆は、上記の「支那兵は動かなくなつた」からまだ続いていた。

山崎小隊長が走つて来て、どうして、敵中で無意味な発砲をするかと云つた。どうして、こんな無残なことをするのかと云ひたかつたが、それは云へなかつた。重い気持で、私はそこを離れた。

中村さんは、この部分に、火野の正直さがよく出ているという。

「上官が、弾を無駄にするなと言って叱るわけですが、つまり何故刀を使わないのかということですよね。その時に葦平はそれなら何故こんな無残なことをするのだと言いたかったけれど、それは言えなかったと書いてある。それが恐らく心情だと思います。だから自分がそういう戦争に利用されたという思いと、本当はこれを伝えたかったという気持ちが、ありありと分かるわけですね」

『麦と兵隊』も同様に火野は、「完璧なもの」を目指した。再版にあたって、検閲で削除された部分を復活させようとした。だが、削除前の原稿が見つからず、やむなく、削除された部分を思い出しながら、戦後の文章にならないよう注意しながら、書き加えた。一番大きな変更点は小説の結末部分だった。火野はラストにまとまった長さの文章を書き足したのだ。

甚しい者は此方の兵隊に唾を吐きかける。それで処分するのだといふことだつた。従いて行つてみると、町外れの広い麦畑に出た。ここらは何処に行つても麦ばかりだ。前から準備してあつたらしく、麦を刈り取つて少し広場になつたところに、横長い深い壕が掘つてあつた。縛られた三人の支那兵はその壕を前にして坐らされた。後に廻つた一人の曹長が軍刀を抜いた。掛け声と共に打ち降すと、首は毬のやうに飛び、血が簓《ささら》のやうに噴き出して、次々に三人の支那兵は死んだ。

ここでも火野は自身が戦場で実際に目の当たりにしたものの、検閲で削除されてしまった日本軍の残虐行為を、記憶をたどりながら、しっかりと記していた。作家浅田次郎さんはこう語る。

「この仕事ぶりはまねできない。自分の手から離れてしまった原稿を書き直すなんてできないですよ。とくに自分の人生の汚点、ミステイクと思ったら、目をつむってしまうのが人情というものではないでしょうか。でも、火野さんは、振り返って反省して書き直した。その意味でほんとうに律儀な人だと思う。それは、戦時中に空いた自分の思想と仕事の両方を埋める作業だったように思います」

そして、浅田さんはこう続けた。

「僕ら作家は、戦争について語り継ぎ、書き続けなければならない。メディアは、報道し続けなければならない。そしてみんなが考え続けなければならない。火野さんは敗戦後、その役割を自ら引き受け、その責任を負ったのだと思う。苦悶しながらも」

＊

二〇一五年八月、私は北九州を訪れた。毎年一三日に関門海峡で花火大会が開かれるのだが、門司港に住む佐木さんから、それを見に来るように誘っていただいたのだ。花火大会には間に会わなかったのだが、その熱気の余韻の中、佐木さんに再会することができた。大好きな焼酎を重ねながら、佐木さんは問わず語りに、敗戦の日の思い出を語っていた。そして、それから七〇年経ち、今、心中にあることをあらためて教えてくれた。

「いろんなことをぶっ壊して仕事をしようと、やってきました。でも、可能な限り、正直でありたい。そのことを今強く思っています」

それは火野の作家としての生き方が、指標にあるからだという。苦悩しながらも、自らの道を貫いた火野のことを改めて反芻することが多いという。

「ほんとうに火野さんを好きなんです」

ちょっとお酒がまわってきた佐木さんの目に、うっすらと光るものがあったのが印象に残った。

翌一四日、若松を訪れた。史太郎さんと一緒に向かったのが、浄土宗の寺、安養寺である。玉井家の菩提寺で、火野の墓もそこにあった。墓前に手を合わせながら、火野の戦場が最初のものからふたつ目へと移った、その節目からまるまる七〇年の日々が経ったのだ、とあらためて感じていた。

安養寺は、火野が大好きだった高塔山の麓に位置していた。火野の遺骨の一部は、この山頂から散骨されたのだという。「葦平の文学碑があるから、見に行ってみましょう」、そう言って史太郎さんは、山頂へと誘ってくれた。標高一二四メートルの傾斜を上ると、木々の合間から眺望が開けてきた。

「頂上から見るとだいたい若松の全体、北九州が見渡せるので、東京から客人が来ると、必ず葦平が連れていって、それで夜景を含めて皆に眺めさせたんです」

前日の天気予報では荒天が予想されていたのだが、雲は多いものの、青空が広がっていて、洞海湾は輝いていた。そこにかかる若戸大橋の朱の色がくっきりと眼に映える。南西方向にはかつて官営の製鉄所で賑わった八幡、東方には戸畑の製鉄所、その向こうには小倉の鉄工所も見える。よくよく目をこらすと、前夜に花火が上がった関門大橋も眼下にあった。大正から昭和にかけて、日本の産業を支えた北九州がそこにまるごとあった。

火野の詩が刻まれた石碑は、頂上の一角にあった。

泥に汚れし背嚢にさす一輪の菊の香や

この碑文は四行詩で「異国の道を行く兵の眼にしむ空の青の色」という部分が割愛されているが、火野が行軍のときの自身の心象を一輪の菊に託した詩だ。

入道雲やどす黒い雨雲も点在しているが、青空からは太陽が強烈な日差しを降り注いでいた。周囲の森ではいくつもの種類の蟬が一斉に鳴き、合唱を奏でている。白、黒、そして眩しいほどの青。人間の心の動きを映しているような空の色。過酷な戦場で、兵士の目に映った空の色は、こんな色だったのだろうか。

碑の下には穴が掘ってあり、そこには火野が愛用した眼鏡や万年筆、さらには著作、へその緒まで収められているそうだ。一月二四日の火野の命日にあわせ、毎年一〇〇人あまりの人たちがここを訪れるという。


戦争で一躍国民作家としてもてはやされ、敗戦とともに、戦争責任を厳しく問われた火野葦平。バッシングを受けながらも、自身の戦争をふりかえり、そして敗戦の意味を戦後一五年の歳月を費やして考えた。それは、まだ完全に再生し切っていない古傷に自分自身でナイフを突き刺し抉り、新たな血を流し出させる行為だった。

火野を駆り立てたものは何だったのか。そして、文字通り魂を削って書き上げた作品が世に出る前に、自ら死を選んだのはなぜか。

洞海湾から突き上げてくる風に吹かれながら、一度も会ったことのない火野の、死を目前にひかえた相貌を思い浮かべようと目を閉じた。取材中に数えきれないほど見た、プロの写真家が撮ったような文豪としての火野の顔はすぐに浮かぶ。しかし、そのポーズをとったような相貌の奥深くにある火野の本心はまったく見えてこない。ただ愁いを帯びた眼差しだけが、私に突き刺さってきた。

お前なんぞに、俺の気持ちがわかってたまるか。その目はそう語っていた。火野は動画として、ムービーとして動き出してはくれなかった。それは、戦後の火野の苦しみを私が心の底からとらえきることができていないことの証しだった。私の想像などでは到底、考えがおよばない火野の葛藤の重さに思い至り、ため息が出た。

でも目を開き、蒼い空を見上げると、ひとつのことだけは確信できた。それは、文学を志し若松から早稲田へと飛び出した青年時代から自死の間際まで、火野の根っこに一貫して流れ続けた正直さは不変だった、ということだ。

眼下の若松港を凝視してみる。今は行き交う船もまばらな海上にかつて「矢だに通さず」といわれるほど船が密集していた。そこで働く人々は、この地で笑い怒り悲しんだ。その摩擦の最中に火野はいたのである。正直さの核を形成したのは、ゴンゾウを筆頭とする庶民に対する限りない共感と讃歌だとあらためて思った。

戦争の栄光と敗戦後の誹謗中傷という、二つの対照的な世界を生き抜いた火野が戦後にたどり着いた「自分一人の実感だけを信じる」という哲学も、大文字の国家・戦争・世間ではなく、幼き頃から自分の中に内在していた「小さき人々」に対する正直さ、その自らの原点への回帰だったのかもしれない。

汽笛が微かに響いてきた。点在する煙突から白煙が立ち上っている。響灘を大型タンカーが行き交っている。洞海湾の彼方にはかつての筑豊炭田が横たわる。日本の産業を、その西端から支え続けてきた北九州のちょっと無骨な風景を眼下に見ながら、この土地が持っていた地熱のようなエネルギーが火野を動かしていたのかもしれない、と独り合点する。そのエネルギーをバネに、火野はさらにアジアの熱気とつながろうとしたのかもしれない。戦争の時代も、そして戦後も――。

再び瞑目し、深呼吸をしてみる。それでも、瞼の奥のスチール写真の火野は、微動だにしなかった。

エピローグ　ふたつの言葉

戦と言葉

私が、太平洋戦争の戦場で綴られた生身の言葉に出会ったのは、いまから一二年前のことである。「最後の言葉」という九〇分の番組を作ったときのことだ。

戦争中、日本軍の将兵は日記などを従軍手帳に書き記すことが多かったが、彼らがどのような言葉を綴っていたのかを、作家重松清さんとともに探ったドキュメンタリーだった。

言葉の数々は、米国立公文書館に保存されていた。そのなかには「天皇陛下万歳」、「お国のために死んでいきます」など、勇ましく「大きな」言葉もあった。それはまさしく文学者たちが太平洋戦争開戦時に綴った言葉を連想させるものだ。大東亜共栄圏をやみくもに正当化する言葉や、大東亜文学者大会の言葉も同様である。

しかし、ジャングルや補給の途絶えた戦場など過酷な環境のなかで綴られた言葉の多くは、自分の身近なひと＝親、兄弟、そして、恋人に宛てたものだった。それらは、シンプルだが、心のこもった名も無き「小さな」言葉だった。その多くが、届かないまま戦場に残された。だが、その一部は、日本人のメンタリティーや戦略分析のため、アメリカ軍が軍事資料として収集し、主としてハワイで語学将校の手によって英文に翻訳された。戦後、それらは米国立公文書館に移管され、手つかずの状態で眠り続けた。

兵士たちは、過酷な戦場でどのような思いで書いたのだろうか。またそこに綴られた「小さな言葉」は、なぜいまの私たちの心に響くのだろうか。

それ以来、ずっと私は、戦場の言葉について引きずられる気持ちを懐き続けてきた。

交差するふたつの言葉

日中戦争から太平洋戦争まで足かけ八年にわたった戦場で、火野葦平は、日本軍を擁護するような勇ましい「大きな言葉」を綴ると同時に、身近な人たちに語りかける「小さな言葉」を記していた。まるで、オセロが反転するように、ふたつの言葉は行ったり来たりしている。

火野が生まれたのは、一九〇六(明治三九)年。日本が韓国を併合する四年前で、世界の「一等国」の仲間入りを果たそうとしていた時代だ。自身も認めるように、皇国教育を受けて育った火野は、終生天皇への崇敬の意識を捨てることはなかった。そんな火野にとって「強い」日本は、ある種自明の前提であり、国家や日本軍のために尽くすことは何ら疑問をはさむ余地はなかったはずだ。それは、当時の大多数の日本人に共通の感覚だったのだろう。火野はためらうことなく、人々を鼓舞するような「大きな言葉」を発していったのだと思う。同時に、そこからはこぼれ出てしまう感情を、丁寧に拾い直し、「小さな言葉」として自身の手帳にメモをして、手紙という形で親しい人たちに届けた。

火野の内面には、ふたつの言葉がときには衝突を起こしながらも、共存していた。

だが敗戦後の火野の心中を探っていこうとすると、もはやこのふたつの言葉の対立軸で考えることは意味をなさない。火野の「大きな言葉」の拠り所であった日本軍と政府は解体し、新たな「大きな言葉」である「民主主義」や「平和」の旗印のもと生まれ変わった国家から火野はパージされてしまったからである。火野には戦後に「大きな言葉」を寄せる相手が存在しなくなってしまったのだ。

人は自分のことを一番理解しているようで、わかっていないことが多い。だが、鏡があれば、自分の姿をつぶさに見ることはできる。戦後の火野の鏡はどんなものだったのだろうとふと思った。そこに映っていたものは何だったのだろうか。

鏡の中には、パージされた自分、新たな価値観の下で作家として生まれ変わろうとする自分など、様々な像が映っていたのかもしれない。しかし、そのなかのひとつの像が、うつろいやすい日本人の姿だったのではないだろうか。

戦後、日本を統治した占領軍。彼らが「民主主義」を唱えると、昨日までの軍国主義は嘘だったかのように、皆が一気に民主主義者を標榜し始め、反戦と平和を謳う。だが、その舌の根の乾かぬうちに、冷戦構造のもと、アメリカの方針に従って、あっさりその方針を転換し、再軍備へと向かっていく。

敗戦国の宿命、朝鮮戦争勃発をはじめとする当時の国際環境の激変と説明してしまえばそれまでであるが、少なくとも日本人自身のメンタリティーだけに引きつけてみれば、その根底にあるのは、過去は水に流すという日本人流の都合の良い忘却である。

歴史学者のジョン・ダワーは、「日本は世界に数ある敗北のうちでも最も苦しい敗北を経験したが、それは同時に、自己変革のまたとないチャンスに恵まれたということでもあった」と書く。しかし、どれだけの人たちが、このチャンスと向き合おうとしただろうか。確かに、ダワーが言うように、戦後の焼け跡のなかから日本人たちは立ち上がり、ＧＨＱによる「上からの革命」を抱きしめながら、奇跡の復興を遂げた。だが、三一〇万の国民を犠牲にした戦争について深い省察のうえでの自己変革が起こったとは、言えないであろう。私は少なくとも、戦後頼るべきものを失った火野は、日本人の姿を鏡に見て、その欺瞞性にはたと気づいたのではないかと想像してしまう。そして火野は、日本人が根底から変わることとは何か、そのためにはどうしたらいいのかを深く考えようとしたに違いない。

火野にとってその作業は、自らの過去をしっかり見つめることからしか始まらなかった。周囲の文学者の多くが、自ら戦争協力について明言を避ける中、そして多くの日本人が、まるで戦時中のことはすべてなかったかのように、不戦と平和への願いを口にするようになった中、火野は日本人の戦争責任を考えた。そして自己の内部の問題として戦争責任を考え抜いた。火野自身の中にある鏡は常に日本人を写し続け、そこに自身を重ねて苦しみあがいた。その苦闘の末、結論は出し切れないまま、ついに自ら果てた。


二〇一五年八月一四日、北九州から羽田空港に到着したのは、ちょうど夕方六時だった。電子機器のスイッチを入れて良いというアナウンスを聞くと同時に、私は携帯電話をONにして、ラジオのアプリを操作した。イヤホーンを通して聞こえてきたのは、安倍首相の戦後七〇年談話だった。

「何の罪もない人々に、計り知れない損害と苦痛を、我が国が与えた事実。歴史とは実に取り返しのつかない、苛烈なものです」

「植民地支配から永遠に決別し、すべての民族の自決の権利が尊重される世界にしなければならない。先の大戦への深い悔悟の念とともに、我が国はそう誓いました」

戦後五〇年の村山談話と六〇年の小泉談話の継承を訴えたものだった。ロビーでは、テレビ中継が生放送されており、預けた荷物の引き取りを忘れて聞き入ってしまった。

敗戦の日の八月一五日。私は靖国神社に赴いた。あちこちで日の丸の小旗が振られ、日本軍を模した軍服をまとった人たちの姿も散見された。特攻服を着た青年が、隣国の脅威と英霊の御霊の偉大さを大きな声で叫び、別の人は安保法案の正当性をメガフォンで訴えている。進軍ラッパを吹き鳴らし、「海ゆかば」を朗々と歌う若者もいた。

敗戦の日に靖国神社に来たのは二度目だった。最初に来たのは八年前のことだったが、このときは、神社付近の通りを日の丸の旗を持って行進をする参加者の多くが、民族派団体の人々だった。それを沿道の人々が及び腰で遠巻きに見ていた姿が印象的だった。しかし、この日、日の丸の旗を手にデモ行進をする数百人規模の大行列と鉢合わせになったのだが、参加者がふつうの身なりの人々のみで構成されていることに驚かされた。中には小さな子どもを連れた若い夫婦などもいる。

むろん、親しい人を戦争で奪われた人たちにとって、特別な日に供養、慰霊をすることは、大切なことである。犠牲になった方々に対して心から祈りを捧げ、不戦を誓う日である。しかし、あちこちで、「天皇陛下万歳」、「大日本帝国万歳」という声が起こり、それにあわせて沿道も含め、周囲を取り囲む人々から拍手がわき起こっているのを目の当たりにすると、複雑な気持ちになった。

火野が悩み抜いた戦争責任は、いまだ解決されないまま、私たちの眼前に投げ出されているのではないだろうか。

中村哲さんが、インタビューの最後に、ポツリともらした言葉が私の心に残っている。

「いま伯父が生きていれば、器用に変転する近ごろの猛々しい世情に対して思うところがあったでしょう」

過去に頬被りするのではなく、かつての火野のように、瘡蓋《かさぶた》を剝がしても、自分たちの辿った道を直視しなおす。その上で、真実をしっかりと伝えきる努力をすることが必要なことなのだろう。

近年、国家とメディアの関係をめぐって様々な議論が繰り広げられているが、取材中の浅田次郎さんの言葉がいまも私の脳裡に響いている。

「正当な言論が弾圧されるところから、ある一部の権力が暴走して戦争が始まる。それ以外に、戦争というものは始まりようがないというね。だから、どんなときでも報道の自由、言論表現の自由っていうのは保障されていなければならない」

この浅田さんのインタビューを収録してからほどなく、社会的問題となったのが特定秘密保護法案の強行採決だった。浅田さんは、日本ペンクラブの会長の立場から、この法案採決に強く反対の意志を表したことは記憶に新しい。

浅田さんの言葉をあらためて嚙みしめているうちに、ふと自分の鏡に写っている周囲の状況を思った。こんなことを言っては叩かれるのではないか、と口をつぐむ自己規制、上からの叱責、処罰を受けるのではないかという心理からくる過剰な忖度。そして過度とも思える他者批判。決して荒唐無稽な杞憂でない現実である。

石川達三は、『風にそよぐ葦』で、言論弾圧下にある葦沢悠平にこう語らせている。「今こそ国民の最も自由なる良心が必要な時だと思う。本当に深い愛国心、静かな、美しい、好戦的ではない愛国心が必要なんだ。自由な心から発した、自由な力と自由な信念。命令されたものではなく、自由に養われて来た愛国心でなくてはならないんだ」

私も、日本がよりよい国になってほしいと心から願う一人の人間だ。だからこそ、言葉がファスト化し、言葉狩りが進行し、同調圧力が強まっていくような事態こそ防がないといけないと強く思う。「猛々しい世情」に対して「正当な言論」を伝えていく。そんな当たり前のことが、いま表現者には何よりも求められているような気がしてならない。

七〇年目の敗戦の日から一週間後、私はカンボジアに向かった。八六歳になるひとりのカトリック神父の三〇数年越しの活動を見つめるためだった。後藤文雄さんは、内戦に傷ついたカンボジア難民の子どもを一四人育てあげ、さらにカンボジアの僻地に、学校を作り続けている。これまでに一九の学校が完成した。「愛国少年」だった後藤さんは、国民学校に通っている時、愛読書が『麦と兵隊』『土と兵隊』『花と兵隊』だった。しかし、七〇年前に故郷長岡をおそったアメリカ軍の爆撃で母と弟妹を失った経験から、自分が出来ることは何かを考え続け、戦の傷がいまだ癒えないカンボジアの子どもたちの支援をするようになったのだ。

今も年二回、カンボジア全土を回る。支援を必要とする声を聞くと、後藤さんは、四輪駆動すら動かない、道なき泥濘をトラクターに乗ってでも駆けつけようとする。その姿を目の当たりにして連想したのは、火野の甥である中村哲さんの活動である。中村さんは、内戦や外国からの攻撃、干魃で苦しむアフガニスタンで、医療活動の傍ら一六〇〇本の井戸を掘り、二五キロの用水路を拓いてきた。

中村さんは、三〇年にわたる活動から、信頼は一朝にして築かれるものではなく、利害を超え、忍耐を重ね、裏切られても裏切り返さない誠実さによるものだ、と考えている。その信頼は、武力以上に強固な安全を提供してくれ、人々を動かすことができるものだと強調する。そして平和とは、理念でなく「現実の力」だと思い至ったという。

上からの政治的な力や日本主導の押しつけではない「現実の力」での結びつき。火野が戦後に、追い求めていた「アジアが美しい鎖」で結ばれるというのは、このような形で生まれる繋がりのことだったのではないだろうか。

カンボジアの子どもたちの笑顔に囲まれる後藤さんの姿を見て、私自身がなしうる「現実の力」とは何か、もういちどじっくりと考えてみたいと強く思った。

二〇一五年八月二七日　カンボジア・シェムリアップにて　渡辺考

参考引用文献一覧

プロローグ

火野葦平著、佐伯彰一・松本健一編、川津誠解説『作家の自伝57 火野葦平（思春期／遺書（ヘルス・メモ））』日本図書センター、一九九七年

第一章

一

鶴島正男「資料 葦平回廊（2）従軍手帖 杭州（一）」敍説舎編『敍説』Ⅱ－2号、花書院、二〇〇一年
鶴島正男「資料 葦平回廊（3）従軍手帖 比島（二－1）～（三－2）」敍説舎編『敍説』Ⅱ－4～Ⅱ－10号、花書院、二〇〇二～二〇〇六年
鶴島正男「資料 葦平回廊（1）インパール作戦従軍記（一）～（八）」敍説舎編『敍説』Ⅰ－14～Ⅱ－1号、花書院、一九九七～二〇〇一年
浅田次郎解説『アジア太平洋戦争（コレクション 戦争×文学）』第八巻、集英社、二〇一一年

二

火野葦平『花と龍（上・下）』新潮社、一九五三年
玉井史太郎『河伯洞往来』創言社、二〇〇四年
火野葦平『魔の河』光文社、一九五七年
火野葦平「石炭の黒さについて」『改造』一九四〇年九月号、改造社
火野葦平『火野葦平選集』第八巻「年譜」、東京創元社、一九五九年
火野葦平『青春の岐路――長編小説』光文社、一九五八年
火野葦平「世に出るまで」『小説新潮』一九五五年五月号、新潮社
火野葦平「女賊の怨霊」『揺藍』みはぎの詩社、一九一三年
火野葦平『思春期』一九五四年、現代社
火野葦平著、佐伯彰一・松本健一編、川津誠解説『作家の自伝57 火野葦平（思春期／遺書（ヘルス・メモ））』日本図書センター、一九九七年
火野葦平「月光礼賛」「ぬらくらもの」「山の英雄」原稿、火野葦平資料館蔵
火野葦平「首を売る店」『火野葦平童話集』桐書房、一九四九年
レーニン著／林房雄訳『第三インターナショナルの歴史的地位（レーニン叢書 第二編）』白揚社、一九二八年
ロゾフスキー著・吉山道三訳『レーニン――階級闘争の大戦略家』共生閣、一九二七年
玉井勝則編『若松港湾小史』若松・若松港汽船積小頭組合、一九二九年
川西政明『新・日本文壇史』第六巻、岩波書店、二〇一一年
上野英信『天皇陛下萬歳――爆弾三勇士序説』ちくま文庫、一九八九年
劉寒吉「霧の夜の七人」火野葦平詩集『山上軍艦』とらんしつと詩社、一九三七年

『ひろば北九州』二〇一一年三月号、北九州市芸術文化振興財団
火野葦平『糞尿譚』小山書店、一九三七年
火野葦平『糞尿譚・河童曼陀羅（抄）』講談社文芸文庫、二〇〇七年
原田種夫『実説・火野葦平——九州文学とその周辺』大樹書房、一九六一年

三

防衛庁防衛研修所戦史室編『戦史叢書 支那事変陸軍作戦（1）昭和十三年一月まで』朝雲新聞社、一九七五年
火野葦平『土と兵隊』改造社、一九三八年
火野葦平『土と兵隊・麦と兵隊』新潮社、一九五三年
鶴島正男「資料 葦平回廊（3）従軍手帖 杭州（二）」敍説舎編『敍説』Ⅱ－3号、花書院、二〇〇二年
葦平と河伯洞の会編集『あしへい』第3号（特集・兵隊の現実）、創言社、二〇〇一年
南京戦史編集委員会編『南京戦史』偕行社、一九八九年
笠原十九司『南京事件』岩波新書、一九九七年
森山康平・太平洋戦争研究会『図説 日中戦争（ふくろうの本）』河出書房新社、二〇〇〇年
本多勝一『南京への道』朝日文庫、一九九〇年
葦平と河伯洞の会編集『あしへい』第5号（特集・手紙と葦平）、創言社、二〇〇二年

四

防衛庁防衛研修所戦史室編『戦史叢書 支那事変陸軍作戦（1）昭和十三年一月まで』朝雲新聞社、一九七五年
火野葦平「南京」『火野葦平選集』第二巻、東京創元社、一九五八年
笠原十九司『南京事件』岩波新書、一九九七年
葦平と河伯洞の会編集『あしへい』第3号（特集・兵隊の現実）、創言社、二〇〇一年
火野葦平「大陸通信2」『随筆 珊瑚礁』東峰書房、一九四二年
火野葦平著、佐伯彰一・松本健一編、川津誠解説『作家の自伝57 火野葦平（思春期／遺書（ヘルス・メモ））』日本図書センター、一九九七年
石川達三「生きてゐる兵隊」『中央公論』一九三八年三月号、中央公論社
石川達三『生きている兵隊（伏字復刻版）』中公文庫、一九九九年
白石喜彦『石川達三の戦争小説』翰林書房、二〇〇三年
『石川達三作品集』「月報9」新潮社、一九七二年
朝日新聞「新聞と戦争」取材班『新聞と戦争』朝日新聞出版、二〇〇八年
雨宮庸蔵『偲ぶ草——ジャーナリスト六〇年』中央公論社、一九八八年
牧義之「石川達三『生きてゐる兵隊』誌面の削除に見るテキストのヴァリアント」『中京国文学』第二八号、中京大学国文会、二〇〇九年

内務省警保局編『出版警察報（復刻版）』三三巻（第一一一～一一三号）不二出版、一九八二年

五

松岡昭彦「『糞尿譚』のあとさき」葦平と河伯洞の会編集『あしへい』第3号（特集・兵隊の現実）創言社、二〇〇一年

葦平と河伯洞の会編『火野葦平Ⅱ　九州文学の仲間たち』花書院、二〇〇五年

「芥川・直木賞決定発表」『文藝春秋』一九三八年三月号、文藝春秋

菊池寛「話の屑籠」『文藝春秋』一九三八年三月号、文藝春秋

鶴島正男「資料 葦平回廊（2）従軍手帖 杭州（一）」敍説舎編『敍説』Ⅱ－2号、花書院、二〇〇一年

馬淵逸雄『報道戦線』改造社、一九四一年

火野葦平『火野葦平選集』第二巻「解説」、東京創元社、一九五八年

小林秀雄「杭州」『文藝春秋』一九三八年五月号、文藝春秋

第二章

一

馬淵逸雄『日本の方向』六芸社、一九四一年

馬淵逸雄『報道戦線』改造社、一九四一年

馬淵逸雄『東亜の解放』揚子江社出版部、一九四一年

都築久義「戦時体制下の文学者――ペン部隊を中心に」『愛知淑徳大学論集 文学研究科・文学部篇』第五号、愛知淑徳大学国文学会、一九八〇年

山中恒『新聞は戦争を美化せよ！――戦時国家情報機構史』小学館、二〇〇〇年

木下和寛『メディアは戦争にどう関わってきたか――日露戦争から対テロ戦争まで』朝日選書、二〇〇五年

劉文兵『中国抗日映画・ドラマの世界』祥伝社新書、二〇一三年

蒲豊彦「一九三八年の漢口：ペン部隊と宣伝戦」『言語文化論叢』（四）、二〇一〇年

リチャード・ウィーラン著／沢木耕太郎訳『キャパ その青春』文春文庫、二〇〇四年

ヨーリス・イヴェンス著／記録映画作家協会訳『カメラと私――ある記録映画作家の自伝』未来社、一九七四年

郭沫若著／小野忍・丸山 訳『郭沫若自伝6 抗日戦回想録』平凡社東洋文庫、一九七三年

葦平と河伯洞の会編集『あしへい』第3号（特集・兵隊の現実）、創言社、二〇〇一年

対談「名作 麦と兵隊の出来るまで」『東海人』一九五三年九月号、静岡県学園文化協会

笠原十九司『日本軍の治安戦――日中戦争の実相』岩波書店、二〇一〇年

二

防衛庁防衛研修所戦史室編『戦史叢書 支那事変陸軍作戦（2）昭和十四年九月まで』朝雲新聞社、一九七六年

小倉一彦『石川達三ノート』秋田書房、一九八五年
五味渕典嗣『ペンと兵隊――日中戦争期戦記テクストと情報戦』紅野謙介・高榮蘭・鄭根埴・韓基亨・李恵鈴編『検閲の帝国　文化の統制と再生産』新曜社、二〇一四年
牧義之「石川達三『生きてゐる兵隊』誌面の削除に見るテキストのヴァリアント」『中京国文学』第二八号、中京大学国文会、二〇〇九年
ミニー・ヴォートリン著／笠原十九司解説／岡田良之助・伊原陽子訳『南京事件の日々――ミニー・ヴォートリンの日記』大月書店、一九九九年
内務省警保局編『出版警察報（復刻版）』三二巻（第一一一～一一三号）不二出版、一九八二年

三

防衛庁防衛研修所戦史室編『戦史叢書 支那事変陸軍作戦（2）昭和十四年九月まで』朝雲新聞社、一九七六年
防衛庁防衛研修所戦史室編『戦史叢書 大本営陸軍部（1）』朝雲新聞社、一九六七年
火野葦平「大陸通信14」『随筆 珊瑚礁』東峰書房、一九四二年
火野葦平著、佐伯彰一・松本健一編、川津誠解説『作家の自伝57　火野葦平（思春期／遺書（ヘルス・メモ））』日本図書センター、一九九七年
火野葦平『麦と兵隊』改造社、一九三八年
火野葦平『土と兵隊・麦と兵隊』新潮社、一九五三年
対談「名作 麦と兵隊の出来るまで」『東海人』一九五三年九月号、静岡県学園文化協会
火野葦平『火野葦平選集』第二巻「解説」、東京創元社、一九五八年
中西進、厳紹璗編『日中文化交流史叢書 6 文学』所収、山田敬三「近代文学（第六章）」大修館書店、一九九五年
外務省情報部「外国新聞雑誌所掲記事及概説」第六一九号（一九三九年六月三〇日）
ドナルド・キーン『声の残り――私の文壇交遊録』朝日文芸文庫、一九九七年
佐藤忠男『日本映画史 増補版（1）1896－1940』岩波書店、二〇〇六年
火野葦平「土と兵隊」『文藝春秋』一九三八年一一月号、文藝春秋
火野葦平『土と兵隊』改造社、一九三八年
馬淵逸雄『報道戦線』改造社、一九四一年
池田浩士『火野葦平論――海外進出文学論 第1部』インパクト出版会、二〇〇〇年
成田龍一『増補〈歴史〉はいかに語られるか――一九三〇年代「国民の物語」批判』ちくま学芸文庫、二〇一〇年

四

葦平と河伯洞の会編集『あしへい』第5号（特集・手紙と葦平）、創言社、二〇〇二年
小林秀雄「杭州」『文藝春秋』一九三八年五月号、文藝春秋
笠原十九司『南京事件論争史――日本人は史実をどう認識してきたか』平凡社新書、二〇〇七年

火野葦平『麦と兵隊』改造社、一九三八年
火野葦平『土と兵隊・麦と兵隊』新潮社、一九五三年
『中央公論』一九三九年一二月号、中央公論社
五味渕典嗣『ペンと兵隊——日中戦争期戦記テクストと情報戦』紅野謙介・高榮蘭・鄭根埴・韓基亨・李惠鈴編『検閲の帝国　文化の統制と再生産』新曜社、二〇一四年
火野葦平『火野葦平選集』第二巻「解説」、東京創元社、一九五八年

第三章

一

防衛庁防衛研修所戦史室編『戦史叢書　支那事変陸軍作戦〈2〉昭和十四年九月まで』朝雲新聞社、一九七六年
森山康平・太平洋戦争研究会『図説 日中戦争（ふくろうの本）』河出書房新社、二〇〇〇年
笠原十九司『南京事件』岩波新書、一九九七年
朝日新聞「新聞と戦争」取材班『新聞と戦争』朝日新聞出版、二〇〇八年
櫻本富雄『文化人たちの大東亜戦争——PK部隊が行く』青木書店、一九九三年
尾崎士郎『文学部隊』新潮社、一九三九年
白井喬二『従軍作家より国民へ捧ぐ』平凡社、一九三八年
高崎隆治『雑誌メディアの戦争責任——「文藝春秋」と「現代」を中心に』第三文明社、一九九五年
菊池寛「話の屑籠」『文藝春秋』一九三八年一〇月号、文藝春秋
火野葦平『火野葦平選集』第二巻「解説」、東京創元社、一九五八年
尾崎士郎『悲風千里』中央公論社、一九三七年
都築久義「戦時体制下の文学者——ペン部隊を中心に」『愛知淑徳大学論集 文学研究科・文学部篇』第五号、愛知淑徳大学国文学会、一九八〇年
荒井とみよ『中国戦線はどう描かれたか——従軍記を読む』岩波書店、二〇〇七年
平野謙他編『戦争文学全集』第二巻、毎日新聞社、一九七一年
蒲豊彦「一九三八年の漢口：ペン部隊と宣伝戦」『言語文化論叢』（四）、二〇一〇年
火野葦平『火野葦平選集』第二巻「解説」、東京創元社、一九五八年
『中央公論』一九三八年一〇月号、中央公論社
三浦朱門『「中央公論」一〇〇年を読む』中央公論社、一九八六年
『中央公論臨時増刊 激動の昭和文学——中央公論文芸欄の100年〈昭和篇〉』中央公論社、一九九七年
石川達三『結婚の生態』新潮社、一九三八年
中西進、厳紹盪編『日中文化交流史叢書 6 文学』所収、山田敬三「近代文学（第六章）」大修館書店、一九九五年
白石喜彦『石川達三の戦争小説』翰林書房、二〇〇三年
吉屋信子「海軍従軍日記」『主婦之友』一九三八年一一月号、主婦之友社

二

防衛庁防衛研修所戦史室編『戦史叢書 支那事変陸軍作戦（2）昭和十四年九月まで』朝雲新聞社、一九七六年
中川成美「林芙美子：女は戦争を戦うか」神谷忠孝・木村一信編集『南方徴用作家――戦争と文学』世界思想社、一九九六年
林芙美子『戦線』朝日新聞社、一九三八年
林芙美子『北岸部隊』朝日新聞社、一九三八年
都築久義「戦時体制下の文学者――ペン部隊を中心に」『愛知淑徳大学論集 文学研究科・文学部篇』第五号、愛知淑徳大学国文学会、一九八〇年
朝日新聞「新聞と戦争」取材班『新聞と戦争』朝日新聞出版、二〇〇八年
こまつ座『季刊 the 座』No.54（「特集　従軍作家・作家林芙美子」）二〇一四年
尾崎士郎「ある従軍部隊」『中央公論』一九三九年二月号、中央公論社
吉屋信子「海軍従軍日記」『主婦之友』一九三八年一一月号、主婦之友社
岸田國士「従軍五十日」『文藝春秋』一九三八年一二月号、文藝春秋
「菊地寛＋吉川英治＋吉屋信子に戦争の話を訊く会」『話』一九三八年一一月号
「漢口入城の従軍作家が『戦争と建設』を語る座談会」『話』一九三九年一月号
「ペン部隊は何を見たか」『文藝』一九三九年一月号

三

アサヒカメラ編『兵隊の撮った戦線写真報告』朝日新聞社、一九四〇年
葦平と河伯洞の会編『火野葦平Ⅲ 僕のアルバム』創言社、二〇〇七年
火野葦平『海南島記』改造社、一九三九年
『アサヒグラフ』一九三九年七月五日号、朝日新聞社
文藝家協会編『文芸銃後運動講演集』文藝家協会、一九四一年

第四章

一

火野葦平「朝」『新潮』一九四二年一月号、新潮社
太宰治「十二月八日」『婦人公論』一九四二年二月号、中央公論社
『昭和戦争文学全集 4 太平洋開戦―12月8日―』集英社、一九六四年
伊藤整「十二月八日の記録」『新潮』一九四二年二月号、新潮社
島木健作「十二月八日」『文藝』一九四二年一月号
尾崎士郎『戦影日記』小学館、一九四三年
池田浩士『火野葦平論――海外進出文学論 第1部』インパクト出版会、二〇〇〇年
高見順『高見順日記』第一巻、勁草書房、一九六六年
高見順『昭和文学盛衰史』講談社、一九六五年
日本経済新聞社編『私の履歴書 文化人 4』日本経済新聞社、

一九八三年
永井荷風『新版 断腸亭日乗』第五巻、岩波書店、二〇〇二年
今日出海『比島従軍』創元社、一九四四年
木下和寛『メディアは戦争にどう関わってきたか――日露戦争から対テロ戦争まで』朝日選書、二〇〇五年

二

防衛庁防衛研修所戦史室編『戦史叢書 比島攻略作戦』朝雲新聞社、一九六六年
三木清『人生論ノート』創元社、一九四一年
三木清『パスカルに於ける人間の研究』岩波書店、一九二六年
清眞人・平子友長他『遺産としての三木清』同時代社、二〇〇八年
中野聡「宥和と圧制：消極的占領体制とその行方」池端雪浦編『日本占領下のフィリピン』岩波書店、一九九六年
上田廣『黄塵』改造社、一九三八年

三

防衛庁防衛研修所戦史室編『戦史叢書 比島攻略作戦』朝雲新聞社、一九六六年
火野葦平『麦と兵隊』改造社、一九三八年
火野葦平『海南島記』改造社、一九三九年

四

今日出海『比島従軍』創元社、一九四四年
平子友長「三木清と日本のフィリピン占領」清眞人・平子友長他『遺産としての三木清』同時代社、二〇〇八年
中野聡「宥和と圧制：消極的占領体制とその行方」池端雪浦編『日本占領下のフィリピン』岩波書店、一九九六年

五

中野聡『東南アジア占領と日本人――帝国・日本の解体（シリーズ 戦争の経験を問う）』岩波書店、二〇一二年
火野葦平『兵隊の地図』改造社、一九四二年
尾崎士郎『戦影日記』小学館、一九四三年
比島派遣軍報道部編『比島派遣軍』比島派遣軍報道部、一九四三年
渡辺考『プロパガンダ・ラジオ――日米電波戦争 幻の録音テープ』筑摩書房、二〇一四年
鶴島正男「資料 葦平回廊（3）従軍手帖 比島（二－1）～（二－5）」敍説舎編『敍説』Ⅱ－4～Ⅱ－8号、花書院、二〇〇二～二〇〇四年

六

火野葦平『バタアン死の行進』小説朝日社、一九五二年
寺見元恵「日本占領下フィリピンにおける文化工作：新比島教育隊の例」関西学院大学東洋史学研究室編『アジアの文化と社会』法律文化社、一九九五年
鶴島正男「資料 葦平回廊（3）従軍手帖 比島（二－1）～

（二一-5）」敍説舎編『敍説』Ⅱ-4〜Ⅱ-8号、花書院、二〇〇二〜二〇〇四年
小柳次一＝写真／石川保昌＝文・構成『従軍カメラマンの戦争』新潮社、一九九三年
火野葦平「デル・ピラル兵営」『南方要塞』小山書店、一九四四年
鶴島正男「資料 葦平回廊（3）従軍手帖 比島（三-1）〜（三-2）」敍説舎編『敍説』Ⅱ-9〜Ⅱ-10号、花書院、二〇〇五〜二〇〇六年

七

石坂洋次郎『若い人』改造社、一九三七年
石坂洋次郎『マヨンの煙』集英社、一九七七年
鶴島正男「資料 葦平回廊（3）従軍手帖 比島（二一-1）〜（二一-5）」敍説舎編『敍説』Ⅱ-4〜Ⅱ-8号、花書院、二〇〇二〜二〇〇四年
鶴島正男「資料 葦平回廊（3）従軍手帖 比島（三-1）〜（三-2）」敍説舎編『敍説』Ⅱ-9〜Ⅱ-10号、花書院、二〇〇五〜二〇〇六年
今日出海「三木清に於ける人間の研究」『新潮』一九五〇年二月号、新潮社
火野葦平「兄貴のやうな人」谷川徹三・東畑精一編『回想の三木清』文化書院、一九四八年
火野葦平『比島民譚集』日本出版、一九四五年
及川敬一「武田麟太郎：インドネシアの独立を夢見て」神谷忠孝・木村一信編『南方徴用作家——戦争と文学』世界思想社、一九九六年
町田敬二『戦う文化部隊』原書房、一九六七年
大宅壮一他「座談会 文士従軍（座談会）」『日本評論』一九五〇年九月号、日本評論新社
浅野晃『浪曼派変転』高文研出版社、一九八八年
梶原康久『火野葦平の１９４５年：米軍資料と『革命前後』の比較地域文化研究」梅光学院大学地域文化研究所編『地域文化研究』第二八号、二〇一三年

八

鶴島正男「資料 葦平回廊（3）従軍手帖 比島（三-1）〜（三-2）」敍説舎編『敍説』Ⅱ-9〜Ⅱ-10号、花書院、二〇〇五〜二〇〇六年
今日出海『比島従軍』創元社、一九四四年
今日出海『山中放浪——私は比島戦線の浮浪人だった』中公文庫、一九七八年

第五章

一

戸川貞雄「社団法人日本文学報国会の成立」日本文藝家協会編『文藝年鑑』（昭和一八年版）、桃蹊書房、一九四三年
尾崎秀樹『近代文学の傷痕』普通社、一九四三年
櫻本富雄『日本文学報国会——大東亜戦争下の文学者たち』青木書店、一九九四年
小熊英二『〈民主〉と〈愛国〉——戦後日本のナショナリズムと公共性』新曜社、二〇〇二年

永井荷風『新版 断腸亭日乗』第五巻、二〇〇二年
都築久義「文学報国会への道：戦時下の文学運動」『愛知淑徳大学論集』第一三号、愛知淑徳大学、一九八八年
巌谷大四『非常時日本文壇史』中央公論社、一九五八年
火野葦平『陸軍』朝日新聞社、一九四五年
火野葦平『中津隊――増田宋太郎伝記』葦平と河伯洞の会、二〇〇三年
火野葦平「敵将軍」『火野葦平選集』第二巻、東京創元社、一九五八年
火野葦平「パグサンハン教会」『南方要塞』小山書店、一九四四年
火野葦平「文学は兵器である」『九州文学（第二期）』一九四三年三月号
日本文学報国会『文学報国 第一号－第四八号（複製）』不二出版、一九九〇年
川村湊『満洲崩壊――「大東亜文学」と作家たち』文藝春秋、一九九七年
高見順『高見順日記』第二巻・下、勁草書房、一九六六年
武田泰淳『上海の螢』中央公論社、一九七六年

二

防衛庁防衛研修所戦史室編『戦史叢書 インパール作戦：ビルマの防衛』朝雲新聞社、一九六八年
吉田裕『アジア太平洋戦争』（シリーズ日本近現代史6）岩波新書、二〇〇七年
池田浩士『火野葦平論――海外進出文学論 第1部』インパクト出版会、二〇〇〇年
火野葦平『中津隊――増田宋太郎伝記』葦平と河伯洞の会、二〇〇三年
鶴島正男「資料 葦平回廊（1）インパール作戦従軍記（一）～（五）」敍説舎編『敍説』Ⅰ－14～Ⅰ－18号、花書院、一九九七～一九九九年
NHK取材班編『太平洋戦争日本の敗因 4 責任なき戦場インパール』角川文庫、一九九五年
江口圭一『大系 日本の歴史 14 二つの大戦』小学館、一九八九年

三

防衛庁防衛研修所戦史室編『戦史叢書 インパール作戦：ビルマの防衛』朝雲新聞社、一九六八年
鶴島正男「資料 葦平回廊（1）インパール作戦従軍記（六）～（八）」敍説舎編『敍説』Ⅰ－19～Ⅱ－1号、花書院、一九九九～二〇〇一年
火野葦平『火野葦平選集』第四巻「解説」、東京創元社、一九五九年

四

防衛庁防衛研修所戦史室編『戦史叢書 捷号陸軍作戦（1）レイテ決戦』朝雲新聞社、一九七〇年
火野葦平『火野葦平選集』第四巻「解説」、東京創元社、一九五九年
江口圭一『大系 日本の歴史 14 二つの大戦』小学館、一九八八

九年
福岡市編『福岡市史』第六巻、福岡市、一九七一年
火野葦平『革命前後』中央公論社、一九六〇年

第六章

一

火野葦平『火野葦平選集』第七巻「解説」、東京創元社、一九五八年
火野葦平『革命前後』中央公論社、一九六〇年
火野葦平『悲しき兵隊』改造社、一九五〇年
火野葦平他『九州小説選』九州書房、一九四六年
九州文学編集部編『九州文学』第七九号、九州文学社、一九四六年
火野葦平『火野葦平選集』第四巻「解説」、東京創元社、一九五九年
新日本文学会編『新日本文学』一九四六年六月号、新日本文学会
櫻本富雄『日本文学報国会――大東亜戦争下の文学者たち』青木書店、一九九四年
及川敬一「武田麟太郎：インドネシアの独立を夢見て」神谷忠孝・木村一信編『南方徴用作家――戦争と文学』世界思想社、一九九六年
林芙美子『うず潮』新潮文庫、一九七五年
林芙美子『浮雲』新潮文庫、一九七四年
石川達三『風にそよぐ葦』新潮社、一九五二年
石川達三『人間の壁』全三巻、新潮社、一九五八～五九年
石川達三『金環蝕』新潮社、一九六六年
菊池寛『其心記――戦後放言』建設社、一九四六年
火野葦平「追放者」『追放者小説集――追放解除後第一創作集』創元社、一九五一年
梶原康久『火野葦平の１９４５年：米軍資料と『革命前後』の比較地域文化研究」梅光学院大学地域文化研究所編『地域文化研究』第二八号、二〇一三年
Fukuoka: Special interviews (part Japanese), Report No. 14f (4) (a), USSBS Index Section 2, Records of the U.S. Strategic Bombing Survey, Entry 41, Pacific Survey Reports and Supporting Records 1928-1947.
火野葦平『一椀の雪』展文社、一九四八年
葦平と河伯洞の会編集『あしへい』第13号（特集・鈍魚庵）、創言社、二〇一一年
佐木隆三『復讐するは我にあり』講談社、一九七五年
火野葦平『盲目の暦』創言社、二〇〇六年
火野葦平『青春と泥濘』六興出版社、一九五〇年
火野葦平『バタアン死の行進』小説朝日社、一九五二年
火野葦平『燃える河』山田書房、一九五四年
火野葦平『青春の岐路』光文社、一九五八年
火野葦平『花と龍（上・下）』新潮社、一九五三年

二

葦平と河伯洞の会編集『あしへい』第13号（特集・鈍魚庵）、創言社、二〇一一年
増田周子『１９５５年「アジア諸国会議」とその周辺――火

野葦平インド紀行』関西大学出版部、二〇一四年
尾崎秀樹『近代文学の傷痕』普通社、一九四三年
アジア諸国会議日本準備委員会編『十四億人の声——アジア諸国会議およびアジア・アフリカ会議記録 1955年4月』おりぞん社、一九五五年
火野葦平『火野葦平選集』第六巻「解説」、東京創元社、一九五八年
火野葦平「アジア諸国会議への報告提案書草稿　全アジアを文学の美しい鎖で」九州文学編集部編『九州文学』第一八二号、九州文学社、一九六〇年
火野葦平『赤い国の旅人』朝日新聞社、一九五五年
増田周子「火野葦平『中国旅日記』（1955年4月）翻刻」関西大学文化交渉学教育研究拠点ICIS『東アジア文化交渉研究』第三号、二〇一〇年

三

増田周子「ドナルドキーン氏と火野葦平——火野葦平発信ドナルドキーン氏宛未発表書簡八通や未公開資料火野葦平『アメリカ旅日記』を踏まえて」関西大学『文学論集』第六二巻第三号、二〇一二年
ドナルド・キーン『声の残り——私の文壇交遊録』朝日文芸文庫、一九九七年
火野葦平『アメリカ探険記』雪華社、一九五九年
玉井史太郎『河伯洞余滴——我が父、火野葦平その語られざる波瀾万丈の人生』学習研究社、二〇〇〇年
火野葦平『革命前後』中央公論社、一九六〇年
火野葦平著、佐伯彰一・松本健一編、川津誠解説『作家の自伝57　火野葦平（思春期／遺書（ヘルス・メモ））』日本図書センター、一九九七年
火野葦平『新日本文学全集26　火野葦平集』改造社、一九三九年
火野葦平『火野葦平選集』第二巻「解説」、東京創元社、一九五八年
火野葦平『土と兵隊・麦と兵隊』新潮社、一九五三年

エピローグ

重松清・渡辺考『最後の言葉——戦場に遺された二十四万字の届かなかった手紙』講談社文庫、二〇一五年
ジョン・ダワー著／三浦陽一・高杉忠明訳『敗北を抱きしめて——第二次大戦後の日本人』上巻、岩波書店、二〇〇一年
石川達三『風にそよぐ』新潮社、一九五四年
後藤文雄『よし！　学校をつくろう——神父ゴッチャンの履歴書』講談社、二〇〇七年
中村哲『天、共に在り』NHK出版、二〇一三年

あとがき

塩田純
（ＮＨＫ大型企画開発センター　エグゼクティブ・プロデューサー）

本書は、二〇一三年八月一四日に放送した「ＮＨＫスペシャル　従軍作家たちの戦争」、そして一二月七日に放送した「ＥＴＶ特集　戦場で書く～作家 火野葦平の戦争～」の取材記を渡辺考ディレクターがまとめたものです。幸い放送は好評で、ＥＴＶ特集は、脚本家・橋田壽賀子さんが毎年優れたテレビ番組に贈る橋田賞を受賞しました。「火野葦平が戦場で克明に記した二〇冊にも及ぶ従軍手帳をもとに、自らの戦争責任を問い続けた火野の軌跡を見つめ、作家と戦争との関わりを考える有意義な番組を制作した」というのが受賞の理由です。

私たちがメディアと戦争の関わりに取り組んだのは、二〇〇九年夏のことです。「ＥＴＶ特集　戦争とラジオ」というシリーズを制作。渡辺は日本放送協会の国際放送・ラジオトウキョウを当事者の証言で追跡。太平洋戦争下に繰り広げられた日米の電波による戦争を明らかにしました。この番組の取材記を渡辺は『プロパガンダ・ラジオ』と題して筑摩書房より刊行しています。それは、大本営発表をそのまま放送し、国民を戦争に動員した日本放送協会自らの戦争責任を問い直す作業でもありました。

その延長線上で、文学者と戦争の問題を考えたい。二〇一三年初め、私たちは新しい資料を探し始めました。その時、日本女子大学教授の成田龍一先生から教えて頂いたのが、火野葦平の従軍手帳の存在でした。火野葦平の『麦と兵隊』は父の本棚にもあり、読んだ記憶がありました。私事ですが、わたしの父は一九四三年に中国に出征し南京で通信兵をしていました。父は戦争についてほとんど語りません。

しかし語らないがゆえに、中国戦線で何があったのか——という疑問はずっとわたくしの脳裡から消えませんでした。二〇〇六年に「ＮＨＫスペシャル　日中戦争　なぜ戦争は拡大したのか」を制作し、南京事件への過程を取材したのも、そうした思いがあったからです。この時、兵士たちの陣中日誌を眼にする機会があり、その詳細な記述に圧倒されました。火野も一兵卒として杭州湾上陸から南京攻略戦に従軍しています。わたくしの関心はいやが上にも高まりました。

二〇一三年三月、渡辺、そしてリサーチを担当した岡田亨とともに北九州文学館を訪ねました。館長の今川英子さん、学芸員の中西由起子さん、小野恵さん他、スタッフの方々のご厚意で眼にした従軍手帳。虫眼鏡がないと読めないような細かい文字。フィリピン、ビルマ（現ミャンマー）の少数民族のスケッチ。火野が中国大陸だけでなく、フィリピン、インパール、雲南と太平洋戦争の激戦地に足を運び続け、その詳細な記録が残されていることに驚きました。

火野の手帳については先達の研究があります。ことにフィリピンの手帳を読み込むにあたって、故鶴島正男氏が雑誌『敍説』に掲載した手帳の翻刻を参照させていただきました。関西大学の増田周子教授は、火野の青年時代の日記から戦後の手帳まで、六年がかりで資料の読み解きに取り組んでおられました。増田先生の日記解読には教えられるところが大でした。

火野の三男の玉井史太郎さんには、貴重な資料を見せていただき、様々な角度からお話を伺いました。火野葦平旧居には書斎が残されています。そこで伺った火野の最期の姿は深く印象に残りました。番組では、戦中の体験だけでなく、戦後の火野の葛藤に焦点を当てました。それは文学者の戦争責任を考えることでもありました。アフガニスタンへの支援で知られる中村哲さんが、火野の甥であり、敗戦直後の苦悩について生々しい証言を得ることが出来ました。

作家・浅田次郎さんには従軍手帳をご覧いただき、自衛隊時代の体験も踏まえ、今日的な視点で番組の柱となるお話を伺うことが出来ました。インタビューの実現には、富山大学教授・澁谷由里さん、講談社の佐々木啓予さんにご尽力頂きました。また、ドナルド・キーンさんには、本書のために火野との交流について、新たにお話しいただきました。

番組では火野を取り巻く軍や政府のメディア戦略、日本軍政下のプロパガンダ政策にも光を当てようとしました。まず、大著『火野葦平論』の著者、京都大学名誉教授の池田浩士さんや、検閲の問題を研究されている日本大学教授の紅野謙介さんにお話を伺いました。そして「火野葦平資料の会」の坂口博さん、大妻女子大学准教授の五味渕典嗣さんに、言葉で言い尽くせないほどのご指導をいただきました。また、フィリピンについては一橋大学教授の中野聡さん、大東亜文学者会議については東京外語大学准教授の橋本雄一さん、日中戦争と南京事件については都留文科大学名誉教授の笠原十九司さんに、それぞれ専門的な立場から貴重な助言をいただきました。

みなさんのご厚意にあらためて感謝いたします。最後に出版に至るまでいろいろと相談に乗っていただいたＮＨＫ出版の伊藤周一朗さんに御礼申し上げます。

二〇一五年九月一日

渡辺　考（わたなべ・こう）

一九六六年、東京都生まれ。早稲田大学政経学部卒業。一九九〇年NHK入局。甲府放送局、衛星放送局、福岡放送局などを経て、制作局文化福祉番組部でETV特集を担当。現在は大型企画開発センター・チーフディレクターとして、シリーズ『日本人は何をめざしてきたのか』およびNHKスペシャルなどを担当。一九九五年から二年間休職、青年海外協力隊員としてミクロネシア連邦国ヤップ州にて、番組アドバイザーとしてテレビ番組制作の指導にもあたる。主な制作番組「もういちどつくりたい〜テレビドキュメンタリスト木村栄文の世界〜」、「シリーズBC級戦犯（1）韓国朝鮮人戦犯の悲劇」「学徒兵・許されざる帰還〜陸軍特攻隊の悲劇〜」（いずれもギャラクシー賞テレビ選奨）、「神聖喜劇ふたたび〜作家大西巨人の闘い〜」など。著書『餓島巡礼』（海鳥社）、『もういちどつくりたい——テレビドキュメンタリスト・木村栄文』（講談社）、『プロパガンダ・ラジオ——日米電波戦争幻の録音テープ』（筑摩書房）、『最後の言葉——戦場に遺された二十四万字の届かなかった手紙』（重松清氏との共著、講談社文庫）他。

戦場で書く
火野葦平と従軍作家たち

二〇一五（平成二七）年一〇月一〇日　第一刷発行

著　者　渡辺考
©2015 Ko Watanabe

発行者　小泉公二
発行所　NHK出版
〒一五〇-八〇八一　東京都渋谷区宇田川町四一-一
電話〇五七〇-〇〇〇-三二一（注文）
〇五七〇-〇〇二-二四三（編集）
ホームページ　http://www.nhk-book.co.jp
振替〇〇一一〇-一-四九七〇一

印　刷　亨有堂印刷所／大熊整美堂
製　本　ブックアート

乱丁・落丁本はお取り替えいたします。
定価はカバーに表示してあります。

Printed in Japan
ISBN 978-4-14-081683-7　C0095